赵义山 著

元散曲通論

王利器 题

重订本

图书在版编目(CIP)数据

元散曲通论：重订本／赵义山著. —上海：上海古籍出版社，2023.7
ISBN 978-7-5732-0734-0

Ⅰ.①元… Ⅱ.①赵… Ⅲ.①散曲－文学研究－中国－元代　Ⅳ.①I207.24

中国国家版本馆 CIP 数据核字(2023)第 115538 号

元散曲通论(重订本)

赵义山　著

上海古籍出版社出版发行

(上海市闵行区号景路 159 弄 1-5 号 A 座 5F　邮政编码 201101)

(1) 网址：www.guji.com.cn
(2) E-mail：guji1@guji.com.cn
(3) 易文网网址：www.ewen.co

苏州市越洋印刷有限公司印刷

开本 635×965　1/16　印张 29.25　插页 5　字数 303,000
2023 年 7 月第 1 版　2023 年 7 月第 1 次印刷
印数：1—1,500

ISBN 978-7-5732-0734-0

I·3728　定价：98.00 元

如有质量问题,请与承印公司联系

初 版 序

义山同志《元散曲通论》书成,来信嘱我作序,希望"说一点跟元散曲和元散曲研究相关的内容"。这使我忆起我们相识的过程。我们初次见面是在1990年2月石家庄市举行的海峡两岸元曲学术讨论会期间,话题就是元散曲,主要关于元散曲的审美特征和元代文人的审美趣尚。义山同志1982年获四川师范学院中国古代文学硕士学位,攻读的是唐宋文学。此后,他从事诗词教学和研究近八年,所撰《论诗、乐同源及分流与中国诗歌之基本特色》,得到王利器教授肯定:"就诗乐关系着眼阐论中国诗歌民族特色之形成,其见解独特新颖,发人所未发,实已度越时流。"他从1989年开始专力治曲,1990年暑假后来北京师范大学访学两年。在北京期间,他重新阅读《全元散曲》,翻检所能见到的有关文献资料,并认真搜寻元散曲研究论著,学习前人和时贤的研究成果。在这样的基础上撰写元散曲论文多篇,并开始编著《元散曲通论》。他的这项计划得到了国家青年社科基金的资助,历时三年,基本按时完成。由于诸材料皆其所搜集,其中颇有一些新的见解,有益于元散曲研究的深入。这一点我是可以肯定的。所以,写这段文字记其缘起。

　　诗、词、散曲,是中国古代诗歌的三种主要样式。诗产生最早;词出现后,被称为"诗余",李清照称词"别是一体";曲出现后,又被称为"词余",曲对诗、词而言,也可称"别是一体"。研究散曲不能忽视它于诗、词的继承关系,但更应看到"别是一体"的方面,即新体诗歌的特征。我觉得从整体上看,有几方面的问题不容忽视:

　　一、散曲是俗文学兴起的产物。中国俗文学的发展至宋代有了长足的发展,至宋和金的末期,俗文学更成为文坛的新盟主。首先注意到这一新发展的是郑振铎先生,他在《宋金元诸宫调考》中说:

　　　　歌唱诸宫调的人们也成了一种专一的职业,与演剧的团体、说书的先生们有鼎足三分当时文坛之势。

这就是说,它经过长期的发展而臻于成熟的新的文学形式。说话、诸宫调、戏曲等俗文学成为文坛的新盟主。标志着这个时代来临的代表作品便是董解元《西厢记诸宫调》。董解元是金章宗时人。金章宗明昌元年,即宋光宗绍熙元年,也即公元 1190 年,便是这个新文坛开始的年代。董解元也是北曲散曲的创始人,元钟嗣成《录鬼簿》"前辈名公乐章传于世者"称:"以其创始,故列诸首云。"以下所列都是文人作家,钟嗣成称:"右前辈公卿大夫居要路者,皆高才重名,亦于乐府用心。"由此可知元散曲在元代最受推重的是文人作家,元罗宗信《中原音韵序》所说:"世之共称唐诗、宋词、大元乐府,诚哉!"即指这些作家的散曲作品。而这些作品若没有俗文学发展的背景,是不可能呈现我们现在所能看到的面貌的。此外,还应该看到,若不是元代文化的多元性和中原文化受到外来文化和北方民族文化的冲击,也不可能得到如此的发展。

二、从语言发展史的新变化看曲体的产生。胡适在《吾国历史上的文学革命》一文中说:

> 文学革命,至元代而登峰造极。其时,词也,曲也,剧本也,小说也,皆第一流之文学,而皆以俚语为之。

在《元人的曲子》一文中,他又说:

> 元曲大多数都是白话的……这个时代的文学,大有一点新鲜风味,一洗南方古曲主义的陈腐气味。曲子虽然也要受调子的限制,但曲调已比词调自由多了,在一个调子之中,句法与字数都可以伸缩变动。所以曲子很适宜于这个时代的新鲜文学。

对诗歌自身的研究,语言无疑占有特别重要的位置。元散曲基本上反映了元大都的实际语音系统。在宋代,汴洛语音系统无疑占有重要位置,到了元代,大都成为全国政治、军事、文化的中心,幽燕方言遂逐渐接替汴洛方言而上升为全民族共同语,这在中国语言史上是一个新时期的开始。元曲的韵律成为一个新的系统,这些都使得散曲以新的面貌出现。无论其节奏、格律,还是意象、隐喻、象征,均有值得进行研究的新特点。

三、元散曲作为一种表演艺术,也必然有着新的特征。它不仅自娱,同时也娱人。元夏伯和《青楼集》中关于元散曲的演唱也颇多记载:

解语花 姓刘氏。尤长于慢词,廉野云招卢疏斋、赵松雪饮于京城外之万柳堂。刘左手持荷花,右手举杯,歌〔骤雨打新荷〕曲。

连枝秀 姓孙氏,京师角妓也。逸人风高老点化之,遂为女道士,浪游湖海间。尝至松江,引一髽髻,曰闽童,亦能歌舞。有招饮者,酒酣则起舞,唱《青天歌》,女童亦舞而和之,真仙音也。

刘婆惜 乐人李四之妻也。江右与杨春秀同时。颇通文墨,滑稽歌舞,迥出其流,时贵多重之。

张玉莲 人多呼为"张四妈"。旧曲,其音不传者,皆能寻腔依韵唱之。丝竹咸精,蒱博尽解,笑谈亹亹,文雅彬彬。南北令词,即席成赋;审音知律,时无比焉……余近年见之昆山,年逾六十矣。

宋六嫂 小字同寿,元遗山有《赠膺栗工张嘴儿》词,即其父也。宋与其夫合乐,妙入神品;盖宋善讴,其夫能传其父之艺。

金莺儿 山东名姝也。美姿色,善谈笑。挡筝合唱,鲜有其比。

孔千金 善拨阮,能慢词,独步于时。

于四姐 字慧卿。尤长琵琶,合唱为一时之冠。

从这些记录可以知道,元散曲有表演唱,有舞蹈伴唱,有乐器伴唱,有滑稽演唱。这种表演可以是文人雅集,也可以是更广范围的表演。这就必然要求听众听得懂和感兴趣,也就是说接受者的艺术情趣必然介入和影响散曲的创作。

四、文学形态是文人形态的文学呈现。元代统治文坛的俗文学作者的性格、品质、行为等各方面的特征,不仅主宰着他们自身的创作,而且极大地影响着有更高社会地位的作家们。我这里是指自称"浪子"的作家的出现,他们也直接影响着元散曲的创作。董解元在《西厢记诸宫调》篇首有几段自述性曲辞:

〔**仙吕调·醉落魄缠令**〕(引辞)吾皇德化,喜遇太平多暇,干戈倒载闲兵甲。这世为人,白甚不欢洽。　秦楼谢馆鸳鸯幄,风流稍似有声价。教惺惺浪儿每都伏咱,不曾胡来,俏倬是生涯。

〔**整金冠**〕携一壶儿酒,戴一枝儿花。醉时歌,狂时舞,醒时罢。每日价疏散不曾着家,放二四不拘束,尽人团剥。

……

〔**般涉调·哨遍**〕(断送引辞)

……

〔**尾**〕穷缀作,腌对付,怕曲儿捻到风流处,教普天下颠不剌的浪儿每许。

元杂剧的奠基人,也是著名散曲作家的关汉卿在其〔南吕·一枝花〕《不伏老》套中,则说:

〔梁州〕我是个普天下郎君领袖,盖世界浪子班头。愿朱颜不改常依旧,花中逍遣,酒内忘忧。分茶攧竹,打马藏阄,通五音六律滑熟。甚闲愁到我心头?伴的是银筝女,银台前、理银筝、笑倚银屏;伴的是玉天仙,携玉手、并玉肩、同登玉楼;伴的是金钗客,歌金缕、捧金樽、满泛金瓯。你道我老也,暂休;占排场风月功名首,更玲珑,又剔透。我是个锦阵花营都帅头,曾玩府游州。

又说:

〔黄钟尾〕我是个蒸不烂、煮不熟、捶不匾、炒不爆、响珰珰一粒铜豌豆,恁子弟每谁教你钻入他锄不断、斫不下、解不开、顿不脱、慢腾腾千层锦套头。我玩的是梁园月,饮的是东京酒,赏的是洛阳花,攀的是章台柳。我也会围棋、会蹴鞠、会打围、会插科,会歌舞、会吹弹、会咽作、会吟诗、会双陆。你便是落了我牙、歪了我嘴、瘸了我腿、折了我手,天赐与我这几般儿歹症候,尚兀自不肯休。

〔尾声〕则除是阎王亲自唤,神鬼自来勾,三魂归地府,七魄丧冥幽,天那,那其间才不向烟花路儿上走。

无论是人的生存目标或生存方式,无论是文化心理或行为表现,都与其前的唐宋作家或其后的明清作家不同,有其相对不同的文化背景和文人的独特品质,这也必然会影响到散曲的艺术特征。

从上述认识出发,我们觉得对元散曲这种别是一体的新诗体的研究较之诗词还是十分不够的,还处于"初级阶段"。义山同志的《元散曲通论》就希图为推进元散曲研究进一把力,敬祈同好指正,并合力加速这一进程。这是我们的共同愿望。

李修生
1993年7月于北京师大丽泽六楼寓所

目 录

初版序 …………………………………………………（1）

第一章　北曲的形成 ……………………………………（1）
　　第一节　明清人之北曲形成观与本章之理论前提 …（3）
　　第二节　北曲曲乐的形成 …………………………（6）
　　第三节　北曲文学风貌的形成 ……………………（14）
　　第四节　词、曲嬗变之转捩与北曲体制的形成 …（33）

第二章　北曲的曲牌宫调 ………………………………（49）
　　第一节　宫调 ………………………………………（51）
　　　　一、宫调之本来涵义 ……………………………（52）
　　　　二、宫调之实际运用 ……………………………（54）
　　　　三、北曲宫调的指义 ……………………………（58）
　　第二节　曲牌 ………………………………………（69）
　　　　一、曲牌的形成和发展 …………………………（69）
　　　　二、北曲的曲牌 …………………………………（77）

第三章 元散曲的体式 ……（93）
第一节 元散曲称名的历史演变 ……（95）
一、元人之"乐府"、"北乐府"、"大元乐府"、"今之乐府"和"今乐府" ……（95）
二、明清人之所谓"散曲" ……（98）
第二节 元散曲之小令 ……（102）
一、词之小令与曲之小令 ……（102）
二、小令的曲式特征 ……（104）
三、小令的类型 ……（105）
四、小令的文体风格 ……（108）
第三节 元散曲之带过曲 ……（109）
一、带过曲的性质及特征 ……（109）
二、带过曲的渊源 ……（115）
第四节 元散曲之套数 ……（117）
一、套的意义与曲式特征 ……（117）
二、套数的体式构成 ……（120）
三、套数的文体风格 ……（125）
第五节 南北合套 ……（126）
一、南曲概说 ……（126）
二、南北合套的方式及其意义 ……（129）

第四章 元散曲的特征 ……（133）
第一节 元散曲的衬字 ……（135）
一、衬字的由来 ……（135）

二、曲中衬字与词中虚字……………………（138）
　　三、衬字的意义……………………………（140）
第二节　元散曲的语言………………………………（141）
第三节　元散曲的用韵………………………………（149）
　　一、曲家用韵的原则………………………（149）
　　二、《中原音韵》的产生……………………（151）
　　三、元散曲的押韵…………………………（153）
第四节　元散曲的对仗与重叠………………………（155）
　　一、元散曲的对仗…………………………（155）
　　二、元散曲的重叠…………………………（160）
第五节　元散曲之所谓务头…………………………（162）
　　一、务头一说之源起与明清人之释说……（162）
　　二、今人于务头一说之阐论………………（164）
　　三、简短的结论……………………………（165）

第五章　元散曲与元杂剧………………………………（169）
第一节　散曲与剧曲发展先后………………………（171）
　　一、学界分歧与讨论前提…………………（171）
　　二、元明文献之记载………………………（172）
　　三、现存之早期散曲与杂剧文献…………（174）
第二节　散曲对北曲杂剧的影响……………………（175）
　　一、散曲套数是杂剧结构的骨架…………（176）
　　二、散曲是杂剧音乐的曲库………………（177）
　　三、散曲奠定了杂剧曲词本色美的艺术特征………（178）

四、散曲曲词为杂剧直接借用……………………（179）
　第三节　杂剧对散曲的影响……………………………（181）
　　一、杂剧影响散曲使之形成长于叙事的特征…………（181）
　　二、杂剧影响散曲使之形成诙谐的曲趣…………（182）
　　三、杂剧影响散曲使之始终保持通俗自然的风格……（183）
　　四、杂剧为散曲提供了丰富的歌咏题材……………（185）

第六章　元散曲的作家构成与群体风貌………………（189）
　第一节　官吏作家…………………………………（191）
　　一、达官显宦作家和下层胥吏作家举要……………（191）
　　二、达官显宦作家与下层胥吏作家的创作风貌……（195）
　第二节　才人作家…………………………………（205）
　　一、才人作家举要…………………………………（206）
　　二、才人作家之创作风貌…………………………（208）
　第三节　少数民族作家……………………………（213）
　　一、少数民族作家举要……………………………（213）
　　二、少数民族作家的创作风貌……………………（215）
　第四节　歌女作家…………………………………（221）

第七章　元散曲的演化阶段………………………（229）
　第一节　演化期内的曲坛状况和散曲创作特点……（232）
　第二节　演化期内重要作家的创作………………（237）
　　一、元好问…………………………………………（237）
　　二、杜仁杰…………………………………………（240）

三、刘秉忠……………………………………………（243）
　　四、杨果……………………………………………（246）
　　五、商道……………………………………………（249）
　　六、商挺……………………………………………（251）

第八章　元散曲的始盛阶段……………………………（255）
　第一节　始盛期内的散曲创作概貌……………………（258）
　第二节　始盛期内之三大家……………………………（261）
　　一、关汉卿…………………………………………（261）
　　二、白朴……………………………………………（268）
　　三、卢挚……………………………………………（272）
　第三节　始盛期内其他重要作家的创作………………（276）
　　一、王和卿…………………………………………（276）
　　二、庾天锡…………………………………………（279）
　　三、徐琰……………………………………………（282）
　　四、姚燧……………………………………………（284）
　　五、王恽……………………………………………（287）

第九章　元散曲的鼎盛阶段……………………………（291）
　第一节　鼎盛期内的散曲创作概貌与流派风格………（294）
　　一、鼎盛期内的散曲创作概貌……………………（294）
　　二、豪放、清丽两派之风格特征…………………（299）
　第二节　鼎盛期内豪放派代表作家的创作……………（301）
　　一、马致远…………………………………………（301）

二、贯云石⋯⋯⋯⋯⋯⋯⋯⋯⋯⋯⋯⋯⋯⋯⋯⋯⋯⋯（308）
　第三节　鼎盛期内豪放派其他重要作家的创作 ⋯⋯（314）
　　一、陈英⋯⋯⋯⋯⋯⋯⋯⋯⋯⋯⋯⋯⋯⋯⋯⋯⋯⋯（314）
　　二、冯子振⋯⋯⋯⋯⋯⋯⋯⋯⋯⋯⋯⋯⋯⋯⋯⋯⋯（317）
　　三、曾瑞⋯⋯⋯⋯⋯⋯⋯⋯⋯⋯⋯⋯⋯⋯⋯⋯⋯⋯（321）
　　四、张养浩⋯⋯⋯⋯⋯⋯⋯⋯⋯⋯⋯⋯⋯⋯⋯⋯⋯（326）
　　五、薛昂夫⋯⋯⋯⋯⋯⋯⋯⋯⋯⋯⋯⋯⋯⋯⋯⋯⋯（333）
　　六、刘时中　钟嗣成　睢景臣⋯⋯⋯⋯⋯⋯⋯⋯⋯（337）
　第四节　鼎盛期内清丽派代表作家的创作 ⋯⋯⋯⋯（342）
　　一、张可久⋯⋯⋯⋯⋯⋯⋯⋯⋯⋯⋯⋯⋯⋯⋯⋯⋯（342）
　　二、乔吉⋯⋯⋯⋯⋯⋯⋯⋯⋯⋯⋯⋯⋯⋯⋯⋯⋯⋯（347）
　第五节　鼎盛期内清丽派其他重要作家的创作 ⋯⋯（351）
　　一、徐再思⋯⋯⋯⋯⋯⋯⋯⋯⋯⋯⋯⋯⋯⋯⋯⋯⋯（352）
　　二、任昱⋯⋯⋯⋯⋯⋯⋯⋯⋯⋯⋯⋯⋯⋯⋯⋯⋯⋯（355）
　　三、周德清⋯⋯⋯⋯⋯⋯⋯⋯⋯⋯⋯⋯⋯⋯⋯⋯⋯（358）
　　四、周文质⋯⋯⋯⋯⋯⋯⋯⋯⋯⋯⋯⋯⋯⋯⋯⋯⋯（360）

第十章　元散曲的衰落阶段 ⋯⋯⋯⋯⋯⋯⋯⋯⋯⋯（363）
　第一节　衰落期内的散曲创作概貌 ⋯⋯⋯⋯⋯⋯⋯（366）
　第二节　衰落期内重要作家的创作 ⋯⋯⋯⋯⋯⋯⋯（368）
　　一、杨维桢⋯⋯⋯⋯⋯⋯⋯⋯⋯⋯⋯⋯⋯⋯⋯⋯⋯（368）
　　二、刘庭信⋯⋯⋯⋯⋯⋯⋯⋯⋯⋯⋯⋯⋯⋯⋯⋯⋯（373）
　　三、汪元亨⋯⋯⋯⋯⋯⋯⋯⋯⋯⋯⋯⋯⋯⋯⋯⋯⋯（376）
　　四、鲜于必仁⋯⋯⋯⋯⋯⋯⋯⋯⋯⋯⋯⋯⋯⋯⋯⋯（379）

五、王举之 …………………………………………… (383)

第十一章　元人的曲论 …………………………………… (385)
　　第一节　论唱曲 …………………………………… (388)
　　第二节　论作曲 …………………………………… (391)
　　第三节　论源流 …………………………………… (395)
　　第四节　论风格 …………………………………… (397)

第十二章　元散曲研究基本文献叙录 …………………… (403)
　　第一节　曲文 ……………………………………… (406)
　　　一、总集 ………………………………………… (406)
　　　二、别集 ………………………………………… (417)
　　　三、散曲丛书 …………………………………… (421)
　　　四、《全元散曲》 ………………………………… (422)
　　第二节　曲论 ……………………………………… (423)
　　第三节　曲谱 ……………………………………… (438)

初版后记 …………………………………………………… (443)
修订后记 …………………………………………………… (445)
重订后记 …………………………………………………… (449)

第一章

北曲的形成

北曲,作为一种别具风貌的文艺体式,兴起于金元之际,是此前已有的多种文艺形式相互影响、相互渗透而孕育出来的又一朵文苑奇葩。它的体式构成比诗、词更为复杂,它接受此前已有的文学艺术形式的影响并非局限于某一方面,而是具有较为广泛的综合性质。正是从这一点着眼,本章题目标名"形成"而不标"起源"。

说北曲的"形成"也好,说"起源"也好,这并不是一个新题目,而几乎是历代曲论家都免不了要说上几句的一个老话题。对于这一话题,前贤都说了些什么?是否还有再说的必要?这是必须明确的。

第一节　明清人之北曲形成观与本章之理论前提

北曲是怎么一回事,元代人当然是清楚的,似没有必要论说,或者说,这个问题对他们根本就不存在。所以,元人的曲论,不太注意对"起源"之类问题的论说。到了明代,具体一点说,是到了嘉靖、万历时期,这时距离北曲之兴起,已有三百年之久了,恐怕大家对于这一新的乐府体式的形成,已并不怎样了然,所以,这才研究起来,论说起来。

在明代诸论家中,论及曲之"起源"问题者,以徐渭、王世贞、王骥德三家的言论影响最大。徐渭在《南词叙录》中说:

> 今之北曲,盖辽、金北鄙杀伐之音,壮伟狠戾,武夫马上之歌,流入中原,遂为民间之日用。宋词既不可被弦管,南人亦遂尚此,上下风靡,浅俗可嗤。然其间九宫二十一调犹唐、宋之遗也。

王世贞在《艺苑卮言》里说:

> 曲者,词之变。自金元入主中国,所用胡乐,嘈杂凄紧,缓急之间,词不能按,乃更为新声以媚之。

王骥德之《曲律·论曲源》则云:

> 曲,乐之支也……入宋而词始大振,署曰"诗余",于今曲益近,周待制、柳屯田其最也;然单词双韵,歌止一阕,又不尽其变。而金章宗时渐更为北词,如世所传董解元《西厢记》者,其声犹未纯也。入元而益漫衍其制,栉调比声,北曲遂擅盛一代。

当然,他们没有分言散曲、剧曲,而是笼统地论"曲"。这是因为,散曲和剧曲虽有演唱地点与方式的差别,但其作为"曲"的文学的和音乐的性质却是相同的,因此,论家们在论及北"曲"之起源时,

第一章 北曲的形成

便不再分言散曲、剧曲了。

综合以上三家所论,我们可以这样来概括明人的北曲形成观:北曲是词的变体,其变化的主因是北方少数民族音乐的日渐风靡,其变化的背景是词的脱离音乐与其体式的单调,其变化的具体时间是在金章宗朝。

至于清人之北曲形成论,基本上未超出明人之范围。如《四库全书总目提要》云:

> 古诗变而近体,近体变而词,词变而曲。层累而降,莫知其然。

焦循《易余籥录》卷十五亦云:

> 词之体尽于南宋,而金元乃变为曲。

近代曲学大师吴梅《顾曲麈谈·原曲》亦云:

> 曲也者,为宋金词调之别体。当南宋词家慢、近盛行之时,即为北调榛莽胚胎之日。

相比之下,这些论述似乎比明人还要显得偏狭而笼统。

总起来看,明清人论北曲之形成,把握住词曲的渊源关系和音乐体系的变化,应该说,其大方向是正确的,但有其局限。这主要在于:其立足点限于音乐,将一个综合的艺术体看得比较单一,其论说显得笼统，不免仍给人一种蒙昧混沌之感。

北曲，同词一样，就其艺术构成而言，它是一种综合性的艺术，如果把其中"戏剧"的因素放置一边，但就"曲"而言，它是文学与音乐的综合，无论剧"曲"还是散"曲"，都是如此。虽然在艺术表现的过程中（比如唱一支〔天净沙〕或〔山坡羊〕等），作为文学的"曲"和作为音乐的"曲"已是相互依存而同时存在的，但是，从其艺术构成上说，它仍可以分为两个部分，属于文学的部分是"曲辞"，属于音乐的部分是"曲乐"。作为"曲乐"的部分，它有不同于词乐的曲式结构和风格特征；而作为"曲辞"的部分，亦有不同于作为文学的诗词的文体特征。这两方面特征的形成，并非一回事。因此，我们今天研究北曲的形成，自然就应当从文学和音乐这两方面进行，不能仅囿于某一方面。而且，还应当明确地把北曲的形成这一问题分为文学和音乐两个方面来考察，而不应把这两个方面的问题搅和在一起，以免显得混沌一团。这便是我自以为是的所谓"理论前提"，本章对于北曲形成的论述，便是本着这一前提来进行的。

第二节　北曲曲乐的形成

由于词曲音乐的失传，对于北曲的曲式构成及其风格特征的探索，失去了最基本的条件，我们现在只能从前人的有关文字描述中了解一点情况。比如作总体描述的，魏良辅《曲律》云：

第一章 北曲的形成

> 北曲以遒劲为主,南曲以宛转为主,各有不同。

王世贞《曲藻》云:

> 凡曲,北字多而调促,促处见筋;南字少而调缓,缓处见眼。北则辞情多而声情少,南则辞情少而声情多。北力在弦,南力在板。北宜和歌,南宜独奏。北气易粗,南气易弱。

徐渭《南词叙录》云:

> 听北曲使人神气鹰扬,毛发洒淅,足以作人勇往之志,信胡人之善于鼓怒也,所谓"其声噍杀以立怨"是已。

分宫调作声情描述的,如芝庵《唱论》云:

> 仙吕调唱清新绵邈,南吕宫唱感叹伤悲,中吕宫唱高下闪赚,黄钟宫唱富贵缠绵,正宫唱惆怅雄壮,道宫唱飘逸清幽,大石唱风流蕴藉,小石唱旖旎妩媚,高平唱条物滉漾,般涉唱拾掇坑堑,歇指唱急并虚歇,商角唱悲伤宛转,双调唱健捷激袅,商调唱凄怆怨慕,角调唱呜咽悠扬,宫调唱典雅沉重,越调唱陶写冷笑。

这些描述,无论是总体的,还是各别的,不管其记载是否确切,但离开了音响资料这一客观的物质条件,无论如何便总是抽象的。

当然,从对北曲音乐的声情特征作审美把握这一点来看,尽管文字的记载是抽象的,但总算留下了一点东西;然而,北曲音乐的曲式构成及其特征,离开了曲谱,却是文字难以记录的,或者说是根本无法记录的。这就是说,我们今天要从音乐的曲式构成上来研究北曲音乐曲式特征的形成,已经是不可能的了。因此,我们现在从音乐方面论述的所谓北曲的形成,或如以往论家所论的"起源"都只是北曲音乐体系的形成,而并非其曲式特征的形成。从某种意义上说,这种论述接近于音乐文化,而并非音乐艺术本身。不过,这也实在是无可如何的了。

北曲的音乐体系是怎样形成的呢? 一般认为,它是在俗曲俚歌的基础上吸收外来少数民族的音乐和传统词乐形成的。换言之,"民间俗曲俚歌"是曲的正源,而外来少数民族音乐和传统词乐仅是汇注于其间的两条支流。一言以蔽之,曲乐源于民间音乐。这一说法有它的根据。如金末刘祁《归潜志》卷十三有云:"尝与亡友王飞伯言:'唐以前诗在诗,至宋则多在长短句,今之诗在俗间俚曲也,如所谓〔源土令〕之类。'飞伯曰:'何以知之?'予曰:'古人歌诗,皆发其心所欲言,使人诵之至有泣下者。今人之诗,惟泥题目、事实、句法,将以新巧取声名,虽得人口称,而动人者绝少,不若俗谣俚曲见其真情,而反能荡人血气也。'"但问题在于,不少论者把这作为词曲源头的民歌看得比较单一,以为它纯粹就是地地道道的俗谣俚曲,这就不大合适了。

就词的起源而论,倘若把作为词之源头的俗谣俚曲看得比较单一,那就忽略了唐代"声诗"对民间歌词的浸染;就曲而言,如果把作为曲之源头的俗谣俚曲看得比较单一,那就无视于宋代词乐

第一章 北曲的形成

对金元曲子的熏陶;由此也就忽视了文人创作的文化影响和历史积淀。事实上,在唐代,声诗已大量流播民间,以至于"童子解吟长恨曲,胡儿能唱琵琶篇";在金末元初,"乐府犹宋词之流"(陶宗仪《辍耕录》卷二十七),也是事实。

如果把作为曲之源头的俗谣俚曲理解得过分狭隘,甚至把俗谣俚曲看作是北曲音乐的最大源头,那是不符合事实的。一个最简单的事实是:地地道道的民间的东西,是靠口耳相传的,一首民歌,即使一首地方色彩强烈、民族风情浓郁的民歌,虽然可以传唱好几代人,但子孙唱的与祖先唱的,或许歌辞可能照旧,但调式恐怕已非原貌了。真正民间的东西,是极不稳定的,而且是不断产生又不断消亡的,故其积累也是有限的。《唱论》谓:"凡唱曲有地所,东平唱〔木兰花慢〕,大名唱〔摸鱼子〕,南京唱〔生查子〕,彰德唱〔木斛沙〕,陕西唱〔阳关三叠〕、〔黑漆弩〕。"其每地所举,亦不过一、二曲。当然,这并不是说上述各地就单唱那一两支曲子而不唱别的,但是,也应看到,真正传唱在民众口头的东西,是不会有许多的,也是不可能太多的。如一般论者所言,北曲兴起于金元之际,或者说得更确切一些,"金章宗时渐更为北曲",或者干脆把董解元的《西厢记诸宫调》作为创始,那么,在北曲创始时期的《董西厢》就已有那么多的北曲曲调(按:仅《刘知远诸宫调》《董西厢诸宫调》已用曲调150多个),如果说北曲最大的源头是在民间,我以为,那简直是不可思议。

那么,北曲音乐体系的形成究竟是怎样的呢?我以为,它的源头是多元的,有来自民间的,有来自传统词乐的,有来自北方少数民族的,但更大的源头不是民间的"俗曲俚歌",而是传统的词乐。对于它的多元构成,是容易理解的,可以置而不论,但说它的

9

主要源头在于传统的词乐,这是需要说上几句话的。

首先,如前所述,在北曲产生的金元之际,民间"俗曲俚歌"这个"曲库"积累不了那么多的曲调,而只有传统的词乐这一个大"曲库"才有那种可能。

其次,从北曲使用的曲调来看,周德清《中原音韵》列了335个,如果除去其中非曲牌的"煞"、"尾"及"催拍子"、"急曲子"之类的节拍程式唱段,实际上只有301个曲牌(从洛地先生之说)。对这301个曲牌,王国维在《宋元戏曲考》中指出其中有11个出于大曲,有75个出于唐宋词。其实,就音乐体系而言,这二者应当同属一个体系,即词乐体系,那么属于词乐体系的便有86个。当然,王氏的考订有不周之处,笔者已有《王国维元曲考源补正》一文辨之,洛地先生亦有《金元"北曲"调名考察》,考订更为详备。据考,301个曲牌中有130多个来源于词乐体系,占了其中五分之二强。然而,在301个曲牌中,如〔大拜门〕、〔小拜门〕、〔村里迓鼓〕、〔叫声〕等可以确考其来自民间"俗曲俚歌"者,以及如〔石竹子〕、〔山石榴〕、〔蔓青菜〕、〔醋葫芦〕等可以由调名推定其可能来源于"俗曲俚歌"者,这些又能有多少呢?二者之不能相比,是显然的。因此,就北曲音乐体系之构成而言,它最大的源头是在传统的唐宋词乐还是在民间的"俗曲俚歌"?事实是明摆着的。

再次,就说这成为北曲源头之一的"俗曲俚歌"吧,如果把北曲音乐体系的形成定在金元之际,那么,这"俗曲俚歌"便绝大部分是产生于金统治下的中国北方。这其中有相当大一部分地区原是北宋的统治区域,这区域内原属于赵宋王朝的子民们,其"俗曲俚歌"是早就受着词乐的浸染的。这时的"俗曲俚歌",与城市

第一章 北曲的形成

工商之民还未形成一个广大的市民阶层的隋唐时期的"俗曲俚歌",可以说是很不相同的。隋唐时的"俗曲俚歌",它的民间色彩,或许要比宋金时期纯粹一些,而宋金时期的"俗曲俚歌",则融会着不少文人士大夫所作歌曲的成分。宋人不是有"凡有井水处皆能歌柳词"的记载么?他们为什么那么喜欢柳词?从古到今,论者们总是说老百姓喜欢柳词的"俗",而我总以为,所谓柳词的"俗",是从文人士大夫们眼中看出来的,对于广大老百姓来说,柳词比他们的"哩哩罗"、"咿呀呀子哟"之类的东西,不知要雅多少倍了。由此,我以为,老百姓喜欢的非但不是柳词的"俗",而恰恰是它的"雅"——适合于市民情趣的、能为他们所理解的"雅"。只要翻翻《乐章集》,我们就可以发现,像黄庭坚〔归田乐引〕"对景还销瘦"、秦观〔满园花〕"一向沉吟久"那样俚语连篇的词,在柳永的词中是很难找得出的。其实所谓柳词"俗"也者,不过其为人放浪不检,有乖名教,受人攻击而累及其词罢了。柳词之所以普及面广,那是因为随着市民阶级扩大而不断增加的一大批乐工歌妓首先喜欢他的词,经过他们的传唱,所以迅速普及于市民,再进而普及于"凡有井水之处"。这一现象的意义不可小看,正是靠着这一大批既活动于中上层文人之中,又活动于广大市民中的艺妓,在那里不自觉地沟通文士雅文学与民间俗文学的联系。她们既可以把文士的雅曲传到民间,也可以把民间的俚歌唱与文士。由于她们的这种中介作用,雅词与俗调,无疑会相互影响,雅词俗化,俗调雅化。因此,在词乐大盛的宋代,民间日用的"俗曲俚歌",哪里还有可能封闭式地保留着那么多隋唐以来的民间歌乐呢?如果说这当中确实也还有"唐"的话,无论如何,它也早已是宋之"唐"或金之"唐"，而非唐之"唐"了，它早已受着词乐的浸染而融会进了唐宋词乐的成分了。

当然，这里还有一个问题，那就是金灭北宋，占领了中国北方以后，女真民风会不会改变原来赵宋遗民之"俗曲俚歌"的性质？我以为，变化可能会有一些，但绝不会有根本性质上的改变。这是同女真族在音乐方面的迅速汉化相关的。金人取汴，屡索乐舞专门人才，见于徐梦莘《三朝北盟会编》者甚多。如卷七十七《金人求索诸色艺人》条载："金人来索御前祗候、方脉医人、教坊乐人、内侍官四十五人……蔡京、童贯、王黼、梁师成等家歌舞宫女数百人……杂剧、说话、弄影戏、小说、嘌唱、弄傀儡、打筋斗、弹筝、琵琶、吹笙等艺人一百五十余家，令开封府押赴军前。"又于二十六日下《金人来索什物仪仗等》条载："从正月初十日以后，节次取皇帝南郊法驾之属……太学轩架、乐舞、乐器……教坊乐器、乐书、乐章……教坊乐工四百人……又取大内人、街坊女弟子、女童及权贵、戚里家细人，指名要童贯、蔡京家祗候凡千余人……府君悉捕倡优、内夫人等莫知其数……里巷为之一空……又取教坊乐工数百人……"同书卷七十八于正月三十日下载《金人又索诸人物》，云："是日又取画匠近百人、医官二百、诸官百戏一百人、教坊四百人……弟子帘前小唱二十人、杂戏一百五十人、舞旋弟子五十人……御前法物、仪仗、内家乐女、乐器、大晟乐器、钧容班一百人并乐器……"如此大规模掠夺，把北宋宫廷、教坊及权贵之家的乐器及音乐艺术专门人才，几乎是连锅端了。金人如此豪夺，无疑出于对汉民族音乐的倾慕。可以想像，大晟府、教坊司，再加上权贵之家中那么多的乐人到了北方，当然首先是满足金统治者宫

第一章 北曲的形成

廷的需要,但就索取之人数看,这种需要是绰绰有余的,因此,必然还有一部分人靠乐舞技艺活动于王侯之家或市民之间,在更广泛的场合演唱着他们所熟悉的词乐。在金灭北宋的 14 年后,即皇统元年(1141),"熙宗加尊号,始就用宋乐"(《金史·乐志》),其在音乐方面汉化之速,可以想见。上行下效,民间亦必有"宋乐"大量流行,所以后来《唱论》所记"十大乐",皆为宋金人词,而宋人词则有 7 首;其所记流行于东平、大名、南京、彰德、陕西等地的〔木兰花慢〕、〔摸鱼子〕、〔生查子〕、〔木斛沙〕、〔阳关三叠〕、〔黑漆弩〕等亦皆为唐宋词调。久而久之,反使得金人对于本民族的乐歌有些荒疏了。如金世宗大定二十五年(1185)四月幸上京,宴宗室于皇武殿,"于时宗室妇女起舞,进酒毕,群臣故老起舞,上曰:'吾来故乡数月矣,今回期已近,未尝有一人歌本曲者,汝曹来前,吾为汝歌。'上即自歌,至'慨想祖宗,音容如观'之语,悲感不复能成声。歌毕,泣下数行。右丞相元忠及群臣宗戚捧觞上寿,皆称万岁。于是诸老人更歌本曲。"从 1127 年金灭北宋,到此时不过五六十年,而世宗回故乡的数月间竟"未尝有一人歌本曲",为了缅怀其祖先创业之艰难,竟不得不自己歌唱起来,一些人也仅仅是在皇帝"自歌"的感召之下,才"更歌本曲",而且仅限于"诸老人"能之。在这种情况之下的金代"俗曲俚歌",它又能"俗"到怎样,"俚"到怎样呢?因此,照我的看法,孕育北曲的金人之"俗曲俚歌"亦不可避免地早就受过宋代词乐的熏染了。正因为如此,所以《唱论》所举"东平唱〔木兰花慢〕、大名唱〔摸鱼子〕……"等等,无一不是唐宋旧有之曲,不过,它们已非唐宋时〔木兰花慢〕、〔摸鱼子〕之旧貌就是了。

综上所述，我以为北曲曲乐体系的形成，仍是以传统的词乐为主体，在此基础上，再吸收北方少数民族音乐（即包括女真、蒙古等民族的音乐）和北方汉民族的民间音乐，经过融合改造（这种改造应当是双向的），最后才形成一个既主要来源于词乐而又有别于词乐的新的曲乐体系。从音乐的角度说，是一个新的曲乐体系的形成，但从文化背景上看，它却是民族融合的历史产物，是落后民族掠夺先进民族之文化而最终又被先进民族之文化逐渐征服的产物。

第三节　北曲文学风貌的形成

今存北曲，仅有文词而无曲谱，但是，单凭阅读的经验，对于绝大多数的作品，我们仍能判断出它就是"曲"而不是词。我们靠什么作出这种判断？应当说靠的是对曲不同于诗词的审美特征的把握。北曲的这种审美特征，也便是它的文学风貌。当然，这里所说的北曲的文学风貌，是指作为一代之文学的"元曲"的总体风貌，它是一个时代绝大多数作家的共同追求、共同创造。虽然从元曲之初兴到元曲之衰落，这种"风貌"也必然会呈现出阶段性的变化，但是，当我们拿"元曲"同唐诗、宋词作比较，而把这种"风貌"作为一种文体风貌的时候，我们所要把握的便是它从初兴到衰落都始终存在着的一些基本特征，是贯穿在阶段性风貌之中的一种最基本的风貌。正是靠着这种基本风貌，我们可以把一些同是长短句的词与曲区别开来。

研究北曲的渊源与形成，如果从文学方面说，实际上就是研究北曲这种特殊的文学风貌的渊源和形成,而在研究其形成之前,我们又必须首先对北曲独特的文学风貌有一个比较准确的把握。

北曲的这种文学风貌是怎样的呢？如果按照元明人用传统的以味论文的方式所作的概括,那就是"蛤蜊"、"蒜酪"之味。如钟嗣成《录鬼簿序》云:

> 若夫高尚之士,性理之学,以为得罪于圣门者,吾党且啖蛤蜊,别与知味者道。

何良俊《四友斋丛说》在评论《琵琶记》时云:

> 高则成才藻富丽,如《琵琶记》"长空万里",是一篇好赋,岂词曲能尽之！然既谓之曲,须要有"蒜酪",而此曲全无,正如王公大人之席,驼峰、熊掌,肥腯盈前,而无蔬笋、蚬蛤,所欠者,风味耳。

清人焦循《剧说》节录《蜗亭杂订》云:

> 嘉、隆间松江何元朗畜家童习唱,一时优伶俱避舍,然所唱俱北词,尚得蒜酪遗风。

蛤蜊、蒜酪之风是怎么一回事呢？蛤蜊,是一种极其寻常的贝壳类水产品,价值低廉,故何良俊把它和王公大人席上的驼峰、熊掌相对。《渊鉴类函》亦引《论衡》云:"若士食蛤蜊之肉,乃与民同食,安能升天。"也把蛤蜊当作普通老百姓的食物。故"蛤蜊"也者,应当说的是北曲的民间风味。至于"蒜酪"味,蒜则言其辛辣;酪是"酪酥",用牛羊之奶制作而成,南方人大多不习惯此味,故题为邯郸淳作的《笑林》一开篇就记载了这样一个笑话:

> 吴人至京师,为设食,有酪苏(即酪酥),未知是何物也。强而食之,归吐,遂至困顿。谓其子曰:"与伧人同死亦无所恨,然故宜慎之。"

南人不习惯酪酥之味,竟一至于此!由此看来,言"酪"者,大约便说的是北曲强烈的地方特色了。为什么在"酪"字前面加一个"蒜"字呢?既然是以味论文,那么,这应当同蒜味的辛辣,有较大刺激性相关,生发开去,我以为这概括的是与"中正和平"、"温柔敦厚"相对的痛快泼辣、淋漓尽致的审美特征。

综合起来看,所谓"蛤蜊"、"蒜酪",实际上是元明清曲论家继承我国古代以味论文的传统审美方式而对北曲浓郁的民间风味和鲜明的地方特色所作的一种概括。这种概括最形象,也最集中,作为艺术欣赏的一种审美把握,这已经就够了,但是,要从文学发展史的角度去探索它的形成,那就还必须进一步探讨这种"蛤蜊"、"蒜酪"风味的构成因素。在这方面,前人的某些论述是可取的。如李渔《笠翁剧论》卷上云:

> 元人非不读书,而所制之曲,绝无一毫书本气,以其有书

不用,非当用而无书也;后人之曲,则满纸皆书矣。元人非不深心,而所填之词,皆觉过于浅近,以其深而出之以浅,非借浅以文其不深也;后人之词,则心口皆深矣。

王国维《宋元戏曲考·元剧之文章》云:

元曲之佳处何在?一言以蔽之,曰:自然而已矣。

任二北《散曲概论·作法》云:

曲以说得急切透辟,极情尽致为尚,不但不宽弛,不含蓄,且多冲口而出,若不能待者,用意则全然暴露于词面。……此其态度为迫切,为坦率,可谓恰与诗余相反也。……总之,词静而曲动;词敛而曲放;词纵而曲横;词深而曲广;词内旋而曲外旋;词阴柔而曲阳刚;词以婉约为主,别体则为豪放;曲以豪放为主,别体则为婉约;词尚意内言外,曲竟为言外而意亦外。

通观诸家论述,所谓"无一毫书本气"、"深而出之以浅"、"自然而已"、"迫切"、"坦率"、"豪放"、"言外而意亦外"等等,无一不与"蛤蜊"、"蒜酪"相关,但似乎犹未尽赅其意。结合这些论述与我个人的理解,我以为"蛤蜊"、"蒜酪"之味的构成因素,大致应包括通俗自然、豪放洒脱、泼辣诙谐这三方面。当然,也许还可以从别的角度指出另外一些,但我以为,这三方面是最主要的,也是最基本的。而在这三方面中,"通俗自然"又是主要中之主要,基本中之基本;其余"豪放洒脱"、"泼辣诙谐"两方面,则视其家数、派别不同,而有不同的表现,有的突出一些,有的不太突出。比如在马致远、贯云石等豪放派作家的作品中,就比在乔吉、张可久等清丽派作家的作品中突出。而即使同一作家,也因所写内容不同而呈现出一些差异。尽管如此,但如果从总体上看,它们仍不失为北曲文学风貌的构成基因。

北曲的这种文学风貌是怎样形成的呢?我以为,这与民间词的传统、文人俗词和苏、辛豪放词以及民间俗讲俗唱等通俗文艺的影响都有重要关系,其文化背景,则是宋以前以文人士大夫为中心的雅文学向宋以后以城市市民为中心的俗文学的转化。

先说民间词的传统。这里所说的民间词包括两个方面,一方面是真正来自民间的田夫之谣、牧童之歌、莲娃之唱,这些东西,本来是被笼而统之地称作"民歌"的,但在唐宋时期,词已流行,它已是"词"的体式,故称其为"民间词";另一方面是民间说唱艺人的作品。对于唐代的民间词,因为在敦煌文献中保存着一部分,使人们可以略窥其大致面目;而宋金时期的民间词,依现存文献,已很难确指,这是一件十分遗憾的事。然而,凭着朝朝代代"民歌"固有的特色,我们可以知道它应是真率朗畅的、充满生活气息的、活泼生动的东西;但有些作品也不免粗鄙、庸俗,甚至低级趣味。至于民间艺人所作而歌唱于街头巷尾、村寨院落中的那些东西,应与"民歌"的情形大致相同,或许更为复杂。因为这些人的素养差异极大,又因其所作主要在于取悦听众,还因为这些人既往还民间,又辗转于社会的中上层。如沈义父《乐府指迷》所谓

"秦楼楚馆所歌之词,多是教坊乐工及市井做赚人所作,只缘音律不差,故多唱之。求其下语用字,全不可读"。不过,这仅是其中的一方面。另一方面,那些能在历史上留存下来的优秀的民间文学作品,尤其是与说唱相关的曲艺作品,恐怕无一没有他们不留名的加工提高。因此,民间词中普通民众的口头创作与民间艺人之作,二者界限,实难判然划定。如宋人话本《冯玉梅团圆》入话中引用的一首〔南乡子〕:

> 帘卷水西楼,一曲新腔唱打油。宿雨眠云年少梦,休讴。且尽生前酒一瓯。　明日又登舟,却指今宵是旧游。同是他乡沦落客,休愁。月子弯弯照九州。

又如《事林广记·癸集》所载酒令词〔卜算子令〕:

> 我有一枝花,斟我些儿酒。唯愿花心似我心,岁岁长相守。　满满泛金杯,重把花来嗅。不愿花枝在我旁,付与他人手。

这些被看作是"民间词"的作品,其实就很有可能是民众和民间说唱艺人共同的创作,说不定还有文人的染指。因此,文学史上所谓民间词,或所谓民间"俚歌俗曲",实际情形是颇为复杂的。

总的来说,对于北曲文学风貌之形成,民间的"俚歌俗曲"所产生的影响,是巨大的。北曲的通俗自然、不避俚俗,以及直率洒脱、泼辣诙谐等特征,便继承了民间词(即"俚曲俗歌")的传统。

对于宋金文人所作俗词,论家们一向鄙弃,未作过认真研究。从前人之有关记载和现存作品看,宋代文人的俗词,既有内容的俗,也有语言的俗,还有情调的滑稽。所谓内容的俗,不过是指表现男欢女爱的内容不那么含蓄,发乎情而未能"止乎礼",显得直率,甚而肆意畅情。这类作家,有柳永、欧阳修、秦观、黄庭坚、李清照等,其作品亦保存较多。欧阳修因在政界和文坛的地位都很高,慑于其巨大影响,人们未敢说三道四。而其余的人则程度不同的受到攻击。其中,柳永又因其放荡不羁的为人,所受攻击最多。南宋以后,大约因为民族矛盾尖锐,内忧外患,此时的文人已难有"承平百年"的北宋文人的浪漫潇洒,故而这样的"俗",便不容易看得见了。

至于语言的俗,却是北宋、南宋都大有人在的,作品也是大量存在的,而且愈是往后,这种倾向愈是明显。在柳永的词里,这种"俗"还仅仅表现为明白家常;到秦观、黄庭坚等人的词中,便间用方言俚语;再往后,到辛弃疾、刘克庄等人的词里,便不止方言俚语而且多寻常口水话了。以往论词,对南宋姜夔、吴文英等一派的雅化倾向比较注意,对于辛弃疾、刘克庄等一派的俗化倾向却注意得很不够。如果要做一个量的统计,属于俗化倾向一边的作家作品,恐怕要比雅化一边的多,这个现象是值得深入研究的。

至于情调的滑稽,即所谓滑稽词,现存作品不多,但据王灼《碧鸡漫志》卷二的记载,这类作家的人数却是不少的:

> 长短句中作滑稽无赖语,起于至和。嘉祐之前,犹未盛也。熙、丰、元祐间,兖州张山人以诙谐独步京师,时出一两解。……元祐间王齐叟彦龄、政和间曹组元宠,皆能文,每出

第一章 北曲的形成

长短句,脍炙人口。彦龄以滑稽语噪河朔。组潦倒无成,作《红窗迥》及杂曲数百解,闻者绝倒,滑稽无赖之魁也。……同时有张衮臣者,组之流,亦供奉禁中,号"曲子张观察"。其后祖述者益众,嫚戏污贱,古所未有。

《碧鸡漫志》载有王齐叟的一首〔望江南〕词,可见此类作品之一斑。这首作品的写作背景,据王灼的记载,是这样的:

王齐叟彦龄,元祐副枢岩叟之弟,任俊得声。初官太原,作〔望江南〕数十曲,嘲府县同僚,遂并及帅。帅怒甚,因众入谒,面责彦龄:"何敢尔?岂恃兄贵,谓吾不能劾治耶?"彦龄执手板顿首帅前,曰:"居下位,只恐被人谗。昨日只吟〔青玉案〕,几时曾做〔望江南〕?试问马都监。"帅不觉失笑,众亦匿笑去。

真如《史记·滑稽列传》所谓"微言谈中,亦可以解纷",眼看一场不小的人事纠纷,竟被当场做出的一首滑稽戏谑的〔望江南〕词给轻而易举地化解了。由此,我们得到这样一个启示:词中的"滑稽无赖"语,应是受戏弄的影响,始作俑者为张山人、王齐叟等,"其后祖述者益众",于是亦能成为一体,从而影响于金元之北曲,故北曲"诙谐"之风,既有宋金杂剧的影响,也还有滑稽词的传统。

为明了宋金俗词与北曲的渊源关系,下面于多方言俚语一面,引录一些平常不大为人注意的俗词。如黄庭坚(1045—1105)

21

〔归田乐引〕：

> 对景还销瘦,被个人,把人调戏,我也心儿有。忆我又唤我,见我嗔我,天甚教人怎生受。　看承幸厮勾,又是樽前眉峰皱。是人惊怪,冤我忒捆就。拚了又舍了,定是这回休了,及至相逢又依旧。

秦观(1049—1100)〔满园花〕：

> 一向沉吟久,泪珠盈襟袖,我当初不合苦捆就。惯纵得软顽,见底心先有。行待痴心守,甚捻着脉子,倒把人来僝僽。
> 近日来,非常罗皂丑。佛也须眉皱。怎掩得众人口。待收了孛罗,罢了从来斗。从今后,休道共我,梦见也不能得勾。

曹组(1121年中进士)〔扑蝴蝶〕：

> 人生一世,思量争甚底。花开十日,已随尘共水。且看欲尽花枝,未厌伤多酒盏,何须细推物理。　幸容易,有人争奈,只知名与利。朝朝日日,忙忙劫劫地。待得一晌闲时,又却三春过了,何如对花沉醉。

康与之(1145年为藉田令)〔长相思〕：

> 南高峰,北高峰,一片湖光烟霭中。春来愁杀侬。

第一章 北曲的形成

郎意浓,妾意浓,油壁车轻郎马骢,相逢九里松。

赵长卿(宋乾道〔1165—1173〕前后在世)〔贺新郎〕:

负你千行泪,大都来、一寸心儿,万般萦系。似恁愁烦那里洎,故自三年二岁。为你后、甘心憔悴。终待说、山盟海誓,这恩情、到此非容易。拚做个、久长计。　紧要事须评议,怕人人、蓦地知时,怎生处置。毒害心肠袄知是,怕你生烦到底。便莫待、将人轻弃。不是我多疑你,被旁人、赚后失圈圚。经一事,长一智。

辛弃疾(1140—1207)〔鹊桥仙〕《送粉卿行》:

轿儿排了,担儿装了,杜宇一声催起。从今一步一回头,怎睚得一千余里。　旧时行处,旧时歌处,空有燕泥香坠。莫嫌白发不思量,也须有思量去里。

石孝友(1166年进士)〔浪淘沙〕:

好恨这风儿,催俺分离。船儿吹得去如飞,眉儿吹不展,叵耐风儿。　不是这船儿,载起相思。船儿若念我孤栖,载取人人篷底睡,感谢风儿。

刘克庄(1187—1269)〔长相思〕:

劝一杯,复一杯,短锸相随死便埋。英雄安在哉?眉不开,怀不开,幸有江边旧钓台。拂衣归去来。

金人赵可(1154年进士)失调名《席屋上戏书》:

赵可可,肚里文章可可。三场捱了两场过,只有这番解火。　恰如合眼跳黄河,知他是过也不过。试官道:王业艰难,好交你知我。

金人王寂(1151年进士)〔醉落魄〕《叹世》:

百年旋磨,等闲事莫教眉锁。功名画饼相漫我,冷暖人情,都在这些个。　璠瑜不怕经三火,莲花未信淤泥涴。而今笑看浮生破,禅榻茶灶,随分与他过。

金人李纯甫(1185—1231)〔水龙吟〕:

几番冷笑三闾,算来枉向江心堕。和光混俗,随机达变,有何不可?清浊从他,醉醒由己,分明识破。待用时即进,舍时便退,虽无福,亦无祸。　你试回头觑我,怕不待峥嵘则个。功名半纸,风波千丈,图个什么。云栈扬鞭,海涛摇棹,争如闲坐。但樽中有酒,心头无事,葫芦提过。

第一章 北曲的形成

金人段克己(1196—1254)〔最高楼〕：

> 贫而乐，天命复奚疑，儿女聚嬉嬉。东村邀饮香醪嫩，西家羞馔蕨芽肥。把年华、都付与、锦囊诗。　白发青衫，是人所恶；金印碧幢，是人所慕。顾吾道、是耶非？山妻解煮胡麻饭，山童自制薜罗衣。问人生，须富贵，是何时？

如果把以上这些俗词放到元曲中去作一比较，那种不避俚俗而杂用方言土语的特点，那种不用雕饰而只以寻常口语直陈白描的作风，是比许多曲作都还要突出的。这种以寻常口语入词是民间词的传统，它一直影响着唐宋文人词的创作。从晚唐以来，经北宋以至南宋，以及经北宋以至于金，文人词中一直存在着这一个"俗"词的传统，这是事实！这个事实一方面说明唐宋民间词影响的存在，另一方面也说明文人词至北宋以后，它的走向仍然是多元的：有愈趋愈严，渐入高堂华屋者；也有愈来愈俗，更具"粗服乱发"者。从前的人们，对前者极其注意，而对后者则往往忽略，不过，仍有一、二论者注意到了文人俗词与金元曲子的联系。如夏敬观手批《乐章集》云：

> （柳永）俚词袭五代淫靡之风气，开金元曲子之先声。

姚华《菉猗室曲话》卷一谓稼轩〔千年调〕词：

> 此与山谷〔归田乐〕正是一类，于词格则嫌粗率，然论之

于曲,正如陈、隋二主〔玉树后庭花〕曲,高视三唐近体。

他们虽然没有清理出文人俗词的发展线索,没有注意到文人俗词与雅词对立存在仍是词体演进过程中非常重要的一支,但是,他们毕竟看到了词曲的这种渊源关系,比起对俗词只是批判一通,要高明得多了。

文人之俗词,自晚唐五代韦庄、牛峤发轫而至于柳永,便已登峰造极,自此而后,至于辛弃疾、刘克庄,虽明白而家常不减于前,但不免过于放肆,失于粗豪,元曲之部分作品,正与此相类。要之,文人中因有俗词的传统在,在金元之际北曲兴起之时,它就自然要成为滋生新的曲词的一片沃土。我们虽不能断然地说元曲就是俗词的派生,但二者之间重要的渊源关系,确实是存在的。

在文人词中,影响于北曲形成者,除俗词的传统外,还有一个豪放词的传统,虽然有的作家如辛弃疾、刘克庄等同时具备两方面的特征,但从宋词发展的全过程看,这两个传统仍有各自的营垒。对于豪放一派,诸家论述颇详,不赘。但豪放派之影响于元曲,却似乎不大被注意,倒是元人自己心中有数,如贯云石《阳春白雪序》云:

盖士尝云:东坡之后,便到稼轩。(按:贯云石此语引自元好问《自题乐府引》)

又如虞集所作《中原音韵序》亦云:

第一章 北曲的形成

　　辛幼安自北而南,元裕之在金末国初,虽词多慷慨,而音节则为中州之正,学者取之。

贯、虞二人之序,皆论曲之文,两人不谋而合地都注意到了豪放派词对北曲形成的影响。而且,结合以上两段文字来看,两位论家正好将"苏轼——辛弃疾——元好问"三点联成一线,粗略地勾勒出由北宋以至金末的这一个豪放词的传统。他们虽未明确指出豪放词对北曲有怎样的影响,但是,我们可以肯定地说,北曲的豪放洒脱,正是豪放派词的嫡传。

在宋、金词中,除了文人俗词、豪放词的传统外,其影响于北曲文学风貌之形成者,我以为还有宋金之道士词。从北宋以迄于金,这些人为数不少,作品亦多,无疑已成一派。在北宋,有陈朴、张伯端、张先等;在金,有王喆、马钰、谭处端、郝大通、刘处玄、王处一、丘处机、王丹桂、侯善渊、王吉昌、刘志渊等,几乎尽是全真教中之人。综观这一派人的词,内容大多是讲修行炼丹,或谈道论性,或劝人弃俗归真,绝大多数作品质木无文,满纸道教性理之气,艺术上无甚可取。在宋金时期,是词盛行的时代,大约道士们便利用这一形式作为宣传的工具,只要把教义讲得明白便算达到目的,至于词之工拙,则忽略不计。又因为这种宣传所面对的绝大多数是平民百姓,所以语言要尽量通俗、明白易懂。这一派人的作品,格调都差不多,下面引三、五首以见一斑。

　　此道至神至圣,忧君分薄难消。调和铅汞不终朝,早睹玄珠形兆。　　志士若能修炼,何妨在市居朝。工夫容易药非遥,说破人须失笑。

——张伯端〔西江月〕

急急修行,细算人生,能有几时?任万般千种风流好,奈一朝身死,不免抛离。蓦地思量,死生事大,使我心如刀剑挥。难留住,那金乌箭疾,玉兔梭飞。　　早觉悟,莫教迟。我清净,谁能婚少妻。便假饶月里、姮娥见在,从他越国、有貌西施。此个风流、更无心恋,且放宽怀免是非。蓬莱路,仗三千行满,独跨鸾归。

——张继先〔沁园春〕

富贵与身贫,肯把荣华只取仁。前定缘由今世用,心纯。自是阴功福自臻。　　休更苦中辛,恶业休贪作善因。奉劝愚迷须省悟,休嗔。万事由天不在人。

——王哲〔南乡子〕

方知口是是非门,紧闭牢藏舌祸根。训我无言更不论,削迷昏,性命从今永永存。

——马钰〔忆王孙〕

守分莫强图,遣日闲居。乐天知命忍萧疏。万事休论成与败,兀兀前途。　　失也本来虚,得也何如。百年反复乃须臾。不似中心存道念,贤圣相扶。

——丘处机〔浪淘沙〕

第一章　北曲的形成

像以上这种作品,在那一批道士的词中,可以说俯拾即是。既然他们的思想,他们的人生态度,他们的处世哲学都极大地影响了金元时期的文人,宣传其思想的词,无疑也会对文人发生影响的。道士词明白通俗、直言其事的作风,正与宋金文人俗词是相同的,但是,由于金元文士普遍与全真教亲近的缘故,所以道士们的俗词对于金元曲家的影响,或许比宋金文人俗词的影响更为直捷和有效吧。

至于宋代的大曲、法曲、唱赚,以及盛行于宋金时期的说唱诸宫调等,以前各论家早已注意到了它们对于北曲形成的影响。不过,我不主张这些文艺形式在音乐体系和曲辞的文学特征上又是别的一个什么系统,而倒主张它们和词是一个系统——音乐上同属一个被称作"燕乐"的词乐系统,文学上同属用长短句歌辞的词的系统。

大曲的情况,现在不太明了。比如说,《宋书·乐志》列《东门行》《折杨柳行》《艳歌罗敷行》等共16大曲,《教坊记》列《踏金莲》《绿腰》《凉州》等46大曲,《宋史·乐志》列《梁州》《瀛府》《齐天乐》等40大曲,计102曲。这些曲调究竟是先有一单曲然后再衍为大曲?还是一开始便以大曲面貌出现?还是二者兼而有之?唐以前的情况,因文献资料有限,不甚了了,然唐宋之间的情形,则是可以略知一、二的。《宋史·乐志》所列大曲,其中有《万年欢》《剑器》《清平乐》《大明乐》《采莲》《胡渭州》《庆云乐》等,但在《教坊记》里,这些曲调均为普通曲调,非为大曲。如此之类,则大约是先有一短小的单曲,然后再衍为大曲;而《梁州》《伊州》《薄媚》《千春乐》等,在《教坊记》里则已著为大曲。结合这两种情况看，一方面，某些大曲可能有较固定的音乐结构，由前一个朝代留传到后一个朝代，被保存下来；另一方面，某些单曲也在流传的过程中逐渐演变为大曲。而大曲的结构方式，大约也有一个由简趋繁的发展过程，到唐、宋时期，大致臻于成熟。沈括《梦溪笔谈》卷五云："大遍者，有序、引、歌、㿸、唾、哨、催、攧、衮、破、行、中腔、踏歌之类，凡数十解。"《碧鸡漫志》卷三亦云："凡大曲，有散序、靸、排遍、攧、正攧、入破、虚催、实催、衮遍、歇拍、杀衮，始成一曲。"（对这一系列"歌声变件"名称之涵义，王国维《唐宋大曲考》、刘永济《宋代歌舞剧曲录要》等有解释）由此，可知在唐宋时期，大曲已形成一种程式化的结构形式，它可以把一个新生的曲调，通过前述散序、靸、排遍等一系列"变件"处理，将其改编为大曲。因此，就这方面的情形而言，则是当时流行什么曲调，大曲就可以改编什么曲调；大曲的曲式"变件"成为一种套子。正是着眼于此，所以我不主张大曲又是一个与词相对的别的什么系统，而主张它与词是同一个系统的东西。

至于唱赚、诸宫调，则更是随时尚集合众曲，当时流行什么，便汇集什么，因此，它们就更非另一个系统了。然而，这两种形式在词、曲嬗变过程中的转捩作用，以及在北曲体制形成上的重要开启之功，都是非常巨大的，这将在下一节中充分展开论述。这里首先要说明的是唱赚和诸宫调属于一种俗文学，它们的俚俗之风，对于北曲文学风貌的形成，亦起了很大作用。

唱赚和诸宫调不同于大曲，大曲可能是雅的，也可能是俗的，而唱赚和诸宫调则主要是俗的（按：唱赚有时在宫廷演出，要雅致一些，如《事林广记》所记：唱赚"如对圣案，但唱乐道、山居、水居清雅之词，切

第一章　北曲的形成

不可以风情花柳艳冶之曲,如此,则为渎圣"。但接着又记道:"社条不赛、筵会吉席、上寿庆贺,不在此限。"可见唱赚在大部分场合下是俚俗的)。唱赚和诸宫调都是在北宋时就已产生,但唱赚已无北宋时期的作品流传,因此,我们只能凭北宋以后的作品和前人的有关记载来判定其风格特征。

关于唱赚的作品,王国维在《事林广记》中发现一篇,题为《圆社市语》,一共有8支曲词,再加一〔尾〕组成,内容是歌咏蹴球的,现省却前面《遏云妙诀》与《遏云致语》两部分,而引录其余8支曲词及〔尾〕如下:

圆社市语　中吕宫　圆里圆

〔**紫苏丸**〕相逢闲暇时,有闲的打唤瞒儿,呵喝啰声噈道胳厮,俺嗏欢喜。才下脚,须和美,试问伊家有什夹气,又管甚官场侧背,算人间落花流水。

〔**缕缕金**〕把金银锭打旋起,花星临照我,怎鞞避?近日间游戏,因到花市帘儿下,瞥见一个表儿圆,咱每便著意。

〔**好女儿**〕生得宝妆跷,身分美。绣带儿缠脚,更好肩背。画眉儿入鬓春山翠,带着粉钳儿,更绾个朝天髻。

〔**大夫娘**〕忙入步,又迟疑。又怕五角儿冲撞我没跷踢。网儿尽是札,圆底都松例,要抛声忒壮,果难为,真个费脚力。

〔**好孩儿**〕供送饮三杯先入气,道今宵打歇处,把人拍惜,怎知他水脉透不由得你。咱们只要表儿圆时,复地一合儿美。

〔**赚**〕春游禁陌,流莺往来穿梭戏。紫燕归巢,叶底桃花绽蕊。赏芳菲,蹴秋千高而不远,似踏火不沾地。见小池,风摆荷叶戏水。素秋天气，正玩月斜插花枝。赏登高佳料沙羔美，最好当场落帽，陶潜菊绕篱。仲冬时，那孩儿忌酒怕风，帐幕中缠脚忒稔腻。讲论处下梢团圆到底，怎不则剧。

〔越恁好〕勘脚并打一步步随定伊，何曾见走衮。你与我，我与你，场场有踢，没些拗背。两个对垒，天生不枉作一对脚头，果然厮稠密密。

〔鹘打兔〕从今后一来一往，休要放脱些儿。又管什搅闲底拽，开定白打赚厮，有千般解数，真个难比。

〔骨自有〕

〔尾声〕五花丛里英雄辈，倚玉偎香不暂离，做得个风流第一。

由这篇作品，可见唱赚之体的一斑。很显然，它的俚俗，不但远远地超过文人俗词，即使后来的北曲，俚俗到这个地步的作品，也是不多的（当然，并非越俗越好）。

再从前人有关记载看，也是把唱赚作为一种粗俗卑下的东西来对待的。如沈义父《乐府指迷》云："下字欲其雅，不雅则近乎缠令之体。"张炎《词源》亦云："簸弄风月，陶写性情，词婉于诗，盖声出莺吭燕舌间，稍近乎情可也，若邻乎郑卫，与缠令何异焉？"（按："缠令"为唱赚体式之一种）沈、张二氏，都很明确地把词与属于唱赚的缠令作为雅、俗两种对立的文体，故其粗俗的风格，浓厚的市井俚俗气息无疑是很突出的了。

而诸宫调呢？现存有《刘知远诸宫调》与《西厢记诸宫调》两种（王伯成《天宝遗事诸宫调》已是元代作品，一般不论），尤其是前一种，更具有民间说唱文艺作品的俚俗风格,这是大家都熟知的,故省却引录。除却作品本身的证明,还可看看当时的人对这一文体的观念。最早记载这种体式的是王灼的《碧鸡漫志》,作者首先说"长短句中作滑稽无赖语起于至和……衮州张山人以诙谐独步京师"云云,然后紧接着便说:"泽州孔三传者,首创诸宫调古传,士大夫皆能诵之",接下去,便又说到王彦龄、曹组的滑稽之词,谓"彦龄以滑稽语噪河朔",曹组为"滑稽无赖之魁"。由此可见,王灼是把诸宫调与词中滑稽一体等量齐观,相提并论的。也就是说,诸宫调不过仍属于滑稽诙谐的文人俗词之一种。其次,董解元《西厢记诸宫调》一开头亦云:"比前贤乐府不中听,在诸宫调里却着数。"这里所谓"前贤乐府",应是指词,显然这也是把诸宫调与词作为一俗一雅的对应文体对待的。

总之,唱赚与诸宫调,由于常常汇集一些滑稽俚俗的词调演唱,所以极自然地形成一种俚俗诙谐之风,这对北曲音乐风貌及文学风貌的形成,其作用是巨大的。

第四节　词、曲嬗变之转捩与北曲体制的形成

前文第二节论到北曲音乐体系的形成时,认为它主要是以传统词乐为基础,再汇集民间俗乐以及西北少数民族音乐而成;第三节论到北曲文学风貌的形成,以为主要在于民间词和宋金文人俗词、滑稽词、豪放词以及道士词的影响。由此,无论从音乐上还

33

是文学上说,北曲的源头都是多元的,然而,由多元融变为一元,是否会经过一个中间环节?如果会,这个中间环节是什么?这就是本节所要首先探讨的问题。

首先,我以为北曲在形成过程中,汇集民间词、文人俗词等多元的内容而最终融变为北曲一元,这里面的中间环节不是别的,就是唱赚和诸宫调。要明白这一点,我们必须首先明了这两种文艺形式在体式方面的一些基本特征。

先说唱赚一体。《都城纪胜·瓦舍众伎》云:

> 唱赚在京师日,有"缠令"、"缠达"。有"引子"、"尾声"为"缠令";"引子"后只以两腔递互循环间用者为"缠达"。中兴后,张五牛大夫因听动鼓板中又有四片〔太平令〕或赚鼓板,(原注:即今拍板大筛扬处是也)遂撰为〔赚〕。"赚"者,误赚之意也,令人正堪美听,不觉已至尾声,是不宜为片序也。今又有"覆赚",又且变花前月下之情及铁骑之类。凡赚最难,以其兼慢曲、曲破、大曲、嘌唱、耍令、番曲、叫声诸家腔谱也。

《梦粱录》"妓乐"条亦有类似的记载,并载有窦四官人等能唱"赚"者10人;《西湖老人繁胜录》、《武林旧事》卷六"诸色伎艺人"条亦分别载有南宋时的唱"赚"艺人;《事林广记》内之《遏云要诀》,又载有唱"赚"在按拍行腔方面的一些规则。不过,对于了解唱赚之体式特征来说,有《都城记胜》的一段记载,已很清楚了。

首先,《都城纪胜》的一段记载把唱赚一体的两种方式都作了极明白具体的解释:第一,有"引子"、"尾声"者为"缠令"。"引子"

第一章 北曲的形成

与"尾声",一在开头,一在结束,是相对于中间至少一支以上的"过曲"而言的。"引子"的作用是定下基调,引出"过曲";"尾声"的作用是结束"过曲",故"缠令"一体,实质上即以一重要的曲子作为"引子"而将一支或若干支不同的"令"曲"缠"联起来,组成一个有一定长度的歌唱单位,如前所引《事林广记》中的《圆社市语》一套曲子,便属于"缠令"一体,它以〔圆里圆〕一曲(其辞或已亡佚,或只有乐引,而无歌辞)做"引子",然后将〔紫苏丸〕以下直至〔骨自有〕等9支"令"曲"缠"联起来,作为一个歌唱单位。这种方式在北宋时产生,然后被诸宫调广泛运用,故在《刘知远诸宫调》及《西厢记诸宫调》中还有不少标为"缠令"的套曲。第二,"引子"后只以两腔递互循环间用者为"缠达"。也就是说"缠达"的方式是用一支曲子作"引子",然后在"引子"后面用两支不同的曲子作"过曲"而不断地循环交替进行。这种形式,诸宫调亦有运用,如《董西厢》中的〔仙吕调·六幺实催〕一套曲子,其构成方式为:〔六幺遍〕→〔哈哈令〕→〔瑞莲儿〕→〔哈哈令〕→〔瑞莲儿〕→〔尾〕。便是在"引子"〔六幺遍〕之后,用〔哈哈令〕、〔瑞莲儿〕"两腔递互循环间用"。

其次,《都城纪胜》明确指出唱赚一体"兼慢曲、曲破、大曲、嘌唱、耍令、番曲、叫声诸家腔谱"。这里的"腔"字与上文"两腔互迎"之"腔"字同义,即"曲调"的意思。其中"慢曲",即词中节拍舒缓、其调较长的一体。"曲破",则就大曲一类而言。"嘌唱"、"耍令"、"叫声"都是流行于街头巷尾的俗唱。《都城纪胜》释云:"嘌唱,谓上鼓面唱令曲小词,驱驾虚声、纵弄宫调,与叫果子唱耍曲儿为一体。"又云:"叫声,自京师起撰,因市井诸色歌吟卖物之声,

35

采合宫调而成也。"《乐府指迷》亦谓"亦有嘌唱一家,多添了字,吾辈只当以古雅为主,如有嘌唱之腔,不必作"。"番曲",则谓少数民族之曲调。

一方面,唱赚在体式上是以集合众曲成套为其特征的,另一方面,其所集之曲,则又雅曲、俗曲、传统之曲、外来之曲无所不包。这样一来,它便极自然地具有了一种汇集时尚歌曲而加以融变的特殊功能,来自古今中外的山歌俗曲以及文人雅调都在这里汇集,互相影响,结果是俗的战胜了"雅"的,而"雅"的也改造了俗的,无论是音乐方面的多元还是文学方面的多元,最终融变为一元;当这种融变成功之日,也便是北曲的兴起之时。这便是词、曲嬗变过程中唱赚一体所起的转捩作用。

以上探讨了唱赚一体的这种融变转化之功,对于诸宫调的这种同样的功能,也就不言而自明了。因为诸宫调的体制比唱赚更为宏伟,容量比唱赚更为广大,甚至连唱赚都吸纳了进去,因此,它所具有的随时尚集合众曲的功能,自然就比唱赚更为巨大,故它在汇合融变多元的曲与辞而最终成为一元的新的曲与辞——北曲的过程中,其所起到的作用,也就要比唱赚更大了。如果我们从这个意义上着眼而把《董西厢》视为"北曲之祖",应该是说得过去的。

由于宋、金之唱赚和诸宫调作品大多散失,再加之曲乐失传,大部分元曲作品之具体作年又难以考定,因此要再深入一步,具体细致地讲清唱赚与诸宫调究竟是怎样融多元为一元的,就并非易事了。虽然如此,有《都城纪胜》之明确记载,有现存诸宫调雅俗兼融、词曲并包的实际情形,上述看法就并非主观妄断了。

第一章　北曲的形成

既然已经说到了唱赚与诸宫调,那么北曲体制的形成问题,就应当于此论说了。

北曲之体制有小令、套数二体。对于小令一体,一般以为来源于唐宋词。这不仅因为,从文学上说,二者都是性质相同的长短句歌辞,从音乐上说,二者都用曲牌体音乐,还因为有许多曲牌同时也就是词牌。尽管由词牌演变到曲牌已有程度不同的变化,然而,仍有不少的曲牌保留了词牌的句式特征,明显地呈现出渊源关系。如〔一半儿〕、〔小桃红〕、〔水仙子〕、〔迎仙客〕、〔满庭芳〕等,均可从句式上寻找出曲与词的渊源关系。其更加显著的是,部分曲牌与词牌的句式结构竟完全相同,如〔人月圆〕、〔风入松〕、〔忆秦娥〕等。但词、曲二体,仍有显著不同。词,除极少数令词为单调,绝大多数均为双调;而曲之小令,则几乎全为单调,故其来源于词之小令曲,或仅截取词之一阕而用之。就唐宋词的体制来说,它最基本的特点是可以随音乐之旋律长短其句,这比以齐言诗入乐更灵活自由,而且,唐宋词所使用的曲牌体音乐形式也较好地解决了乐与辞的配合问题。因此,可以说,唐宋词的体式是北曲小令所必然效仿的一种最理想的体式。从体制上说,唐宋词也就必然是小令的源头。

至于套数体制的形成呢?论者们一般都指出它与唐宋大曲、唱赚及诸宫调有渊源关系,我则主张套数体制的形成跟大曲、诸宫调关系不大,而主要与唱赚有关。

但是,为什么人们一直把大曲看作是套数的源头呢?主要原因在于仅仅注意到了大曲包括了许多只曲而套数也包括了许多只曲,但却忽略了一个至关重要的问题:大曲中各只曲与套数中

37

各只曲有着本质的不同。简言之,大曲中的各只曲,皆为"歌声变件",并非一个独立的曲调,而套数中的各只曲,则基本上是各自独立的曲调。正因为这种不同,便决定了二者对时尚歌曲的处理方式是迥然不同的,由此,也就决定了二者之间不会有什么直接的渊源关系。换言之,套数具有联合众多独立只曲成为一个长篇的功能,因此,可以作为其源头的体式也必须具有这种功能,但大曲却并不具备。

大曲,宋时又谓之"大遍",王灼《碧鸡漫志》卷三云:"凡大曲,有散序、靸、排遍、攧、正攧、入破、虚催、实催、衮、遍、歇指、杀衮,始成一曲,此谓大遍。"燕南芝庵《唱论》云:"歌声变件,有慢、滚、序、引、三台、破子、遍子、攧落、实催。"由此可知,大曲中"序"、"排遍第一"、"排遍第二"……"实催"、"杀衮"云云,皆为"歌声"之"变件",并非是一个个有固定唱法的曲调。此就记载言之。再就大曲之名看,每一种大曲均总标一个曲牌名,如〔甘州〕、〔梁州〕、〔薄媚〕等等,除此而外,其中一般再无其他曲牌名,而统统只是一系列的"变件"名称,由此可知这些"变件"名称并非是有固定唱法的曲调名称,否则,〔甘州〕、〔梁州〕等便是一样的唱法了,"四十大曲"最终也就是一个大曲了。为什么一系列的"变件"名称相同而旋律有不同?这就在于作为"变"的基础的曲调,或说作为"变"的对象的曲调是各不相同的。故大曲中的一系列"变件"名称与作为基础曲调的〔甘州〕、〔梁州〕等名称,并非此曲调与彼曲调的关系,而是一个曲调与被改变为不同唱法的各种手段名称的关系,是某曲调与之被改变的方式方法的关系。具体"变"法如何,曲乐失传,便莫知其详了。总之,大曲只具备把一个时尚短曲改变为

第一章 北曲的形成

长篇的功能,而不具备联合众多的时尚短曲成为一个长篇的功能,因此,它不是套数的源头,至少不是直接源头。

再说诸宫调,它具有集合众多时尚短曲的功能,但这种"集合",是体现在一个完整故事段落的说唱中,而一个故事段落中的众多曲子,此曲与彼曲,仍旧是各自独立的,分散的,并不构成一种"套"的关系。故诸宫调虽可集合众多独立的曲调,但它并没有把它们有机地组合为具有一个整体意义的长篇,虽然现存的《刘知远诸宫调》和《西厢记诸宫调》中有"套数"存在,但那只不过是对唱赚之"缠令"、"缠达"二体的借用,它本身并没有联曲成篇(套)的功能。因此,我们可以说诸宫调使用了"套",但不能说是诸宫调产生了"套",正是着眼于此,所以我不以为诸宫调与北曲套数体制之间有什么渊源关系。

前面说到诸宫调中的"套"只是对唱赚之"缠令"、"缠达"二体的借用,那么这是不是意味着北曲套数的体制源于唱赚? 是的,事实正是如此。

唱赚一体,按《都城纪胜》的说法,在北宋时便已出现,它的两种基本形式"缠令"、"缠达",《都城纪胜》言之甚明,前文已引,并有解说,此不赘。简言之,"缠令"与缠达"都是将各自独立的只曲结合成一个具有统一性、完整性的组曲的形式,但二者结合只曲成为组曲的具体方式有差异,即性质相同,而方式有别。"缠令"组曲的方式是:

A(一支作为"引子"的令曲) + B(令曲) + C(令曲) + D(令曲)……+ 尾声

"缠达"的组曲方式应是:

$$A+B+C+B+C+\cdots\cdots(+尾声)$$

验之以具体作品,如前引《事林广记》中所载南宋时的"圆社市语"〔中吕宫·圆里圆〕一套曲子,其构曲方式为:

〔圆里圆〕→〔紫苏丸〕→〔缕缕金〕→〔好女儿〕→
 (A)   (B)   (C)   (D)
〔大夫娘〕→〔好孩儿〕→〔赚〕→〔越恁好〕→〔鹊打兔〕→
 (E)   (F)   (G)   (H)   (I)
〔骨自有〕→〔尾声〕
 (J)

这便是很标准的"缠令"体了。至于比较标准的"缠达"体,在《西厢记诸宫调》中尚有保存,如卷五〔仙吕调·六幺实催〕一套曲子,其构曲方式为:

〔六幺实催〕→〔六幺遍〕→〔哈哈令〕→〔瑞莲儿〕→
  (A)   (A之变)   (B)   (C)
〔哈哈令〕→〔瑞莲儿〕→〔尾〕
  (B)   (C)

在以〔六幺〕作为"引子"之后,便以〔哈哈令〕、〔瑞莲儿〕"两腔递互,循环间用"。南宋杨万里的《归去来辞引》,共由 12 首词组成,但未注明词牌,若依王季烈的考订将词牌标出,其结构方式则为:

〔朝中措〕→〔一丛花〕→〔南歌子犯声声慢?〕→〔朝中措〕→〔一丛花〕→〔南歌子犯声声慢?〕→〔朝中措〕→〔一丛花〕→〔南歌子犯声声慢?〕→〔朝中措〕→〔一丛花〕→〔南歌子犯声声慢?〕

这一个"套词"(相对于"套曲"而杜撰此词)无引子,亦无〔尾声〕,以不同的 3 首词循环 4 次,这已是"两腔循环"的一种变体了。

对于"缠令"的含意,前已有说;对于"缠达"的含意,王国维《宋元戏曲考》以为:"其歌舞相兼者,则谓之传踏,亦谓之转踏,亦谓之缠达";"此缠达之音,与传踏同,其为一物无疑也。"转踏一体,源自南北朝民间的一种歌舞小戏,崔令钦《教坊记》"踏谣娘"条所记便是。具体歌舞之法是:

徐行入场,行歌。每一叠,旁人齐声和之⋯⋯以其且步且歌,故谓之"踏谣"。

看来是一人唱,众人和,有歌有舞,观众也踏着节拍并和声参与的一种很热闹的简单歌舞形式。以一段歌辞加入和声,不断地反复重叠,是其主要特点。这种形式,唐代较流行。到了宋代,其形式变为一诗一词的往复循环体制,其中诗用七言八句的歌行体一首,或用七言四句的古诗一首,词则多用〔调笑令〕、〔蝶恋花〕、〔渔

家傲〕一类词牌,用于舞蹈者并有《勾队》(在前)、《放队》(在后)之词。此引郑仅〔调笑转踏〕一组曲子,以见此类体制情形:

良辰易失,信四者之难并。佳客相逢,实一时之盛会。用陈妙曲,上助清欢。女伴相将,调笑入队。(按:此为《勾队》之词)

秦楼有女字罗敷,二十未满十五余。金环约腕携笼去,攀枝折叶城南隅。使君春思如飞絮,五马徘徊芳草路。东风吹鬓不可亲,日晚蚕饥欲归去。(按:此为一首七言八句的歌行体诗)

归去,携笼女,南陌春秋三月暮。使君春思如飞絮,五马徘徊频驻。蚕饥日晚空留顾,笑指秦楼归去。(按:此为一首〔调笑令〕词。以下一诗一词相间,同上)

石城女子名莫愁,家住石城西渡头。拾翠每寻芳草路,采莲时过绿频洲。五陵豪客青楼上,醉倒金壶待清唱。风高江阔白浪飞,急催艇子操双桨。

双桨,小舟荡,唤取莫愁迎叠浪。五陵豪客青楼上,不道风高江广。千金难买倾城样,那听绕梁清唱。

绣户朱帘翠幕张,主人置酒宴华堂。相如年少多才调,消得文君暗断肠。断肠初认琴心挑,幺弦暗写相思调。从来万曲不关心,此度伤心何草草?

草草,最年少,绣户银屏人窈窕。瑶琴暗写相思调,一曲关心多少。临邛客舍成都道,苦恨相逢不早。

············

(按:以下还有9诗9词,略之)

第一章 北曲的形成

  新词宛转递相传,振袖倾鬟风露前。月落乌啼云雨散,游人陌上拾花钿。(按:此为《放队》之词)

王国维以为"引子后只有两腔递互循环"的"缠达"一体,便是由这种一诗一词的"转踏"体歌词演变而出。他说:"吴《录》所云(按:指吴自牧《梦粱录》关于唱赚有缠令、缠达一段文字),与上文(按:指郑仅〔调笑转踏〕之传踏相比较,其变化之迹显然:盖勾队之词变而为引子;放队之词变而为尾声;曲前之诗,后亦变而用他曲;故云'引子后只有两腔递互循环也'。"王氏此种推测,似有一定道理,但缺少实证,故难成定论。

  按照事物由简到繁的发展逻辑,"缠达"的构曲方式当在"缠令"之前,"缠达"是基础,"缠令"是在"缠达"基础上的发展。当然,说"缠令"由"缠达"发展而来,那么"缠达"之中就应包含着能够孕育出"缠令"的基因,有没有这种基因呢?有的。前面已述,"缠达"之构曲方式为:

$$A+B+C+B+C\cdots\cdots+尾声$$

其中"A"曲为"引子",是必不可少的;"尾声"亦可有可无;"B+C"为"递互循环"的"两腔"所组成的一个基本单位,可多可少,如果这种基本单位只有一个,那便成为:

$$A+B+C+尾声$$

如果"B+C"这个基本单位不完整,那便成为:

A+B+尾声

以上两种形式,便是"缠达"一体所包含的能孕育出"缠令"的基因。事实上,《刘知远诸宫调》和《西厢记诸宫调》里的"缠令"主要就是前述两种结构形式。属于第一种形式的,如:

①〔仙吕调·醉落魄缠令〕→〔整金冠〕→〔风吹荷叶〕→
　　　　(A)　　　　　　(B)　　　　　(C)
〔尾声〕

②〔正宫·文序子缠令〕→〔甘草子〕→〔脱布衫〕→
　　　　(A)　　　　　　(B)　　　　(C)
〔尾声〕

③〔黄钟调·喜迁莺缠令〕→〔四门子〕→〔柳叶儿〕→
　　　　(A)　　　　　　(B)　　　　(C)
〔尾〕(以上见《董西厢》)

④〔仙吕调·恋香衾缠令〕→〔整花冠〕→〔绣裙儿〕→
　　　　(A)　　　　　　(B)　　　　(C)
〔尾〕(见《刘知远诸宫调》)

属于第二种形式的如:

①〔正宫·应天长缠令〕→〔甘草子〕→〔尾〕
　　　　(A)　　　　　　(B)

(见《刘知远诸宫调》)

第一章　北曲的形成

②〔大石调·伊州衮缠令〕→〔红罗袄〕→〔尾〕
　　　　(A)　　　　　　　　(B)

③〔正宫·甘草子缠令〕→〔石榴花〕→〔尾〕
　　　　(A)　　　　　　　(B)

(见《董西厢》)

总之,"缠达"构曲方式中所包寓的"A＋B＋C＋尾"、"A＋B＋尾"的最基本的两种形式,已经具备了组合不同的只曲成套的功能,故由此生发出"缠令"一体,是极容易的事。只要将"A＋B＋C＋尾"这种形式扩展下去,在"C"之后,"尾"之前加入D、E、F……那么像前文所引〔圆里圆〕那样的相当可观的一套"缠令"便出现了。这在《西厢记诸宫调》中如"〔黄钟宫·侍香金童缠令〕→〔双声叠韵〕→〔刮地风〕→〔整金冠令〕→〔赛儿令〕→〔柳叶儿〕→〔神仗儿〕→〔四门子〕→〔尾〕"一套曲子,一共组合了8支不同的曲调,亦是相当的宏伟了。因此,可以这样说,"缠令"一体已将"缠达"中基本具有的组合不同的只曲成套的功能完全发展成熟。

综观北曲的构套方式,仍不过就是"缠令""缠达"二体的形式,或者是在二体之基础上加以变化。属于"缠令"一体的北曲套数,是现存北套的基本形式,为数最多,无需列举;属于"缠达"一体的北套现存较少,且有一定变化。例如关汉卿的《单刀会》第二折的构套方式为:

〔端正好〕→〔滚绣球〕→〔倘秀才〕→〔滚绣球〕→〔倘秀才〕→〔滚绣球〕→〔倘秀才〕→〔滚绣球〕→〔尾声〕①

45

无名氏的一篇散套(《全元散曲》1657页),其构套方式为:

〔端正好〕→〔滚绣球〕→〔倘秀才〕→〔滚绣球〕→〔倘秀才〕→〔呆骨朵〕→〔醉太平〕→〔尾声〕②

关汉卿的《西蜀梦》第四折,构套方式为:

〔端正好〕→〔滚绣球〕→〔倘秀才〕→〔滚绣球〕→〔叨叨令〕→〔倘秀才〕→〔呆骨朵〕→〔倘秀才〕→〔滚绣球〕→〔三煞〕→〔二煞〕→〔尾声〕③

其中例①内基本上还是标准的"缠达"体,例②、例③则略有变化,但仍然保留着"缠达"体的基本格式。

由此,我以为:唱赚一体,是北曲套数之体式的源头,甚而可以说北曲套数是对唱赚体式的直接借用。按我的理解,唱赚之"缠令"、"缠达"二体,至迟在北宋中后期便完成了组合异调只曲成套的试验,已完全具备了组曲(异调)成套的功能,在此时,"赚"作为一种"套"的形式,已臻成熟,并在民间被广泛运用,文人亦偶一染指,这有前引《都城纪胜》的记载和《刘知远诸宫调》对"缠令"的借用可证。在词盛行的南宋、金元时期,单篇独立的词是"只曲体",而"赚"则是词中的"套曲"体,即我所谓"套词"。所以,就其性质而言:"赚"之一体,乃词中之"套曲";"套曲"一式,乃曲中之"赚"体。如将词、曲通观,"赚"即是"套","套"即是"赚",实质相同而称谓有别罢了。

第一章　北曲的形成

周密《癸辛杂识》卷下"银花"条载高文虎事,内引高与银花书札中有云:"庆元庚申(1200)正月,余尚在翰苑,初五日得成何氏女为奉侍汤药,又善小唱、嘌唱,凡唱得五百余曲;又善双韵,弹得赚五六十套。"由此可知,其始,"赚"之计数以"套";其后,则干脆以计数单位"套"来代替体式称名之"赚",这应当是极自然的事。

以一侍妾,尚可弹五六十套赚曲,此体之盛行,大可想见,故《梦粱录》《武林旧事》等载有善唱赚者共三十余家。遗憾的是这些赚曲失传了,这给我们的研究造成了不少的困难。

总之,北曲小令一体,不过变词之双调为单调;套数一体,乃直接借用词之"赚"体。故从根本上说,北曲没有产生什么新的体式。如果说北曲的套数有什么变化发展过程,乃是对于新产生的北曲曲调如何用"赚"之体式去联结的试验过程,即哪些曲调可以与此曲调组合、哪些曲调不宜与此曲调组合而宜与彼曲调组合的试验过程,而并非对"套"(即"赚"体)的体制有什么发展。一言以蔽之,还是前面那句老话,"赚"即是"套","套"即是"赚",而并非由"赚"发展出别的什么"套"。这便是我对北曲体制之形成的基本看法。

第二章 北曲的曲牌宫调

北曲的曲牌宫调,对于今天纯粹从文学的角度研究元曲来说,几乎可以忽视,但是,对于元曲还处在合乐歌唱的时代,人们却是不能忽视的。那些标在作品前面的〔正宫·端正好〕、〔中吕·山坡羊〕、〔越调·天净沙〕之类的宫调曲牌名称,究竟起什么作用?通过它们,我们是否可以看到点什么?发现点什么?这对于全面研究元散曲来说,却不能说不存在问题,也不能说可以不管。本章拟分宫调和曲牌两部分来作一些探索。

第一节　宫　　调

　　相比之下,宫调要比曲牌更为玄奥,历代曲评家都免不了要为此费一些唇舌,但它似乎不那么容易被弄清,它顽固地困惑着许多人,就连大曲论家王骥德也叹惋道:"宫调之说,盖微眇矣!"(《曲律·论宫调》)而且,他还批评"周德清习矣而不察,词隐(沈璟)语焉而不详"。这问题就真的很棘手么?我以为只要实事求是,问题还是可以明了的。

一、宫调之本来涵义

"宫"与"调",在隋唐以前的音乐理论中,本是两个不同的概念。"宫",首先是作为我国古代"五声音阶"中的一个音名,这个"五声音阶"的排列顺序是:宫、商、角、徵、羽,相当于现代简谱唱名的 1(do)、2(re)、3(mi)、5(so)、6(la)。因为"宫"声居于五声之首位,是一个最基本的音,"宫"声的音高一旦确定,其后商、角、徵、羽各声的音高亦可随之而定,这样一来,"宫"音所居音位的高低,便很自然地具有了表明调高的作用。正是在这个意义上,所以伶州鸠说:"夫宫,音之主也。"(《国语·周语下》)其后,《乐记》又将其与封建统治秩序联系起来,说"宫为君、商为臣、角为民、徵为事、羽为物"。"宫"作为调高的概念,或被称做"均"(yùn)。与调高密切相关的是"十二律",即黄钟、大吕、太簇、夹钟、姑洗、仲吕、蕤宾、林钟、夷则、南吕、无射、应钟,其中单数 6 个律位叫"六律",双数 6 个律位叫"六吕",合起来称"十二律"。按照"十二平均律"的音乐理论来说,这 12 个律位便是在一个 8 度内由低到高排列起来的 12 个标准音,每相邻的两律之间都构成半音关系,如果按西欧的乐律表示法,设以黄钟律为 C,这 12 律位的音高顺序便是 C、^{b}D、D、^{b}E、E、F、F$^\#$、G、^{b}A、A、^{b}B、B。如果将"宫"音的位置定在黄钟律(即 1 = C),即以黄钟(C)为宫(1do),则太簇(D)为商(2re),姑洗(E)为角(3mi),林钟(G)为徵(5so),南吕(A)为羽(6la)。12 律可以"旋相为宫",即 12 律中任何一律均可辗转作为宫音,如以大吕(^{b}D)为宫,则夹钟(^{b}E)为商,仲吕(F)为角,夷则

第二章 北曲的曲牌宫调

($^\flat$A)为徵,无射($^\flat$B)为羽;又如以太簇为宫,则姑洗为商,蕤宾为角,南吕为徵,应钟(B)为羽;其余类推。定宫(均)以后,宫音所在的律,如以上黄钟、大吕、太簇等等,便被称为黄钟宫、大吕宫、太簇宫等等,在这种情况中,"宫"便成为表示调高的概念。在我国隋唐以前的宫调理论中,"宫"的含义主要指此。

"调",首先是相对"宫"而言的,是对于除宫音律位以外的其他各音律位的总称。如以上所言黄钟为宫的各音律位是:黄钟宫、太簇商、姑洗角、林钟徵、南吕羽;大吕为宫的各音律位是:大吕宫、夹钟商、仲吕角、夷则徵、无射羽;太簇为宫的各音律位是太簇宫、姑洗商、蕤宾角、南吕徵、应仲羽;其中,宫音所在的黄钟、大吕、太簇等等,则被称为宫,其余商、角、徵、羽各音所在律位,如太簇商、姑洗角……等等,则被称为"调"。倘以"五声音阶"而论,则每一宫音的律位确定后,便可产生1宫4调;若在"五声音阶"中加进变宫(7xi)、变徵(4fa)构成"七声音阶",便有1宫6调;按照"十二律旋相为宫"的规律,"五声音阶"可构成12宫48调;"七声音阶"则可构成12宫72调。然而,"五声音阶"的1宫4调也罢,"七声音阶"的1宫6调也罢,当宫音作为调高的律位一经确定之后,它与以后各音的关系,实际上也就没有什么特殊,宫音本身亦可看作一"调",故"十二宫"、"七十二调",便可统称为"八十四调"。《隋书·万宝常传》及《隋书·音乐志》中讲到的"八十四调",就是这样来的。

其实,不仅"宫"具有表示调高的性质,而其余各"调",一旦律位确定,亦同样可以具有这一性质。在"为调式"系统中,如黄钟角,即表明以黄钟律作为角音律位,由此,则可推知以大吕为

53

"变",夹钟为"徵",仲吕为"羽",蕤宾为"闰",夷则为"宫"、无射为"商"(以燕乐音阶论),余可类推。

又,无论各"宫"还是各"调",其主音律位一经确定,其所属各音律位亦随之而定,其主音与所属各音便构成一个"调式";无论是84调也好,还是28调也好,其中每一调均可作为主音,因此,在理论上便可有84种或28种调式。在这个意义上,某某宫或某某调便又都具有表明主音和调式的作用。如"林钟商",即表明是以商音为主音的调式;"南吕宫",即表明是以宫音为主音的调式等等。

综上所述,"宫",首先是作为"五音"或"七音"的一个最基本音,当"宫"与具体的律位结合,称某某宫的时候,它具有表明调高而统摄其他各调的作用(在同宫音系中)。其次,在一个同宫音系中,宫音本身也是一个音位,与同宫音系中其余各音具有某种相同的性质;而具体到某一律位的某某宫或某某调又都具有既表明调高又表明调式的作用,因此,"宫"与"调"两个概念,在宋元以后就逐渐混用,并且成为一个合成词。《唱论》所谓"分六宫十一调,共计十七宫调",《中原音韵》所谓"一十七宫调,今之所传者一十有二"等等,就是在这种情况下并称的。宋金时流行之说唱文艺形式"诸宫调",亦即为"诸宫"或"诸调",用今天的话说,便是多种调高调式(的曲调)。

宫调之本来含意,大致如此。

二、宫调之实际运用

宫调的运用,是以绝对音高和律的产生为条件的。《尚书·

第二章 北曲的曲牌宫调

尧典》说"声依永,律和声",已比较概括地讲到了"律"的作用;其他如《春秋左传》《国语》《管子》《庄子》《吕氏春秋》等,更是不断地讲到律吕、宫商等问题,而《国语·周语下》记载乐人伶州鸠的论乐说律,则更明确地讲到了律的作用:

  律所以立均出度也。

其意思是说,律是用来确立宫音的位置并定出各音位高低的。接着便具体讲到黄钟、大吕等"十二律位"。《礼记·礼运篇》提出了"五声、六律、十二管,旋相为宫"的旋宫理论。《战国策·燕策》记载公元前227年荆轲奉命往秦国刺杀秦王,燕太子丹等在易水为其送行,"高渐离击筑,荆轲和而歌,为变徵之声,士皆垂泪涕泣。又前而为歌曰:'风萧萧兮易水寒,壮士一去兮不复还!'复为慷慨羽声,士皆瞋目,发尽上指冠。"对于荆轲歌唱的声情变化,作者已能用调式转换的知识加以描述。《周礼·大司乐》中已有"圜钟(即夹钟)为宫、黄钟为角、太簇为徵、姑洗为羽","函钟(即林钟)为宫、太簇为角、姑洗为徵、南吕为羽"等等调式转换的记载。再从出土文物的情况看,1978年在湖北随县曾侯乙墓中出土的编钟和在河南淅川楚墓一号中出土的编钟也已证明先秦时期音律的精确,而后者更证明先秦时已使用"七声音阶"、12个半音齐全,完全可以进行旋宫转调(见《文物》1979年7月黄翔鹏《先秦音乐文化的光辉创造——曾侯乙墓的古乐器》和《人民日报》1981年2月9日第4版《我国先秦时期已用七声音阶》等文)。

  综上所述,说明早在先秦时期,"十二律"旋宫转调的理论已

55

臻成熟并获得较为广泛的运用。再经过汉魏南北朝的发展，宫调理论得以系统总结，并出现了万宝常等人的"八十四调"理论（《隋书·万宝常传》及《隋书·音乐志》）。但一般认为"八十四调"仅是宫调理论中的事，而实践上或并非如此，故张炎《词源》卷下说周邦彦等人崇宁间在大晟府"讨论古音，审定古调，沦落之后，少得存者，由此八十四调之声稍传"的话是否可信，还很难说。

唐代曲词用调，即著名的"燕乐二十八调"，到宋词所用，据张炎《词源》所列，为7宫12调，共19宫调，即黄钟宫、仙吕宫、正宫、高宫、南吕宫、中吕宫、道宫、大石调、小石调、般涉调、歇指调、越调、仙吕调、中吕调、正平调、高平调、双调、黄钟羽、商调。从张先、柳永、周邦彦、姜夔、吴文英等人词作标调的情况来看，大致上不出《词源》所列7宫12调的范围。到了元代，《唱论》列17宫调，《中原音韵》列12宫调，而北杂剧用曲，实际仅9宫调，即所谓"北九宫"。

在隋唐以前的文献中，似未见宫调结合具体作品运用的记载。到了唐代，在段安节的《乐府杂录》中，则屡见记录，如：

凉府所进，本在正宫调大遍、小遍，至贞元初，康昆仑翻入琵琶玉宸宫调（初进曲在玉宸殿，故有此名）。合诸乐，即黄钟宫调也。

（廉）郊尝宿平泉别墅，值风清月朗，携琵琶于池上，弹蕤宾调，忽闻芰荷间有物跳跃之声，必谓是鱼；及弹别调则无所闻。……

第二章 北曲的曲牌宫调

> 觱篥者,本龟兹国乐也……大历中,幽州有王麻奴者善此伎,河北推为第一手,恃其艺倨傲自负……不数月到京,访尉迟青所居在常乐坊,乃侧近僦居,日夕加意吹之。尉迟每经其门,如不闻。麻奴不平,乃求谒……因于高般涉调中吹一曲《勒部羝》曲,曲终,汗浃其背,尉迟颔颐而已,谓曰:"何必高般涉调也?"即自取银字管,于平般涉调吹之,麻奴涕泣愧谢……

至于宋代文献中将宫调与具体作品联系在一起的便更多了。如王灼《碧鸡漫志》卷四云:

> 今越调〔兰陵王〕,凡三段二十四拍,或曰遗声也。此曲犯正宫,管色用大凡字、大一字、勾字,故亦名大犯。又有大石调〔兰陵王慢〕,殊非旧曲。

卷五又云:

> 《花间集》和凝有〔长命女〕曲,伪蜀李珣《琼瑶集》亦有之,句读各异,然皆今曲子,不知孰为古制林钟羽并大历加减者。近世有〔长命女令〕,前七拍,后九拍,属仙吕调,宫调、句读并非旧曲。

姜夔〔徵招〕序说:

> 此一曲乃予昔所制,因旧曲正宫〔齐天乐慢〕前两拍是徵

57

调,故足成之。

又,其〔惜红衣〕序云:

> 丁未之夏,予游千岩,数往来红香中,自度此曲,以无射宫歌之。

此类记载,在同时代文献中不少。

总之,从文献记载来看,在唐宋时期,宫调是作为调高、调式的指义,并在歌曲的创作和演唱中被广泛地运用着的。

然而,到了元曲的时代,情况又如何呢?宫调是否还有乐理上的意义呢?如果有,它的指义又如何呢?前人对这个问题是怎样理解的呢?

三、北曲宫调的指义

最早论及北曲宫调的文献为芝庵《唱论》,其文曰:

> 大凡声音,各应于律吕,分于六宫十一调,共计十七宫调:仙吕调唱清新绵邈,南吕宫唱感叹伤悲,中吕宫唱高下闪赚,黄钟宫唱富贵缠绵,正宫唱惆怅雄壮,道宫唱飘逸清幽,大石唱风流蕴藉,小石唱旖旎妩媚,高平唱条物滉漾,般涉唱拾掇坑堑,歇指唱急并虚歇,商角唱悲伤宛转,双调唱健捷激袅,商调唱凄怆怨慕,角调唱呜咽悠扬,宫调唱典雅沉重,越

第二章 北曲的曲牌宫调

调唱陶写冷笑。

《唱论》一书,从无单行,最早为杨朝英《阳春白雪》附载,其后陶宗仪《南村辍耕录》、朱权《太和正音谱》、臧懋循《元曲选》均有所转录。上引一段文字,周德卿《中原音韵》亦引用之,只不过删去了每一句中的"唱"字,如只云"仙吕调清新绵邈"等等。《唱论》对宫调说明的这段文字,向来被作为解释元曲宫调的一说,即"宫调声情说"。除此而外,尚有"宫调调高说"和"宫调音域说"等。

"宫调调高说"出自吴梅先生,他在《顾曲麈谈·论宫调》中说:

> 宫调之理,词家往往仅守旧谱中分类之体,固未尝不是。但宫调究竟是何物件,举世且莫名其妙,岂非一绝大难解之事。余以一言定之曰:宫调者,所以限定乐器管色之高低也。

"宫调音域说"出杨荫浏先生,他在《中国古代音乐史稿·杂剧的音乐》中说:

> 现存的南北曲旧谱中的《燕乐》宫调名称,在调性上,既不代表有定而单一的调,也不代表有定而单一的调式;在表达上,也并不限制某一宫调中的某些曲调,专作表达某类感情之用。它们只是依高低音域之不同,把许多适于在同一调中歌唱的曲调,作为一类,放在一起;其作用只在便于利用现成旧曲改创新曲者,可以从同一类中,拣取若干曲,把它们联

接起来,在用同一个调歌唱之时,不致在各曲音域的高低之间,产生矛盾而已。除此之外,别无奥妙可言。

这三种说法,看起来虽各不相同,但都承认了宫调在乐理方面的意义。值得注意的是洛地先生近年提出的一个新说,即认为元曲之宫调与用韵有关,而与音乐无关。洛先生通过对诸宫调、元散曲及元杂剧的全面考察,先后著《元曲及诸宫调之所谓"宫调"疑探》与《元曲及诸宫调之所谓"宫调"再疑探》二文(见《艺术研究》总第20、22辑),对宫调与用韵的关系作了深入细致的考论,认为:

一言以蔽:元曲的——"宫调"的实质,即在用韵。标"宫调"名是——提示剧曲中各套数首曲的符号标志。

洛先生的这一新论,可概括为"宫调用韵说"。到目前为止,对元曲宫调的理解,基本为以上四说(实际上只有三说,详后)。

关于《唱论》的"宫调声情说",前人屡加驳斥,认为《唱论》所说各宫调的声情,有一些与元杂剧作品的实际情形不符,于是对之加以否定。其实,《唱论》只是对北曲各宫调声情特点的说明,并非是对北曲宫调指义的解释,因为说某某宫调具有某种声情特点,并不等于就认为宫调仅是标明声情的一种符号。因此,我以为《唱论》的"宫调声情说"实质上构不成一"说",故欲以之为据,认为宫调是按声情分类曲调的标志;或认为《唱论》是这样说的而加以否定,恐怕不能不说是所据失实了吧。对于《唱论》所指出的宫调声情,照我的理解,应当是一个有较高歌唱艺术修养的人对

第二章　北曲的曲牌宫调

于他经常演唱的某宫调曲子所具有的一些特点的体验的记载。这些特点,绝大部分是声情方面的,有一些是节奏特征、表达形式和艺术风格方面的。而这种种特点,或许包含着若干代歌唱艺人的艺术体验的积累,而并非芝庵一人的体验。关于这一点的一个最有力的证据是"小石调"。宋人秦观的诗,早年多写春景,取景小巧玲珑,其诗风妩媚风流,格力气骨较弱,与奇峻劲健的苏、黄诗大异其趣,故同时人讥其诗"可入小石调"。(参见《苕溪渔隐丛话》前集卷五十引《王直方诗话》)宋人用"小石调"来说明秦观妩媚风流的诗风,这与《唱论》所说"小石唱旖旎妩媚"的含义,正是吻合的。也就是说,关于"小石调唱旖旎妩媚"的这一体验,是宋人早已有之的。既然宋人已经有了对于宫调声情或其他特点的一些体验,恐怕这种体验就不仅仅是针对"小石"一调,特点总是在比较中见出来的。因此,宋人在有"小石旖旎妩媚"这种体验的同时,必然还伴有对其他宫调特点的体验,只不过没有被全部记载下来罢了。因此,《唱论》对于某宫调曲调特点的记载,应该既有芝庵本人的体验,也有芝庵对前人经验的总结。而且,芝庵的记载还取得了以后许多卓有建树的曲作家或曲论家的认同,如杨朝英、周德清、陶宗仪、朱权、臧懋循、王骥德等在他们的著作中加以转录或节引,便是明证。

至于今之论者认为:第一、《唱论》的分类标准不一;第二、《唱论》的记载与元杂剧部分曲调的感情内容不符;我想,关于第一,因为如前所述,《唱论》仅是对各宫调曲调大致特点的说明,而并非是对宫调含义的解释,也并非是以声情为标准去分类曲牌,因此,也就不存在标准统一不统一的问题。关于第二,即《唱论》所记是否准确的问题,这里面有两个问题必须看到:一是《唱论》的时代问题,一般认为《唱论》所记乃金末元初北曲演唱的情况,如果用这以后的元杂剧的演唱情况去作考察的根据,显然是不合适的。二是《唱论》所记某宫调的声情特点如何,只可能针对某一宫调的大部分曲调,或经常用的一部分曲调,而不可能着眼于某一宫调的全部曲调。如果某一宫调所属全部曲调首首都与《唱论》所记相符,已经不可避免地有了某些发展变化的后一阶段的情况还与《唱论》所记的前一阶段的情况相符,那恐怕才真是见了鬼了呢!总之,我认为《唱论》所记各宫调的特点,不仅是芝庵个人的体验,也是时代的积累,还包含了时代的认同,绝不是他个人的想当然。我们可以对它作深入的认识与分析,但不能去否定,或轻率地下一个"无稽之谈"的结论。

既然《唱论》的所谓"宫调声情"说并非解释宫调指义的一"说",那么,解释元曲宫调指义的便只有前述之后三说了。在这三种说法中,哪一种比较符合事实呢?这似乎不易断然判别,我只能根据自己所接触的有关材料,谈谈对这个问题的一些思考。

在本节第二部分谈到宫调的实际运用时,只谈到宋人,那么,元代呢?宫调是否还在运用而且具有某些乐理上的涵义呢?先要说明的是,元代文献对于宫调运用的记载十分罕见,远不能与唐宋相比,然而,也并不是一点没有。就笔者知见来说,见于散曲的,有张可久的〔水仙子〕《清明小集》,云:

弹仙吕〔六幺遍〕,笑女童双髻丫,纤手琵琶。

第二章　北曲的曲牌宫调

无名氏的〔塞鸿秋〕《宴毕警》：

> 忽听的钧天乐箫韶乐云和乐，合着这大石调小石调黄钟调。

见于元杂剧的，有关汉卿的《谢天香》第二折：

> 钱大尹云：张千，将酒来我吃一杯，教谢天香唱一曲调咱。
> 正　　旦云：告宫调。
> 钱大尹云：商角调。
> 正　　旦云：告曲牌子名。
> 钱大尹云：《定风波》。
> 正　　旦唱：自春来惨绿愁红，芳心事事可可……

从以上三条材料来看，在曲唱中，宫调仍被运用着，这似乎不成问题。但是，若要进一步问：宫调是作为怎样的指义在被运用呢？这又确实很费斟酌了。小山曲中的"弹仙吕〔六幺遍〕"，这里的"仙吕"究竟是表明调高调式呢？还是作为分类曲牌的一种标志？实在不易判别，但是可以肯定：必定属于两种情况中的一种。无名氏曲中的"合着这大石调小石调黄钟调"，其作为调高或调式的指义似乎显得明确一些。至于第三条材料，也有点麻烦，在《乐章集》中，柳永的这一曲〔定风波〕属于"歇指调"，非"商角调"，看来，关汉卿没有把它坐实在柳词按宫调分类众曲调的历史真实上。那么,是否反映了元人标宫调曲牌的通常原则呢?看来也难断定,因为元曲中的〔定风波〕是一个极冷僻的曲牌,只有庾吉甫的一个套曲,属商调,也并非"歇指调"。但有一点可以肯定,那就是表明了曲牌与宫调之间有一种隶属关系,每一个曲牌,都归于某一宫调之下;每一宫调,都统摄着若干曲牌。恐怕只有从这个方面来理解,才符合那一段剧情。这样,宫调也就成为按某一原则分类曲牌的标志。

在上述吉光片羽式的三条材料中,第二条表明宫调有乐理方面的意义;第一、第三两条表明宫调按某一原则对曲牌的分类统摄,然而,这一"原则"是什么呢?是同一调高调式,还是如《唱论》中论到的那样同一声情特点?如果是前者,毫无疑问,宫调当具有乐理方面的指义;如果是后者,那么,问题就在于:某一宫调曲子的声情特点靠什么来表现?如果是靠音乐旋律的结构特点,这又必然关系到调高调式。因此,即使着眼于宫调的声情特点,但结果仍得落脚到调高或调式上,而最终仍表明:宫调具有乐理方面的指义。

既然宫调具有乐理方面的指义,那么,除了调高调式和音域而外,似别无其他可言。然而,宫调之乐理指义究竟是关乎调高调式呢?还是关乎音域?首先,我以为,吴梅调高一说与杨荫浏音域一说看起来相差较大,但实质上仍有相通之处。照杨荫浏"音域"论的说法,宫调"只是依高低音域之不同,把许多适于在同一调中歌唱的曲调作为一类,放在一起",既然宫调表明了某一类曲调"适于在同一调中歌唱",那么,这个"同一调"不是调高又是什么呢?而且,可以说:当宫调表明了某一类曲调的调高,理所当

第二章 北曲的曲牌宫调

然地也就表明了某一类曲调的音域高低大致相同,"适于在同一调中歌唱"。因此,吴梅的"宫调调高说"与杨荫浏的"宫调音域说"在实质上是可以相通的,问题只在于:每一宫调所表示的调高是否是"有定而单一的"?杨荫浏认为宫调名称"不代表有定单一的调",吴梅也认为某些宫调可以代表两个或三个调高,比如:他认为仙吕宫、中吕宫、正宫、道宫、大石调、小石调、高平调、般涉调等既可用于"小工"调,又可用于"尺"字调,其中仙吕宫还可用于"凡"字调;认为南吕宫、商调既可用于"凡"字调,又可用于"六"字调,还可用于"上"字调等等。由此看来,杨荫浏的"宫调音域说"与"宫调调高说"是可以统一起来的,即:宫调表示调高,但这调高并不是单一而有定的。

那么,宫调所表示的调高既不是有定而单一的,这是不是意味着宫调对调高的表示就显得毫无意义了呢?我以为不是。宫调表示调高,它仅仅表明了对某一些曲牌适宜于在某一调中歌唱的大致规定性;而这调高又不是单一有定而绝对不可变更的,它正表明了宫调所表示的调高在实际运用中的灵活性。正如许多论者所言,元曲在实际演唱中,因为角色分配不同,同一仙吕调,旦、末所唱的调高实际上不可能一样;即使同属旦角或末角,也还有演员本身嗓音的个体差异而有可能引起所唱调高的变化等等,因此,宫调所表示调高在实际运用中的这种灵活性应该是需要的,也是实际存在的。不要说元曲宫调所表示的调高在实际演唱中具有其可变的灵活性,即使如在曲调前标明了 1=C 或 1=F 之类调高的现代音乐,又何尝不是如此!这种 1=C 或 1=F,也只能是对某一曲调调高的一般规定,但在实际演唱中,演员根据自己所能自如地适应的音域情况升高半个、一个音,或降低半个、一个音,是司空见惯的,但是,我们能不能因此就否认 1＝C 或 1＝F 存在的意义呢？我想是不能的。同理,我们也不能因为宫调所表示的调高在实际演唱中会有某些变化,便否认宫调表示调高的意义。

接下来的问题是,如果宫调表示调高,那么,这种调高的分配原则是怎样的？比如说元曲中的仙吕调,它所表示的调高相当于现在的 1＝G 还是 1＝A？这确实是一个很棘手的问题,而且,我以为这是一个很难搞清的问题。原因在于:第一、元代北曲音乐面貌不清。如现代不少研究者用以作参照的《九宫大成南北词宫谱》,它成书于乾隆年间,实质上是经过由明到清三百多年间的演变,最后差不多已被昆曲化了的北曲,远非北曲旧貌,它所保留的元代北曲曲乐的原有成分无疑是极有限的。因此,以它作根据考察元代北曲的情况,是不可能得到准确结论的。第二、北曲宫调的名目虽与隋唐燕乐"二十八调"中的一些宫调名目相同,但二者并非一回事。首先,"二十八调"中的宫调名称不但有调高的含义,而且还有调式的含义。北曲宫调是否还具有调式的含义,也还是一个纠缠不清的问题。其次,北曲宫调名目究竟是全用俗名,还是有律吕之名混于其中？至少在宋词中有混用的情况,比如柳永《乐章集》,有时标律吕之名,有时又标其俗名(如林钟商,有时即标其俗名曰"歇指调");吴文英《梦窗词》,或将俗名与律吕之名同时标出,或只标律吕之名。那么,元曲的宫调是不是有一、二律吕之名混杂于大部分俗名之中,确实很难说。比如说"中吕",究竟是作为俗名而指"夹钟宫"呢？还是作为律吕之名指"仲吕宫"(抑

第二章　北曲的曲牌宫调

或仲吕商、仲吕闰)呢？难以断定。即使我们认为北曲宫调全用俗名，也还有难以解决的问题：比如"大石调"，究竟是指代表"黄钟商"的大石调呢？还是指代表"黄钟闰"的"大石角"调呢？或者是指代表"大吕商"的"高大石调"呢？又如"般涉调"，是指代表黄钟羽的"般涉调"呢？还是指代表"大吕羽"的"高般涉调"呢？再如"仙吕"一调，是指代表"夷则宫"的"仙吕宫"呢？还是指代表"夷则羽"的"仙吕调"呢？这些问题，恐怕也难以弄清。因此，我们便不能把元曲宫调的名称与"二十八调"的俗名一一对应上，然后再同张炎《词源》中排列的"十二律吕"表对应，从而确定其所在律位。以上便是元曲宫调调高分配原则不易确切考定的两个主要原因。

宫调俗名，有相当一部分是在宫调调高或调式含义的不断变异中出现的，它的具体含义与称名，也是约定俗成的。当时当代人了如指掌，原不必记录说明，历时一久，后人自然莫名其妙。就连去元未远的明代大曲学家王骥德也在其所著《曲律》卷二《论宫调》一节中感叹说：十七"宫调之中，有从古所不能解者：宫声于黄钟起宫，不曰黄钟宫，而曰正宫；于林钟起宫不曰林钟宫，而曰南吕宫；于无射起宫不曰无射宫，而曰黄钟宫；其余诸宫，又各立名色。盖今正宫，实黄钟也，而黄钟实无射也。沈括亦以为今乐声音出入，不全应古法，但略可配合，虽国工亦莫知其所因者，此也。"据此，则又可知早在宋代，宫调含义已发生某些变异，"不全应古法"，宋代尚其如此，又何论金元？根据现有的一些资料推测，隋唐以后，宫调的变化情况大致是由繁到简，由35调而28调，由28调而19调，由19调而17调，由17调而12调，由12调

67

而9调;起初,宫调之名既表示调高,同时也表明调式,渐渐地变为只表示调高,最后甚至连实际调高都不表示,只表明某一个曲调曾经有过在某一宫调下歌唱的历史罢了。到了这一步,宫调——这一古代音乐调高调式的称名,也就完成了它的历史使命而真正地成为一种摆设,它的实际职能便由"小工调"、"凡字调"、"尺字调"等名称取而代之了。

宫调乐理指义的最后消亡,恐怕不能晚于明嘉靖、万历时期,因为何良俊曾在《四友斋丛说》卷三十七中讲过这样一段话:

> 正声之亡,今已无可奈何,但词家所谓九宫十二则以统诸曲者,存以待审音者出,或者为告朔之饩羊欤!

何良俊爱好戏曲,精审音律,曾在万历末请老曲师顿仁在家教授歌儿北曲,《四友斋丛说》中尚载有何良俊与之探讨字音开合以及南曲声谱方面问题的一些言论。从何良俊"或者为告朔之饩羊"的比喻看,当时的宫调名称显然已不具备乐理方面的实际指义了。

论宫调及此,似该暂告一段落,如果要在这临末来一个小结,那便是:元曲的宫调具有乐理方面的指义——表示调高,但这调高的分配原则不能以"二十八调"的系统和《九宫大成谱》为根据去解释;元曲宫调在表示调高的同时是否还表示调式尚不可知;《唱论》之所谓"宫调声情说"并非一"说";吴梅之"宫调调高说"与杨荫浏之"宫调音域说"可以相通;最后,再郑重地加上一句:如果要对北曲"十二宫调"的调高作一个准确的落实的话,恐怕永远都不会有令人满意的结果。

第二章　北曲的曲牌宫调

第二节　曲　　牌

元曲与唐宋词一样,使用曲牌体音乐。这种曲牌体音乐形式,有一个长期发展的过程,它萌芽于先秦,发展于汉魏南北朝,成熟于唐宋,变化于金元,曾经是我国古代最主要的音乐形式,它的每一次变化发展,几乎都伴随着诗歌形式的变革,盛极一时的宋词、元曲,就是这种变革所孕育出来的诗苑奇葩。这种曲牌体音乐形式发展变化的情形是怎样的?元曲的曲牌处在怎样的一个发展环节?数以百计的元曲曲牌何由而来?它本身的特点如何?这些问题,便是本节所要探索的内容。

一、曲牌的形成和发展

1. 萌芽时期的《诗经》曲式

《诗经》的曲式是以连章复沓为基本形式,这个"章"是什么?失去了乐谱的现存徒诗,表现为一个个的诗段,《毛诗郑笺》中所云某某篇多少章,这个"章"便是就诗段而言的;然而,在"诗三百,孔子皆弦歌之"的那个时候,"章"却是就乐章而言的,每一个诗段便是一个乐章,每一个乐章便是一个曲调。在"十五国风"中,不同的诗篇,"章"的句式结构不一样,有齐言的、杂言的、齐言与杂言合成的。齐言中又有四言三句体(如《甘棠》《采葛》)、四言四句体(如《桃夭》《苤苢》)、四言五句体(如《有杕之杜》《无衣》)、四言六句体(如

69

《燕燕》《泉水》)、四言七句体(如《草虫》《硕人》)、四言八句体(如《汉广》《硕鼠》)、四言九句体(如《淇奥》)甚而还有四言十句体(如《小戎》);至于杂言体的情况,就更是五花八门,不胜其繁。由《诗经》中"章"的这种繁富性,表明了"诗三百"音乐曲调的丰富性、多样性和生动性。就所有风诗中的"章"通观是如此,然而,就每一篇中的各"章"来看,它的句式结构又有相当的规律。如四言四句体,则全篇各章皆为四言四句,如杂言之三三四,四四五,四三四五之结构者,则通篇之各章亦皆为三三四,四四五,四三四五,极少例外。它的严整划一,要远过于后世词中的"片"、"叠"和曲中的"幺篇"、"前腔",这样,又表现出风诗中"章"的规整性。这一个个曲式结构极稳定的曲调,应该有它一定的唱法和旋律特点,因此,从这个意义上说,未尝不可把它看作是一个个曲牌,只不过还没有给它们加上《忆秦娥》《醉太平》《山坡羊》之类的名目就是了。

民歌是劳动人民集体的口头创作,大家经过口头歌唱的反复试验、修改,只要创作好第一"乐章",从调式上说,实际上也就等于创作完最后一个乐章,因为最后几章只不过是在第一乐章的各关键部位改动个别字句,但是,我们绝不要小看这一行为。如果说第一乐章的创作是辞与曲双管齐下同时进行的,那么,第二乐章、第三乐章等各关键部位字句的改换,便无需再像第一乐章那样进行诗与歌如何配合协调的反复试验了,人们只要照第一乐章调式的老样子在相同的位置上换上新的字句就行了。这新换上的字句如何歌法?这丝毫用不着考虑,只要照第一乐章的调子唱就是了。于是,新换上去的字句,便具有了毫不自觉的朦朦胧胧的"依声填词"的味道,是的,这便是处于最原始时期的萌芽状态中的"倚声填词"！有了这种局部性的字与句的"倚声"，久而久之，大家把某一个调子唱得滚瓜烂熟的时候，而且需要用这个调子去歌唱另一生活内容的时候，整体性的章与篇的"倚声"的出现，就是极其自然的事了。"诗三百"中有没有这样的痕迹呢？有的，比如说周南、召南中那许多每篇都是三章，每章都是四句四言的结构，以及其他类似的情况，会不会是同一个曲调在不同场合的运用？这似乎难以断定，但是，《诗经》中以《扬之水》名篇的三首诗却极堪注意，它们分别见于王风、郑风和唐风。为便于比较，先引原诗如下：

《王风·扬之水》	《郑风·扬之水》	《唐风·扬之水》
扬之水	扬之水	扬之水
不流束薪	不流束楚	白石凿凿
彼其之子	终鲜兄弟	素衣朱襮
不与我戍申	维予与女	从子于沃
怀哉怀哉	无信人之言	既见君子
曷月予还归哉	人实迋女	云何不乐
扬之水	扬之水	扬之水
不流束楚	不流束薪	白石皓皓
彼其之子	终鲜兄弟	素衣朱绣
不与我戍甫	维予二人	从子于鹄
怀哉怀哉	无信人之言	既见君子
曷月予还归哉	人实不信	云何其忧

扬之水	扬之水
不流束蒲	白石粼粼
彼其之子	我闻有命
不与我戍许	不敢以告人
怀哉怀哉	
曷月予还归哉	

上引三首诗,每篇每章首以"扬之水,××××"开头;除唐风末章外,其余每章皆为六句;稍有不同者,是其中个别五言或六言句所处位置不一,但却依旧保持着以四言句为主的基本格式,在此基础上杂以三言、五言、六言的变化;而且,王风、郑风、唐风所产生的时代又大致相同(东周);又而且,这三种风诗所产生的地域又较为邻近(在今河南、山西一带);据此,我断定这是同一首民歌调子在不同地区的传唱,而那未能完全一致的个别五字句和六字句正好表现出在局部位置上的小小变异。这三篇诗究竟哪一篇最先产生,已不可考,不过,这三篇中总有一篇最先产生;当然,也有可能这三篇都不是最初的那一篇《扬之水》,而最初的那一篇已亡佚;但无论哪种情况,这三篇《扬之水》中至少有两篇要依其调而歌,从这个意义上说,《扬之水》便是我们现在可知的一个最古老的"曲牌"了。当然,处于萌芽状态的这种"依声"是远不能与唐宋以后的"依声填词"相比的,然而,大辂椎轮,其重要意义岂容低估!

2. 处于发展时期的汉魏乐府曲式

汉武帝为适应大一统政治需要,整顿中央乐舞机构,扩大乐府编制,大量采集民歌俗曲,所谓"采诗夜诵,有赵、代、秦、楚之讴"(《汉书·礼乐志》)。当时的乐府机关不仅采集民歌,而且还制定乐谱,训练乐工,创作歌辞等(见《汉书》之《礼乐志》和《李延年传》)。于是,朝廷原有之雅歌与从民间采集之俗调融合,产生了不少新的歌曲。这些歌曲,属于音乐的曲子当时被称为"声曲折",而属于文学的歌词,则被称为"歌诗"。这些被后世称为乐府的新的歌曲在经过一段时期的流行之后,便引起不少人的模仿创作(如《古诗十九首》),其后经曹氏父子的倡导,在魏晋南北朝时期出现了文人拟作乐府的高潮,有的还明确地标出"拟"、"代"二字。所谓"拟",即模拟、仿拟原作格式;所谓"代",即以新辞代换原歌曲之旧辞。不过,文人拟作之情况相当复杂,究竟有哪些作品具有"倚声填词"的性质,难以考知。如汉乐府古辞相和歌中的《陌上桑》,原为整齐的五言,文人拟之,却为杂言;而《妇病行》《孤儿行》等杂言,却又反拟为齐言。尤其鼓吹曲辞(即汉短箫铙歌)中如《朱鹭》《思悲翁》《战城南》等10余曲,在汉乐府古辞,全为杂言,而文人拟之,亦为齐言,如此之类,就很难说是严格依旧曲作新歌。传作难以考索,故不得不转而求诸记载。

《晋书·乐志》释"鞞舞"云:

鞞舞未详所起,然汉代已施于燕享矣,傅毅、张衡所赋皆其事也。旧曲有五篇:一、《关东有贤女》,二、《章和二年中》,三、《乐久长》,四、《四方皇》,五、《殿前生桂树》,其辞并亡。曹植《鞞舞诗序》云:"故汉灵帝西园鼓吹有李坚者,能鞞舞,遭世荒乱,坚播越关西,随将军段煨。先帝闻其旧伎,下书召坚。

> 坚年逾七十,中间废而不为,又古曲甚多谬误,异代之文未必相袭,故依前曲作新歌五篇。"及泰始中又制其辞焉。

这里明确提到"依前曲作新歌",为依声填辞无疑。不过,联系前文"古曲甚多谬误"的话看,可能在"依前曲"的同时,又对其"谬误"有所改正,这样看来,其"依声"的原则并不怎样严格。

那么,魏晋时期有没有比较严格一点的倚声填词呢?将传作与记载结合考察,似可明了这一问题。

《晋书·乐志》载魏缪袭曾改汉短箫铙歌《朱鹭》《思悲翁》等共12曲,所谓"使缪袭为词,述以功德代汉";同时,"吴亦使韦昭制十二名以述功德受命",亦改汉曲为之;"及武帝受禅,乃令傅元制二十二篇,述以功德代魏",亦再改汉曲为之。如果用缪袭所改与汉旧曲相比,句式变化较大,但用韦昭、傅玄所改与缪袭所改者相比,三者却相当接近,其中还有《朱鹭》(缪袭改名《楚之平》、韦昭改名《炎精缺》、傅玄改名《灵之祥》)、《思悲翁》(缪改名《战荥阳》、韦改名《汉之季》、傅改名《宣受命》)、《上之回》(缪改名《克官渡》、韦改名《伐乌林》、傅改名《宣辅政》)、《有所思》(缪改名《应帝期》、韦改名《从历数》、傅改名《惟庸蜀》)等4曲,三者之句式结构基本上完全相同,如出一辙。这其中必然有一个被他们作为准的的东西,这就是曲调的乐句节拍,只有严格按乐句节拍来填写,才能显出如此的整齐划一。这充分说明,魏晋之人依汉乐府旧曲作新歌的行为,已经是一种自觉的、有意识的"倚声填词",而并非如有些论者所言,要到隋唐燕乐兴起之后,才有文人的"倚声填词"。

与先秦时期处于萌芽状态的"倚声"相比,魏晋时期已变先秦时集体的自发行动为文人个人的自觉行为,变先秦时一调中歌辞的局部改换为全部"拟代",变《诗经》中歌曲的以首句名篇为别拟调名。如此等等,都是与这一时期文人诗的发展成熟同步的。这种别拟调名,规定着文人拟代句格的乐府旧曲如《思悲翁》《战城南》等等,实际上便已具有后世"曲牌"的某些性质,当然还不能与唐宋时期的词牌相提并论,因为这时的乐府曲调还未发展到元稹《乐府古题序》中所讲到的"句度短长之数,声韵平上之差莫不由之准度"的那一步,准确地说,这时的某些乐府曲调作为"词牌"的意义仅规定了"句度短长之数",要等到齐梁时周颙、沈约等人声韵学的成就被运用、音乐方面由燕乐代替清乐的时候,乐府曲调才有条件在规定"句度短长之数"的同时也规定"声韵平上之差",只有到了这一步,乐府曲调才算演变为真正成熟的"词牌"。

3. 唐宋时期发展成熟的词牌

唐宋时大约有一千多个词调,它们大都具有某些共同特点,比如:分片、每一调有一定的句数和字数、每一调有一定的韵格、每一调有一定的字声平仄规律。这些特点的形成,原因主要在于按谱填词:依曲调的乐段分片,依曲调的音乐节拍为句,依曲调的声腔押韵,依曲调的旋律高下审音用字。这一切均是按曲调之"音谱"进行的,即元稹《乐府古题序》所谓"因声以度词,审调以节唱,句度短长之数,声韵平上之差,莫不由之准度","斯皆由乐以定词"。不过,这样按"音谱"填词,其前提是作者必谙熟音律,如宋之张先、柳永、周邦彦、姜夔、吴文英等人。当这些音乐造诣较高的人按"音谱"填成一词以后,这首词本身也就可以成为一种范式,许多不太懂音乐的作家,只要以柳永、周邦彦等人填好的词作样板,也可以填出协律可歌的词来,如柳永的《望海潮》、苏轼的《念奴娇》等等,实际上就是许多人的样板。如朱雍许多词明标"用耆卿韵"、杨泽民有《和清真词》92首,方千里有《和清真词》93首等,很可能都是用周、柳填好的词作样板的。这样,如周、柳等人的被作为样板的词又成为另一种谱式,即相对于"音谱"的"词谱"(文字谱)。

由此,我以为唐宋时期词牌体的真正成熟,既表现在音乐方面,也表现在文学方面。在音乐方面,曲式旋律要基本稳定;在文学方面,要有平仄四声的运用。有了前者,"乐"才能"定词",才有对字声轻浊高下的要求;有了后者,"词"才能更好地"从乐",达到"字与音协"、相得益彰。在这一时期,"乐"之所以对"词"有声韵平仄上的更高要求,是同燕乐曲调音律的繁复相关的,这一点人多论及,不赘。而"词"能更好地"从乐",要以平仄四声的运用为基本条件,故永明体诗、唐代近体律诗的成绩对于词体的确立,其意义是极重大的。对这一点,词论家们往往重视不够,又未能对曲牌体形成的过程作一通观,因此,对词体确立之前的以五、七言绝句入乐,也就发现不了它的重大意义。如前文所述,魏晋人之"依前曲作新歌",便已出现"依曲拍为句"的长短句(杂言体),但何以要等到中晚唐以后文人"倚声填词"时词体才告确立?其中关键之关键便是必须要有平仄四声的成功运用,而平仄四声首先是经永明体小诗的试验,再到唐代近体律诗中发展成熟的,故五、七言绝句的入乐,可以说是把平仄四声获得成功运用的经验带到"依声填词"中去的必不可少的中间环节。词体一经确立,"词谱"

第二章　北曲的曲牌宫调

相对于"音谱"也就具有了一定的独立性,于是,二者会互相约束、互相制约。一方面是音谱不允许词谱随意加句减字,另一方面是词谱亦不允许音谱再随意犯调偷声,由此相互制约,故一个曲调一经填词,便成为一个较稳定的词牌。它的稳定性再经极端的发展,便出现凝固、僵化,如南宋吴文英、张炎等人之斤斤死守,便是如此。到了这一步,填词不但不能获得一种创作的愉快,反而是一种遭受囹圄的痛苦。事物发展的逻辑总是物极必反,在金元时盛行的北曲,其曲调在稳定中有变化,可以加字甚而加句,实际上就是对词牌体凝固、僵化的一种反动。

二、北曲的曲牌

在元代流行的北曲曲牌一共有多少?难以作确切统计。最早予以著录者为周德清《中原音韵》,周氏于12宫调名下共著录元代流行的北曲曲乐335章,如果除去并非曲牌的各种〔尾〕,以及于不同宫调中重复著录者,大约有300个曲牌。这恐怕仅是周氏所见之数,周氏未见或见而未录者尚不知凡几,比如见于周文质小令的〔时新乐〕、见于张可久小令的〔汉东山〕等即未被著录。观《唱论》"词山曲海,千生万熟,三千小令,四十大曲"之语,便可以推知金元以来盛极一时的北曲,其牌调是极丰富的。遗憾的是元曲作品散失太多,其存于今者,不过其十之二三而已,故凭现在之传作,实难以考知当时流行之曲数。而成书于明清人之手的曲谱著作,如李玉《北词广正谱》、王奕清《曲谱》、周祥钰等《九宫大成南北词宫谱》等,又杂以不少明人作品,难以为据。出于元人之

77

手的北曲曲名著录之作,除周德清《中原音韵》外,尚有陶宗仪《辍耕录》(录220多个曲牌),洛地先生曾结合《元曲选》《全元散曲》以及《刘知远》《西厢记》诸宫调传作进行了全面考察,统计出现在可以考知的元(包括金)北曲曲牌共420多个,如除去诸宫调之曲,则现今可知的元北曲曲牌大约是360个左右。这些曲牌,有来自唐宋词的,有来自唐宋大曲的,有来自宋代歌舞剧曲的,有来自金院本和金诸宫调的,有来自宋金民间俗曲的,还有若干西北少数民族的曲调和元代文人的创调。综而观之,元代北曲所用之曲牌所反映的音乐现象,可以说明元曲具有巨大的融会聚集之力,其所汇所集之曲,时不分古今,地不限南北,格不拘雅俗,调不论长短,皆可融而化之,改而用之,由此而赋以新的面貌,形成其有别于词乐的独特风格。考察一下北曲调名的渊源及其被使用的情况,不但有助于对元曲渊源的认识,而且有助于对词、曲体式的特点及演变情况作一些了解。

1. 北曲曲牌的来源

(1) 出于唐宋大曲者有以下14调:

〔降黄龙衮〕〔倾杯序〕(以上黄钟),〔小梁州〕〔六幺遍〕(以上正宫),〔催拍子〕(大石),〔伊州遍〕(小石),〔八声甘州〕〔六幺序〕〔六幺令〕(以上仙吕),〔普天乐〕〔齐天乐〕(以上中吕),〔梁州第七〕〔菩萨梁州〕(以上南吕),〔新水令〕(双调)。

(2) 出于唐宋词者有以下118调(笔者曾以词、曲作品之同名者一一考订比勘,其中词、曲句式全同者23调,在曲牌名称下以"——"标示;词、曲句式略有差异者37调,以"~~~~"标示;有较大差异者56调,不著符号;宋

第二章 北曲的曲牌宫调

词已佚或已残,无从比较者2调,不著符号):

黄钟宫:〔人月圆〕〔侍香金童〕〔女冠子〕(又名〔双凤翘〕)〔醉花阴〕〔水仙子〕。〔彩楼春〕(又名〔抛球乐〕)〔喜迁莺〕〔昼夜乐〕〔贺圣朝〕。

正　宫:〔菩萨蛮〕〔醉太平〕〔端正好〕〔太平年〕〔滚绣球〕〔甘草子〕〔最高楼〕〔啄木儿煞〕(宋词已残,无从比较)。〔黑漆弩〕(又名〔鹦鹉曲〕,宋词已佚,无从比较)。

仙吕宫:〔忆王孙〕〔太常引〕〔柳外楼〕(王国维《宋元戏曲考》谓此曲即〔忆王孙〕)〔一半儿〕〔点绛唇〕〔瑞鹤仙〕〔双雁子〕〔忆帝京〕〔后庭花〕〔鹊踏枝〕〔天下乐〕〔金盏儿〕(又名〔醉金钱〕)〔端正好〕(与正宫〔端正好〕有别)〔三番玉楼人〕。

中吕宫:〔醉春风〕〔迎仙客〕〔满庭芳〕〔粉蝶儿〕〔卖花声〕〔红芍药〕〔喜春来〕〔朝天子〕〔剔银灯〕〔柳青娘〕〔四换头〕。

南吕宫:〔贺新郎〕〔红芍药〕(与中吕〔红芍药〕有别)〔一枝花〕〔感皇恩〕〔乌夜啼〕〔玉交枝〕(词名〔相思引〕)〔醉乡春〕。

大石调:〔青杏子〕〔归塞北〕(词名〔望江南〕)〔百字令〕〔蓦山溪〕〔念奴娇〕〔阳关三叠〕〔鹧鸪天〕(曲已残,无从比较)〔还京乐〕。

双　调:〔行香子〕〔风入松〕〔月上海棠〕〔醉春风〕(此调又见中吕宫)〔夜行船〕〔青玉案〕〔减字木兰花〕〔楚天遥〕(词名〔卜算子〕)〔捣练子〕〔豆叶黄〕(词名〔忆王孙〕)〔鱼游春水〕〔也不罗〕(又名〔野落索〕,词名〔一落索〕)〔碧玉箫〕〔太清歌〕(宋史浩有舞曲名〔太清〕)〔竹枝歌〕〔驻马听〕〔驻马听近〕〔万花方三台〕(词名〔三台〕、〔三台令〕)〔川拨棹〕(词名〔拨棹子〕)〔三犯白苎歌〕〔慢金盏〕〔高过金盏儿〕〔滴滴金〕(又名〔甜水令〕)〔春归怨〕〔天仙子〕〔快活年〕〔水仙子〕(与黄钟〔水仙

79

子〕有别)〔河西水仙子〕〔小阳关〕〔落梅风〕〔折桂令〕(又名〔秋风第一枝〕〔天香引〕〔蟾宫曲〕〔步蟾宫〕)〔乔木查〕(又名〔银汉浮槎〕,词名〔娇木笪〕)〔沽美酒〕(又名〔琼林宴〕)〔离亭宴〕〔离亭宴煞〕〔离亭宴带歇指煞〕。

越　调:〔梅花引〕〔南乡子〕〔唐多令〕〔调笑令〕〔霜角〕(词全称〔霜天晓角〕)〔金蕉叶〕〔看花回〕〔古竹马〕(词名〔竹马儿〕〔竹马子〕)〔小桃红〕〔三台印〕〔耍三台〕。

商　调:〔秦楼月〕〔集贤宾〕〔二郎神〕〔定风波〕〔双雁儿〕〔望远行〕〔玉抱肚〕〔逍遥乐〕。

商角调:〔垂丝钓〕〔黄莺儿〕〔踏莎行〕〔应天长〕。

般涉调:〔哨遍〕〔瑶台月〕。

(3) 出于唐宋教坊曲而无词可作比较者,有以下9调:

〔兴隆引〕(黄钟)〔擂鼓体〕(大石);〔大安乐〕(仙吕);〔殿前欢〕〔大德乐〕〔金娥神曲〕〔神曲缠〕(以上双调);〔麻婆子〕〔墙头花〕(以上般涉)。

(4) 出于诸宫调者有以下29调(其中有12调,曲与诸宫调句式基本相同,于曲牌名称下标"——";有10调略有变化,标"～～";有6调变化较大,不著符号):

黄钟宫:〔刮地风〕〔出队子〕〔愿成双〕〔文如锦〕〔四门子〕〔神仗儿〕〔寨儿令〕。

正　宫:〔脱布衫〕。

大石调:〔玉翼蝉煞〕。

仙吕宫:〔赏花时〕〔胜葫芦〕〔柳叶儿〕〔混江龙〕。

中吕宫:〔乔捉蛇〕〔石榴花〕〔酥枣儿〕〔鹘打兔〕(元曲无传,《辍耕录》录名)。

南吕宫：〔牧羊关〕

双　　调：〔播海令〕(诸宫调名〔渤海令〕)〔搅筝琶〕〔庆宣和〕〔乔牌儿〕。

越　　调：〔斗鹌鹑〕〔雪里梅〕〔踏阵马〕〔青山口〕〔凭栏人〕。

般涉调：〔急曲子〕〔耍孩儿〕

(5) 出自宋代戏艺及金院本者,有以下 24 调:

〔红衲袄〕〔神仗儿〕(以上黄钟),〔货郎儿〕〔叨叨令〕(以上正宫),〔六国朝〕(大石),〔材里迓鼓〕(仙吕),〔红绣鞋〕〔红衫儿〕〔山坡羊〕(以上中吕),〔鹌鹑儿〕〔净瓶儿〕〔斗蛤蟆〕(以上南吕),〔梅花酒〕〔拨不断〕〔太平令〕〔石竹子〕(以上双调),〔麻郎儿〕〔绵搭絮〕(以上越调),〔上小楼〕〔叫声〕〔快活三〕〔十二月〕〔古鲍老〕〔鲍老儿〕(以上中吕)。

(6) 有可能与宋代俗曲曲牌有关者 4 调:

〔九条龙〕(黄钟。见周密《武林旧事》),〔灵寿杖〕(正宫。又名〔呆骨朵〕,见周密《癸辛杂识》),〔四边静〕(中吕,见赵彦卫《云麓漫抄》),〔盖天旗〕(商角调。见孟元老《东京梦华录》)。

总计以上六项,共 198 调(此项研究吸收了王国维、洛地等先生的研究成果),约占元北曲用调的二分之一以上,现知元曲曲牌之有源可查者,其数大致如此。其余尚有一百多个曲调,其中自唐宋词及宋金诸宫调等说唱技艺和歌舞剧曲来者,无疑还有一些,不过因为前代词和曲艺作品失传太多,使我们无法查考罢了。比如在元曲小令中非常流行的曲牌〔黑漆弩〕,王恽、卢挚、姚燧、张可久、白无咎、冯子振等人都曾用过,尤其冯子振,用它和白无咎韵,一下作了42首。关于这个曲牌的来源,卢挚在此曲的序中曾提到它原为田不伐所作,田不伐为宋大晟乐府制撰官(见《碧鸡漫志》),很明显,此曲是由宋词演变而来。但是,如果不是卢挚序中有载,又有谁能知道它是出自宋词呢?类似的情况,我想绝不止一个〔黑漆弩〕。所以,现在无渊源可考的那一百多个曲牌,未见得全都是元北曲之"本生曲牌",但现在却又只能作如此预设,的确也是无可奈何的事。在这160个左右的元北曲"本生曲牌"之中,据其调名推测,有如下各类情况:

第一,与朝廷改元庆典和国运隆兴相关者,如〔庆元贞〕〔大德歌〕等;

第二,与军事活动相关者,如〔得胜乐〕〔镇江回〕〔收江南〕等;

第三,与佛道盛行之宗教活动相关者,如〔好观音〕〔华严赞〕〔金字经〕(又名〔西番经〕〔阅金经〕)〔祆神急〕〔朝元令〕等;

第四,与民风民俗相关者,如〔大拜门〕〔小拜门〕〔骂玉郎〕〔油葫芦〕〔醋葫芦〕等;

第五,与劳动生产相关者,如〔采莲曲〕〔采茶歌〕等;

第六,与花草之名相关者,如〔黄蔷薇〕〔碧牡丹〕〔荼蘼香〕〔梨花儿〕〔节节高〕〔蔓青菜〕等;

第七,与地域名称相关者,如〔郓州春〕〔荆湖怨〕〔楚天遥〕〔穷河西〕等;

第八,若干少数民族语而未经汉译之调,如〔者剌骨〕〔阿纳忽〕〔古都白〕〔唐兀歹〕〔阿忽令〕〔也不罗〕〔拙鲁速〕等。这些曲调究竟来自哪些民族?其调名指义若何?有待于搞民族语言学的同志们研究。来源于少数民族的曲调,其名一经汉译,来源便已模糊,少许几个名称未经汉译的曲调,恰好有力地证明元北曲曲牌中有不少曲调是与北地少数民族风情相关的。或许正因为其民族风情的浓郁鲜明而一直未作丝毫改动,就连调名也照原样保留。

第九,元代文人自创之曲,如〔骤雨打新荷〕(元好问创),〔干荷叶〕(刘秉忠创),〔铁龙引〕(杨维桢创)等等。

2. 北曲曲牌的文化意蕴

由以上对北曲曲牌来源的考察,我们可以明显地看出,元北曲的渊源是多元的,它对元代以前流行于宋金的各种歌曲,上至宫廷,下至民间,南北东西,汉藏蒙回,阳春白雪,下里巴人,各式各类,各色各样,几乎是无所不包的,正因为如此,也就充分显示出元北曲音乐体系之构成的丰富性和复杂性。元北曲曲乐体系的形成,在我国音乐发展史上是具有划时代意义的,它完全可以同著名的汉乐府的音乐和隋唐之燕乐相提并论而更富于崭新的时代意义。

纵观我国音乐发展的历史,从先秦以迄金元,一共出现过三次南北东西的大交流与大融合,而每一次都对中国的诗歌文学产生了巨大的影响。

第一次大交流与大融合是以汉帝国的大一统为背景,以汉乐府机关的采集民歌俗曲为标志而进行的。据《史记·乐书》和《汉书·礼乐志》所记,汉乐府设置当在汉惠帝时期,而广采南北民歌俗曲则始于汉武帝,即所谓"采诗夜诵,有赵、代、秦、楚之讴。以李延年为协律都尉"。这种大规模的采风活动,一直持续到东汉末年,其采集地域之广泛,持续时间之久长,都是空前绝后的。《汉书·艺文志》著录各地民歌俗曲共138篇,当是经选择、淘汰、加工改造后所保留下来的精华,遗憾的是其歌辞未被著录,《宋书·乐志》中仅有部分记载,宋代郭茂倩编《乐府诗集》,始有较完备的搜罗。一方面是"赵、代、秦、楚之讴"的南北大交流,同时,另一方面也就自然是被称为相和歌的"街陌讴谣"与宫廷庙堂之乐的雅俗融合,由此形成以统治者国都所在地为中心的南北、雅俗音乐的交流聚散之地,一批有较高音乐和文学修养的士子如李延年、司马相如等活动于此,从音乐和文学两方面都做了整理改造的工作,一种有别于诗、骚的新型歌诗——"汉乐府"宣告诞生,它是以诗、骚为代表的南北两大不同音乐类型的第一次成功的交流融合。从此以后,中国歌诗的步伐便跨入了"乐府"的时代,直到隋唐时燕乐的出现、词的兴起,这一个辉煌的时代才暂告一段落。受其影响,结果是音乐上新型的"清乐"体系的建立,文学上则是以"古诗十九首"为起点的文人"拟"、"代"体乐府诗的大盛,它与五言体古诗相辅而行,刷新了中国诗歌历史的面貌,宣告了文人诗歌创作的自觉时代的开始。

  第二次南北东西音乐大交流以燕乐的形成为重要标志,它始于隋的统一南北,而基本完成于唐初。当公元四世纪初,"五胡乱华",晋室南迁,中国便进入南北大分裂时代。在战乱相寻的中原地区,与大规模移民相伴随的是西域音乐的广泛传播;而偏安一隅的江左一带,则是代表南朝音乐的"清商乐"的长足发展。虽然南北疆划并没有全然阻隔文化的交流,但最终仍形成南北两大各具特色的音乐体系,如杜佑《通典》(卷一四二《乐二》)所云:"梁、陈

第二章 北曲的曲牌宫调

尽吴楚之声,周、齐皆胡虏之音。"

隋统一南北后,四夷歌舞、八方风谣又汇集国都,统治者分别雅俗,于雅乐外另置七部、九部之乐,并多次"括天下周、齐、梁、陈乐家子弟皆为乐户"(《隋书·音乐志》《隋书·裴蕴传》),不仅南北汇集,而且东西交流,于是,中国音乐又开始了第二次大规模融合。唐承隋制,始"奏九部乐","至贞观十六年十二月宴百寮,奏十部乐"(《通典》卷三三《燕乐》),"自唐天宝十三载,始诏法曲与胡部合奏,自此乐奏全失古法,以先王之乐为雅乐,前世新声为清乐,合胡部者为宴乐"(沈括《梦溪笔谈》卷五《乐律》一)。这次以隋唐大统一为前提的南北东西音乐的大融合,它在音乐方面的成绩便是继雅乐、清乐之后的又一新型音乐体系——"燕乐"的诞生,文学方面便是按谱填词、"字与音协"的唐宋词的崛起。词与近体诗交相辉映,共同显示了中国古典诗歌的高度成就,"唐音宋调"的历史丰碑至今还闪耀着它的艺术光华。

第三次便是金元时期伴随着民族关系发生巨大变化的北曲的盛行。女真、蒙古民族先后以异民族入主中原,巨大的朔方冲击波对中原以及南方广大地区的政治、经济、文化给予了猛烈的冲击,一方面,"番腔"伴随着"铁马"南下,充满着异族情调的"武夫马上之歌流入中原,遂为民间之日用"(徐渭《南词叙录》);另一方面,以燕乐为代表的中原音乐又随赵宋王朝的两次颠覆而大规模北上(参见本书第一章有关部分),南北音乐文化的因子又在新的历史条件下再度发生急剧的碰撞,经过了一番痛苦的融合,俗的冲击了雅的,雅的也改造了俗的,最后,一种被称为"北曲"的新的音乐体系又告形成。

与前两次相比,这次南北、雅俗音乐大交融的社会、文化背景已有显著不同,其主要特点有以下一些:第一,随着城市工商之民的增多,市民阶级迅速壮大,他们对于文化艺术需求方面的新的价值观和审美观冲击和改变着文学艺术传统的形式、创作方法和审美情趣,以小说、戏剧、说唱为代表的俗文学正在蓬勃兴起。第二,入主中原的异民族统治者并无以礼、乐作为政治教化手段的自觉意识和迫切要求。如果说汉、唐统治者在南北音乐大融合的关键时刻都程度不同的带有政教功利目的参与其中,一切在封建伦理政治的秩序中井井有条(如汉代设置乐府机关,并以司马相如、李延年等参予乐府诗的整理;唐置教坊司专掌俗乐),那么,金元统治者主要出于享乐主义目的而表现出一种近乎疯狂的掠夺和强占。然而,以享乐需要为目的却自然要比带有政治功利少一些束缚,因此,在这种情况下的文学、音乐等艺术也就多一些生长发育的自由,野蛮的手段反倒引出意想不到的文明。第三,如果说前两次南北音乐的大融合主要靠统治者组织的专门人才来完成,而第三次则主要靠那些以卖艺为生的职业性曲艺演员走南投北、冲州撞府的流动性演出起了更重要、更直接的作用。因此,前两次南北雅俗音乐文化的交流首先向统治者国都所在地集中,然后再播散开来;而第三次则自始至终都发生在许多重要都邑和更为广大的乡村。

综上所述,可以说这次音乐文化的大交流与大融合,是以南北政治的大动荡、民族关系的大调整和通俗文艺的大发展为背景,以广大市民对文艺审美要求的集体无意识为主导,以统治者礼、乐教化观念的相对淡薄为条件,以众多沦落文士和民间艺人

第二章 北曲的曲牌宫调

的积极参与为过程而得以实现的。这一切现象集中而鲜明地表明一点：本次音乐文化的大交流与大融合是在一个完全开放的势态中进行并得以完成的。正因为它的全开放势态，所以古今中外、南北东西、各式各样的歌曲才能自如地融会交流，在合理的碰撞中靠艺术自身的规律进行优胜劣汰的选择。新型的北曲音乐于是富于强大的艺术生命力，当元混一南北之后，它很快风靡全国，直到明中叶南曲的兴盛，北曲才慢慢衰落下来。现在讲明代的传奇与散曲，总要到中叶以后仿佛才有可说的东西，明初一百多年似乎是空白，其实，这朱明王朝统治初期的一百多年，其歌台舞榭何曾空过！这只不过正是明初人躺在元人北曲成就的宝库中坐吃山空的时代。因而，这反过来更证明了北曲艺术的成功和它顽强的生命力。这一次最为显著的成绩，是北曲对南曲的同化，并由此推进了词曲艺术通俗化、民众化的历史进程。

明代中后期的曲论家慨叹当时的宫调已形同"告朔之饩羊"，而时日迁移，音乐代变，北曲曲牌体音乐也早已成为历史的回忆，那一个个标在作品前面的曲牌，便也如一只只"饩羊"了。不过，要我打比方，倒不如说它们是当年曾盛极一时的北曲音乐所遗留下来的块块"化石"，它们有许多已纹理模糊，令人莫知其详；而亦有许多却清晰可辨，斑斑可考。正是通过对它们的考察，我们发现了北曲渊源的多元性、复杂性和丰富性，由此也发现了它是继隋唐燕乐之后的又一次音乐文化的大交流与大融合，因此，可以说，这些音乐"化石"，是研究古代音乐流变史的珍贵材料。而且，从我们对北曲本生曲牌的考察，还可以依稀看到其中不少民风民俗以及那一时代社会生活所遗留的种种痕迹，因而，它又具有一定程度的社会民俗学的研究价值。凡此种种，均可视作北曲曲牌所凝结和蕴藏的文化意义。

3．北曲曲牌的特征

与词牌相比，曲牌有一些极鲜明的特征，略而言之，主要有以下两点：

第一，单调成曲。唐宋词牌绝大多数是双片成曲，单片极少；曲牌反是，绝大部分是单片成曲，而双片罕见。关于这一点，我以为是经过唱赚和说唱诸宫调的试验而逐渐被选择确定下来的。大家知道，词调一般单唱，单片曲确实未免太单调，而且稳定性较差，用双片反复一下，甚而再来一个"三叠"、"四叠"之类，于是不但增加了曲式的繁富之美而且也加强了稳定性。当唱赚和诸宫调成为某些词牌向曲牌的转化中介的时候，它仍使用了词的双片，或"三叠""四叠"的形式，由于诸宫调绝大多数是"一曲加尾"或"二曲加尾"的歌唱形式，因而尚无大妨碍，但其中也有使用赚体的形式以四、五曲或七、八曲加尾而构成的联套曲组，这样一来，如果每一个曲牌都唱作双片，结果会很别扭。又，众多的曲牌联成一套，必须加强"套"的整体性，而唯一的办法便是削弱套中只曲的独立性，一个最简单的办法便是改双片为单片，并在这单片的首尾衔接处作一些适当加工，使其能一气贯注。可以说，曲变词的双片为单片，应是联套在音乐形式上的必然要求。《西厢记》诸宫调中相同的曲牌既有单片也有双片，在只曲少的"套"中一般为双片，而在只曲多的"套"中为单片。如黄钟调内之〔柳叶儿〕、〔四门子〕、〔双声叠韵〕等曲调，在只曲少的"套"中即用为双

第二章　北曲的曲牌宫调

片；而在只曲多的"套"中即用为单片。这种情况，应当被看作是诸宫调借用赚体形式在联曲成套的试验过程中所必然出现的现象。照我看来，用于北曲的词牌，其双片的解体之日，便是其被曲化的成功之时，换句话说，唐宋词调之经唱赚和诸宫调以及宋杂剧的联套演唱而由双片变为单片的过程，便是其演变为元北曲曲牌的过程。

第二，曲式不稳。大家知道，每一个词牌或曲牌就是一个大致有固定唱法的音乐曲调，它属于一定调式，具有一定的旋律特征，有一定乐句节拍，故依声所填之辞，便也就有了一定的句数、字数、平仄和韵位。但是，词牌和曲牌相比，却有一个极大的不同，这就是：词牌的句式、字数是极稳定的，而曲牌的句式、字数却有较大变化。试比较刘庭信两篇〔一枝花〕套数中的两首〔骂玉郎〕：

《秋景怨别》套中之〔骂玉郎〕	《春日送别》套中之〔骂玉郎〕
愁来愁到无穷处	兰堂失却风流伴
割不断愁肠肚	倦刺绣懒描鸾
撇下这病身躯	金钗不整乌云乱
割舍了魂灵向梦里寻他去	情深似刀刃剜
梦和魂休间阻	愁来似乱箭攒
魂和梦却对付	人去似风筝断
天也与人一个圆囵的做	

两相比较，其句式、字数出入之大，在唐宋词牌中是少见的，但这种现象在北曲曲调中却是屡见不鲜的。这说明了什么呢？

89

说明北曲曲调的音乐曲式不稳。这种不稳定情况，套数比小令尤为突出，这无疑说明它与联套的体制有关。然而，这种不稳定是相对的，即每一个曲牌的句数大致是固定的，如〔乔牌儿〕四句、〔夜行船〕五句、〔折桂令〕十一句等，其出入也不过一句半句而已，此其一；其二，每一曲牌也并非其中每句的字数都可随意增减，如果取同一曲牌的作品若干首比较，便会发现，它的某些位置上的句式，其字数是基本不变的。如双调中的〔庆宣和〕，无论是在套曲中还是在小令中，它的最后一句几乎全是四字句（或两个二字句，但仍可作一个四字句读），很少例外。这种现象，无疑又说明了北曲曲式结构的不稳定中仍有相对的稳定。稳定中有变化，变化中有稳定，这就是北曲曲式的基本特征。依靠其稳定性，每一个曲牌保持了它大致固定的唱法，这也就保持了每一曲牌音乐旋律程式结构的各别特点，此曲牌与彼曲牌之间也就有了区别，因而最终是保持了各个曲牌相对的独立性；依靠其变异性，便给依声填辞者很大方便，使其不至于削足适履、以文害意。故元曲较唐宋词更多方言、俗语、口语、叠字、对句等等，显得比词更灵动活泼、圆转流走、气韵酣畅，其奥秘全在于此！

4. 元北曲曲牌的使用情况

依现存之元代剧曲、散曲为考察对象，可以发现北曲曲牌的使用，除令、套通用者外，还有以下几种专用情况：

第一，专用于小令者。如〔黑漆弩〕〔甘草子〕〔卖花声〕〔大德歌〕〔青玉案〕〔快活年〕等等30多个，其中北曲本生曲牌约占60%，而出于唐宋词的约占40%。

第二章 北曲的曲牌宫调

第二,专用于散套者。如〔青杏子〕〔愿成双〕〔文如锦〕〔应天长〕〔黄莺儿〕等,约60调,其中北曲本生曲牌约占60%,出于唐宋词及大曲者约30%,出于诸宫调者约10%。

第三,专用于剧套者。如〔芙蓉花〕〔蛮姑儿〕〔玉花秋〕〔斗蛤蟆〕〔雪里梅〕〔捣练子〕等40多个,北曲本生曲牌约占74%,出于唐宋词者约占17%,出于诸宫调者约9%。

通过以上考察,可以看出:

(1) 小令专用曲牌与散套专用曲牌中,其北曲本生曲牌所占比例相同,而均低于剧曲中北曲本生曲牌所占比例,这就说明:散曲不如剧曲更能显现北曲的特征,元曲杂剧——北杂剧,的的确确是植根于北中国的以北曲本生曲牌为主体的戏曲艺术,而清唱的散曲则较多地融汇了唐宋词的传统曲调。

(2) 现存小令单用的三十多个曲牌,其中无一源于诸宫调,而本源出于诸宫调的曲牌都被用入了散套或剧套。这一点大可玩味。它充分表明了诸宫调与"套"的密切关系,这是因为诸宫调中唱的曲辞借用了唱赚的"套",由"套"中产生出来的曲牌,自然还用于套中。

(3) 由小令有数十个专用曲牌未被用入套曲,可以说明小令一体,确有一定独立性,并非所有小令曲牌都可用入"套"中。这种独立性显示着小令曲式结构的稳定性,小令曲牌一般少用衬字,即与此相关。

对于北曲曲牌的考论,似可于此告一段落。通过这一工作,我感觉到这一块块北曲音乐的"化石"中蕴藏着多方面的信息,通过各种不同的排列组合,便可以让它们把蕴藏着的各种各样的信息生动而集中地显现出来,从中可以看到许多从别的地方、或由别的途径所无法看到的东西。由此,我觉得:在词曲之学中,词牌、曲牌之研究也应当成为一个重要组成部分。而且,这门学问已相当的源远流长,晋崔豹《古今注》、唐房玄龄《晋书·乐志》、吴兢《乐府古题要解》、段安节《乐府杂录》、崔令钦《教坊记》、宋郭茂倩《乐府诗集·解题》、王灼《碧鸡漫志》、郑樵《通志》、清万树《词律》、王奕清等人的《钦定词谱》等,或考索汉魏乐府曲调,或考索唐宋词牌,已开此学门径。不过,虽云源远而流长,但前贤始终未离开源流考索之藩篱,直到近人任二北著《教坊记笺订》,始由曲调之名窥视其多方面意义,至此,由《晋书·乐志》肇端的调名研考,才大大向前迈进一步,而达到了可以称之为"学"的地步。但对于元曲的曲牌,却尚未有人从专门的"学"之一义上做过系统研究,本书也不过是一个初步的尝试。

第三章 元散曲的体式

元代之散曲，以曲乐性质之不同，分北散曲与南散曲；以结构形式之不同，分小令与套数。元散曲有哪些体式？其形式特点如何？这便是本章所要论述的内容。

第一节　元散曲称名的历史演变

从现有文献看，元无"散曲"之称名，作为元曲体式名称的"散曲"一名至明初始出现，明中叶以后，方演变为与当今内涵一致的名称。追溯一下"散曲"称名的演变历史，对于了解前人的曲学观和正确理解其有关曲学论著，是有帮助的。

一、元人之"乐府"、"北乐府"、"大元乐府"、"今之乐府"和"今乐府"

元人未曾使用"散曲"一名，并不等于其无散曲的概念，不过称名不同罢了。元人对于"散曲"的通行称呼是"乐府"，如周德清在《中原音韵后序》中称其写作散曲的历史为"作乐府三十年"；虞集在《中原音韵序》中称擅长散曲的周德清"工乐府，善音律"；欧阳玄《中原音韵序》亦称周德清"尝自制声韵若干部、乐府若干篇";钟嗣成《录鬼簿》称散曲作家为"有乐府行于世者";夏庭芝《青楼集》称梁园秀所作散曲为"所制乐府";吴本世的散曲别集名《本道斋乐府小稿》、张可久散曲集名《小山乐府》、顾德润散曲集名《九山乐府》;杨朝英所编两本元人散曲总集名为《乐府新编阳春白雪》和《朝野新声太平乐府》;如此等等,皆是其证。

元人对于散曲的通行称呼,除"乐府"一名外,其余如"今之乐府"、"今乐府",亦较流行。称"今之乐府"者,如王恽〔黑漆弩〕《游金山寺》之序文云:"而今之乐府,用力多而难为工。"周德清《中原音韵自序》云:"每病今之乐府有遵音调作者,有增衬字作者。"称"今乐府"者,如杨维桢《东维子集》卷十一《周月湖今乐府序》云:"士大夫以今乐府鸣者,奇巧莫如关汉卿、庾吉甫、杨澹斋,豪爽则有如冯海粟、滕玉霄,蕴藉则有如贯酸斋、马昂父。"孔齐《至正直记》卷一《酸斋乐府》条云:"北庭贯云石酸斋,善今乐府,清新俊逸,为时所称。"陶宗仪《辍耕录》卷八有《作今乐府法》条云:"乔梦符吉博学多能,以乐府称,尝云:作乐府亦有法,曰凤头、猪肚、豹尾六字是也……此所谓乐府,乃今乐府,如〔折桂令〕、〔水仙子〕之类";而张可久之散曲集,则直以《今乐府》为名;据上文杨维桢之序文,周月湖之散曲集亦名《今乐府》。

此外,元人对于散曲或有称"北乐府"者,如虞集《中原音韵序》云:"我朝混一以来,朔南暨声教,士大夫歌咏,必求正声,凡所制作,皆足以鸣国家气化之盛,自是北乐府出,一洗东南习俗之陋";或有称"大元乐府"者,如罗宗信《中原音韵序》云:"世之共称唐诗、宋词、大元乐府,诚哉!"

以上种种称呼,除"乐府"一名而外,其余则在"乐府"二字之

第三章 元散曲的体式

前加一些限制,然仍以"乐府"之称名为中心词。任二北《散曲概论·名称第三》云:"乐府,原为一切诗歌之叶乐者,在曲则无论剧曲散曲,皆包含在内,但元明以后论曲者多用以指散曲,表示其曲曾经文学上之陶冶而后始成者,所以能入乐府,充一代雅乐之辞,与寻常街市中之俚歌不同也。"证以元代文献,可知事实正是如此,如燕南芝庵《唱论》云:"成文章曰'乐府',有尾声名'套数',时行小令唤'叶儿'。套数当有乐府气味,乐府不可似套数。街市小令,唱尖歌倩意。"显然,芝庵是把有文采章法之小令称做"乐府",而拿它与较俚俗的"套数"和"街市小令"相对的。再如周德清《中原音韵》论乐府不可用"衬垫字"时云:"套数中可摘为乐府者能几?每调多则无十二三句,每句七字而止,却用衬字加倍,则刺眼矣,倘有人作出协音俊语,无此节病,我不及矣。"周氏在《定格四十首》中评关汉卿〔梧叶儿〕《别情》小令云:"如此方是乐府,音如破竹,语尽意尽,冠绝诸词。"评马致远〔夜行船〕《秋思》套数云:"此方是乐府,不重韵,无衬字,韵险,语俊。"在周德清看来,则无论小令、套数,只要有"文饰"、"成文章",便可称之为"乐府","如无文饰者,谓之'俚歌',不可与乐府共论也"。

其余如称"北乐府"者,当就元散曲初兴之地域而言;称"大元乐府"者,则就其兴盛之时代与其空前的成就而言;称"今之乐府"和"今乐府"者,则是有意识地与古之一切合乐可歌的诗歌相区别而言。

总之,元人以"乐府"一词称"散曲",以及以"乐府"为中心词而对于散曲的种种称呼,实际上是元人曲学观最集中的体现,它反映了元代文人对散曲这一新兴诗歌体式的推崇。理论是从实践中来的,应该说,是先有元好问、刘秉忠、商道、杨果、杜仁杰、关汉卿等一大批文人参加了散曲这一新兴的俗文学的创作,对这种来自民间的俚俗歌曲,进行了文学和语言上的陶冶,使其代替宋词而占领了元代的歌台舞榭,然后,才有芝庵、周德清、钟嗣成等曲论家的理论认同和推尊。因此,可以说,"乐府"这一称名的出现,是曲由民间之曲转变为文人之曲的一个重要标志;而曲论家们对于"有文章者谓之乐府"和"无文饰者谓之俚歌"的理论区分,却又标志着曲这一文学体式雅、俗分流的开始。

　　如果考察一下前述几种称名出现的时序,则最先是有"乐府"之称,大约最早是在元初芝庵的《唱论》中出现;然后是"北乐府"、"大元乐府"、"今之乐府"、"今乐府"等诸多名称在元中叶相继出现;最后,在元代末叶大致趋同于"今乐府"这一名称。其始之称"乐府",是尊体的需要;随后在"乐府"一名前加以若干限制,是尊体之后,为分别词曲、区分古今的需要;最后统一于"今乐府",是曲论家面对诸多异称而趋同合异的必然结果。在这个趋同合异的过程中,张可久等人直接以"今乐府"命名的散曲专集的流行以及杨维桢关于"今乐府"的几篇序文的影响,是起了重要作用的。元人以"乐府"称散曲的历史演变过程,是与元散曲由俚歌俗曲逐渐发展为"大元乐府"的历史过程密切相关的。

二、明清人之所谓"散曲"

　　从人们现在所见到的曲学文献来看,作为元曲体式之称名的"散曲"这一名称最早见于明初朱有燉的《诚斋乐府》,此书共两

第三章 元散曲的体式

卷,卷一标目为"散曲",所收全为小令;卷二标目为"套数",所收全为套曲。由此可见,此书"散曲"这一概念是与"套曲"相对而言,指的是没有被组织成套的零散的只曲,这与我们现在所说的小令(曲)的概念是相同的。从此以后,经明中叶,一直到清代,便不时有人用"散曲"来指称小令。如明中叶李开先《词谑》云:

〔南吕〕散套、〔雁儿落过得胜令〕散曲,总为嘲僧而作。套则元人赵彦晖,散则同邑袁西野。

又如清咸丰年间许光治所作《江山风月谱散曲自序》云:

至元曲,几谓俚言诽语矣。然张小山、乔梦符散曲,犹有前人规矩在:俪辞追乐府之工,散句撷宋唐之秀;惟套曲则似涪翁俳词,不足鼓吹风雅也。

上引李、许二人论中之"散曲",皆与"套曲"相对而言,显然是用以指称小令的。

但是,明清时期也有不少曲论家是用"散曲"这一名称兼指小令和套数的,如王世贞《曲藻》云:

周宪王者,定王子也。好临摹古书帖,晓音律,所作杂剧凡三十余种,散曲百余。

此用"散曲"与"杂剧"对举,当兼指用于清唱的小令和套数而言。

99

又如吕天成所著《曲品》,称周宪王、王九思、陈铎等25人为:

> 不作传奇而作散曲者。

此以"散曲"与"传奇"对举,亦兼指小令与套数而言。另如王骥德在《曲律》一书中,则更频繁地用到"散曲"一词,如在卷第四《杂论第三十九下》里叙及沈璟的创作时云:

> 所著词曲甚富,有《红蕖》《分钱》……等十七记,散曲曰《情痴呓语》、曰《词隐新词》二卷。

叙及史叔考等人的创作时云:

> 史叔考撰《合纱》《樱桃》……又散曲曰《齿雪余香》,凡十二种;王澹翁撰《双合》《金椀》……散曲曰《欸乃编》,凡六种。

叙及论曲著作时云:

> 顷南戏郁蓝生已作《曲品》,行之金陵,散曲尚未及耳。

观上引诸例可知,《曲律》一书使用"散曲"这一概念时,均包括小令和套数。

除曲论著作而外,曲选、曲谱分类标目时,亦有用到"散曲"这一概念的。如凌濛初选编的《南音三籁》,其分类标目即为"散曲

第三章　元散曲的体式

上"、"散曲下"、"戏曲上"、"戏曲下",其散曲部分所收之曲既有小令,也有套数。题作沈璟原编、沈自晋重定的《南九宫词谱》,其所收之曲为剧曲者,一律注明剧目;凡属小令、套数者,则一律标名为"散曲"。

由此可见,自明初出现"散曲"这一概念后,到明代中后期,已基本演变为与"剧曲"相对的、兼包小令和套数的曲体概念。

"散曲"作为兼包小令和套数的曲体概念,清人亦曾沿用。如周祥钰等编纂之《新定九宫大成南北词宫谱》中《北词宫谱凡例》云:

> 《雍熙乐府》不同《元人百种》每折皆有命名,其汇收之曲既非一体,有不入杂剧偶成散套与时曲相同者,则当分注散曲。

此书对所收例曲注明出处时,或注《元人百种》,或注《雍熙乐府》,或注《词林摘艳》等,多为书名,亦有许多地方只注"散曲"二字,其注明"散曲"二字之例曲,有出于散套者,亦有令曲者。由此可知《九宫大成谱》所谓"散曲",是兼指小令和套数的。

再如李斗《艾塘曲录》(任讷《新曲苑》中第 24 种即此书)称厉鹗"工诗词及元人散曲",又称金兆燕"工诗词,尤精元人散曲"。此书所云"散曲",亦当与"剧曲"相对,兼指小令和套数而言。

综上所述,可知"散曲"这一概念在明初出现,是与"套数"相对而言,用以指称"小令"的;到明代中后期,始与剧曲相对而言,用以兼指"小令"和"套数"。但是,"散曲"用为对"小令"的专称,这一概念仍不时有人使用,一直延续到近代。

直到本世纪初,吴梅、任讷等曲学家的一系列论著问世以后,"散曲"作为"小令"、"套数"兼指的概念终于被确定下来,而它作为"小令"的专称的概念则被废弃不用了。

第二节　元散曲之小令

一、词之小令与曲之小令

词有令、引、近、慢诸体,其称名与大曲中某些乐段的名称相同,如《碧鸡漫志》卷三所云:"凡大曲,就本宫调制引、序、慢、近、令,盖度曲者常态。"而"令"之一名,其初当源于唐人酒令。刘攽《中山诗话》说:"唐人饮酒,以令为罚。韩吏部诗云:'令征前事为。'白傅诗云:'醉翻襕衫抛小令。'今人以丝管歌讴为令者,即白傅所谓。"由此可见,词之小令称名源于唐人酒令,原本是宋人的推考,不过语焉不详,后世学者如夏承焘、任中敏等多为补充。

《全唐诗》卷八百九十七专收"酒令"一卷,录有沈亚之、令狐楚等人所作酒令共10余首,多为饮席间即兴而作。这些令词如配合某些小曲歌唱,即为"歌令"。孙棨《北里志》云:名妓天水仙歌"善谈谑,能歌令,常为席纠,宽猛得所。"又云:王小福"逼令学歌令,渐遣见宾客"。此所谓"歌令",即饮席上合乐歌唱的酒令。如《唐语林》等文献所载,此类令曲有〔卷白波〕、〔鞍马〕、〔香球〕、〔调笑〕等等。因为此类席间劝酒之用的令曲比较短小,故后人亦将短小的歌曲称为"令"曲。万树《词律》卷一于柳永〔浪淘沙令〕

第三章 元散曲的体式

词后加注云:"比前李词(按:指李煜〔浪淘沙〕"帘外雨潺潺"一词)前后首句俱少一字,余皆同,以调名加'令'字,故收在后。或谓凡小调,俱可加'令'字,非因另一体而加'令'字也。"正因其小调短曲之后可加"令"字,故如唐人之〔小重山〕,宋人即称〔小重山令〕;唐人〔浪淘沙〕,宋人即称〔浪淘沙令〕;欧阳修等人之〔鹊桥仙〕,周邦彦则称〔鹊桥仙令〕;秦观词之〔海棠春〕,史达祖则称〔海棠春令〕等等。短调小曲既可于后加"令",其被称作"小令",当是顺理成章的事,故宋武陵逸史所编之《草堂诗余》,即将调短字少者归入"小令"一类,而将调长字多者归入"长调",介乎二者之间者归为"中调"。宋人虽有如此区分,尚无明确的字数界定,至明毛晋等人,则明确说58字以内为小令,59字到90字为中调,91字以外为长调。清万树编《词律》,则又加以反对,其所定律谱,"但叙字数,不分小令、中、长之名";《钦定词谱》亦仅依字之多少而区别顺序,并无小令、中、长之分别。由此可见,某些词调之被称作小令,本因其调短字少,但究竟在多少字以内方可被称作小令,却并无定规,有一定随意性。

综而言之,词中之小令,其称名源于唐人酒令,其指义为调短字少之曲,故词中小令之称,并非作为有别于他词的某种特殊体制的名称,是可有可无的,有较大随意性的;而元散曲中"小令"之称名,虽然也沿用了词之小令这一称名,但它却已经演变成了与"套数"相区别的单片只曲体曲调的总称,成为一种体式的名称了。在词中提及小令,我们想到的是"调短字少";在曲中提及小令,我们想到的是"单片只曲";一着眼于同一体式的长短,一着眼于不同体式的类型。词之小令与曲之小令不同指义的根本区别

103

即在于此。

在现存曲论文献中,最早把小令和套数相提并论的大约是芝庵的《唱论》,但芝庵尚未明确地把小令和套数作为两种区别不同体式的名称来对待,照他的说法是"成文章曰'乐府',有尾声名'套数',时行小令唤'叶儿'"。在这里,作者主要是为了辨雅俗,因而顺便涉及了套数、小令等体式概念,虽兼有辨章别体的用意,但还没有特意把小令作为与套数相区别的体式的名称。甚而到成书于泰定元年(1324)的《中原音韵》里,周德清还说着"乐府小令两途"的话,明确地将小令作为市井小唱俗曲的代称。直到杨朝英的两个散曲选本《阳春白雪》和《太平乐府》出来,才明确地用小令和套数两个名称来辨体别类。小令作为与套数相区别的独立只曲概念的确立,杨氏二选的流行,是起了重要作用的。

二、小令的曲式特征

《唱论》云:"时行小令唤'叶儿'。"可见在元代小令又有"叶儿"一名,这一称名着眼的是曲调的短小。因此,小令一名虽由词的短章小调演变为单片独曲的体式名称,但是它仍包含了短章小调的基本意义。于是,短章小调,或曰调短字少,也就成了小令曲的特点。拿它与词相比,词一般是双片,而小令曲一般是单片。有时,小令曲调也采用叠片的形式,被叠用的后一片称〔幺〕(或作"么"),这个"幺"字,是"後"字的简笔,故"幺"篇者,即后篇之意,是相对于前篇而言的。这种使用〔幺〕篇而构成双片的形式,应看作是词的曲式特点的遗留,而不应看作小令曲的曲式特点。总之,用小令与词相比,它的单片的特点是很明显的。拿它与套数相比,很显然,一为只曲,一为组曲,这又是显而易见的。故小令的最基本特点,可以说是单片只曲。

在元散曲中,为小令所专用的曲调共30多个,使用频繁的如〔山坡羊〕、〔人月圆〕、〔金字经〕等,每个曲调都有10多位作者使用,曲作数量多达数十百首,却基本没有增句减句现象,仅略有增字减字的情形。如果就曲调中字句增减现象作一全面考察,就会发现:专用于小令的曲调,其字句增减现象较少,小令、套数通用的曲调则较多,而套数单用的曲调则尤其多。这说明小令的音乐曲式结构,要比套数中的曲调稳定。小令所使用的曲调也正是靠这种音乐曲式结构的稳定性来保证它的曲式特征的显现的。一首小令,最多不过十来个乐句,少则几个乐句,试想,如果仅有的几个乐句其旋律结构发生变化,其曲式特征便很难保持。这与套数中的曲调不一样,套数中某些曲调尽管有一些变化,但它还可以靠其他不变的曲调来保持其固有的总体曲式特征,而且,它还有基本稳定的首曲可以作为对某一曲式的指示,因此,套数中某一支或几支曲调有一些局部的变化,是并不影响其总体曲式特征的显现的。

三、小令的类型

元散曲中小令的类型,若就其音乐体式而言,则可分为独曲体和联章体。联章体又称重头小令,它是指同一曲调重复使用若干次的组曲,少则几支;多则几十支,甚至上百支,如《录鬼簿》便载乔吉曾有咏西湖的〔梧叶儿〕一百首。这些被"联"在一"章"的若干首小令,一般围绕同一主题或同一题材,如关汉卿的〔四块玉〕《闲适》4首,即围绕"闲适"这一主题从不同角度写退隐闲放之情;其〔普天乐〕《崔张十六事》16首,即围绕崔张爱情故事的发展变化这一主题进行叙写;又如马致远的〔青哥儿〕《十二月》12首,即描写从正月到十二月的各具特色的月令特征等等。尤其咏"琴、棋、书、画",咏"酒、色、财、气",咏"富、贵、福、禄",咏"春、夏、秋、冬",咏"八景",咏"六艺"等等,都是联章体小令中容易见到的题材。

联章体小令虽以同一曲调重复若干次的组曲形式出现,但组曲中的各支曲子仍是完整独立的,故可分押不同的韵,但也可押同部韵,后者更容易显示其联章的特点。有些作家为了使"联章"的特点更突出,还在各支曲调的某一特殊句位上重复其相同的一句,一般是在各支曲调的末尾重复。如商挺的〔潘妃曲〕4首:

绿柳青青和风荡,桃李争先放。紫燕忙,队队衔泥戏雕梁。柳丝黄,堪画在帏屏上。

闷向危楼凝眸望,翠盖红莲放。夏日长,萱草榴花竞芬芳。碧纱窗,堪画在帏屏上。

败柳残荷金风荡,寒雁声嘹亮。闲盼望,红叶皆因昨夜

第三章 元散曲的体式

霜。菊金黄,堪画在帏屏上。

暖阁偏宜低低唱,共饮羊羔酿。宜醉赏,宜醉赏腊梅香。雪飞扬,堪画在帏屏上。

还有一种联章体小令以前首之末句作后一首之首句,使前后钩连一体,任二北在《散曲概论》中称此为"连环体"。如贯云石之〔清江引〕4首:

闲来唱会〔清江引〕,解放愁和闷。富贵在于天,生死由乎命,且开怀与知音谈笑饮。

且开怀与知音谈笑饮。一曲瑶琴弄,弹出许多声。不与时人共,倚帏屏静中心自省。

倚帏屏静中心自省,万事皆前定。穷通各有时,聚散非骄吝。立忠诚步步前程稳。

立忠诚步步前程稳,勉励勤和慎。劝君且耐心,缓缓相随顺。好消息到头端的准。

这种形式,实际上是"顶真体"修辞格的扩大。

小令的联章体制,远可追溯到《诗经》中的联章复沓,近可溯源于宋词中的联章体词,如欧阳修的〔采桑子〕10首咏西湖风景、赵令畤的〔蝶恋花〕鼓子词 12 首咏崔张恋爱故事、秦观〔调笑令〕10 首咏红颜薄命的 10 位古代美女等,即属此类。

元散曲中小令的种类,若就文学上关于字、关于韵、关于句等不同修辞手法的运用和特殊题材内容而言,则有许多"俳体"。任二北《散曲概论》卷二"内容"一节中列有"短柱体"、"独木桥体"、"叠韵体"、"犯韵体"、"顶真体"、"叠字体"、"嵌字体"、"反复体"、"回文体"、"重句体"、"连环体"、"足古体"、"集古体"、"集谚体"、"集剧名体"、"集调名体"、"集药名体"、"隐括体"、"翻谱体"、"讽刺体"、"嘲笑体"、"风流体"、"淫虐体"、"简梅体"、"雪花体"等,共 25 种,除后三种外,其余皆有释说并引录有例曲。

四、小令的文体风格

如果把小令与套数相比较,就总体倾向而言,是"令"雅而"套"俗。如关汉卿的〔四块玉〕《别情》、马致远的〔天净沙〕《秋思》等小令曲的修炼工巧、词句妥帖以及结构谨严,是套数中的曲调罕有其匹的。当然,同一首令曲在不同作家的笔下出现,也有雅、俗之别,如同是〔天净沙〕曲,商道、马致远等人写的较雅,王和卿、吕止庵等人写的则俗。因此,对于令雅套俗一说,又不可绝对化。

"令雅套俗"的看法在元人曲论中即有所表现,如《唱论》说"套数当有乐府气味,乐府不可似套数",这里所说"乐府",实指与"街市小令"相对的、有文人气、书卷味的小令曲。所谓"套数当有乐府气味",就是说套数应有士大夫所作小令曲那种文雅的韵味;

所谓"乐府不可似套数",就是说文雅的小令曲不应像套数那样俚俗。至于《中原音韵》中所说"乐府小令两途,乐府语可入小令,小令语不可入乐府"者,其所称"小令"即《唱论》所云"唱尖歌倩意"的"街市小令",指的是流行于市民间的小调俗曲,与我们所说"小令"的概念是不同的。

为什么在元散曲中会出现这种"令雅套俗"的现象呢?这与它们各自的来源是密切相关的。因为有相当一部分小令曲调直接由词演变而来,这种由词而曲的小令曲调,自然也就把词的"乐府气味"带到了曲中,并由此影响到其他的小令曲调,甚至进而影响到套数,所谓"套数当有乐府气味",便是从理论上支持这种影响的一种倡导。这种影响由元好问、刘秉忠、杨果、商道、刘因、徐琰等早期作家带入曲中,先后经芝庵、周德清等曲论家的大力支持与倡导,以致在张可久等人手中达到极端。至于套曲之俗,则与它的前身——缠令之俗一脉相承,这一点后文还要谈到,这里暂且从略。

第三节　元散曲之带过曲

一、带过曲的性质及特征

带过曲是由两支或三支不同曲调所组成的一种小型组曲,是介于小令和套数之间的一种特殊体式,如〔雁儿落带得胜令〕、〔骂玉郎过感皇恩采茶歌〕等。或单称"带"、"过"、"兼",或并称"带过",实际上是一回事。在《阳春白雪》《太平乐府》《乐府新声》等书中,编者是把带过曲归入"小令"范围之内的。但也有把带过曲看作套数的,如《太和正音谱》录曾瑞卿的一篇〔骂玉郎过感皇恩采茶歌〕《惜花春起早》的带过曲,即标作"曾瑞卿散套"。但是,带过曲与小令、套数毕竟有所不同。如果拿它与小令比较,一是独立的只曲,一是小型组曲,这是"带"与"令"的根本区别。如果拿它与套数相比,套数一般有尾声,而带过曲无尾声;套数中只曲多者可达 20 多支,而带过曲最多不超过 3 支;套数中每支曲调名分标在每支曲子前面,而带过曲的 2 支或 3 支曲调名则集中标在最前面;带过曲之异于套数者在此。既然客观上已存在"带过"一体,从性质上说,它既不同于"套",又不同于"令",因此,不妨把它视为元散曲中独立的一体,以便研究。

据《全元散曲》作一统计,元人所用带过曲现存 27 种,即:〔雁儿落过得胜令〕、〔雁儿落过清江引〕、〔雁儿落过清江引碧玉箫〕、〔骂玉郎过感皇恩采茶歌〕、〔快活三过朝天子〕、〔快活三过朝天子四边静〕、〔快活三过朝天子四换头〕、〔十二月过尧民歌〕、〔齐天乐过红衫儿〕、〔沽美酒过太平令〕、〔沽美酒过快活年〕、〔玉交枝带四块玉〕、〔醉高歌过红绣鞋〕、〔醉高歌过喜春来〕、〔醉高歌过摊破喜春来〕、〔水仙子过折桂令〕、〔黄蔷薇过庆元贞〕、〔楚天遥过清江引〕、〔一锭银过大德乐〕、〔山坡羊过青歌儿〕、〔脱布衫过小梁州〕、〔喜春来过普天乐〕、〔殿前喜过播海令大喜人心〕、〔叨叨令过折桂令〕、〔那吒令过鹊踏枝寄生草〕、〔对玉环过清江引〕、〔十棒鼓带清江引〕(按:《全元散曲》原作〔三棒鼓声频〕,今从徐沁君《〈全元散曲〉曲牌订补》,文见 1989 年第 1 期《河北师院学报》)。

第三章　元散曲的体式

在元散曲带过曲中,有同宫带过和异宫带过两种形式。元以后,因受南北合套影响,又增加了南北兼带,如明人作品中有南〔楚江情〕带北〔金字经〕、南〔红绣鞋〕带北〔红绣鞋〕等。在全部带过曲中,以同宫调带过为最多,现存于《全元散曲》中的 27 种带过曲,异宫带过的只有两种,即〔叨叨令过折桂令〕(以正宫带双调)、〔山坡羊过青哥儿〕(以中吕带仙吕);其余 25 种均属同宫调带过,即结合在一起的 2 支或 3 支曲调属同一宫调。这说明,带过曲并非可以任意用一支曲调与别的一、二支曲调结合起来就行,而是有定规的,哪些曲调与哪些曲调组合,谁在前,谁在后,都是固定不变的。这与带过曲的来源有关,下面即将谈到。

在带过曲的 27 种格式中,只有少数几种格式较为常用,如〔雁儿落过得胜令〕,共有 15 位作家用过,加上无名氏作家,存作共 69 首;〔骂玉郎过感皇恩采茶歌〕存 48 首;〔快活三过朝天子〕13 首;〔齐天乐过红衫儿〕11 首;其余不过数首或 1 首。由此可见,带过体并未被曲家广泛运用,原因何在? 依个人浅见,当与此体创作难度较大有关。这种属于内在结构方面的难度,至今还未被论者们关注到。但是,只要细心研读各种带过曲,便可看出,带过曲虽由 2 支或 3 支曲调组成,但却像一首令曲那样紧紧围绕某个场景、某个情节、某个人物或某种感慨,显得凝练集中,不像套数那样自如铺张、随意挥洒;但也不像小令那样一气浑成、略无间隙。虽然一首较长的小令曲也可以包含几个意层段落,但这种段落却可多可少,不具备独立性,其显现也不一定非要表现在某几个乐句上。如乔吉的两首〔折桂令〕:

《荆溪即事》	《晋云山中奇遇》
问荆溪溪上人家	赚刘郎不是桃花
为甚人家	偶宿山溪
不种梅花	说到山家
老树支门	
荒蒲绕岸	腻雪香肌
苦竹圈笆	碧螺高髻
	绿晕宫鸦
寺无僧狐狸样瓦	掬秋水珠弹玉甲
官无事乌鼠当衙	笑春风云衬铅华
白水黄沙	酒醒流霞
倚遍栏干	饭饱胡麻
数尽啼鸦	人上篮舆
	梦隔天涯

虽然这两首小令都有3个意层段落，但《荆溪即事》是6、2、3（表句数）的结构形式，而《晋云山中奇遇》一首则构成3、5、4的结构形式。我们可以清楚地看到，某个意层由哪几个乐句组成，是没有定规的，基本可以随意安排，只要到最末一句收煞得住就可以了。正因为此，小令可以在各种场合即兴创作，伶工歌女、文人学士，往往都是可以摇笔即来、随口成咏的，如夏庭芝《青楼集》中所记刘婆惜和一分儿等人当场对客作曲的情况就是明证。

然而带过曲呢？恐怕就难得多了。请先看钟嗣成的两首〔骂

第三章 元散曲的体式

玉郎过感皇恩采茶歌]：

《寄别》	《忆别》
长江有尽愁无尽	自从当日相别后
空目断楚天云	才提起泪先流
人来得纸真实信	有时偷揾春山袖
亲手开	向夜深
在意读	绣枕边
从头认	都湮透
织锦回文	独抱衾裯
带草连真	谩想温柔
意诚实	两家心
心想念	千种恨
话殷勤	一般愁
佳期未准	情怀渺渺
愁黛常颦	魂梦悠悠
怨青春	水山遥
挨白昼	鱼雁杳
怕黄昏	雨云收
叙寒温	见无由
问原因	恨相逐
断肠人寄断肠人	黄昏半夜五更头
锦字香沾新泪粉	在后相逢虽是有
彩笺红渍旧啼痕	眼前烦恼几时休

〔骂玉郎过感皇恩采茶歌〕是由三支不同曲调组合成的,因此,这就要求它最起码也得要有三个相对完整的意段,而且其段落性必须在每支曲调的起始得到显现,即一个意段恰好一支曲调。如上引带过曲,它的第一个意段必须在〔骂玉郎〕完成,第二、三个意段必须分别在〔感皇恩〕和〔采茶歌〕完成,因此,它的意段结构形式几乎是固定的6、10、5式。尽管在前6句和中间10句中还可以有小的意层,但必须在中间的第六句和第十六句上稍作收煞,以显示各曲调乐意和文意的完整统一。如果把这两首带过曲中的各个曲调分摘下来,都基本可以构成完整独立的意义段落,有它的独立性;但把它们合起来,却又能如一首较长的小令曲一样的浑然一体,前后曲衔接几乎天衣无缝,有它的统一性;它的这种有一定独立性又有一定统一性,独立性与统一性的完美结合,便是带过曲内在结构的最基本特征。它的意段与意段之间的结合,绝不同于小令中意层与意层的结合,它在独立性与统一性关系的处理上,在乐段与意段的巧妙结合上,要比小令和套数困难得多。因此,在诸如文士雅集、送往迎来等许多场合的即兴创作,带过曲自然远远不如单支小令灵活方便,人们自然会采用单支小令而不会用带过曲,所以现存元带过曲中无一即兴创作的唱酬赠答之作。这样,单就被运用的机会说,带过曲也就比单支的令曲少得多了。"即席挥毫",小令最便捷;"闭门觅句",则可短可长,短有小令,长可套数,亦不必带过曲为之。若依愚见,此种体式不过曲家好奇而为之。这便是带过一体未能被元曲家广泛运用的根本原因。

第三章　元散曲的体式

二、带过曲的渊源

关于带过曲的渊源,学术界有三种看法:其一,以为是创作中自发产生的一种体式,即作者填一调毕,意犹未尽,再续拈一他调;其二,认为带过曲是套数的"摘调",即将套数中具有较稳定衔接关系的几支曲子"摘取"出来成为带过体式;其三,认为带过曲是由只曲而套曲的一个中间环节,是较缠达、缠令更为原始的异调衔接方式在北曲中的遗留。

上述第一种说法,与实际创作是不大相符的,因为作家在作曲之前,究竟是作小令还是套数,应该是先有成竹在胸的,即使有"填一调毕,意犹未尽"的现象发生,那么,或加〔幺篇〕,或写成短小的套曲,都要比带过曲容易。故此说只能说有这种可能性,而绝无必然性。

前述第三种说法,如果真是如此,那么,带过曲的产生当在套曲之前才对,但是,在金诸宫调中已有较成熟的套数了,却不见一首带过曲。在《刘知远诸宫调》和《西厢记诸宫调》中,单曲、一曲带尾、多曲带尾,许多种形式的唱法都包括在里面,但就是不见带过曲这个所谓"中间环节"的影子。因此,此说值得怀疑。

相比之下,我以为还是第二种说法,即"摘调"一说比较可信。首先,从文献记载上看,周德清《中原音韵·定格四十首》中有〔雁儿落〕〔得胜令〕两曲的联选,在曲牌下有"指甲摘"三字,"指甲"二字,可看作选编者加的标题;这个"摘"字怎样理解?若依浅见,便是"摘调"的意思,它表明这两支曲调是从套曲中选摘下来的。依

115

我的推想，套曲(尤其是剧套)中某一唱段曲词优美，引起人们激赏，便被一些人选摘下来清唱，如同大曲的"摘片"一样，久而久之，这被选摘下来清唱的两支或三支曲调被填上别的歌词，改填的次数多了，它们便成为一种固定的程式结构，这便是带过曲。

其次，再从带过曲现存作品来看，现知最早的一首带过曲大致是杜仁杰的〔雁儿落过得胜令〕，其出现是在套数产生以后。而且，带过曲还是由少到多的，如早期作家中，仅有杜仁杰、胡祗遹、赵岩、庾天锡、王实甫等五位作家，作品只有9首，所用带过曲也不过〔雁儿落过得胜令〕、〔快活三过朝天子〕、〔喜春来过普天乐〕、〔十二月过尧民歌〕4种而已。带过曲的大量出现，是在元贞、大德之后，尤其是活动在这以后的张养浩、曾瑞、张可久、顾德润等人的带过曲创作尤显突出。张养浩一人用4种调式作带过曲13首，曾瑞一人用3种调式作17首，张可久用3种调式作5首，顾德润用5种调式作8首，钟嗣成、汪元亨分别用1种调式各作20首，其余如邓玉宾、贯云石、乔吉、薛昂夫等也有一、二"带过"之作。这足以表明：带过曲是在套曲成熟之后产生并逐渐有所发展的。

带过曲先由套曲中的固定组合形式摘来，久而久之，当它成为一种固定形式之后，也就几乎与单调一样的成为谨严的一体，于是又被作为单支曲调而用回套曲之中。如姚守中〔粉蝶儿〕《牛诉冤》套中用了〔十二月带尧民歌〕，方伯成的南北合套〔端正好〕套中用了〔伴读书带过笑和尚〕，刘伯亨的〔朝元乐〕套中用了〔沽美酒带太平令〕等。

总之，从现存文献看，是先有成熟的套曲，然后才有带过曲，最后才是带过曲被作为一支独曲又用入套曲之中。单就这一情况看,也可以说明带过曲是由套曲中摘调而来的。

第四节　元散曲之套数

一、套的意义与曲式特征

前文已言,"套"在最初是用作词中唱赚一体的曲调计数单位,然后由计数单位演变为体式名称。在元人曲籍中,"套数"之名已屡见,《唱论》更用"有尾声名套数"来释义。作为元曲体式名称,"套"曲是与"令"曲相对而言的,"令"是只曲,"套"则是联结只曲而成的组曲,其计数当以"套"为基本单位,故称"套数"。散曲之套数,"套"即是基本单位,此套与彼套是独立的、分散的,相对于剧曲的"四大套"有一定组织结构而言,故又称"散套"。

一篇套曲中的各支曲调,一般使用大致相同的调高,前人称之为"同一宫调",于是人们往往爱说"套数由同一宫调的数只曲牌组成"。其实,只要看一看最早罗列出北曲"三百三十五章"的《中原音韵》中各宫内曲调的排列顺序,便可知道:不是套数用了同一宫调的只曲来组成,而是周德清根据套数用曲的情况总结归纳出了某一宫调的只曲都有哪些。试举几例,如"黄钟二十四章",周德清对前10章的排列顺序是:〔醉花阴〕〔喜迁莺〕〔出队子〕〔刮地风〕〔四门子〕〔水仙子〕〔寨儿令〕〔神仗儿〕〔节节高〕〔者刺骨〕,而孟汉卿的《魔合罗》杂剧第二折11支曲子,前9支的排列顺序与此竟一模一样;又如李行道《灰阑记》第三折、郑德辉《倩

117

女离魂》第四折剧套以及曾瑞、宋方壶、侯克中等人的〔醉花阴〕散套等，其中只曲排列顺序也都大略与此相同。再如"仙吕四十二章"，周氏开头列出了用作"楔儿"的〔端正好〕和用作套数首曲的〔赏花时〕、〔八声甘州〕，随后即列出〔点绛唇〕〔混江龙〕〔油葫芦〕〔天下乐〕〔那吒令〕〔鹊踏枝〕〔寄生草〕等，而顾德润、张可久、不忽木、于伯渊、赵彦晖等人的〔点绛唇〕散套，以及尚仲贤《柳毅传书》第一折、郑德辉《三英战吕布》第一折的〔点绛唇〕剧套，其曲调排列顺序也与此完全相同。复考〔正宫〕、〔中吕〕、〔南吕〕、〔双调〕、〔商角〕、〔越调〕、〔大石〕、〔小石〕等宫调中的曲调排列顺序，其开端数曲也与散套或剧套的曲调排列顺序大致相同或完全相同。而且，作品中实际用了多少宫调，《中原音韵》也便列了多少宫调；作品中套曲多的宫调，《中原音韵》该宫调内所列曲牌即多，如〔双调〕、〔仙吕〕、〔中吕〕、〔南吕〕、〔越调〕等套曲作品多，这些宫调下所列曲牌亦多；而〔商调〕、〔商角调〕、〔大石调〕、〔小石调〕等套曲作品极少，这些宫调下所列曲牌亦极少。由此足以说明：不是曲家们按"三百三十五章"来选用曲调，而是周德清根据曲家们套曲中用调的情况总结归纳出了"三百三十五章"。因此，说套曲"由同一宫调的曲牌组成"，这话似乎有些说倒了，确切地说，应该是一套曲子中的各只曲结合在一起，必须使用大致相同的调高。

一篇套曲，无论用了多少个曲调，从头到尾，必须一韵到底，中间概不换韵。套曲正是靠韵脚的一致，从声情上加强了只曲与只曲的联系，由此强化了一篇套曲的整体性的显现。

一篇套曲，除首尾二曲外，中间各支曲调的曲式结构有时是不稳定的。虽然元曲音乐失传，无法直接比勘，但同一曲牌的运用中字句增减的不同情况却极有力地表明了这一事实。试将商道和关汉卿的〔双调·新水令〕套中的〔乔牌儿〕和〔挂玉钩〕两调的句式情况作一比较：

商 作：

〔乔牌儿〕
自从他去了
无一日不唸道
眼皮儿不住了梭梭跳
料应他作念着

〔挂玉钩〕
这些时针线慵拈懒绣作
愁闷的人颠倒
想着燕尔新婚那一宵
怎下得把奴抛调
意似痴
肌如削
只望他步步相随
谁承望拆散鸾交

关 作：

〔乔牌儿〕
款将花径踏
独立在纱窗下
颤钦钦把不定心头怕
不敢将小名呼咱
则索等候他

〔挂玉钩〕
等候多时不见他
这的是约下佳期话
莫不是贪睡人儿忘了那
伏塚在蓝桥下
意懊恼却待将他骂
听得呀的门开
蓦见如花

　　像以上这些调中句数、字数都有较大差异的同一曲牌的唱词，是难以用同一稳定不变的曲式旋律来演唱的。如果说前引商作是比较合曲律的，那么关作必已发生较大变异；如果说关作比较合律,则商作必生变异;或许二者都发生了变异。无论哪种情况,均表明套曲中一些曲牌的曲式结构是不稳定的。不过,这种不稳定主要表现在套曲中间的过曲,而首曲是基本稳定不变的。首曲的基本不变,以及各只曲的有序结合,显示了"套"的完整性和独特性;而过曲的局部变化,则又显示出它一定的灵活性。因此,套曲中过曲的变异性与首曲的稳定性和只曲结合的有序性,表现了套曲曲式结构稳定而又变化的辩证统一。

二、套数的体式构成

散曲套数与杂剧中套曲的体式构成是一致的。从整体上看,一篇套数的组成部分有三,一是有固定的首曲,二是有一定组合规律的过曲,三是有灵活繁富的尾声。

先说首曲。在元曲中,被套曲用为首曲的曲调是不多的,现存全部北曲套曲作品,其首曲用调共51个,它们是:

〔醉花阴〕〔愿成双〕〔侍香金童〕〔文如锦〕〔女冠子〕(以上黄钟);〔端正好〕〔菩萨蛮〕〔月照庭〕〔脱布衫〕(以上正宫);〔青杏子〕〔雁传书〕〔六国朝〕〔好观音〕〔蓦山溪〕〔鹧鸪天〕(以上大石);〔恼杀人〕(小石);〔点绛唇〕〔赏花时〕〔八声甘州〕〔翠裙腰〕〔袄神急〕〔六幺令〕〔村里迓鼓〕(以上仙吕);〔粉蝶儿〕〔古调石榴花〕〔醉春风〕(以上中吕);〔一枝花〕〔梁州第七〕(以上南吕);〔新水令〕〔夜行船〕〔行香子〕〔蝶恋花〕〔风入松〕〔乔牌儿〕〔乔木查〕〔朝元乐〕〔驻马听近〕〔醉春风〕(以上双调);〔斗鹌鹑〕

第三章 元散曲的体式

〔梅花引〕〔金蕉叶〕〔南乡子〕（以上越调）；〔集贤宾〕〔河西后庭花〕〔定风波〕〔二郎神〕〔玉抱肚〕〔水仙子〕（以上商调）；〔黄莺儿〕（商角）；〔哨遍〕〔耍孩儿〕（以上般涉）。

在这51调中，常用之调不过〔醉花阴〕、〔端正好〕、〔点绛唇〕、〔粉蝶儿〕、〔一枝花〕、〔新水令〕、〔夜行船〕、〔斗鹌鹑〕、〔赏花时〕、〔哨遍〕等十几个而已，其余有相当一部分仅存一人一作。这些经常作为首曲使用的曲调，一般没有字句增减的现象，这表明首曲的曲式结构的稳定性。如果结合全篇观察，便可知首曲的这种稳定性是十分重要的。仅以常用的10余调来研考，不难发现，凡首曲相同的套曲，其过曲的主干结构也就基本相同；首曲不同的套曲，其过曲的主干结构也就不同。这表明：首曲是一种标志，它标志着一篇套曲曲式结构的形态和特征，它对全篇起重要的统领作用。正因为如此，首曲的调式特征就必须鲜明突出，此套首曲与彼套首曲就必须有显著区别，要让人一听首曲就可预想全篇。而首曲的调式特征，主要靠首曲的曲式结构来显现，曲式结构稳定，其调式特征即可较好地保持，这就是为什么首曲较其他各曲曲式稳定的根本原因。在曲乐亡佚而仅存曲词的今天，其曲式的稳定即表现在文字上句式、字数的基本固定。

其次说过曲。过曲的曲式结构，一般不如首曲稳定，前已有说，这里说过曲组织结构问题。一篇套曲，过曲主要有哪些，是随首曲旋律调式的不同而确定的，如首曲为〔端正好〕，过曲则为〔滚绣球〕〔倘秀才〕〔快活三〕〔朝天子〕〔脱布衫〕〔醉太平〕等；首曲为〔一枝花〕，过曲则为〔梁州第七〕〔牧羊关〕〔骂玉郎〕〔感皇恩〕〔采

121

茶歌〕〔哭皇天〕〔乌夜啼〕等；首曲为〔点绛唇〕，过曲则为〔混江龙〕〔油葫芦〕〔天下乐〕〔哪吒令〕〔鹊踏枝〕〔寄生草〕〔金盏儿〕等。过曲对首曲的旋律调式起充分展开和强化的作用，过曲的有序结合，与首曲、尾声一起，从不同角度稳定和体现着一篇套曲的曲式结构和调式特征。

一篇套曲，其过曲组合结构的有序性，主要表现在有若干固定的曲牌组合结构，以及不同曲牌组合结构在整个套曲中有基本固定的位置。套曲中一个固定的曲牌组合一般有2支或3支曲调，如〔雁儿落〕〔得胜令〕；〔快活三〕〔朝天子〕；〔骂玉郎〕〔感皇恩〕〔采茶歌〕；〔哪吒令〕〔鹊踏枝〕〔寄生草〕等。带过曲就是摘取这些固定组合结构而成的，故前文所述27种带过曲式，也就是套曲中过曲的27种固定组合结构格式。在所有套曲中，除了如〔赏花时〕、〔耍孩儿〕套等可由一曲带〔尾〕，或由一曲带若干〔煞尾〕组织成套外，其余套曲，一般都有一至二个固定的曲牌组合结构，由首曲和这一至二个固定结构为主干，再加一些别的曲调和尾声，便构成一篇完整的套曲。

不同的套曲，有不同的曲牌固定组合结构。如〔醉花阴〕套，有〔喜迁莺〕〔出队子〕、〔刮地风〕〔四门子〕〔水仙子〕；〔端正好〕套，有〔滚绣球〕〔倘秀才〕、〔脱布衫〕〔小梁州〕；〔粉蝶儿〕套，有〔醉春风〕〔迎仙客〕（或〔红绣鞋〕）、〔十二月〕〔尧民歌〕；〔点绛唇〕套，有〔混江龙〕〔油葫芦〕〔天下乐〕、〔哪吒令〕〔鹊踏枝〕〔寄生草〕；〔一枝花〕套，有〔骂玉郎〕〔感皇恩〕〔采茶歌〕；〔新水令〕套，有〔雁儿落〕〔得胜令〕、〔七弟兄〕〔梅花酒〕等。这些固定的曲牌组合结构在套曲中的位置是基本固定的，如〔醉花阴〕套中的〔喜迁莺〕〔出队子〕一

第三章　元散曲的体式

般是在最前面，紧靠首曲，而〔刮地风〕〔四门子〕〔水仙子〕则稍微靠后；〔粉蝶儿〕套中的〔十二月〕〔尧民歌〕一般临近末尾；〔新水令〕套中的〔雁儿落〕〔得胜令〕一般居中等等。

最后说尾声。虽说芝庵"有尾声名套数"的话不能作为一条绝对化的定律来理解，但有"尾声"也的确是绝大部分套曲的一个重要标志，前人就是用它来指代套曲的，例如《辍耕录》卷二十五在《院本名目》内列有"唱尾声"一项，此所谓"尾声"者，即借以指代套曲。北曲套曲所用尾声名目极其繁多，《唱论》《中原音韵》等书均有载录，再加上套曲作品中实际用例，约有以下一些：

赚煞、随煞、隔煞、羯煞、三煞、七煞、煞、赚尾煞、歇拍煞、拐子煞、啄木儿煞、鸳鸯煞、玉翼蝉煞、离亭宴煞、神仗儿煞、鸳鸯儿煞、货郎煞、卖花声煞、浪来里煞、眉儿弯煞、鸳鸯歇拍煞、离亭宴歇拍煞、后庭花煞、尾声、煞尾、收尾、隔尾、赚尾、黄钟尾、余音等等。

尾声的名目不仅繁多，而且曲式也极不稳定，就这一点说，刚好与首曲相反。不过，这种不稳定的情形又因尾声性质与套曲名称的不同而有一定差别。

上述尾声，就性质而言可分为两类，一类是借一支固定曲调作煞尾的尾声，如〔玉翼蝉煞〕、〔离亭宴煞〕、〔啄木儿煞〕等，近 20 种，这种以一支有大致固定唱法的曲调作为煞尾的尾声，其曲式相对来说，比较稳定；另一类则是标名为"煞尾"、"随煞"、"收尾"或"尾声"等的非固定曲调作煞尾的尾声，相对说来，就不太稳定，

123

或增字减句,往往表现出某种随意性。其句数自3句、4句至10句、20句不等,其差异甚大。但是,如果对不同名称的套曲作分类观察,便又可发现,这些看似有某种随意性的尾声,在不同名称的套曲中,其情形又是大不一样的,如同样标名〔尾〕或〔尾声〕,在〔醉花阴〕套中,一律为3句;在〔斗鹌鹑〕套中,则一律为4句;在〔一枝花〕套中,除极个别5句外,绝大多数为6句;在〔点绛唇〕套中,一般为10句或11句,这些都是比较稳定的;只有在〔端正好〕套中,有8句、9句至10余句不等。由此可见,不同名称的套曲,确实有不同曲式的〔尾声〕,而且有相当一部分套曲的〔尾声〕有基本固定的曲式结构,从这个意义上说,各种不同套曲的〔尾声〕确已形成一个固定的曲牌,周德清将其列之于"三百三十五章"之内,又是有一定道理的。

相比之下,被称为〔煞尾〕、〔煞〕或〔随煞〕的尾声,往往显得变化无常,有较大随意性。

此外,套曲中还有一种〔煞〕的迭用现象,即用若干支〔煞曲〕迭用而构成一篇套曲的后部分。迭用最多者有时达13次,如刘时中的〔端正好〕《上高监司》的〔耍孩儿十三煞〕,但通常以迭用三、五次较为常见。在元曲中,能接用"煞曲"迭用的曲牌有〔耍孩儿〕、〔滚绣球〕、〔倘秀才〕、〔叨叨令〕、〔醉太平〕、〔小梁州〕、〔梁州第七〕、〔塞鸿秋〕、〔呆骨朵〕、〔乌夜啼〕、〔牧羊关〕、〔红芍药〕、〔采茶歌〕、〔菩萨梁州〕等10多个,其中尤以〔耍孩儿〕之后接用"煞曲"最为典型,如杜仁杰《庄家不识勾阑》套全篇即由此形式构成。在北曲套数中,这种"煞曲"迭用只在〔端正好〕、〔一枝花〕、〔粉蝶儿〕、〔哨遍〕等几种套曲中出现,其排列方式一般为逆数递减,如

124

〔三煞〕→〔二煞〕→〔一煞〕→〔尾〕；亦有顺数递增，如〔一煞〕→〔二煞〕→〔三煞〕→〔尾〕等。这种由"煞曲"迭用而构成套曲，有相当一部分要另加〔尾声〕，这说明这类"煞曲"已演变为特殊的"过曲"，而不再充当"尾"的角色了。

三、套数的文体风格

一般来说，令雅而套俗，这种现象不仅在元散曲小令、套数现存作品中普遍存在，而且还被元人作过理论上的认同，如《唱论》所谓"套数当有乐府气味，乐府不可似套数"，《中原音韵》所谓"套数中可摘为乐府者能几"等等。套数文体风格的俗，主要表现在以下几方面：

第一、不避俚俗，多用方言俗语。如"兀的不"、"葫芦提"、"畅好是"、"倒大来"等等，以及一些寻常口水话，套曲中用之最多。此类方言俗语、寻常口语入曲，无疑带进不少俗气。第二、多用散文句法。只要取《庄家不识勾阑》《不伏老》《上高监司》等作品一读便知，如果要以诗词语言的典雅和句法的整饬衡之，此类作品确无丝毫"乐府气"可言。第三、多不登大雅之堂的题材内容。如关汉卿〔新水令〕套写男女偷情、马致远〔耍孩儿〕套写借马、钱霖〔哨遍〕套写看钱奴、钟嗣成〔一枝花〕套写自己的丑陋等等，都是传统诗词所不取的俚俗题材。第四、游戏纸笔、率意落墨的写作态度。在以上所举到的作品中，无论从形象展现、场面描写、情节叙述或语言运用中，都能充分表现出这一点。综合以上数点，套数作品文学风格的"俗"，是显而易见的。

比起小令来,套数一体为什么显得卑俗呢?我想,这主要同它的"出身"有关。我们应知道,元散曲"套"之一体由"缠令"发展而来,而"缠令"之为体,本身即较卑俗。沈义父《乐府指迷》云填词须律协字雅,谓"不雅则近乎缠令之体",便是将雅词与"缠令"对举而以"缠令"作为俗体的代称的。"缠令"之体既卑,由之而来的套曲即不可避免地受到人们的卑视,人人得而轻漫之、亵渎之,故淫秽鄙俗之事、下俚不经之语,遂肆意落笔,且习以为常。明白了这一点,对令雅套俗的不同风格,也就容易理解了。

第五节 南 北 合 套

如果就元散曲套数的种类说,有北曲套数、南曲套数和南北合套三种形式。因为南曲套数和南北合套两种套式,元人染指者不多,现存作品亦少,故本书未对南曲作专门探讨,仅于此作一简述。

一、南曲概说

南曲相对北曲而言。其名始见于《录鬼簿》,如云萧德祥"凡古文俱隐括为南曲,街市盛行,又有南曲戏文等"。然南曲之产生,却早在这以前。胡忌先生从南宋人刘埙(1240—1319)《水云村稿》中《词人吴用章传》一文内发现了一条重要资料,云:

第三章　元散曲的体式

　　至咸淳,永嘉戏曲出,泼少年化之,而后淫哇盛,正音歇。

　　据此,可知南曲在咸淳(1265—1274)时便已为戏剧采用,那么,南曲音乐的形成,则又更早于咸淳年间了。

　　李昌集在《中国古代散曲史》中对《张协状元》一剧所用曲调有一个考察统计,结果表明,其曲调绝大部分是南曲之"本源曲牌",约有 70 余调,其次是唐宋词调,约 60 调,由此可见南曲与唐宋词的渊源之密切。故徐谓《南词叙录》说到南曲曲调的来源时云:"其曲,则宋人词而益以里巷歌谣。"这话大致是可信的。

　　古代交通不便,在辽阔的中华大地上,不同特点的地域文化圈是极易形成的。不同的风俗民情、不同的方言俚语,自然孕育出不同风格的音乐歌舞,东西南北各具体色。《吕氏春秋·音律》所谓东音、南音、秦音、北音云云,即是古人对于不同地域音乐之本源的探索,这事实上便已表现出不同特色之地域性音乐的客观存在。这种地域性特征是随民族的分裂与融合而消长变化的。在西汉大一统时代,"自孝武立乐府而采歌谣,于是有赵、代之讴,秦、楚之风"(《汉书·艺文志》),不同地域而各具特色的音乐艺术随着王朝的大统一而交流融汇着。随后,南北朝数百年的战乱与分裂,一方面对南北文化的交流造成巨大障碍,但另一方面,却又有利于南北文化地域性特征的形成。河朔贞刚之气与江南秀丽之风分别成为南北文学、音乐等艺术极显著的特征。接着又是隋唐的大一统,在西乐东渐的同时是南乐北上,四夷歌舞,八方风谣,又在以长安为中心的京城地区融汇交流,唐宋词所合之燕乐,便是这种大交流大融合的产物。北宋灭亡后,词乐分北上与南下两支发展,北上者与河朔土风民谣结合,形成北曲;南下者与江南俚曲俗歌融汇,形成南曲。其后虽有元朝的统一,但时间较短,再加之民族意识的对抗等多种原因,南北二曲的特征被保留下来,直到明代,人们还能直观感受到南北二曲的不同特色。如徐渭在《南词叙录》中说:

> 听北曲使人神气鹰扬,毛发洒淅,足以作人勇往之志,信胡人之善于鼓怒也,所谓"其声噍杀以立怨"是已;南曲则纤徐绵眇,流丽婉转,使人飘飘然丧其所守而不自觉,信南方之柔媚也,所谓"亡国之音哀以思"是已。

魏良辅在《曲律》中说:

> 北曲以遒劲为主,南曲以宛转为主,各有不同……北曲字多而调促,促处见筋,故词情多而声情少;南曲字少而调缓,缓处见眼,故词情少而声情多。北力在弦索,宜和歌,故气易粗;南力在磨调,宜独奏,故气易弱。

王世贞《曲藻》中亦有与魏氏相同之论。观各家论述,大体上仍不离北刚南柔的主要特征。虽是千人一腔,恐亦事实之所在。

南曲所用之曲数,元人未尝整理,至明嘉靖年间,始有蒋孝《九宫十三调》南曲谱。其后沈璟等人又加以整理修订,共录有543个曲牌,但其中已收有不少明人作品和宋人词作,故元人实际使用之南曲曲牌究竟有多少,实难统计。

有元一代,北尊而南卑,故南曲始终处于自生自灭状态,既无统治者的支持,又无理论家的倡导,文人染指者不多,作品保存亦少。《全元散曲》中仅录有关汉卿、王元鼎、高文秀、珠帘秀、朱庭玉、杨维桢、高明、王元和等人的一、二南曲套数作品。其曲调亦不过〔啄木儿〕、〔醉西施〕、〔白练序〕、〔泣颜回〕、〔桂枝香〕、〔小醋大〕、〔十样锦〕、〔香遍满〕、〔一机锦〕、〔夜行船〕、〔雁传书〕、〔二郎神〕、〔字字锦〕、〔小桃红〕等十余个而已。

至于南曲之有套,或以为自北曲之套数形式模仿而来,若依本书观点:"赚"者,词中之套数;"套"者,曲中之赚体。那么,南曲之套数和北曲之套数一样,均可由唱赚一体发生,而不必自北套学来。对于唱赚一体,《都城纪胜》《事林广记》《武林旧事》等都有记载。此体不仅在南宋时风靡市井街头,而且已进入宫廷,甚而理宗朝(1225—1264)"禁中寿筵乐次"中已用"筝琶、方响合《缠令神曲》"(《武林旧事》卷一)。"缠令"为唱赚之一体,宫廷中寿筵之乐已使用,可见南宋时唱赚一体是怎样的盛行。在唱赚一体甚为流行的南宋时期,以其中"缠令"一式去"缠"联南曲曲调,便形成南曲套数,这是很自然的事。只因"宋时名家未肯留心,入元又尚北"(《南词叙录》),故南曲未若北曲之有"如马、贯、王、白、虞、宋诸公"染指,而是随歌女伶工之演唱而存亡生灭,故未有如北曲之诸多作品流传。

二、南北合套的方式及其意义

据《全元散曲》所录,有元一代所存之南北合套,总共不过 10 多个套曲,即杜仁杰〔集贤宾〕、荆干臣〔醉花阴〕、王德信〔四块玉〕、郑光祖〔梧桐树〕、沈和〔赏花时〕、范居中〔金殿喜重重〕、贯云石〔粉蝶儿〕、方伯成〔端正好〕、季子昌〔梁州令〕、张氏〔青衲袄〕、无名氏〔珍珠马〕〔集贤宾〕等等。就这 10 多个套曲看，其构成方式一般采用一南一北相间的形式，在各支曲牌之下，作者明确地标出"南"、"北"，以沈和的〔赏花时〕《潇湘八景》为例，其构成是：

〔赏花时北〕→〔排歌南〕→〔那吒令北〕→〔排歌南〕→〔鹊踏枝北〕→〔桂枝香南〕→〔寄生草北〕→〔乐安神南〕→〔六幺序北〕→〔尾声南〕

前文已言，套数的首曲是相当重要的，它在曲式上有某种定性的作用，在现存"南北合套"的套数作品中，首曲有用北曲曲调的，也有用南曲曲调的，"南北合套"，也因此分为两种。首曲用北曲曲调者，表明该套是以北曲为主，是以北合南；而首曲用南曲曲调者，表明该套是以南曲为主，是以南合北。

从现存文献看，首先出现的是以北合南，然后才出现以南合北，这一事实说明，当南北二曲开始交流融汇之时，人们崇北而卑南的观念尚未改变，故南曲曲调尚不能被置于首曲之重要位置；然而，南曲曲调毕竟已交错使用于北套之中，这又足以说明南曲已引起文人相当程度的重视。随着文人染指于南曲创作，对南曲的兴趣愈来愈浓，于是逐渐改变了北尊而南卑的观念，这才可能将南曲曲调亦置于首曲之重要位置，而出现了"以南合北"。看起来仅是形式的变化，但实际上却暗示着曲体观念的转变。

从现存作品看，最早出现的南北合套是杜仁杰、荆干臣等人的作品，大约作于南宋被灭亡以后不久，而至顺年间成书的《录鬼簿》

却云"以南北调合腔,自和甫始"。于是,有人以为沈和所处时代晚于杜仁杰,既然杜已有南北合套之作,又怎能说此体"自和甫始"呢?要么,杜之作不可靠;要么"自和甫始"的话不可信。看起来似有道理,但只要仔细推考一下沈和的年辈,便可知这中间并无矛盾。

诚然,《录鬼簿》没有明确记载沈和的生卒年,只云其"近年方卒",在吊词中,钟氏又这样写道:

五言尝写和陶诗,一曲能传冠柳词,半生书法欺颜字。占风流独我师,是梨园南北分司。当时事,仔细思,细思量不似当时。

首先,我们应揣摩"近年方卒"这句话的意味,它实际上暗含着这样的意思:按一般人的寿命而论,沈和可能早就去世了,可他却一直活到"近年",方才去世。如果这样理解不错的话,沈和当享高龄,至少是80多岁,否则,钟氏不应说"近年方卒"的话。其次,据吊词中"占风流独我师"云云,也可知沈和年辈应长于钟嗣成,据考,钟嗣成约生于1275年左右(见《河南大学学报》1984年第5期李春祥《钟嗣成生卒年辨析》),则沈和之生,或在1250年左右,到至顺(1330—1333)时,约80多岁,这与《录鬼簿》"近年方卒"的记载,是基本吻合的。这样,宋亡之时,沈和30岁左右,由他首先写出南北合套的作品,是完全可能的。

元朝在南下灭宋的过程中,北曲自然伴随着金戈铁马南下,并一度占领江南都市的舞榭歌场。刘辰翁(1232—1297)在南宋灭亡后不久作了一首〔柳梢青〕《春感》的词云:

> 铁马蒙毡,银花洒泪,春入愁城。笛里番腔,街头戏鼓,不是歌声。那堪独坐青灯!想故国,高台月明,辇下风光,山中岁月,海上心情。

全词充满着国破家亡的浓重感伤情绪,因为以宋遗民的心态来感受所谓"笛里番腔",因此,不免对南下的北曲表示出鄙视态度,认为它"不是歌声",这无疑代表着相当一部分南宋遗民对于北曲的一种抵触情绪。而南下的北人在初到江南时,恐怕也一时不习惯南曲,而依旧歌唱着"番腔",于是这就有了所谓"北曲"、"南曲"的壁垒。一到大元统治被巩固下来,南宋的灭亡已成为无可挽回的事实,"番腔"成为"国腔",南曲亦逐渐引起北人爱好,于是,南北二曲的交流与融合,也就势所必然了。南北合套这一形式的出现,实际上也就标志着南北二曲的相互影响与融合,同时也标志着北曲在南方的普及和南曲地位的逐渐提高。许多文人士大夫在宋亡后不久染指南曲,这对于南曲逐渐崛起,是起了重要作用的。因此,可以说,元代中前期如杜仁杰、荆干臣、关汉卿、高文秀、王实甫、郑光祖、沈和、贯云石等人的南北合套及其南曲套数的创作,正是对于高明《琵琶记》等作品的一种呼唤。如果要论其意义,我以为正在这里。

第四章 元散曲的特征

中国古典诗歌的三大类型——诗、词、曲，体制不同，其各自的特征自然有别。我们读一首古典诗歌，何以知其为诗？为词？为曲？其中最主要的一点，就是靠了解和掌握它们不同的体制特征。无论从文献的鉴别和考证的角度说，还是从文学的鉴赏和创作的角度说，了解其不同诗歌体制的各自特点，都是十分必要的。本章拟在与诗、词的对比中，从衬字、俗语、用韵、对仗、重叠以及务头等方面对元散曲的特征作一些论述。

第一节　元散曲的衬字

一、衬字的由来

如果从句式上看，词与曲同为长短句，但不同的是：词之句，字数有定；而曲之句，字数无定。比如一首〔点绛唇〕词，晏几道所作，其上片四句，句式结构为四五四五，下片五句，其句式结构为四五三四五，其余如苏轼、舒亶、黄庭坚、秦观、晁端礼、周邦彦、向子諲等所作，其句式结构皆同此。而同一曲牌，在不同作家笔下出现，就不一样了。比如同一〔点绛唇〕曲牌，在白朴的套数作品中出现，其句式结构为四四三四五，而在不忽木的套数中出现，则为六七六四五，在贯云石的套数中又为四四五四五，在无名氏的一首套曲中则又作四七三七六，各句字数多少不一，竟至于此。〔点绛唇〕这一曲牌在套数中还是作为首曲使用的，尚有如此变化，至于套数中过曲的变化，就更不待言了。然而，全面考察一下众多曲家对〔点绛唇〕这一曲牌的运用，便会发现，绝大多数作家同于白朴四四三四五的这一句式结构。这就说明：按照〔点绛唇〕这一曲调的旋律，填进四四三四五这样五句歌词，是比较协律的。但是，这种比较协律的句式结构并未被权威的律谱规定下来供大家遵守，某些作家在填写歌词时便免不了在曲式旋律允许的情况下根据表情达意的实际需要增减一些字数，这是一方面；另一方面，歌女伶工在演唱时即兴发挥，在适当位置添字，也是有的，如沈义父《乐府指迷》谓"亦有嘌唱一家，多添了字"，就是这种情形。总之，当按某一曲牌大致固定的旋律节拍来填词以应歌时，某些句子字数有一些增减变化原属正常情况，本无所谓"正"、"衬"之分。然而，当文人士大夫染指散曲日久，欲以词绳曲，便有考定律谱，以求统一的需要了。面对同一曲牌而字数多少不等的诸多曲作，也就有分别"正"、"衬"的需要了。于是，像〔点绛唇〕四四三四五这样为大多数曲家所遵守的格式，便被《太和正音谱》《九宫大成南北词宫谱》（以下分别简称《正音谱》《九宫谱》）等作为"正格"（而略有变化者被作为"变格"），那些字数有增的句式，内中一些修饰性的词便被标作"衬字"，这，便是衬字的由来。

此说有无根据呢？有的，只要将《正音谱》与《九宫谱》所收同样例曲所标衬字的情况作一比较，就很清楚了。如〔鹊踏枝〕，《正音谱》以不勿麻（即不忽木）平章套数中的一支〔鹊踏枝〕曲作为"正

第四章　元散曲的特征

格",对最后"柱沉埋了锦带吴钩"一句,《正音谱》以"柱"字为衬字;《九宫谱》亦收此曲,却以"了"字为衬字。又如〔青哥儿〕,两书均收马致远"春城春宵无价"小令,《正音谱》未标衬字;但《九宫谱》却标明第三句"照"字为衬字。又如〔穿窗月〕,两书均收白朴〔点绛唇〕套中"忆疏狂"一曲,末句"不思量执手临歧话",《正音谱》未标衬字;《九宫谱》却标明"量"字为衬字。又如〔三番玉楼人〕,两书均收无名氏"风摆檐间马"小令,第四句《正音谱》作"不着我题名儿骂",以"不着我"三字为衬字,《九宫谱》作"不教我提着名儿骂",却以"我"、"着"、"儿"三字为衬字;第八句,《正音谱》作"我将那厮脸儿上不抓",未标衬字,《九宫谱》作"我将他脸上不抓",却标出"我将他"三字为衬字。此类异同,比比皆是。由此,可知"正"、"衬"之分,非关作者之事,而是曲论家或曲谱家的事,是曲论家或曲谱家"作古"定格的需要,而各位曲论家或曲谱家对某一作品审视的角度不同,或理解不一致,所标衬字也就各不相同。

元曲中"衬字"一说,几乎是与曲谱的诞生同步的。如周德清《中原音韵》中有《定格四十首》,可以说是最早的"北曲谱",而此书也就同时有关于"衬字"的论述。如作者《自序》云:"青原萧存存,博学,工于文词,每病今之乐府有遵音调作者,有增衬字作者……有板行逢双不对,衬字尤多,文律俱谬,而指时贤作者。"罗宗信《序》云:"国初混一,北方诸俊新声一作,古未有之,实治世之音也;后之不得其传,不遵其律,衬垫字多于本文……"《作词十法》论造语云:"造语必俊,用字必熟。太文则迂,不文则俗;文而不文,俗而不俗。要耸观,又耸听,格调高,音律好,衬字无,平仄

137

稳。"又云："切不可用生硬字、太文字、太俗字、衬垫字。"又云："套数中可摘为乐府者能几？每调多则无十二三句，每句七字而止，却用衬字加倍，则刺眼矣。"《定格四十首》评马致远〔夜行船〕《秋思》套数又云："此方是乐府，不重韵，无衬字，韵险，语俊。谚云：'百中无一。'余曰：'万中无一。'"

　　周德清《中原音韵》关于如何作曲的一系列理论，实际上代表着文人以词绳曲而崇雅卑俗的时代倾向，周氏提出"衬字"一说，并把它与作为无"乐府气味"的俗曲的标志之一而努力加以反对，也正是出于将曲词化的需要。只要将句式有变的问题解决了，做到了"调有定句，句有定字"，又解决了平仄、押韵和造语方面的一些问题，曲也就能"进步"到有"乐府气味"的词了。在中后期曲家中，张可久算是"进步"得较快的一个，他的散曲作品是极少用衬字的，因而很受推崇。然而，这种"进步"同时也是一种退步，到底不合时代潮流，所以尽管有周德清等人出来"定格"，而后期曲作家如刘庭信、汪元亨等人的作品，其"衬字"之多，并不亚于前期作家。

　　总之，对于作者和歌者来说，减字添字甚而减句添句，出乎自然，无所谓"正"、"衬"之分，"衬字"一说，是曲论家出于"定格"需要而对同一曲牌中同一乐句而字数不一这一现象的解释和处理。

二、曲中衬字与词中虚字

　　前文已言，"衬字"一说，原出于"定格"的需要。对于北曲，若从以辞合乐的角度来看，正、衬本无可分；若从文词结构角度看，

第四章 元散曲的特征

则又可以作如此区别。

从《太和正音谱》中所标明的"衬字"来看,它们一般处于句子的开头,对其中心部分起某种指示、说明、限制、修饰、强调的作用。如"据着俺"、"他则待"、"记的是"、"博得个"、"关不住"、"呀呀的"、"疏剌剌"、"更那堪"、"则除是"等等。张炎《词源》论词中"虚字",有云:

> 词与诗不同,词之句语,有二字、三字、四字,至六字、七、八字者,若堆叠实字,读且不通,况付之雪儿乎! 合用虚字呼唤。单字如"正"、"但"、"任"、"甚"之类,两字如"莫是"、"还又"、"那堪"之类,三字如"更能消"、"最无端"、"又却是"之类。此等虚字,却要用得其所,若使尽用虚字,句语又俗,虽不质实,恐不无掩卷之诮。

如果把《太和正音谱》中所标"衬字"与张炎所举到的词中"虚字"相比较,可以看出两者的性质大致相同,不过从词性和作用上看,曲中"衬字"要比词中"虚字"更加广泛。从词性上看,词中"虚字"一般限于副词,而曲中"衬字"除了副词,还有代词、动词、数量词、象声词、形容词等;从作用上看,词中"虚字"一般起领带、逗转等作用,而曲中"衬字"除此而外,还有如上述说明、修饰、限止等作用。两相比较,可以看出,曲中之"衬字"与词中之"虚字"虽有一定渊源关系,但却已有较大发展,在词性和作用上,几不可同日而语。

另外,在用法上,词中"虚字"仅限于用在句子开头,而且每首词用之不过一、二次；但曲中"衬字"有时可用于句中，甚而句句有"衬字"。词中"虚字"，可识可辨。而曲中"衬字"，有时与"正字"紧密结合，难以分别。

三、衬字的意义

将不同作家、不同形式的曲作加以比较，可以发现，剧曲用衬比散曲多，散曲中套数用衬比小令多，勾栏中作家用衬比文人士大夫作家多。此现象足以说明，"衬字"又是以词应歌的需要，是面对听众，将歌词通俗化、口语化的需要。如关汉卿的〔一枝花〕《不伏老》套曲中的〔尾〕曲：

> 我是个蒸不烂煮不熟捶不匾炒不爆响珰珰一粒铜豌豆，恁子弟每谁教你钻入他锄不断斫不下解不开顿不脱慢腾腾千层锦套头。我玩的是梁园月，饮的是东京酒，赏的是洛阳花，攀的是章台柳。我也会围棋会蹴鞠会打围会插科，会歌舞会吹弹会咽作会吟诗会双陆。你便是落了我牙歪了我嘴瘸了我腿折了我手，天赐与我这几般儿歹症侯，尚兀自不肯休。则除是阎王亲自唤，神鬼自来勾，三魂归地府，七魄丧冥幽，天哪，那其间才不向烟花路儿上走。

此曲是用了许多"衬字"的，我们虽不能一一确指哪些是"正字"，哪些是"衬字"，但至少可以说，那些带修饰性的"蒸不烂""煮不熟""捶不匾""炒不爆"之类，定属"衬字"无疑。有了这许多"衬字",整首曲便显得更为通俗,口语化色彩更强烈,而且也更增加了一种幽默诙谐、淋漓泼辣的特殊趣味。由此可以看出,从文学修辞的角度看,"衬字"的加入,对于元曲的通俗化及其曲体风格的形成,是有很重要的意义的。

第二节　元散曲的语言

从语言运用上看,拿曲与诗词相比,可以说是诗庄、词媚、曲俗,即诗之语庄雅、词之语婉媚、曲之语通俗。曲语的通俗自然,不仅表现在具体的语言成分上,而且还表现在句式结构上。

从具体的语言成分上看,尽管周德清在《中原音韵·作词十法》中提出"不可作俗语、蛮语"等,但那只是曲发展到后期,文人欲以词绳曲的一种倡导。事实上,元散曲中俗语、蛮语等等,可以说俯拾即是。

所谓"俗语"者,即粗俗、俚俗之语,如"巴结""抢白""帮衬""接脚""嗑牙""尻包儿""那答儿""临绝末""没褒弹""一胞尿""蹅狗屡"之类。

所谓"蛮语"者,即少数民族之语,如"忙古夕""答剌苏""躯口""忽剌八""把都儿""歪剌骨"之类。

所谓"谑语"者,即戏谑调侃之语,如"铜豌豆""锦套头""兔羔儿""老野鸡""花木瓜儿""蜡枪头""鸳鸯债""赔钱货""风月担儿"之类。

所谓"嗑语"者,即任二北先生所释之"唠叨琐屑之语"(《作词十法疏证〉），如马致远《借马》、刘时中《上高监司》等曲中甚多。

所谓"市语"者，据《墨娥小录》所载"中原市语"，以及钱南扬先生《汉上宦文存》所转录之《绮谈市语》《金陵六院市语》《梨园市语》等观之，所谓"市语"即行话、隐语、谜语等，其中有相当一部分即今之所谓歇后语，如"铁球儿漾在江心里——团圆到底""王屠倒脏——牵肠肚""腊月里桑——采甚（剩）的""左右司蒸糕——省做媒""警巡院倒了墙——贼见贼""张果老切脍——先施鲤（礼）"之类。

所谓"方语"者，周德清谓"即各处乡谈也"，如"刁蹬""打火""绰皮""洒家""口碜""演撒""行头""打挣""摆划""没下梢""私牙子""肉吊窗""葫芦提"之类。

所谓"书生语"者，周德清谓"著之纸上，详解方晓；歌，则莫知所云"，此主要指用事用典，如"王粲登楼""羊昙挥泪""凤鸣岐山""季子金尽""寒郊瘦岛""居胥谁封""洛社耆英""粒我烝民"之类。

所谓"讥诮语"者，即讥讽嘲笑之语，如"五奴""刷子""屎头巾""野味儿""浪包娄""牛鼻子""桦皮脸""五眼鸡""三脚猫""穷酸饿醋""裙带头衣食"之类。

以上各类语料，除"书生语"外，其余几种很难在诗词作品中见到，但在元曲之中，却为通常习见之语，由此可见，元曲的语言运用处于一种全开放势态，对于各种语料兼收并蓄，真可谓无语不可入曲。而以上除"书生语"之外的各类语言，倘以雅俗两分而论，自然都属于"俗"之一类，这些"俗"的语言，不仅为元曲广泛运用，而且成为曲语的一大特色，并成为元曲幽默诙谐之"曲趣"的主要构成因素。如张鸣善的〔水仙子〕《讥时》：

第四章　元散曲的特征

　　铺眉苫眼早三公,裸袖揎拳享万钟,胡言乱语成时用。大纲来都是烘。说英雄谁是英雄？五眼鸡岐山鸣凤,两头蛇南阳卧龙,三脚猫渭水非熊。

在这首小令中,如果除去"五眼鸡"、"两头蛇"、"三脚猫"之类的讥诮语,它的幽默诙谐之趣就大为减色了。又如杜仁杰的《庄家不识勾栏》、关汉卿的《不伏老》、马致远的《借马》、刘时中的《上高监司》、睢景臣的《高祖还乡》等套数作品,如果将其中许多方言俚语,以及讥诮戏谑之语以雅语易之,这些套数也就大失其趣了。由此可见元曲中各类俗语对于形成曲趣的重要作用。

　　某一事物的特点所在,也有可能同时就是它的缺点所在。元曲中大量的市语方言,对于那一时代一定范围内的听众和读者而言,或许不成问题,但对于易时易地的人来说,就大为不便了。所以自元明以来,就不断有人解说元曲中方言市语的确切涵意,除《辍耕录》《墨娥小录》等偶一有载而外,至现当代卓然而成专书者,如徐嘉瑞《金元戏曲方言考》,张相《诗词曲语辞汇释》,朱居易《元剧俗语方言例释》,陆澹安《戏曲词语汇释》,顾学颉、王学奇《元曲释词》等。如果不借助这些工具书,在阅读和欣赏元曲时,那许多方言俗语将成为很大障碍,以此而论,则周德清"不可作俗语、蛮语、市语、方语",而要求作"天下通语"的倡导倒还是有一定意义的。

　　从具体的语言成分上看,元曲语言的俗不仅表现在多市语方言,而且还表现在多用寻常口语。清黄周星《制曲枝语》云:"曲之体无他,不过八字尽之,曰:'少引圣籍、多发天然'而已。"任二北

143

《作词十法疏证》谓"其意盖谓曲中须少用文言,多用语体"。又云:"夫曲之所以为曲,乃在以语易文。"元曲之所谓"本色",即黄周星所云"天然"、任二北所谓"语体"。如杜仁杰之〔耍孩儿〕《庄家不识构阑》:

风调雨顺民安乐,都不似俺庄家快活,桑蚕五谷十分收,官司无甚差科。当村许下还心愿,来到城中买些纸火。正打街头过,见吊个花碌碌纸榜,不似那答儿闹穰穰人多。

〔六煞〕见一个人手撑着椽做的门,高声的叫请请,道迟来的满了无处停坐。说道前截儿院本调风月,背后么末敷演刘耍和。高声叫:赶散易得,难得的妆哈。

〔五〕要了二百钱放过咱,入得门上个木坡,见层层叠叠团圞坐。抬头觑是个钟楼模样,往下觑却是人旋窝。见几个妇女向台儿上坐,又不是迎神赛社,不住的擂鼓筛锣。

〔四〕一个女孩儿转了几遭,不多时引出一伙,中间里一个央人货,裹着枚皂头巾顶门上插一管笔,满脸石灰更着些黑道儿抹。知他待是如何过,浑身上下,则穿领花布直裰。

〔三〕念了会诗共词,说了会赋与歌,无差错。唇天口地无高下,巧语花言记许多。临绝末,道了低头撮脚,爨罢将么拨。

〔二〕一个妆做张太公,他改做小二哥。行行行说向城中过,见个年少的妇女向帘儿下立,那老子用意铺谋待取做老婆。教小二哥相说合。但要的豆谷米麦,问甚布绢纱罗。

〔一〕教太公往前那不敢往后那,抬左脚不敢抬右脚。翻来覆去由他一个。太公心下实焦燥,把一个皮棒槌则一下打做两半个。我则道脑袋天灵破,则道兴词告状,划地大笑呵呵。

〔**尾**〕则被一胞尿,爆的我没奈何,刚挨刚忍更待看些儿个,枉被这驴颔笑杀我。

读完此曲,便可知道元曲用口语而不用文言的特点,可以说是显而易见的。

再从句式结构上看,词与曲虽同为长短句,但二者在句式结构上却是有显著差异的。略而言之,词之句式虽为长短句,但其步节却基本与诗相同,即四言为二二句式,五言为二二一或二一二句式,六言一般为二二二句式,七言一般为二二二一或二二一二句式。然而,曲的句式结构则大不相同,如前引《庄家不识构阑》一曲中"见吊个花碌碌纸榜"、"不似那答儿闹穰穰人多"、"见一个人手撑着椽做的门"等等句子,如果要像诗词那样来划分句式结构,是比较困难的。如果勉强划分一下,或可划分成如下的形式:

见/吊个/花碌碌/纸榜
不似/那答儿/闹穰穰/人多
见/一个人/手撑着/椽做的/门

与诗词的句式结构相比,一整齐匀称,有规律可寻;一灵活多变,并无定规;一雅一俗,亦是判然有别的。

综上所述,可以说明,无论从语言成分上还是从句式结构上,元曲之语言都与传统诗词之语言相去甚远,而别具"俗"的一格,这种"俗",实质上表现着一种地方特色和民间色彩。其形成,与元曲之体制、文学潮流和时代环境,都是密切相关的。

就体制而言,我国诗体素来有齐言与杂言之分,而乐府体诗多属杂言,比起齐言体诗来,更适宜于口语的运用,如汉乐府、唐宋词、元曲等。其中,词因文人长期介入,以诗教传统熏染甚久,以至于姜、吴一派,其庄雅反甚于诗,只有部分俗词,仍继承了汉乐府杂言体口语的传统,而成为元曲之先声。而且,在曲兴盛的元代,词已基本脱离音乐,离开了歌楼酒舍而进入了高堂华屋,它昔日曾一度占有的歌场和广大听众已让位给曲。曲不但是作者写、读者看的艺术,而且是"雪儿"歌、市民听的艺术。它是既"要耸观,又要耸听"的,尤其"耸听"比"耸观"更为重要。故而明朗爽脆的口语,带着浓厚地方特色和民间色彩的活生生的俗语方言,也就自然为曲所采用了。元曲虽也有文人学士的介入,甚至有芝庵、周德清等人崇雅卑俗的理论倡导,但除了如张可久等极少数作家而外,大多数人仍在"俗"的范围之内。也就是说,宋代一部分文人将词雅化了,但元人却并未能将曲雅化。这,又不能不说与文学潮流和时代环境有很大关系。

从文学发展的历史潮流来看,民间俗文学和文人士大夫雅文学两大潮流自唐宋以来逐渐开始融合,由于文人大量染指词曲、小说、戏剧等俗文学的创作,其正统雅文学观念必然会受到冲击,他们对于俗文学的态度自然也会有由轻视而到刮目相看的变化,他们的参与创作也就有由偶一染指而到全身心投入的进步。宋

第四章 元散曲的特征

初柳永等人,以文人学士良好的文化修养而投身于俗文学创作,可说是雅、俗两大文学潮流开始融汇合流的重要标志,而几乎是以整个一代文人的学识才情而进行某一俗文学创作,这无疑是雅俗两大文学潮流融汇成功的重要前提。这就时代而言,只有元代;就文学形式而言,只有元曲。因而,可以说元代是雅俗两大文学潮流成功地融汇合流的时代,元曲则是这种融汇合流的丰硕成果。在这种时代背景之下,文人对于戏曲、小说的态度已大为改观,坦然地将曲这一形式作为了他们抒情叙事的理想形式,自甘"得罪于圣门"而不顾,旗帜鲜明地与所谓"高尚之士、性理之学"相对抗(《录鬼簿》作者自序)。形式上崇俗,语言运用上自然也以俗代雅,以俗为美,故而市语、蛮语、方语、谑语,举凡民间口语中之所有,皆可为其所用。即便如周德清辈欲将曲雅化,其提出的"乐府语"标准,仍不过"文而不文,俗而不俗"而已,未曾脱离一个"俗"字。形式上是文学语言方面作家对于俗语的运用,但实质上却意味着俗文学观念对于雅文学观念冲击的胜利,意味着俗文学已成为时代潮流。

再从时代环境看,元代文人已沦落到"九儒十丐"的悲惨境地,知识分子向来以"济苍生安黎庶"为己任的雄心宏愿,在元代文人心中已成泡影。本为名教中人,却被时代环境逼到了名教的对立面,在无可奈何的情况下,他们便成了一个个叛逆名教的浪子,敝屣功名而嘲弄礼法,以"郎君领袖""浪子班头"自诩,以"不应举江湖状元"自慰,以"批风抹月""躬践排场"而"为我家生活"。总之,如杜仁杰、关汉卿、王和卿、乔吉、刘庭信等,已然成了市民化的文人。既然成为名教叛徒,他人以雅为雅,我则以俗为雅;既然面子已全然放倒,他人有顾忌之谑言浪语、粗语俗语,我则一无顾及,不仅肆意言之,而且往往淋漓尽致而后快;既然已与市民为伍,"偶倡优而不辞",他人不知不熟之方言俚语、谑言市语,我则知之熟之,得心应手,随意驱遣。总之,相对于"性理之学"的"高尚之士"来说,这些叛逆名教的浪子以俗为雅的风尚,也是时代环境影响下的势所必然和自然而然,而且对于仕宦作家亦有相当的影响。

与曲的运用口语相联系,曲的意境也就逐渐形成以明快显豁为其审美特征,因为曲要唱来"耸听",不明快显豁是不行的。马致远、贯云石等豪放本色一流的曲作自不必说,即使如乔吉、张可久等属清丽一流的作家,尽管在遣词造句上许多作品已与词同,但其意境,还大都是以明快显豁为主的。如张可久的〔金字经〕《春晚》一曲:

　　惜花人何处,落红春又残。倚遍危楼十二栏。弹,泪痕罗袖斑。江南岸,夕阳山外山。

从语言特征和表现手法上看,这首令曲与词似无二致,但它绝不像周邦彦、姜夔、吴文英等人的词那样曲折幽深。开头两句点出离人之伤春情绪,接着是困倚危楼等行动展现,最后以景结情,显出别情的绵远无尽。总的说来,其明快虽不如豪放本色一流,但其伤春怀人之情和一片晚春残景所交融而成的凄丽意境却还是比较显豁的。清丽一流向来被视为曲中别派,其显豁尚且如此,而被视为正宗的豪放一流,其情形就自可想见了。任二北在《散曲概论·作法》中讲到词曲二体之区别时云:

第四章 元散曲的特征

  词静而曲动;词敛而曲放;词纵而曲横;词深而曲广;词内旋而曲外旋;词阴柔而曲阳刚;词以婉约为主别体则豪放,曲以豪放为主别体则为婉约;词尚意内言外,曲竟为言外而意亦外。

  总而言之,就表情达意和意境特征而言,曲是以明快显豁为主的,这种特征的形成,与曲尚口俗、俗语,无疑有很大关系。

第三节　元散曲的用韵

一、曲家用韵的原则

  唐宋以来,官方总要颁布韵书,以统一科场诗赋应试之用韵,使试官、举子,有所适从。此类韵书,古称"官韵",如《唐韵》《广韵》《韵略》《集韵》等等。天下举子,萤窗铁砚,斤斤守之而未敢越雷池一步。由隋陆法言《切韵》而至《唐韵》,而《广韵》,而《韵略》,而《集韵》,虽代有更易,但此官韵一系,传统已成,根本已固,后出者难以破前贤"古雅"之窠臼。然而,语音是不断发展变化的,故韵书所定之韵,常常与语言实际有相当程度的出入,如洪迈《容斋五笔》卷八《〈礼部韵略〉非理》一条即云:

  《礼部韵略》所分字有绝不近人情者,如"东"之与"冬","清"之与"青",至于隔韵不通用,而为四声切韵之学者必强立说,然终为非是。

149

元熊忠编《古今韵会举要》亦云：

> 旧韵所收，有一韵之字而分入数韵不相通用者；有数韵之字而混属一韵不相谐叶者；不但如前诸儒所论而已。且如"东"韵"公"、"东"是一音，"弓"、"芎"是一音，此二韵混为一韵者也；"冬"韵"攻"、"冬"与"公"、"东"同，"恭"、"銎"与"弓"、"芎"同，此一韵分为二韵者也。

这样一来，诗词之押韵，也就有依韵书而押者和依当时语音实际之自然音韵而押者。一般说来，是词循天籁而诗依韵书；曲承词体，亦从天籁。

北曲初兴，盛行于以大都、平阳为中心的北方，故曲家用韵，即循北方语音之天籁，这就是周德清所总结归纳的"中原音韵"。与《唐韵》《韵略》一系的官韵相比，其重要之点有三：一是韵部大大减化，由《韵略》之 107 部减至 19 部；二是"入派三声"，即入声基本消失，古入声字被分派入平、上、去三声之中，由历代韵书平、上、去、入四声，变为平、上、去三声；三是"平分阴阳"，即在原来笼而统之的平声字中分阴平和阳平。这些重要之点，正表明中原语言实际之音韵与脱离实际崇尚"古雅"的韵书之间的巨大差异。

一来因为曲之为体，较诗词卑下，故曲家用韵，原不必如诗人之死守韵书；二来因为元代科举久废，文学之士于音韵之学势必荒疏；由此两端，可知元代曲家用韵，弃人籁而循天籁，亦是势所必然。如关汉卿、郑光祖、白朴、马致远诸"前辈名公"，既为北人，又作北曲，其所循之天籁，必然为中原自然之音，即周德清所谓

"韵共守自然之音,字能通天下之语"。元贞、大德以后,北曲已流行南方,南人作北曲,南伶唱北调,情形就不一样了。他们有时步武"前辈名公",谨守北音;有时亦任情而作,循南音之天籁。倘属后者,自然不合中原音韵,如《中原音韵》所列"真文"、"庚青"、"侵寻"三韵,北人口中,分别甚严,而南人却时常混用。徐渭《南词叙录》谓"吴人不辨清、亲、侵三韵",其实岂独吴人,蜀人亦不免如此。如杨朝英〔水仙子〕:

寿阳宫额得魁名,南浦西湖分外清,横斜疏影窗间印。惹诗人说到今。万花中先绽琼英。自古诗人爱,骑驴踏雪寻,忍冻在前村。

其韵脚中"名"、"清"、"英"属"庚青"韵,"印"、"村"属"真文"韵,"今"、"寻"属闭口"侵寻"韵,这与北人所用"中原音韵"大相径庭,故严守北音的周德清大加讪笑,讥其"开合同押,用了三韵"(《中原音韵·正语作词起例》)。其实,不过各循其天籁而已。泰定甲子(1324),周德清《中原音韵》问世,从此以后,作北曲者守之,对于北方作家而言,仍是循其天籁,但对于南方作家来说,则是从其人籁了。

二、《中原音韵》的产生

元朝混一南北,北曲迅速南流,由于民族意识的影响,最初是北音不谐南耳,所以刘辰翁《柳梢青》词讥之为"笛里番腔,街头戏鼓,不是歌声"。然历时一久,遗民意识逐渐淡化,那所谓"不是歌声"的"番腔",南人不仅慢慢习惯下来,甚而直接参与,文人作之,优伶歌之。以南人作北曲,以南腔歌北调,平仄之调配,音韵之区别,对于音分平、上、去、入四声,且又"寒山"与"桓欢"同押、"齐微"与"支思"混用、"庚青"与"真文"不分的南人来说,确是一大难题。虞集慨叹"五方言语"之不类,云:"吴、楚伤于轻浮,燕、冀失于重浊,秦、陇去声为入,梁、益平声似去;河北、河东,取韵尤远;吴人呼'饶'为'尧',读'武'为'姥',说'如'近'鱼',切'珍'为'丁心'。"(《中原音韵序》)差异如此之大,文学之士深以为病,故"士大夫歌咏,必求正声"(同前),如周德清所云,便是"欲作乐府,必正言语;欲正言语,必宗中原之音"。正是在这样的时代背景之下,周德清编写了《中原音韵》。他将"前辈佳作"(即关、郑、白、马诸人之散曲作品)所用韵字分类比勘,并从歌唱实践中细细考察捉摸,终于将"北方诸俊新声"之所用"中原音韵"一一分部定声,遂有了平分阴阳、入派三声这些所谓"作词之膏肓、用字之骨髓"的重大发现。周氏自矜为"不传之妙,独予知之",虽不免言过其实,但其"屡尝揣其声病于桃花扇影而得之"的一番苦功,实在是难能可贵的。经过周氏这番归纳整理工作,以后作曲与歌曲者用字检韵,遂有规可循,这对南人作北曲与歌北曲者实带来莫大方便。正因为如此,一时名士如虞集、欧阳玄、罗宗信、琐非复初等争为之序,且交口赞誉,备极称道。

周德清编《中原音韵》,原是为作北曲者有所准绳,然而,其后南曲之用韵,亦深受其影响。虽然明清曲坛上有"北叶《中原》,南遵《洪武》"(即《洪武正韵》)一说,然而,事实上却是"作南词者,从来俱借押北韵"(沈宠绥《度曲须知》引沈璟语),而最早提出"北叶《中原》，南遵《洪武》"一说的沈宠绥也曾解释说："凡南北词韵脚，当共押周韵，若句中字面，则南曲以《正韵》为宗，……北曲以周韵为宗。"因此，曲学界及音韵学界之"北叶《中原》，南遵《洪武》"一说，实不足信。今人周维培《论中原音韵》中辩之甚详，不赘。

然而，对周德清之《中原音韵》，明代大曲论家王骥德却大肆攻击，讥其人，曰"浅士"、"山人"；贬其著，谓"文理不通"（《曲律·论韵》）。王骥德之反周，用他自己的话说，是"为南词设也"，因此，他又说："周之韵，故为北词设也；今为南曲，则益有不可从者。盖南曲自有南方之音，从其地也。"以此观之，王氏似主张各"从其地"，以循天籁。但是，他又攻击周之《中原音韵》"不过杂采元前贤词曲，掇拾成编"，未能"博综典籍"，以"辨于诸子百氏之奥"，"而欲区区以方言变乱雅音"，这又未免前后矛盾了。倒不如徐渭《南词叙录》来得痛快："周德清区区详订，不过为胡人传谱，乃曰《中原音韵》，夏虫、井蛙之见耳！"实际上，仍不过狭隘的民族偏见和厚古薄今之旧传统观念作祟而已。

三、元散曲的押韵

元曲之押韵，散曲与剧曲同，而与唐宋词有异。最主要之点，是词中有一词多韵的转换错押现象，而曲之押韵，则无论令曲、套曲，均是一韵到底，曲中不再换韵。虽然以《中原音韵》之十九部韵检之，可能发现少许作品有两韵或三韵相押的现象，但这两韵或三韵必系相邻的韵部，如"寒山"之于"先天"、"齐微"之于"支思"、"庚青"之于"真文""侵寻"等，即韵学家所谓"缓韵"现象。但是,这种现象的出现,原因在于作者受方音影响,而将相邻的两韵或三韵用作了一韵,在作者的主观意识中仍是一韵到底的。

其次,是关于平仄错押问题。在唐宋词中,有押平、押仄、平仄错押、平仄通押、入声单押等多种形式。押平韵者如〔南歌子〕、〔忆江南〕、〔浪淘沙〕等,押仄韵者如〔天仙子〕、〔点绛唇〕、〔卜算子〕等,平仄错押者如〔诉衷情〕、〔相见欢〕、〔定风波〕等,平仄韵通押者如〔西江月〕、〔哨遍〕、〔戚氏〕等,入声独押者如〔好事近〕、〔忆少年〕、〔忆秦娥〕等。何处押平,何处押仄,绝大多数词牌有严格规定,极少例外。与词相比,元曲亦有押平、押仄及平仄通押等形式,全首押平韵者,如〔后庭花〕、〔人月圆〕、〔新时令〕、〔庆元贞〕等,通首押仄韵者,如〔叨叨令〕、〔塞鸿秋〕、〔秦楼月〕、〔楚天遥〕等。不过,如以上全首押平或押仄的曲牌,在元曲中为数极少,绝大多数曲牌是平仄通押的。但是,其平仄通押的曲牌,何处押平,何处押仄,何处可平可仄,一般也是有定规的。如〔水仙子〕八句七韵,最常见的韵式是"平平仄仄平平平"、"平平仄平平平平"两种,除此而外,尚有多种变化,但不管怎样,第一、第五韵始终押平韵,而第三韵始终押仄韵,这三处极少例外,其余各韵位,则变化不定。又如〔醉太平〕八句八韵,比较常见的韵式是"仄平平仄仄仄平平",此外,亦有多种变化,但无论如何,第二、第三、第七这三个韵位一定是平韵,第五、第六这两个韵位又一定是仄韵,例外极少,其余三处韵位,则可平可仄,变化不定。由此可知,如果仅仅讲到元曲押韵是平仄通押,那是很不够的;如果认为元曲押韵是不讲平仄的,那就更是大错特错了。

因为曲中无换韵现象,故无词体中的平仄错押、转换等押韵形式；而北曲入派三声，故曲中的入声独押亦仅少数作家偶一为之，且不限于某一曲牌，因而未能成为一式。

再次，关于重韵现象，词中一般避免韵脚的重复，如〔如梦令〕、〔醉花间〕、〔忆秦娥〕等少数词牌虽有一、二韵字的重复，但属格律所规定；而曲中有时则在格律规定之外，有意重复韵字，构成所谓"重韵体"，如周文质的〔叨叨令〕《自叹》二首和《四景》二首，此引《自叹》第一首如下：

筑墙的曾入高宗梦，钓鱼的也应飞熊梦，受贫的是个凄凉梦，做官的是个荣华梦。笑煞人也末哥，笑煞人也末哥，梦中又说人间梦。

最后，是关于韵位问题，一般以为词韵疏，曲韵密，不过，这只能就大体上说是如此；或谓曲句句押韵，这也只能说大部分曲牌是如此，而隔句押韵的曲牌，如〔节节高〕、〔白鹤子〕、〔普天乐〕、〔楚天遥〕、〔青玉案〕等，其为数还是不少的。

第四节　元散曲的对仗与重叠

一、元散曲的对仗

对仗，或称对偶（也作"对耦"），本是诗词常用手法之一，不过就其对仗方式来说，在元散曲中确实得到了长足的发展。最早注意散曲中对仗问题的大约是周德清的《中原音韵》,周氏在《作词十法》中列出"对偶"一法,所举有"扇面对""重叠对""救尾对"三种对式。朱权《太和正音谱》中亦列有"对式"一项,所举则有"合璧对""连璧对""鼎足对""联珠对""隔句对""鸾凤和鸣对""燕逐飞花对"等七种对式。若除去二人所列名异而实同者二种,尚得八种,远比诗词繁富。下面逐一释说。

1. 扇面对、隔句对

《作词十法·对偶》(以下简称《对偶》)云:"扇面对,〔调笑令〕第四句对第六句,第五句对第七句;〔驻马听〕起四句是也。"如周德清〔斗鹌鹑〕《赠小玉带》套数中之〔调笑令〕曲:

> 细思,好称瘦腰肢。围上偏宜舞柘枝,性温和雅称芳名字。料应来一般胸次,色光泽莹如美艳姿,都无那半点瑕玼。

此即为第四句"性温和雅称芳名字"对第六句"色光泽莹如美艳姿";第五句"料应来一般胸次"对第七句"都无那半点瑕玼"。

〔驻马听〕起四句者,如康进之〔新水令〕《武陵春》套中〔驻马听〕之开头四句:

> 花片纷纷,过雨犹如弹泪粉;溪流滚滚,迎风还似皱湘裙。

此为第一句对第三句,第二句对第四句。由此可知,《对偶》所云

"扇面对"者,实即朱权《太和正音谱·对式》(以下简称《对式》)所列之"隔句对"。此种对式,词中〔沁园春〕调亦用之,不过未有曲中之繁富多变。

2. 重叠对

《对偶》云:"〔鬼三台〕第一句对第二句,第四句对第五句;第一、第二、第三句却对第四、第五、第六句是也。"此种对法,《对式》中未列,经查现存元散曲及剧曲,用〔鬼三台〕调凡数十处,但无一与周氏所说相合,是否周氏误记调名,不可知。如其所云"重叠对"之对仗方式,越调中〔圣药王〕句式差可近之。如张鸣善〔金蕉叶〕《怨别》套中之〔圣药王〕曲:

花影移,月影移,留花环月饮琼杯。风力微,酒力微,乘风带酒立金梯。风月满樽席。

3. 救尾对、鼎足对

《对偶》云:"救尾对,〔红绣鞋〕第四句、第五句、第六句为三对,〔寨儿令〕第九句、第十句、第十一句为三对,二调若是末句稍弱,即以此法救之。"《对式》云:"鼎足对,三句对者是,俗呼为'三枪'。"由此可见德清所说之"救尾对"实即朱权所说之"鼎足对",不过因其被用于一调之末,且意在救末句之弱,故有此名。因此,可以这样说,所谓"救尾对"者,即用于调末之"鼎足对"。此种对式在词中〔行香子〕、〔诉衷情〕、〔柳梢青〕、〔人月圆〕、〔水龙吟〕等调中已有不少作家用到,然不过三、四字为句,如秦观〔行香子〕云

"有桃花红、李花白、菜花黄";辛弃疾〔水龙吟〕云"绿野风烟、平泉草木、东山歌酒"等,虽小巧玲珑可观,然终显局促而未成规模,远不如曲中所用之淋漓恣肆。如关汉卿之《不伏老》套数云"伴的是银筝女银台前理银筝笑倚银屏,伴的是玉天仙携玉手并玉肩同登玉楼,伴的是金钗客歌金缕捧金樽满泛金瓯";又如马致远《秋思》套数云"红尘不向门前惹,绿树偏宜屋角遮,青山正补墙头缺";如此酣畅淋漓者,词中绝无而为曲所独专。

4. 连璧对

《对式》云:"连璧对,四句对者是。"如张可久〔梧叶儿〕《第一楼醉书》小令:

> 梨云褪,柳絮飞。歌敛翠蛾眉,月淡冰蟾印,花浓金凤钗,酒滟玉螺杯。醉写湖山第一。

其"歌敛翠蛾眉"以下四句,即为"四句对"。

5. 联珠对

《对式》云:"句多(疑为"多句")相对者是。"朱权称二句对者为"合璧对",称三句对者为"鼎足对",称四句对者为"连璧对",皆各有专名,故"联珠对"之"多句相对者",当在五句以上,如联珠炮发一般。此种对式亦为曲中所仅有,如王实甫〔十二月过尧民歌〕《别情》带过曲中之〔十二月〕:

自别后遥山隐隐,更那堪远水粼粼,见杨柳飞绵滚滚,对桃花醉脸醺醺,透内阁香风阵阵,掩重门暮雨纷纷。

6. 鸾凤和鸣对

《对式》云:"鸾凤和鸣对,首尾相对,如〔叨叨令〕所对者是也。"如周文质〔叨叨令〕《悲秋》小令:

叮叮当当铁马儿乞留玎琅闹,啾啾唧唧促织儿依柔依然叫,滴滴点点细雨儿淅零淅留哨,潇潇洒洒梧叶儿失流疏剌落。睡不着也么哥,睡不着也么哥,孤孤另另单枕上迷颩模登靠。

此首小令首尾二句基本相对,但一般是不对、或对得不工的。就如朱权《太和正音谱》中举为范例的邓玉宾的〔叨叨令〕也还是不对的,可见曲中某些对式之用,并非非用不可。

7. 燕逐飞花对

《对式》云:"燕逐飞花对,三句对作一句者是。"我以为即一句之中包含着一个鼎足对,如马致远的〔拨不断〕小令:

菊花开,正归来,伴虎溪僧鹤林友龙山客,似杜工部陶渊明李太白,有洞庭柑东阳酒西湖蟹。哎,楚三闾休怪。

其中第三、四、五句,每句即为"三句对作一句"。

8. 合璧对

《对式》云："合璧对，两句对者是。"此种对式，曲中甚多，诗词中亦最常见，为最平常最普通之对式，不赘。

罗宗信《中原音韵序》云："必使耳中耸听，纸上可观为上。"周德清《作词十法·造语》云："要耸观，又耸听。"耳中耸听，关乎音律；而纸上可观，则关乎词采。故曲中对偶等关乎词采技巧的运用，当是文学之士介入之后的事，它标志着曲的发展，至此已走上文人雅化之路了。

二、元散曲的重叠

重叠作为词章修饰技巧，包括叠字与叠句。叠句一格，仅限于少数曲牌，如〔叨叨令〕、〔山坡羊〕、〔昼夜乐〕等，且受格律严格限制，必须在某一句位重叠，不如此则不合律。如〔叨叨令〕，第六句必重复第五句，而且句末还必须加上"也末哥"三字，如"兀的不闷煞人也末哥，兀的不闷煞人也末哥"之类。无论散曲、剧曲，都是如此，很少例外。而叠字一格，则并不受任何限制，全凭兴之所至，或于某一句中用之，或于某几句中用之，甚而整首曲皆用之，或与他种辞格结合用之，五彩斑斓，远过于诗词。于一曲中某几句中用之者，如王廷秀〔粉蝶儿〕《怨别》套数中〔尧民歌〕一曲：

> 呀！愁的是雨声儿淅零零落滴滴点点碧卜卜洒芭蕉，则见那梧叶儿滴溜溜飘悠悠荡荡纷纷扬扬下溪桥，见一个宿鸟儿忒楞楞腾出出律律忽忽闪闪串过花梢。不觉的泪珠儿

浸淋淋漉漉扑扑簌簌揾湿鲛绡。今宵,今宵睡不着,辗转伤怀抱。

整首曲皆用之者,如乔吉〔天净沙〕:

莺莺燕燕春春,花花柳柳真真。事事风风韵韵,娇娇嫩嫩,停停当当人人。

与他种辞格结合用之者,如刘庭信〔水仙子〕:

恨重叠重叠恨恨绵绵恨满晚妆楼,愁积聚积聚愁愁切切愁斟碧玉瓯。懒梳妆梳妆懒懒设设懒爇黄金兽,泪珠弹弹珠泪泪汪汪汪不住流。病身躯身躯病病恹恹病在我心头,花见我我见花花应憔瘦,月对咱咱对月月更害羞,与天说说与天天也还愁。

此曲与反复修辞格结合用之,更觉畅快淋漓。

如以上种种叠字之用法,皆为诗词所无而为曲所独专。此体本由诗词中叠字一体发展而来,结果在元曲中蔚为大观,如乔吉〔天净沙〕之类,通篇皆用叠字,遂由修辞一格,发展为元曲俳体中之一体,被称为"叠字体"。此体有助于增强作品的音韵和谐之美,更有助于元曲淋漓活泼之风的形成。然而,一旦过头,则免不了雕琢牵强之病,反不如自然浑朴之美。

第五节　元散曲之所谓务头

"务头"一说，仿佛是一个谜，大家"猜"来"猜"去，结果似乎都不太令人满意。而对于这个老话题，本书亦不得不说上几句。

一、务头一说之源起与明清人之释说

务头一说，始见《中原音韵》之《作词十法》，为"十法"中之第七法，周氏云：

> 要知某调某句、某字是务头，可施俊语于其上，后注于"定格"各调内。

其后，周德清在第十法《定格四十首》中，明指其务头之所在者凡28调，如〔醉中天〕、〔醉扶归〕二调，均言"第四句、末句是务头"；如〔迎仙客〕，则言"妙在'倚'字上声起音，一篇之中，唱此一字，况务头在其上"；如〔醉太平〕、〔拨不断〕，又言"务头在三对"等等。然"务头"二字，究竟何解？所指究为何事？明清以来，论说纷纭，略而言之，如下：

其一，以为务头乃伶官"部头"一称之讹。旧时教坊伶人有部头、色长之称，杨慎以为务头即"部头"，此说与《中原音韵》所论不合，故王世贞《曲藻》、方以智《通雅》嘲之。

第四章 元散曲的特征

其二,以为务头乃曲中揭音转调最紧要句字。此说出王骥德,他在《曲律·论务头第九》中云:"务头之说,《中原音韵》于北曲胪列甚详,南曲则绝无人语及之者。然南北一法,系是调中最紧要句字,凡曲遇揭起其音而宛转其调,如俗之所谓'做腔'处,每调或一句、或二三句,每句或一字、或二三字,即是务头。《墨娥小录》载:务头,调侃曰'喝采';又,词隐先生尝为余言:吴中有'唱了这高务'语,意可想矣。"此论多为后世学者所取。

其三,以为务头即一曲中动情发调之警要处。李渔《闲情偶寄》中有《别解务头》一条,始云:"务头二字,千古难明。""既然不得其解,只当以不解解之。"继云:"曲中有务头,犹棋中有眼,有此则活,无此则死;进不可战,退不可守者,无眼之棋,死棋也;看不动情,唱不发调者,无务头之曲,死曲也。一曲有一曲之务头,一句有一句之务头。字不聱牙,音不泛调,一曲中得此一句,即使全曲皆灵,一句之中得此一二字,即使全句皆健者,务头也。"宗此论者,亦复不少。

其四,以为务头即"字头"。沈宠绥《度曲须知·字头辨解》中论磨腔时讲到字头、字腹、字尾,其字头实指每字发腔之始,而清谢章铤《赌棋山庄词话》却误以为"字头即务头"。

其五,以为务头乃"曲中平、上、去三音联串之处",此论出近世吴梅《顾曲麈谈》,且于如何串联有具体论说。宗此论者益众。然吴氏以南曲之平仄阴阳论北曲之歌法,实有不当处,今人罗忼烈先生已有辨析。

此外,还有如"务头乃词中顿歇处"、"务头即关目"、"务头即歌场术语"等等,不一而足,罗忼烈《词曲论稿·说务头》、周维培

163

《论中原音韵·论务头》等皆有罗列，不赘。

二、今人于务头一说之阐论

今人于务头一说，亦时见论述，相比之下，罗忼烈《说务头》、周维培《论务头》、洛地《词乐曲唱》中的看法和最近康保成《务头新说》等更值得注意。罗忼烈先生以为元曲中务头一法自宋词来，并结合《作词十法·定格四十首》以及《曲律》的具体论述，认为"务头处声音多嘹亮，字声须用揭起者，故恒以阳平或上声字"，并联系宋词实际，具体分析了务头的种种表现。即：有以一音(或上、或去、或阴平、或阳平)为务头者，有以去、上相连为务头者，有以上、去相连为务头者，有以三声相连(或去平上、或去平去、或平去平)为务头者。而一曲之中，务头必有定处。罗著通观宋词元曲，结合前人论说及创作实际，分析最为详细具体。

周维培结合《作词十法》本身的内容以及前人研究成果，具体阐论了务头的内容和所指对象。关于务头的内容，周文认为，"北曲的务头至少有三类：一套之务头、一调之务头、一句之务头"，"即相对于一个套曲来说，某几支曲调可能是务头，相对于某一曲调来说，某几句可能是务头；相对于某一句来说，某几字可能是务头"。关于务头所指对象，周文认为"一调之务头多指整句，包括单句、多句两类"，"一句之务头包括平仄、对偶、造语、未注明对象四类"。此说可商(详后)。

洛地先生在《词乐曲唱》(人民音乐出版社 1995 年出版)认为，所谓务头，是某一曲牌之"定腔乐汇"处文辞字读语音与其"定腔"旋律的相一致。洛氏认为,元曲各个曲牌,一般地说是有"定腔"的,但并不是各个曲牌的"定腔"就像现在的歌曲那样——每个"曲牌"都各各具有如调高、调式、节拍、旋律的完整的"唱调",而只能说古代的"曲(牌)"只在某个地方或某些局部具有某种大体稳定的"定腔",这种某个地方或某些局部大体稳定的"定腔",往往很小,其长度往往还构不成一个"乐句"而只是一种"乐汇",洛氏称之为"定腔乐汇"。并认为,从要求字读语音与旋律进行相一致的角度,"定腔乐汇"处便要求文辞与其"定腔"旋律相一致,这就是周德清之所谓"务头"。洛地先生的看法,从曲牌音乐特质上着眼,令人耳目一新。

康保成在"第六届中国散曲研讨会"(2003年10月广东顺德)上提交了《务头新说》一文,保成兄首先从语源上考察了"务头"的本来含义,认为禅宗"悟头"一语乃"务头"之语源,二者都具有法门、技巧、谜语、隐语的意义,可以相通。并进一步认为,"务头"没有固定的格式或模式,它的基本原则,是揭示度曲与歌唱的双向互动关系。保成兄对"务头"语源和本义的考察,引证广博,考订精审,令人信服。但认为"务头"的作用在"揭示度曲与歌唱的双向互动关系",观其具体论述,似乎将什么是务头的论题转到怎样才能取得务头的效果上来了。

三、简短的结论

对于明清以来有关务头的释说,我以为除"部头"、"字头"、"关目"等显系误解而外,其余凡论到用字之平仄阴阳问题者,可以说都不同程度地接触到了务头的本质,各有可取之处,尤其王骥德、李渔、吴梅、罗忼烈、周维培、洛地、康保成诸人之论,相互发明,于此一问题之研究,贡献尤大。综合古今人之研究成果和笔者的思考,我想,对于元曲之务头,应作以下几方面的了解:

第一、关于"务头"一词的本意和来历。王骥德已据《墨娥小录》指出,周维培更有具体论说,所谓"务头",即行院中"喝采"一词之隐语,原为倡优艺人行话,后被周德清借来论曲之作法。保成兄已考明,"务头"由禅宗"悟头"而来,其本意为法门、技巧,后被曲家借用。

第二、周德清借行院隐语之"务头"用于曲之作法,其内涵究竟指什么?结合王骥德和李渔所论,我以为可作这样的表述:务头是一调中动情发调或揭音转调的最关键部位。这个关键部位,或许就是洛地先生所说的"定腔乐汇"吧。

第三、对于务头的具体要求。因为其动情发调或揭音转调的最关键部位,也是某一曲调最精彩的、往往引起听众喝彩的部位,故音乐曲调的转折必然要求文词字声的抑扬起伏应与之丝丝入扣、毫发无爽,二者方才相得益彰。用洛地先生的话说,就是"文辞字读语音与其定腔旋律的相一致"。故务头之处,文词上最重要的要求便是字声平仄阴阳的配搭问题,这应比他处要求更为严格,不可更易。故《作词十法》中讲到务头时常涉及字的平仄声调问题,如评〔金盏儿〕云"'酒'字上声以转其音,务头在上";评〔红绣鞋〕云"妙在'口'字上声,务头在其上";评〔折桂令〕云:"'天地'二字,若得去、上为上,上、去次之,余无用矣,盖务头在上"等等。除字声平仄声调外,还有词采方面的要求,即要"施俊语于其上"。

166

第四章　元散曲的特征

因为曲是"要耸观,又要耸听"的艺术,讲平仄即在于"耸听";施俊语,则在于"耸观"。讲了平仄,听来悦耳;有了俊语,观来悦目,"如众星中显一月之孤明"。这就从听觉和视觉上都将务头显现出来了。至于周维培认为务头还与对偶等修辞手法相关,似可商榷,因为周德清评〔醉太平〕和〔拨不断〕等曲时虽有"务头在三对"的话,但我以为此言与评〔四边静〕、〔醉高歌〕、〔四块玉〕等言"务头在第二句及尾"的话一样,无非指明这些曲调中务头所在的位置而已,并非言务头在于用对偶。

　　第四、关于务头在曲中的位置。从曲牌音乐特点上说,于何处揭音转调,是大致固定的,因此,务头的位置也必然是固定的。从《作词十法·定格》中对各调务头位置的说明来看,也可知各曲调务头的位置是固定不变的。周德清说"要知某调某句、某字是务头,宜施俊语于其上",又言"六字三韵语"只能于"全篇中务头上使",周维培据以认为务头有"一套之务头、一调之务头、一句之务头"三类,此论亦可商榷。窃以为"要知某调某句、某字是务头"一句中的"某调"与"某句、某字"是包容关系,非并列关系,如果说得繁琐一点,就是"要知道某调的某句或某字是务头"。这里讲的是务头在某一调中的具体位置问题,并无务头"有三类"的含意。至于"全句语"、"六字三韵语"不宜用于短章乐府之务头,而宜用于传奇之务头,不过乃散曲小令与剧曲体制、特点不同之故,非务头之种类有别也。

　　在元代,曲传人口,某一曲调于何处"揭音转调",一听可知,故于务头之位置,不难确定;而一旦曲乐亡佚,其揭音转调之处,便难以确定。因此,又怎么能在曲乐亡佚之后去弄清各调之务头

167

呢？又怎么能离开具体的曲调而断然确定务头便是怎样的字声配搭呢？总之：其一，因周德清所用"务头"二字为行院隐语，后人知其意者甚少；其二，因周德清又未对"务头"之内涵作任何说明，后人不免知其然而又不知其所以然；其三，因曲乐变迁亡佚，其"揭音转调"之处难明，后人无法将乐曲与文词结合考察。此三点，应是明清以来对于务头一法论说纷纭而莫衷一是的主要原因。

第五章
元散曲与元杂剧

如果从音乐与文学结合的性质上观察元曲,散曲与剧曲都属于可以合乐歌唱的韵文体式,就此而言,二者并无本质的不同;但是,因为二者歌唱地点与方式有别,其文学的呈现形态也不相同,所以在学科分类上便各有所属——散曲属于诗歌,剧曲属于戏剧。这样一来,也就自然生出二者关系的话题。

第一节　散曲与剧曲发展先后

一、学界分歧与讨论前提

如果将散曲与剧曲两分,那么,就其发展的先后顺序而言,是散曲在前还是剧曲在前?这个问题,曲学界曾有不同看法。如果按郑振铎先生在《插图本中国文学史》"散曲作家们"一章中所表述的意见,"'散曲'的实际上的出现,实较'剧曲'为更早,惟其成为重要的诗人们的'诗体',则恰好是和'剧曲'同时";如果按杨荫浏先生在《中国古代音乐史稿》"散曲"一章中的看法,则"散曲不是杂剧的先声,而是杂剧的余波;它不是一种新兴形式,而是对已有形式的一种模仿"。此后,两种截然不同的看法都有人赞同,并引起过小小的争议,不过未能公开地充分地展开过讨论。

窃以为要讨论这个问题，必须设定一个前提，即将散曲、剧曲均限于金元以来盛行之北曲：散曲，即限于金元以来之北散曲；剧曲，即限于金元以来之北曲杂剧；因为如果不做这样的限定，要将南曲纳入，甚而再把词和宋杂剧也牵扯进来，这个问题就难以说清了。

二、元明文献之记载

从元明有关文献对散曲与杂剧的记载来看，是散曲的兴起在前而杂剧的兴起在后的。按王骥德《曲律·论曲源》的说法，宋金时期之歌曲的演变，在"金章宗时渐更为北词，如世所传董解元《西厢记》者，其声犹未纯也"。王骥德此处所言"北词"，即北（散）曲。结合本书前引《金史·乐志》和刘祁《归潜志》等有关文献来看，王骥德"金章宗时渐更为北词"的说法是可信的。北（散）曲在金章宗时逐渐流行开来，那么，北曲杂剧呢？按一些元代人的说法，是在元代才与金院本分道扬镳的。如夏庭芝《青楼集·志》记载说：

金则院本、杂剧合而为一，至我朝乃分院本、杂剧为二。

陶宗仪《南村辍耕录》卷二十五"院本名目"条亦云：

金有院本、杂剧、诸宫调。院本、杂剧，其实一也，国朝院本、杂剧始厘而二之。

第五章　元散曲与元杂剧

既然"院本、杂剧,其实一也",又为什么要"院本、杂剧"并提?既然在金朝是院本、杂剧与诸宫调的三分天下,为什么到了元代就是杂剧盛行一时了?这些问题,似未见提出过。照我的理解,金代的院本与杂剧,都是宋杂剧的流衍,只不过院本作为行院的演出之本,就像宋代的"官本杂剧"一样,大概已有下层文人的写定之本或著名艺人的演定之本。作为一种"定本",它在脚色结构、演唱体制,以及所用音乐曲调等方面就免不了已有某种规范与定型,与市井勾栏中普通"杂剧"有雅俗之别。为了区分二者"身份",所以有必要院本、杂剧并提。而院本一旦有了某种规范与定型,也就有了某种自我封闭,停滞不前了。而一些杂剧剧目呢,与院本相比,恐怕既没有文人的写定,也还没有著名艺人的演定,还处于一种不稳定的开放的"杂"的势态之中;也正是因为这种不稳定的开放的势态,使它可以在脚色结构、演唱体制和使用音乐曲调等方面都不断地演变发展着。当金章宗时(1190—1208),北(散)曲逐渐盛行,一些没有定型的杂剧便吸收北(散)曲的演唱,三四十年后,到元初,"院本、杂剧始厘而二之",院本僵化了,元曲杂剧发展壮大了。

还应指出的是,钟嗣成在《录鬼簿》中首先叙录的是"前辈已死名公有乐府行于世者",然后再叙录"前辈已死名公才人有所编传奇行于世者",钟氏所说"乐府"与"传奇",即分别指散曲与杂剧。钟氏为什么先叙录散曲作家后叙录杂剧作家?个中原因,无非两点:第一,散曲的地位在当时显然高于杂剧,是可以被称做"乐府"的,所以散曲作家的地位,也高于杂剧作家,以至许多"前辈公卿居要路者,皆高才重名,亦于乐府留心"(见《录鬼簿》);地位高者列于前，地位低者叙于后，这是符合情理的。第二，散曲（乐府）的兴起，在杂剧（传奇）之前，所以先列散曲作家，后列杂剧作家，这也是合情合理的，比如他最先列出的刘秉忠、商道、杜仁杰、杨果等散曲作家，就都是初为杂剧之始的关汉卿等人的前辈。由《录鬼簿》对曲作家的叙录顺序看，在钟嗣成的心目中，也是散曲早于杂剧的。

三、现存之早期散曲与杂剧文献

从现存之早期散曲与杂剧文献来看，也是北（散）曲在前，北曲杂剧在后的。现存的文人散曲，从《全元散曲》的收录来看，已有一大批由金入元的文人作有散曲，如元好问、杜仁杰、刘秉忠、杨果、商道、商挺等，但这些由金入元的第一代散曲作家，却还无一作有杂剧，这只能说明他们对北曲杂剧"四大套"的体制还没有驾御的经验。现存的元人杂剧，在《元刊杂剧三十种》里，一开始收录的作品就是关汉卿的《西蜀梦》《拜月亭》《单刀会》《调风月》等四个剧本；钟嗣成在《录鬼簿》"前辈已死名公才人有所编传奇行于世者"一项中所载杂剧作家，头一位叙录的便是关汉卿；明初朱权在《太和正音谱》中更明确地说关汉卿"初为杂剧之始，故卓以前列"。这一切都表明，元明两代人一直认可关汉卿是最早的杂剧作家。而关汉卿的时代，要比由金入元的第一代散曲作家元好问、杜仁杰、杨果等晚一辈。就算元末杨维桢所说"大金优谏关卿在，伊尹扶汤进剧编"（杨维桢《铁崖先生古乐府》卷十四）的话可信，那么，关汉卿在大金做"优谏"也不过十余岁，因为关汉卿到元代大德年间(1297—1307)还作有〔大德歌〕,这时的关汉卿已经80多岁,还在作曲,是有可能的;如果认为金亡时关汉卿20多岁,那他到大德年间就已经90多岁了,都还在作曲,就不大可能了。所以,关汉卿入元以后,是与白朴、庾天锡等人都是属于第二代的曲家。第一代曲家参与散曲的创作,第二代曲家则可以散曲与杂剧兼作,由此可见,剧曲在散曲之后,这是现存文献的事实。当然,文献有可能失传,从而留下某些空白,但是,散曲与剧曲属同一性质,失传与保存的机率,应该是没有太大差别的。

综合以上所论,说散曲先于剧曲,应该是符合事实的。这也符合事物发展的逻辑。试想,北曲杂剧作为一种综合性艺术,如果被它综合的要素——"北(散)曲"都还没有产生的话,还有这个北曲杂剧吗?按照事物发展的逻辑,应该是先有北(散)曲,然后才有北曲杂剧。

第二节 散曲对北曲杂剧的影响

散曲对北曲杂剧形成的作用,在20世纪里,偶有人从不同角度论到,但尚未成为一个明确完整的论题。2001年9月,在第五届中国散曲学术讨论会上,门岿先生提交了《论散曲对元杂剧形成的重要作用》一文,比较明确地论述了这个问题。文章认为散曲对元杂剧形成的作用具体表现在三个方面:一、散曲为元杂剧的唱曲起了定型作用;二、散曲为元杂剧提供了基本的乐调和曲牌；三、散曲为杂剧奠定了本色美的艺术特征。门先生的看法，窃以为是符合事实的。本节拟就有关问题再做申论和补充。

一、散曲套数是杂剧结构的骨架

关于散曲为元杂剧的唱曲起了定型作用一方面，门文具体论述说："正是由于散曲套数化为杂剧套数，才使杂剧的演唱区别于宋杂剧金院本，使元杂剧的演唱定型化，体制固定化。"事实正是如此，如《元刊杂剧三十种》，其中每一种杂剧就主要是靠四个套曲来构成的，如果除了"四大套"，绝大部分杂剧就只剩下几乎不知所云的非常简略的科白提示，有的甚至连一句科白都没有，如关汉卿的《关张双赴西蜀梦》、郑廷玉的《楚昭王疏者下船》、纪君祥的《冤报冤赵氏孤儿》三种就只有唱曲，而没有一句科白。这就非常直接地表明：散曲套数是杂剧结构的骨架，所谓元杂剧剧本，最初主要就是关于"四大套"唱曲结构的文本。如果没有散曲的套数，当然就不可能有杂剧的"四大套"，就像没有单个的车轮，就不可能有四个轮子构成的一辆完整的车子一样。因此，运用北曲联套的套数的成熟，是元曲杂剧形成的先决条件。我这里之所以特别说明"运用北曲联套的套数"，是因为本书前面已言，套数是对北宋以来的"唱赚"一体的直接借用，套数的体制是早就存在的，只不过那时的套数是"词套"，还不是"曲套"，必须等到金末元初，"（联北）曲（而成的曲）套"成熟，并被广泛运用之日，才是北曲杂剧的形成之时。正因为北曲杂剧的正式形成是在元代，鼎盛也是在元代，因此前人把它称为"元杂剧"，以与金院本相区别。又因为"四大套"元代歌曲是它的基本骨架,所以明人臧懋循的《元曲选》就径直称元曲杂剧为"元曲"了。说到这里,需要指出,门岿先生"散曲套数化为杂剧套数"的说法,是需要修正的,按我的理解,应当是"散曲套数为杂剧所借用"。也就是说,散曲套数与杂剧套数是同一种套曲体式,并非散曲套数不同于杂剧套数,还需要"变化"一下才能为杂剧使用。

二、散曲是杂剧音乐的曲库

门岿先生曾指出:"正是因为散曲数百个曲牌的形成,才为元杂剧演出各类故事,选择不同曲牌提供了可供挑选的余地,才使元杂剧演唱曲调丰富多彩。"这一看法是符合事实的。需要补充的是,据笔者的考察,为杂剧所使用的曲牌,绝大部分是北曲本生曲牌,只有少部分出于唐宋词调,其来源于唐宋词调的曲牌,要比单独用于清唱的散曲为少,这一现象表明:北曲杂剧的确是植根于北中国的、以北曲本生曲牌为主体的戏曲艺术(参见本书第二章第二节中"元北曲曲牌的使用情况")。众多的北曲曲牌,是形成北曲套数的基础,经过如杜仁杰、杨果、商道等第一代散曲作家借用"唱赚"的套式进行北曲曲牌的联套实践,获得成功以后,则被关汉卿、白朴、庚天锡等第二代曲家用于杂剧的联套创作,由此确立了元曲杂剧的新体制,从而开启了一代文学体式的繁荣与鼎盛。从这个意义上说,汇集北方民歌俗曲以及西域少数民族音乐曲调和唐宋词乐而形成的北(散)曲,正是北杂剧音乐的曲库。

三、散曲奠定了杂剧曲词本色美的艺术特征

关于"散曲为杂剧奠定了本色美的艺术特征"一点,诚如门文所论,这主要是因为套数被运用于杂剧,而套数本身是以俚俗为特征的。对于套数的"俗",元人是有明确体认的,如芝庵的《唱论》,周德清的《中原音韵》等,都曾提及套数的俚俗。此外,我们还应注意的是,套数的前身"唱赚"就是一种大众化的俗文艺体式,如沈义父《乐府指迷》、张炎《词源》等都论到了"唱赚"中"缠令"一体的俗,沈义父说:"下字欲其雅,不雅则近乎缠令之体。"张炎说:"(作词)若邻乎郑卫,与缠令何异?"这些言论,都是非常明确地把"唱赚"一体作为俚俗之曲来看待的。如本书第一章中所引"唱赚"作品《圆社市语》,其俚俗的特征就是非常突出的。作为套数前身的"唱赚"一体,其套式既为北曲借用,其俚俗的特征也就自然影响了套数以俗为美的风格特征的形成,套数又为杂剧所借用,这种以俗为美的作风于是又影响到杂剧。

需要特别指出的是,元杂剧本色美的特征的形成,由唱赚、套数而来的俚俗之风的影响仅仅是一个方面,更为重要的原因还在于,元杂剧要面对广大的民众演唱,它作为一种大众化的艺术,俚俗是它必然的选择,即使没有套数的俗,它自身也必然演化出一种为广大市民所喜闻乐见的俗来,这是可以肯定的。因此,对于套数为杂剧奠定本色美的艺术特征一点,我们只能说套数具有一定的影响作用,但不能把它看成是主要作用,甚至是唯一作用。事实上,最初是散曲套数影响了剧曲风格的形成,但反过来,剧曲

对散曲风格的影响要更为持久,这一点下文即将论到。

四、散曲曲词为杂剧直接借用

散曲对杂剧的影响,除了以上三点而外,窃以为还有一点,即一些歌咏前代民间故事或历史故事的散曲作品,还直接为剧曲所借用,有时还影响着戏曲编演中故事情节的发展趋向。最为大家熟知的例子,便是关汉卿的〔中吕·普天乐〕《崔张十六事》,作者一连用16首〔普天乐〕小令来歌咏崔、张恋情故事发展的全过程,从《普救因缘》写才子佳人的邂逅,到《西厢寄寓》,中经《酬和情诗》《封书退贼》《母亲变卦》《阁墙听琴》《开书染病》《莺花配偶》《张生赴选》《旅馆惊梦》等一系列情节,最后到《夫妇团圆》结束,这些故事情节,不仅与《西厢记诸宫调》一起影响着王实甫《西厢记》杂剧的改编,而且,其中不少唱句还为王实甫《西厢记》杂剧直接借用。如《张生赴选》一首:

> 碧云天,黄花地。西风紧,北雁南飞。恨相见难,又早别离易。久已后虽然成佳配,奈时间怎不悲啼。我则厮守得一时半刻,早松了金钏,减了香肌。

王实甫《西厢记》第四本第三折(即"长亭送别"一折)将此曲分开使用于4首曲子之中,如首曲〔端正好〕开篇即云:

> 碧云天,黄花地。西风紧,北雁南飞。

179

接着〔滚绣球〕一曲有云：

> 恨相见得迟，怨归去得疾。……却告了相思回避，破题儿又早别离。听得道一声去也，松了金钏；遥望见十里长亭，减了玉肌。

〔小梁州〕幺篇一曲有云：

> 虽然久后成佳配，奈时间怎不悲啼。

〔满庭芳〕一曲中有云：

> 虽然是厮守得一时半刻，也合着俺夫妻们共桌而食。

关汉卿的《崔张十六事》组曲，不仅每首小令所概括的故事情节都分别被《西厢记》敷衍为一折杂剧，其唱词被直接借用，而且每首小令的用韵也基本规定了相关一折杂剧曲词的用韵。可以说，《崔张十六事》实际上为《西厢记》杂剧拟就了"写作大纲"。或许关汉卿本人起初有写作《西厢记》的计划，但这个《崔张十六事》的"大纲"拟就后，最终还是由王实甫在这个基础上完成了杂剧剧本的编著，从这个意义上说，如果认为《西厢记》是由关汉卿和王实甫合作而成，的确也是说得过去的。至于由此认为《西厢记》是关汉卿编著的，则难以成立。因为《西厢记》不少曲词的华美与《崔张十六事》的质朴显非一人所为。

第五章　元散曲与元杂剧

第三节　杂剧对散曲的影响

在散曲与剧曲的发展过程中,一方面是散曲影响杂剧,但另一方面,杂剧也反过来影响散曲。这主要表现在以下几方面:

一、杂剧影响散曲使之形成长于叙事的特征

与诗词的偏重于抒情相比,散曲明显偏重于叙事,这一点在那些言情之作中表现尤其突出。如关汉卿的[一半儿]《题情》:

> 碧纱窗外静无人,跪在床前忙要亲,骂了个负心回转身。虽是我话儿嗔,一半儿推辞一半儿肯。

白朴的[阳春曲]《题情》:

> 笑将红袖遮银烛,不放才郎夜看书。相偎相抱取欢娱。止不过迭应举,及第待何如?

马致远的[寿阳曲]:

> 从别后,音信绝,薄情种害煞人也。逢一个见一个因话说,不信你耳轮儿不热。

这些曲子尽管只是三五句简短的小令，却有鲜明的人物形象展示，有生动传神的细节描写，其叙事之惟妙惟肖，几乎每一首都可以改编成精彩的小品。至于如关汉卿描写男女私情的〔双调·新水令〕、张可久描写携妓游湖的〔南昌·一枝花〕《湖上晚归》等套数，那就更可以把它们改编成一折杂剧了。由此可见，无论小令还是套数，都具有较强的叙事性。这种情况，与杂剧曲词围绕剧情叙事的影响是分不开的。尤其关汉卿、白朴以后的曲作家，往往杂剧、散曲兼作，于是将杂剧曲词的叙事技巧和习惯带入散曲，由此形成散曲文学长于叙事的特征。

二、杂剧影响散曲使之形成诙谐的曲趣

散曲诙谐的曲趣的形成，当然有前代"唱赚"艺术和滑稽词的"遗传"，但杂剧艺术的影响也是重大的。在杂剧的创作中，剧作家为了活跃表演气氛，常常要使用一些插科打诨的手法，或反语相讥，或谐语自嘲，或装疯卖傻，或自作聪明，或故意曲解人意，或夸张某些人的言行和特征等等。杂剧中的插科打诨表演，往往引起观众的发笑，从而产生一种谐趣效果。元代戏曲文学中的谐趣精神，既表现在如关汉卿《救风尘》一类的喜剧中，也表现在如关氏《窦娥冤》一类的悲剧中，虽然喜剧中的谐趣让人笑后轻松愉快，悲剧中的谐趣让人笑后感愤沉思，但都少不了谐趣，可以说，元代杂剧，以及中国古代其他体式的戏曲，都是无趣不成戏的，这是中国古代戏曲很突出的审美特质之一。

元杂剧的谐趣之风，自然也被曲家们带入散曲，最为突出的

例子,当然莫过于关汉卿。他的杂剧充满谐趣之风,散曲也多诙谐俏皮之趣。尤其他那篇著名的〔南吕·一枝花〕《不伏老》套数,居然以一位久经风月场的老嫖客自居,说他自己吃喝玩乐门门都会,样样都精,而且最后还赌咒发誓般地宣称:"你便是落了我牙、歪了我嘴、瘸了我腿、折了我手,天赐予我这几般儿歹症候,尚兀自不肯休!则除是阎王亲自唤,神鬼自来勾,三魂归地府,七魄丧冥幽,天哪,那其间才不向烟花路儿上走!"这无疑是一种极端的自毁自辱式的自我调侃与嘲弄,由此而产生的诙谐之趣是空前的。曲作家们以杂剧之手笔写作散曲,使杂剧插科打诨、戏谑调侃的谐趣之风熏染于散曲,由此形成散曲诙谐的曲趣。在元散曲作家中,如关汉卿、王和卿、马致远、贯云石、刘时中、姚守中、曾瑞、睢景臣、刘庭信等,其散曲作品的谐趣之风都是相当突出的。

三、杂剧影响散曲使之始终保持通俗自然的风格

诗词曲等韵文体式,最初流传于民间之时,一般都具有一种本色质朴之美,一旦文人染指,它们便逐渐雅化,然而诗词的雅化结果与曲体的雅化结果,却是很不相同的。

诗词经文人染指而雅化以后,大都离它们原先流播于民间时的本色质朴愈来愈远,其语言日益雅洁凝练,句式日益精工整饬,表现手法日益含蓄蕴藉,如果从这些方面看,诗词雅化以后,可以说都彻头彻尾地文人化了,最终成了离民众很远的文人的专利。散曲却与诗词很不一样,从由金入元的第一代散曲作家元好问、刘秉忠等人模仿民间之曲开始,他们就已经逐渐开始了对曲体的

雅化,到中后期张可久、乔吉等清丽派曲家出现以词绳曲的倾向,雅化之风较此前为盛,即便如此,张、乔之曲中绝大部分作品仍继续保持着曲文学通俗自然的特有风韵。即使在散曲创作理论上极力倡导雅化的周德清,他在《中原音韵》中提出的主张也还是"文而不文,俗而不俗",充分注意到了曲文学特有的审美风范。又比如,即使如徐再思、刘庭信等曲家虽然极力地逞才弄巧,但其大方向还是继续坚持着曲文学特有的"俗",是既要显露文人才华,又要保持曲趣的一种于俗中求雅的努力。可以说,终元之世,尽管不少曲作家都在散曲文学的画布上涂抹着雅化的油彩,但他们始终都注意保持着它通俗自然的底色。散曲文学的这种通俗自然之风不仅在整个元代得到了保持,即使到明清时期,也还在一大批北曲作家如陈大声、王磐、康海、王九思、冯惟敏、沈谦、朱彝尊、厉鹗等人的散曲创作中继续保持着,并没有像诗词那样彻底雅化成文人的案头文学。

　　为什么散曲文学的通俗自然一格能得到长期保持,并成为它有别于诗词的最主要的文体特征?窃以为除了此种文体适宜于失意文人抒写牢骚愤懑,只要有失意文人群体存在,就有人对这种文体特征的青睐以外,还有一个长期为人忽略的原因,那就是北曲杂剧的长期影响。北曲杂剧是一种大众化的艺术,它面对广大民众演出,演员的唱词一出口,是要力求许多文化水平不高的观众能听得懂,所以必然尽力地求自然通俗,雅俗共赏,这就使得染指北曲杂剧创作的作家们一般不能以文言为剧中人写唱词,而大多只能以本色自然的口语为之。对于《西厢记》《琵琶记》等剧的不够本色自然,明人何良俊在《曲论》中曾提出批评,谓《西厢》

全带脂粉,《琵琶》专弄学问,其本色语少;盖填词须用本色语,方是作家"。清人黄周星在《制曲枝语》中论作曲"三难",谓"叶律一也,合调二也,字句天然三也",也特别看重戏曲语言的本色自然。元曲杂剧歌唱的曲词在文风的确立上最终选择了自然通俗一格,这实在是适应大众审美需要的必然结果。在元代,散曲与剧曲都在歌坛传唱,二者往往相互影响,而且不少杂剧作家同时又是散曲作家,当剧曲自然通俗的文体风格为适应大众的欣赏要求而稳定和巩固下来以后,它自然又反作用于散曲,使散曲继续保持着本色的作风。周德清在《中原音韵·作词十法》的"造语"一法中曾主张散曲不可作"书生语",为什么不可作书生语?周氏解释说:"书之纸上详解方晓;歌,则莫知所云。"显然,这是用歌曲必须适应听众的原则来要求散曲,主张散曲在歌场演唱时也应与剧曲一样明白而家常,因此不能用"书生语",以免歌唱时使人"莫知所云"。从周氏的要求来看,在元人的眼里,散曲与剧曲原本都是可以歌唱的曲词,都应当做到"文而不文,俗而不俗",正是因为如此,所以元剧曲仿佛始终"监督"着元散曲的走向,使它即使在成为一些文人的案头之曲以后,还依然保持着曲文学特有的通俗自然之风,成为有别于诗的庄雅与词的婉丽的第三种诗歌风貌。

四、杂剧为散曲提供了丰富的歌咏题材

就像散曲为杂剧提供了可供演唱的丰富的音乐曲调一样,反过来,杂剧又为散曲提供了丰富的歌咏题材,尤其是在元代的杂剧舞台上广为流传的一些才子佳人戏,其人物和故事情节就常常

为散曲作家们乐于歌咏。如自宋以来流传于民间的双渐苏卿故事,南宋时张五牛曾编为诸宫调,金末再经商道改编,宋元时无名氏编为戏文《苏小卿月夜泛茶船》(残),在元杂剧中,有庾天锡《苏小卿丽春园》(佚)、王实甫《苏小卿月夜贩茶船》(残)、纪君祥《信安王断复泛茶船》(佚)、无名氏《赶苏卿》(佚)、《豫章城人月两团圆》(佚)等,其故事大概是:庐州妓女苏小卿与穷书生双渐相爱,鼓励双渐读书求官。不意别后,假母贪财,将小卿卖与江西盐商冯魁。双渐状元及第除临川县令后寻访小卿,得知被冯魁骗走,忙驾船追赶,至金山寺,见壁上小卿所题诗句,便连夜赶至豫章城夺回小卿,并结为夫妇。这一故事深得元人喜爱,散曲中广为歌咏。如吴弘道〔上小楼〕《题小卿双渐》小令云:

苏卿告复,金山题句。行哭行啼,行想行思,行写行读。自应举,赴帝都,双郎何处?又随将贩茶船去。

元大都歌妓王氏〔中吕·粉蝶儿〕《寄情人》套数中〔上小楼〕曲云:

怕不待开些肺腑,都向诗中分付。我这里行想行思,行写行读,雨泪如珠。都是些道不出、写不出、忧愁思虑。忍不住放声啼哭。〔幺〕他争知我嫁人,我知他应过举。翻做了鱼沉雁杳,瓶坠簪折,信断音疏。咫尺地半载余,一字无,双郎何处?我则索随他泛茶船去。

这些曲子写苏小卿在金山寺题壁时边哭边写,边写边读,一边感叹双渐的杳无音信，一边又感叹自己被拐卖的不幸与无奈，如此生动的情景，如果不是有杂剧舞台上表现的人物形象与场景活在人们的心目中，作者就很难凭空想象，即使写出来也很难唤起读者的共鸣；而且，两位散曲家也很难把小卿题壁时的心态和情景设想得如出一辙，甚至连语句都多有雷同。

在元散曲作家中，还有关汉卿、白朴、卢挚、马致远、乔吉、宋方壶、王举之等，都歌咏过这一题材，他们或称赞小卿的贤德真情，或诅咒假母的贪财狠毒，或谴责冯魁的"狗行狼心"，或同情双渐美姻缘遭拆散的不幸命运，或羡慕双渐最终与佳人团圆。总之，这一题材深深地感动着当时曲家的情怀。据台湾学者李殿魁先生的收集，元明曲家歌咏双渐苏卿故事的小令共有 86 首，套数 135 篇（见其所著《元明散曲中所见双渐苏卿资料研究》，载《散曲研究与教学》，浙江教育出版社 1992 年出版），其影响之大，可想而知。或许在当时士子、商人、歌妓的"三角恋爱"中，书生因为穷愁落寞，总是败于商人之手，而歌妓也多见利忘义，经不住富商大贾的诱惑，所以像苏小卿那样与双郎一盟之后，轻财重义，守志不移，就成为文士们求之不得的美人梦幻，像双渐那样，虽经波折，却获得夺回佳人的最终胜利，就更为他们所艳羡了。

此外，另如《流红叶》（白朴著，佚）、《题红怨》（李文蔚著，佚）所演唐代一宫女于红叶题诗自御沟流出而获美满姻缘的故事，《曲江池》（石君宝著，存）、《打瓦罐》（高文秀著，佚）所演郑元和与李亚仙的恋情故事，《王魁负桂英》（尚仲贤著，佚）、《追王魁》（宋元无名氏戏文，佚）所演王魁负桂英的故事等等，也都是元散曲家们所乐于歌咏的题材。戏曲故事成为散曲歌咏的对象，不仅丰富了散曲文学的内容,而且也进一步扩大了戏曲故事的影响,是相得益彰的事情。在不少杂剧失传以后,人们有时可以从散曲的歌咏中考证出一些戏曲故事的人物与情节。比如李殿魁先生的《元明散曲中所见双渐苏卿资料研究》,就主要是从元明散曲中考证出双渐苏小卿故事的一些人物、地名和主要关目的,散曲文学这种承传戏曲文学信息的作用,或许是曲家们当时所没有想到的吧。

总前所论可知,元散曲与元杂剧的发展虽有先后,元杂剧是借用散曲的套式才结构成规范的剧本,但二者之间的影响,却是相互的,你中有我,我中有你,有时甚而纠结难分,本章勉强条分缕析,不过为叙述方便而已,实际情形,要更为复杂,对此一点,读者诸君,不可不察也。

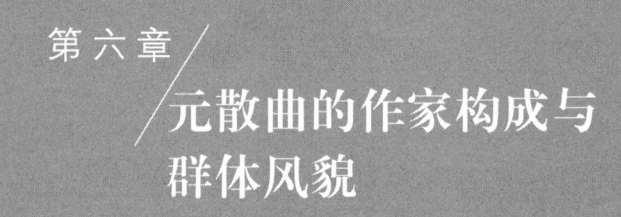

第六章 元散曲的作家构成与群体风貌

元代，散曲大盛，不仅文学之士参加了散曲的创作，且上至王公贵人，下至乐工歌妓，都有作品流传，元散曲作者队伍之壮观，并不逊色于唐诗宋词。从民族成分上看，有汉民族作家，也有许多少数民族作家；从社会职别与阶层看，有官吏作家、才人作家和演员作家。研究元散曲作家的构成情况及不同作家群的创作特点，有助于对元散曲这一文学形态的全面了解。

第一节 官 吏 作 家

从现存元散曲作品的作者队伍来看，官吏作家仍是其中的主体。这不仅在于其人数的众多，更重要的是不少大家、名家均为官吏，尤其是最早介入散曲创作的文学之士，如杨果、刘秉忠等，大部分是仕宦文人。通观有元一代，官吏作家可分达官显宦和下层胥吏作家两类，下面分别论述。

一、达官显宦作家和下层胥吏作家举要

在官吏作家之中，属于达官显宦一列者主要有：

杨　果（1195—1269）字正卿，号西庵，祁州蒲阴人。中统元年

拜北京宣抚使，次年拜参知政事，至元六年出为怀孟路总管，以老致仕，卒于家，谥文献。《全元散曲》收所作小令11首，套数5篇，朱权《太和正音谱》评其作"如花柳芳妍"。

刘秉忠(1216—1274)字仲晦，邢州人。至元初，拜光禄大夫，位太保，参预中书省事。卒年59，赠太傅，封赵国公，谥文贞。成宗时加赠太师，谥文正。仁宗时晋封常山王。《全元散曲》收其小令12首，其〔干荷叶〕诸作，尚带有浓郁的民歌气息。

商　挺(1209—1288)字孟卿，曹州人。元初入事世祖于潜邸，为京兆宣抚司郎中，累官至参知政事、枢密副使，后以疾免。卒年80，赠太师、开府仪同三司、上柱国，追封鲁国公，谥文定。《全元散曲》收其小令19首，主要内容为咏景与闺情，作风清丽自然。

胡祗遹(1227—1295)号紫山，磁州武安人。元灭宋后，为荆湖北道宣慰副使，至元十九年为济宁路总管，升山东东西道提刑按察使，又改江南浙西道提刑按察使，以疾归。卒，赠礼部尚书，谥文靖。《全元散曲》收其小令11首，朱权评其作"如秋潭孤月"。

徐　琰(1220？—1301)字子方，号容斋，一号养斋，又自号汶叟，东平人。至元初为陕西行省郎中，历官岭北湖南道提刑按察使、南台中丞、江南浙西肃政廉访使，召拜翰林学士承旨，大德五年卒，谥文献。《全元散曲》收其小令12首，套数1篇。贯云石《阳春白雪序》评其词曰"滑雅"。

王　恽(1227—1304)字仲谋，号秋涧，卫州汲县人。仕中统、大德间，历官国史院编修、监察御史，出判平阳路，迁燕南河北按察副使、福建按察使、翰林学士。大德八年卒，赠翰林学士承旨、资善大夫，追封太原郡公，谥文定。《全元散曲》收其小令41首，其

第六章 元散曲的作家构成与群体风貌

词风疏朗雅致。

卢　挚(1242?—1315?)字处道,一字莘老,号疏斋,又号嵩翁,祖籍涿郡,后迁河南。历官燕南河北道提刑按察司、江东道提刑按察司副使、陕西提刑按察使、河南府总管,拜集贤学士,又任岭北湖南道廉访使,复入为翰林学士,迁承旨,贰宪燕南河北道,晚年客寓宣城。《全元散曲》、李修生《卢疏斋集辑存》收其小令120首。贯云石《阳春白雪序》评其作"媚妩,如仙女寻春,自然笑傲"。

陈　英(1247—1330以后)字彦卿,号草庵,析津人。据张养浩《归田类稿》中《甘肃行省创建来远楼记》《陈氏先茔碑铭》等文,可知其仕大德、延祐间,先后任山东、陕西、河北诸路副廉访使,江南行台侍御史,云南、山南、浙西等路中书左丞,甘肃、河南行省参知政事等。《全元散曲》收其小令26首,其作疏放自然。

姚　燧(1238—1313)字端甫,号牧庵,河南人。历官陕西汉中道提刑按察司副使、翰林直学士、大司农丞。大德五年出为江东廉访使,大德九年拜江西行省参知政事,至大元年入为太子宾客,进承旨学士,又拜太子少傅,次年授荣禄大夫翰林学士承旨知制诰兼修国史,皇庆二年卒,谥曰文。《全元散曲》收其小令29首,套数1篇。明杨慎《词品》评其有"高古"之作,谓"不减东坡、稼轩"。

冯子振(1257—1337以后)字海粟,自号怪怪道人,又号瀛州客,攸州人,官至承事郎、集贤待制。《全元散曲》收其小令44首,贯云石评其词"豪辣灏烂"。

张养浩(1270—1329)字希孟,别号云庄,济南人。历官东平学正、监察御史、翰林直学士、礼部尚书、陕西行台中丞。散曲集有

193

《云庄休居自适小乐府》,《全元散曲》收其小令161首,套数2篇。朱权评其作"如玉树临风"。

如上述名家,或为庙堂公卿,或为地方大僚,其仕途虽然有顺与不顺,其出将入相、位高权重虽远不及唐宋文人,但比起诸多沉沦下僚的胥吏、名排第九的儒者,已算是非常幸运的了。

下层胥吏或幕僚中的著名作家,主要有:

庾天锡　一名天福,字吉甫,大都人。与关汉卿大致同时,主要活动于元贞、大德前后的曲坛,《录鬼簿》云其曾为中山府判。《全元散曲》收其小令7首,套数4篇。贯云石评其"造语妖娇",朱权评其作"如奇峰散绮"。

郑光祖(?—1324前)字德辉,平阳襄陵人。《录鬼簿》云其"以儒补杭州路吏"。《全元散曲》收其小令6首,套数2篇。朱权评其作"如九天珠玉"。

马致远(1250前后—1321后、1324前)号东篱,大都人。为元散曲一大家,仕途极不得意,据《录鬼簿》载,知其仅做过江浙行省务官。《全元散曲》收其小令115首,套数24篇。朱权列其于"古今群英"之上,评其作"如朝阳鸣凤"。

张可久(1280—1352?)名久可,号小山,庆元人。《录鬼簿》载其"以路吏转升民务首领官";李祁《云阳集》卷四《跋贺元忠遗墨卷后》云其"年七十余,匿其年数,为昆山幕僚"。其散曲集有《张小山北曲联乐府》,又有《小山乐府》,现存小令855首,套数9篇。朱权评其作"如瑶天笙鹤",李开先序乔吉、张可久两家小令,谓乐府之有乔、张,犹诗家之有李、杜。

徐再思(1285前后—1345后)字德可,号甜斋,嘉兴人。天一阁本《录鬼簿》云其为"嘉兴路吏"。与贯云石齐名,世称二人之作为"酸甜乐府"。《全元散曲》收其小令 103 首。朱权评其作"如桂林秋月"。

周文质(1285 前后—1334)字仲彬,建德人。与钟嗣成相交甚笃,《录鬼簿》称其"家世儒业,俯就路吏"。《全元散曲》收其小令 43 首,套数 5 篇。朱权评其作"如平原孤隼"。

吴弘道(1270 前后—1345 后)名仁卿,号克斋先生,《录鬼簿》称其"历仕府判致仕"。《全元散曲》收其小令 34 首,套数 4 篇。朱权评其作"如山间明月"。

曹　德(1280 前后—1345 后)字明善,曾赋《长门柳》二曲讥讽当朝权贵,因而名重一时。《录鬼簿》载其曾为"衢州路吏"。《全元散曲》收其小令 18 首,其作风疏放闲适。

张鸣善　名铎,号顽老子,元末人,生卒不详,平阳人而家于湖南,曾官宣慰令史,《录鬼簿续编》有小传。《全元散曲》收其小令 13 首,套数 2 篇。其曲风闲雅自然。

汪元亨(1300 前后—?)号云林,别号临川佚老,饶州人。《录鬼簿续编》云其为"浙江省掾"。《全元散曲》收其小令 100 首,套数 1 篇。汪作豪放自如,为元散曲中豪放本色一派之殿军。

如以上诸家,大都沉沦下僚,屈在簿书,不过为统治者的高级用人而已。

二、达官显宦作家与下层胥吏作家的创作风貌

以上两类作家,虽然同在官场,但因社会地位悬殊巨大,故其

散曲创作便呈现出迥然不同的风貌。从作品思想内容方面看,在达官显宦作家中,有的人表现出了对于个人才能的高度自信和对功名禄位的追求;有的人表现出了对国家、对人民的高度政治责任感。前者如姚燧的〔阳春曲〕二首:

> 墨磨北海乌龙角,笔蘸南山紫兔毫,花笺铺展砚台高。诗气豪,凭换紫罗袍。

> 金鱼玉带罗袍就,皂盖朱幡赛五侯,山河判断笔尖头。得志秋,分破帝王忧。

后者如张养浩〔喜春来〕二首:

> 路逢饿莩须亲问,道遇流民必细询,满城都道好官人。还自哂,只落的白发满头新。

> 乡村良善全生命,廛市凶顽破胆心,满城都道好官人。还自哂,未戮乱朝臣。

如上引姚、张二人之作,不但在整个文人作家中极为罕见,而即使在达官显宦作家中亦属凤毛麟角。当然,此类作品的珍贵并非仅在于它的稀有,而最重要的是它直接昭示了元代文人在避世、玩世之风笼罩中并未泯灭的良心,以及对于盛唐文人雄心壮志的如空谷足音般的回响。

第六章　元散曲的作家构成与群体风貌

在下层胥吏作家中,不仅没有谁表现出对于功名事业的雄心豪气,相反,与他们十分不幸的人身遭际相关,一些人倒是表现出了对于怀才不遇的感伤和江湖飘零的愁苦。如马致远的〔金字经〕:

夜来西风里,九天雕鹗飞,困煞中原一布衣。悲,故人知未知?登楼意,恨无上天梯!

张可久的〔水仙子〕《归兴》:

淡文章不到紫微郎,小根脚难登白玉堂,远功名却怕黄茅瘴。老来也思故乡,想途中梦感魂伤。云莽莽冯公岭,浪淘淘扬子江,水远山长。

徐再思的〔水仙子〕《夜雨》:

一声梧叶一声秋,一点芭蕉一点愁,三更归梦三更后。落灯花棋未收,叹新丰孤馆人留。枕上十年事,江南二老忧,都到心头。

在贤愚颠倒的现实社会中,这些才高而位卑的文人屈身事人,其心情不免抑郁感伤,但在受全真教影响而避世之风盛行的元代,作家们又很少直接表露,故如上引直抒悲苦情怀的作品,亦属难得,有了它们的存在,我们终于可以透过逍遥放诞的表象而看到

197

这部分作家的苦难心灵。由于人生经历的影响,他们在写景抒情的作品中常常渗透着一种凄凉的情调,或在借古讽今、乐山乐水、表面放达中表现出一种莫可名状的惆怅与落寞。这种情况在马致远和张可久等人的作品中表现得尤其突出。

无论达官显宦者,还是沉抑下僚者,他们都是文人出身,都接受过传统文化的熏陶,都不可避免地要受儒道思想的影响,又都处于"混愚贤,哀哉可怜"的社会,因而,他们都有对于高人遗士的崇拜,都有一种怀慕出世的情绪,都称道范蠡、张良的达荣知辱、见机识退,都向往陶渊明的清高悠闲,都欣羡李白、苏轼的豪放潇洒,故避世叹世、怀古咏史、乐山乐水之作在仕宦文人之作中占有相当的比例。然而,达官显宦者和沉抑下僚者所表现出的思想情绪和心理结构又是很不相同的。属于达官显宦者,一方面向往青山绿水、茅屋柴关的心灵自由,但另一方面,他们又心缠俗务,难脱尘网。如王恽的〔黑漆弩〕《曲山亦作言怀一词遂继韵戏赠》:

休官彭泽居闲久,纵清苦爱吾子能守。幸年来所事消磨,只有苦吟甘酒。平生学道在初心,富贵浮云何有?恐此身未许投闲,又待看凤麟飞走。

姚燧的〔满庭芳〕:

天风海涛,昔人曾此,酒圣诗豪。我到此闲登眺,目远天高。山接水茫茫渺渺,水连天隐隐迢迢。供吟啸,功名事了,不待老僧招。

第六章　元散曲的作家构成与群体风貌

一个认定了"恐此身未许投闲",一个想"功名事了"之后再隐居乐闲。然而,"功名事"了犹未了,又怎能以不了了之!所以,他们必然纠缠在入世与出世的矛盾之中!

而沉抑下僚的胥吏作家们呢,却又免不了在表现归隐情趣的同时,又不时流露出功名未获的遗憾和人生失意的感伤。如马致远的〔四块玉〕:

> 酒旋沽,鱼新买,满眼云山画图开,清风明月还诗债。本是个懒散人,又无甚经济才,归去来。

在"无甚经济才"的自嘲中,那种无可奈何的情绪是难以言喻的。又如张可久的〔折桂令〕《读史有感二首》:

> 剑空弹月下高歌,说到知音,自古无多。白发萧疏,青灯寂寞,老子婆娑。故纸上前贤坎坷,醉乡中壮士磨跎。富贵由他,谩想廉颇,谁想萧何。

> 沧浪可以濯缨,叹千里波波,两鬓星星。遁迹林泉,甘心畎亩,罢念功名。青门外芸瓜邵平,白云边垂钓严陵。潮落沙汀,月转林垧,午醉方醒。

原来,"醉乡磨跎"的正是弹铗悲歌的"壮士",其功名未获的悲凉和怀才不遇的感伤早已冲淡了对"白云"、"沙汀"的闲意,这才是沉沦下僚的曲家们真实的人生处境。但是,当他们对现实彻底绝望以后,为了慰治心灵的创伤,求得心理的平衡,却又表现出一种"不食人间烟火气"的理想的虚幻的人生境界。如张可久的〔折桂令〕《村庵即事》:

> 掩柴门笑傲烟霞,隐隐林峦,小小山仙家。楼外白云,窗前翠竹,井底朱砂。五亩宅无人种瓜,一村庵有客分茶。春色无多,开到蔷薇,落尽梨花。

类似的作品,在马致远、张可久等人的作品中是相当多的。

　　因为逃避现实,仕宦作家必然要在作品中表现出他们对官场的态度。属于达官显宦的作家,深有所感地揭露官场的险恶:"避虎狼,盟鸥鹭,是个识字的渔夫"(胡祗遹〔沉醉东风〕),"黄金带缠着忧患,紫罗襕裹着祸端,怎如俺藜杖藤冠"(张养浩〔水仙子〕)。而沉抑下僚的作家则淋漓尽致地描绘官场的肮脏:"看密匝匝蚁排兵,乱纷纷蜂酿蜜,急攘攘蝇争血"(马致远〔夜行船〕《秋思》),"憎苍蝇竞血,恶黑蚁争穴,急流中勇退是豪杰"(汪元亨〔醉太平〕)。

　　因为逃避现实,仕宦作家又常常反思历史,他们"将汉史唐书览遍",结果普遍感到历史虚无、富贵功名无常,兴废存亡如过眼云烟。但对于历史人物的态度,却又各有不同,达官显宦作家一般不否定历史英雄的人格意义,大多仅借其不幸遭遇以否定功名利禄,如张养浩的〔沉醉东风〕:

> 班定远飘零玉关,楚灵均憔悴江干,李斯有黄犬悲,陆机

第六章　元散曲的作家构成与群体风貌

有华亭叹,张柬之老来遭难,把个苏子瞻长流了四五番,因此上功名意懒。

作者一口气数出了那么多尽忠朝廷却遭遇不幸的贤良之士,那深沉的弦外之音仿佛在说:主政用人者真是瞎了狗眼!摆出历史的镜子,目的是映照现实,因而,此类作品应当是叹世归隐这一散曲主旋律的变奏曲。

而沉抑下僚的作家呢?不但彻底否定历史英雄,甚而极尽嘲笑揶揄之能事,如张鸣善的〔水仙子〕《讥时》:

铺眉苦眼早三公,裸袖揎拳享万钟,胡言乱语成时用。大纲来都是烘。说英雄谁是英雄?五眼鸡岐山鸣凤,两头蛇南阳卧龙,三脚猫渭水非熊。

作者对于周的祖先、对诸葛亮、对吕尚极意挖苦讽刺,其指桑骂槐的用心不言而喻。骂倒了历史英雄,也便骂倒了禄享万钟的公卿,于是便像阿Q一样地满足了可悲的"优胜"的快慰。如果说达官显宦作家对于历史人物的态度不免带有仕途失意者的几许悲凉,那么,沉抑下僚的作家们便带有人生失败者不平的愤懑和牢骚,二者都积聚着悲剧性的感伤情绪。

以上大致就作品主要内容而言。再就艺术表现形式来看,达官显宦作家大多数以写小令为主,很少作套数,如刘秉忠、商挺、胡祗遹、王恽、卢挚、陈英、冯子振等便一篇套数也没留下。与此相关,他们也不作杂剧。因为套曲(剧套、散套)较小令为俗,他们身

201

居高位,大约还不肯全然将面子放倒,所以还不肯染指那俗气满纸的套曲。与此相反,沉郁下僚的作家们却又大多小令、套数兼作,不少人还兼作杂剧,如庾天锡、马致远、郑光祖、周文质、吴弘道、张鸣善等,便是小令、套数、杂剧兼善的作家。

属于达官显宦的作家主要活动在元贞、大德以前,即我所谓演化成熟期与始盛期(详后)两个阶段,他们许多人是兼写诗、词、文的,对他们来说,作散曲不过是其余事而已。从总体上看,其成就不及沉抑下僚的作家高,不过,在当时的历史环境下,他们的影响倒并不在乎其散曲创作的实绩,而主要在于他们的自觉参与。他们不仅用散曲抒情写景、吊古咏史,还以之唱酬庆贺,于是,散曲由市井勾阑而进入了上流社会,在为诗词所占有的领域内争得了一席地位。经他们这一染指,原本在市民中"唱尖歌倩意"的"街市小令"遂逐渐有了"乐府"的雅号,这对于元散曲的繁荣发展,显然是具有重要意义的。

尤其值得称道的是,尽管这些达官显宦作家将诗、词的某些传统表现方式用之于曲,比较注意词语的雅炼、气氛的酝酿和意境的创造等等,但他们有时也还明确地意识到了词、曲体式有雅俗之别,因而又尽量注意语言的通俗自然和散曲特有的诙谐之趣。如杨果的〔翠裙腰〕套中〔赚尾〕一曲:

总虚脾,无实事,乔问候的言辞怎使?复别了花笺重作念,偏自家少负你相思。唱道再展放重读,读罢也无言暗切齿。沉吟了数次,骂你个负心贼堪恨,把一封寄来书都扯做纸条儿!

第六章　元散曲的作家构成与群体风貌

商挺〔潘妃曲〕：

> 带月披星担惊怕，久立纱窗下。等候他，蓦听得门外地皮儿踏，则道是冤家，原来是风动荼蘼架。

胡祗遹〔沉醉东风〕：

> 渔得鱼心满愿足，樵得樵眼笑眉舒。一个罢了钓竿，一个收了斤斧。林泉下偶然相遇，是两个不识字渔樵士大夫。他两个笑加加的谈今论古。

以上作品以明白通俗的语言、富于动态的场面和世俗化的情趣，构成了曲体风格，充满浓郁的曲味。它们虽出自早期达官显宦者的手笔，但与关、郑、白、马的成熟之作相比，已无甚差别。因此，可以认为，散曲在入于文人之手以后，之所以能自始至终地保持其特有的曲体艺术风貌，这与早期达官显宦作家有意识地区分词、曲二体不同的体式风格是分不开的。从这个意义上说，尽管他们没有写出多少很有思想意义的散曲作品，但对于一代文学体式之特殊风格的建立，却是有所贡献的。

比起达官显宦作家来，那些沉抑下僚的作家们大都专力于曲的创作，他们似不作诗文，甚而许多人连词也不作，因此，他们的文学才情便一发于曲，其成就也便远在达官显宦作家之上，被誉之为散曲冠冕和豪放派代表作家的马致远、清丽派代表作家张可久等都在他们的行列之中，他们以其卓越的成就分别达到了豪放与清丽两派的巅峰。沉沦下僚的曲家们不仅在作品中表现了他们真实的人生和悲剧性命运,而且在艺术上也取得了很高成就。大致说来,他们在语言上炼俗为雅,真正做到了"文而不文、俗而不俗";在表现手法上将传统诗词的作法加以合理利用,在富于动感和叙事性的同时又注意意境的构造,因而其艺术效果往往就是在明白疏朗中又有着隽永绵长之味。以徐再思〔沉醉东风〕为例:

> 一自多才间阔,几时盼得成合。今日个猛见他,门前过,待唤着怕人瞧科。我这里高唱当时水调歌,要识得声音是我。

此作就其通俗自然的语言、散文化的句式结构、活泼诙谐的情调而言,即纯是曲;而通篇注重完整意境的构置、截取人物心理活动最精彩的片断落笔而蕴积着强烈的情感辐射力量,其以小见大,以浅见深的凝练隽永,如此等等,则又显似绝句。不过,诗法已完全被曲味融化,难以识辨了。尤其前人誉为"万中无一"的马致远的〔夜行船〕《秋思》套数:

> 百岁光阴一梦蝶,重回首往事堪嗟。今日春来,明朝花谢,急罚盏夜阑灯灭。
>
> 〔**乔木查**〕想秦宫汉阙,都做了衰草牛羊野,不恁么渔樵没话说。纵荒坟横断碑,不辨龙蛇。
>
> 〔**庆宣和**〕投至狐踪与兔穴,多少豪杰!鼎足虽坚半腰里折。魏耶?晋耶?

〔落梅风〕天教你富,莫太奢,没多时好天良夜。富家儿更做到你心似铁,争辜负了锦堂风月。

〔风入松〕眼前红日又西斜,疾似下坡车。不争镜里添白雪,上床与鞋履相别。休笑巢鸠计拙,胡芦提一向装呆。

〔拨不断〕利名竭,是非绝,红尘不向门前惹,绿树偏宜屋角遮,青山正补墙头缺,更那堪竹篱茅舍。

〔离亭宴带歇指煞〕蛩吟罢一觉才宁贴,鸡鸣时万事无休歇,何年是彻。看密匝匝蚁排兵,乱纷纷蜂酿蜜,急攘攘蝇争血。裴公绿野堂,陶令白莲社。爱秋来时那些:和露摘黄花,带霜分紫蟹,煮酒烧红叶。想人生有限杯,浑几个重阳节。人问我顽童记者:便北海探吾来,道东篱醉了也!

此曲对仗之精工而又自然,句法之凝练而又豪泼,语言之亦雅亦俗,以及着色之富艳,开合之自如,气韵之浑成等等,亦表现出曲味与诗法的极好融合。

总之,沉抑下僚的曲家们在传统诗词手法的化用和曲体风格的建树上,是有较大贡献的。

第二节 才人作家

此处所说"才人"作家,是与"官吏"作家相对,泛指一切未曾进入官场的文人作家,并非单指寄身勾栏的"书会才人"作家也。这一类作家的成分比较复杂,有金亡不仕的遗贤,有身为素民却交通王侯的名彦，有穷愁潦倒而浪迹江湖的散人，有寄身构栏书会与倡优为伍的才子，有隐迹市井与世无争的居士。他们的成就和贡献，并不在官吏作家之下，某些方面或许更胜一筹。

一、才人作家举要

元好问(1190—1257)字裕之，号遗山，太原人。金亡不仕，潜心著述，以文章独步元初。现存散曲10首，在由词而曲的演变中有一定开启之功。朱权评其作"如穷崖孤松"。

杜仁杰(1201?—1284?)原名之元，号善夫，或作善甫，后更名仁杰，字仲梁，号止轩，济南人。金时隐内乡山中，元初，屡征不起，以子贵得封爵位。善夫才宏学博，善戏谑，与元好问相契。《全元散曲》收其小令1首，套数4篇。朱权评其曲"如凤池春色"。

白　朴(1226—1291后)字太素，一字仁甫，号兰谷，隩州人而居真定。金亡，仓皇失母，自幼饱经伤乱，自是郁郁寡欢，放浪形骸。徙家金陵后常从诸遗老纵情山水，以诗酒自娱。王文才先生之《白朴戏曲集校注》、李修生先生之《白朴年谱》，皆白朴研究之力作。白朴现存散曲有小令37首，套数4篇。朱权评其曲"如鹏搏九霄"。

关汉卿(1227?—1297后)号已斋叟，大都人。《录鬼簿》云其曾为太医院尹，元末熊梦祥《析津志》将其列入《名宦》之中，或据此。但结合其杂剧与散曲作品来看，似与"名宦"之身份未合。有的《录鬼簿》版本作"太医院户"，疑其为医户中人而混迹于勾栏书会。其杂剧与散曲创作皆为元代之卓然大家。王学奇先生等有

《关汉卿全集校注》全面整理了他的著作。关汉卿现存散曲作品有小令57首,套数13篇。朱权评其曲"如琼筵醉客"。

王和卿 生平不详,大名人,滑稽佻达,与关汉卿常相戏谑。《全元散曲》收其小令21首,套数3篇。其曲甚多俗趣。

曾 瑞(1260? —1330前)字瑞卿,大兴人。《录鬼簿》云其"自北来南,喜江浙人才之多,羡钱塘景物之盛,因而家焉","优游于市井,洒然如神仙中人。志不屈物,故不愿仕,因自号褐夫"。瑞卿编有散曲集《诗酒余音》行世,已散佚。《全元散曲》收其小令95首,套数17篇。其作驳杂,豪放、清丽诸格备具,以豪放本色为主。

乔 吉(1280前后—1345)字梦符,号笙鹤翁,又号惺惺道人,太原人。《录鬼簿》称其"有题西湖〔梧叶儿〕百篇,名公为之序。江湖间四十年,欲刊所作,竟无成事者"。乔吉的散曲创作与张可久齐名,是清丽派的重要代表作家。前人并称"乔张",李开先以诗家李、杜拟之。《全元散曲》收乔吉小令209首,套数11篇,朱权评其曲"如神鳌鼓浪"。

睢景臣(约1285—1335前后)字景贤,或云名舜臣,字嘉贤,里居未详。《录鬼簿》记其大德七年"自维扬来杭",从钟嗣成所作吊词看,景臣终身未仕,以书会才人终老。《全元散曲》收其套数3篇。景臣以〔哨遍〕《高祖还乡》一套滑稽戏谑之作知名于世。

钟嗣成(1275? —1345以后)字继先,号丑斋,大梁人。朱凯《录鬼簿后序》谓其"累试于有司,命不克遇,从吏则有司不能辟,亦不屑就"。《全元散曲》收其小令共59首,套数1篇。朱权评其曲"如腾空宝气",而观其现存之曲,实多世俗之气,属豪放本色一派。

杨朝英(1280前后—1351后)号淡斋,蜀之青城人。以散曲选家知名于世,他所选辑的《阳春白雪》及《太平乐府》两书,元人散曲多赖以保存。《全元散曲》收其小令27首。朱权评其作"如碧海珊瑚"。

周德清(1277—1365)字日湛,号挺斋,江西高安人。一生书剑飘零,以布衣困顿而终。所作《中原音韵》为最早之曲韵、曲谱及曲论专著。《全元散曲》收其小令31首,套数3篇。朱权评其曲"如玉笛横秋"。

刘庭信(1289以后—1370左右)原名廷玉,据《录鬼簿续编》及贡师恭《玩斋集·刘公圹志铭》等,知其祖籍彭城而为益都人。其为人风流蕴藉,超出伦辈,风晨月夕,唯以填词为事。《全元散曲》收其小令39首,套数7篇。朱权评其曲如"摩云老鹘"。

二、才人作家之创作风貌

在上述才人作家中,如元好问、白朴、乔吉、周德清、杨朝英等人,或为名士,或为清客,出入于上流社会,所交游者大多为地方大僚,故其心胸怀抱,生活情趣,与关汉卿、王和卿辈,又自不同。在他们的作品中,无论是写景抒情,或咏怀叙志,都程度不同地呈现出文人士大夫的一些传统思想意识和情趣,比如对高人逸士的羡慕,对山水林泉的向往,对理想爱情的讴歌等等。而关汉卿、王和卿等人的散曲作品却具有比较浓厚的市民色彩,并具有十分突出的曲文学特有的情趣与风味。因而,此节的论述便主要以他们

第六章　元散曲的作家构成与群体风貌

为对象而展开。

如关汉卿、王和卿、钟嗣成辈,在认清时势,对现实彻底绝望以后,便自觉地远离了所谓"高尚之士、性理之学",虽"得罪于圣门"而不顾,甚而大胆地"躬践排场,面敷粉墨,以为我家生活,偶倡优而不辞"(臧懋循《元曲选序》)。要说起"七匠八倡九儒十丐"的座次,他们才是真正的"老九"!到了这种地步,面子已全然放倒,其立身行事,开言吐语,已非传统文士之面目。非但不自命清高与风雅,却唯恐俗不到家、俗不彻底。他们既"浮云富贵、粪土王侯",又认为陶潜、邵平、林逋、张翰等"占清高总是虚名"(钟嗣成《双调·凌波仙》),这就既鄙弃仕途,又否定了归隐,他们所选择的是充满了世俗之气的花酒风月,由此表现出了对于名教礼法的大胆嘲弄和对于传统士流风尚的彻底叛逆。尤其是关汉卿,他在《不伏老》散套中自诩为"普天下郎君领袖,盖世界浪子班头",矜夸其吹、弹、歌、舞、嫖、赌、饮、玩无所不能,并且以死不回头的浪子口吻赌咒发誓地说:"你便是落了我牙歪了我嘴瘸了我腿折了我手,天赐与我这几般儿歹症候,尚兀自不肯休,则除是阎王亲自唤,神鬼自来勾,三魂归地府,七魄丧冥幽,天哪,那其间才不向烟花路儿上走!"如此的玩世不恭和放浪不羁,真说得上是空前绝后。类似的思想倾向在曾瑞、钟嗣成等人的作品中也有一定的表现,如钟嗣成在〔醉太平〕小令中有意识地将"八倡九儒十丐"的命运联系起来,自称"俺是悲田院下司,俺是刘九儿宗枝",并且要"开一个教乞儿市学,裹一顶半新不旧乌纱帽,穿一领半长不短黄麻罩,系一条半联不断皂环绦,做一个穷风月训导"。

以关汉卿为首的浪子作风,不仅在书会才人作家中普遍存在，而且其流风亦染及士流，如有一定名士之风的乔吉在两首《自述》的小令中便声称"不占龙头选，不入名贤传"，并一再以"不应举的江湖状元，不思凡的风月神仙"自命，以"伴柳怪花妖"、"酒圣诗禅"、"批风抹月"为乐。其敝屣功名、笑傲礼法的叛逆精神，显然受关汉卿辈的巨大影响。

总之，对于才人作家来说，为正统士流文人所矜夸者，他们反而鄙弃；为士流所耻者，他们反以为荣，他们极端的、异乎寻常的放浪不羁，它所掩盖的恰恰是仕进无门的极大悲愤和对"混愚贤、哀哉可怜"的现实社会的彻底绝望！正因为如此，其结果反倒显得一身轻松；面子既已放倒，便也无所顾忌。何事而不可为？又何事而不可写？在他人之眼中，或谓之俗不可耐，而入我之笔下，却正可发泄其牢骚不平。故市民作家们的创作，倒是处处充满了"人间烟火之气"。他们写春夏秋冬、风花雪月，写富贵福禄、幽情闺怨等，无非常情常景；他们写人，老的少的、村的俏的，乃至于"胖夫妻"、"胖妓"、"秃指甲"等等，无非世俗常人；他们咏物，鸟兽虫鱼、"绿毛龟"、"长毛狗"等等，或为世俗之物，或古怪稀奇，却仍不脱俗气；他们写男女风情，故意着笔于性感与肉欲。凡此种种，这就从题材内容到情感意趣，都是俗而又俗的，与传统文人士夫的文雅风度，真有天壤之别！

他们在艺术上的特征，有如下几点最为突出：

第一是滑稽戏谑之艺术趣味。这一点比之其他各类作家都要突出，从杜仁杰的《庄家不识构阑》、关汉卿的《不伏老》，到钟嗣成的《丑斋自序》、睢景臣的《高祖还乡》等等，在才人作家的创作中一直贯穿着这种谐趣精神，它仿佛已成为才人作家们痛苦

第六章 元散曲的作家构成与群体风貌

心灵之超越和抑郁情感之释放的重要手段,他们在自己所创作的令人忍俊不禁的滑稽形象中开怀一笑,遂借以暂时忘却人世间那许多的烦恼和不平。他们通过这种寓庄于谐的滑稽戏谑之法,有意无意间对名教礼法和皇权政治进行了肆无忌惮的嘲弄。就算我为乞丐小丑,而万乘之尊的刘邦不也是一无赖小丑吗?皇帝与我同为小丑,王侯将相又有何尊,而我又何贱?由此,才人作家们在现实中失衡的心理,却在艺术的创作中求得了平衡;他们在现实中受创的心灵,却在艺术的创作中得到了阿Q式的慰藉。才人作家们的滑稽戏谑,玩世不恭,固然与他们的气质秉性有关,但尤其同贤愚颠倒、志大才高者沉沦下僚的社会现实是分不开的。

第二是化丑为美的艺术趣尚。才人作家们仿佛有一种最普遍的艺术趣尚,那便是化丑为美。如他们写女性,有时并不是去描写妩媚的意态和动人的娇姿,反而去描写体态的粗胖(王和卿《胖妓》)、手指的短秃(关汉卿《秃指甲》)、粉脸上的黑痣(白朴《佳人脸上黑痣》,或云此曲为杜遵礼作)等等;又如剖白自己的人格,关汉卿《不伏老》故意把自己置于为世人所不齿的老嫖客地位;再如描写自己的长相,钟嗣成《自序丑斋》把自己说成是丑陋之魁首;如此等等,皆非常情所可理喻。如果就常情常理而论,作家艺术家们所审视的应当是客观事物的美,而才人曲家刚好相反,他们所审视的恰是客观事物的丑,但他们不是以丑为耻,而是以丑为荣;不是以丑为丑,而是化丑为美。正因为如此,所以作家们对那"响珰珰"的"铜豌豆"人格和"钟馗"般"丑陋"面貌才自矜不已;正因为如此,作家们对"胖妓"、对"秃指甲"、对"脸上黑痣"等等,才并没有恶意的攻击和嘲笑。或许可以说，即使在审美对象的选择上，才人作家们也走着一条极富叛逆色彩的道路。

第三是化俗为雅的艺术手法。才人作家们的创作，如就其艺术风格而言，往往属于豪放本色一派，他们不仅选择了许多世俗化的题材内容写入曲中，而且大量地使用了许多世俗化的语言，诸如方语、市语、讥诮语、寻常口语等等，但他们毕竟是有艺术修养的文人，他们也有意无意地要表现出与俚歌俗曲不同的文人风致，于是便出现了于俗中求雅和化俗为雅的现象。其显著的表现，主要在于运用排比、对偶等修辞手法，把一些看起来比较粗俗的语言经过精心的组织、从而显示其雅致的匠心，这在早期王和卿〔百字知秋令〕和关汉卿的《不伏老》散套中已有表现，到了中后期如钟嗣成、刘庭信等人的作品中，便成为一种极普遍的风致了。如钟嗣成的〔醉太平〕小令：

风流贫最好，村沙富难交。拾灰泥补砌了旧砖窑。开一个教乞儿市学，裹一顶半新不旧乌纱帽，穿一领半长不短黄麻罩，系一条半新不断皂环绦。做一个穷风月训导。

刘庭信〔折桂令〕：

想人生最苦离别，唱到阳关，休唱三叠。急煎煎抹泪柔眵，意迟迟揉腮撅耳，呆答孩闭口藏舌。情儿分儿你心里记者，病儿痛儿我身上添些，家儿活儿既是抛撇，书儿信儿是必休绝，花儿草儿打听的风声，车儿马儿我亲自来也。

这类作品，其通俗自然的语言与精工整饬的句式结构，二者结合，既有通俗本色之风，又有雅炼精整之美。

综合以上几方面情形来看，可以说才人作家们的创作是整个元散曲中曲味最为浓郁、特色最为鲜明的一部分。他们不屈于悲贱的地位和不幸的命运，以其特有的才华和智慧在散曲艺术中别开一径，与沉沦下僚的胥吏作家们一道，成功地建树起散曲艺术特有的谐趣之风，他们的贡献是不朽的。

第三节 少数民族作家

在中国文学史上，身为少数民族作家而能够从事汉语言文学创作者，虽说代不乏人，但若论起人数之众多，成绩之显著，却未有如元散曲中的少数民族作家。若就人数而言，仅依《录鬼簿》《录鬼簿续编》《阳春白雪》《太平乐府》《元史》等典籍所载，凡30余人，约占有姓名可考的全部散曲作家的10%以上；若就其成就和影响而言，如贯云石、薛昂夫诸人，即令诸多汉族文人亦刮目相看。可以说，元散曲这株诗苑奇葩的灿烂开放，少数民族作家也洒下了辛勤浇灌的汗水。

一、少数民族作家举要

伯　颜(1237—1295)姓八邻氏，蒙古部人，居大都，因貌伟言厉，为世祖倚重，拜中书左丞相。至元十一年总兵攻宋，次年进中书右丞相，复拜同知枢密院事，二十六年进金紫光禄大夫、知枢密院事，出镇和林。成宗立，加太傅录军国重事，是岁卒。赠太师开府仪同三司，追封淮安王，谥忠武。《太平乐府》载其〔喜春来〕小令1首（或云为姚燧作）。

不忽木（1255—1300）一名时用，字用臣，康里部人，居于大都。不忽木资质英特，为世祖爱赏，命给事东宫。师事王恂、许衡。历官燕南河北道提刑按察副使，吏、工、刑三部尚书，至元二十七年拜翰林学士承旨、知制诰、兼修国史，次年拜平章政事。成宗即位，拜昭文馆大学士平章军国事。大德二年行中丞事，三年并领侍仪司事，四年因疾而卒，谥文贞。《阳春白雪》载其〔点绛唇〕《辞朝》套数一篇。

奥敦周卿　元初人，女真族。至元初曾为怀孟路总管府判官，其后为侍御史。《阳春白雪》载有其〔蟾宫曲〕小令2首、〔一枝花〕《远归》等套数2篇。

阿里西瑛　西域人，至元以迄于至正间在世。《全元散曲》收其小令4首，其中自述情志的〔殿前欢〕"懒云窝"小令3首，在当时影响甚大，一时名士如贯云石、乔吉、卫立中、吴西逸等皆有和曲。

贯云石（1286—1324）名小云石海涯，号酸斋，又号芦花道人，维吾尔族人，居杭州。仁宗即位，云石为翰林侍读学士、中奉大夫、知制诰同修国史，后以疾辞官，归隐江南。泰定元年卒，赠集贤学士中奉大夫护军，追封京兆郡公，谥文靖。云石曾师从姚燧，诗文具有法度，散曲之作曾领时代风骚。贯云石现存散曲，《全元散曲》收有小令79首，套数8篇。姚桐寿《乐郊私语》谓其曲作"骏

第六章　元散曲的作家构成与群体风貌

逸为当行之冠",朱权评其曲"如天马脱羁"。

孛　罗　蒙古人,元世祖时名孛罗者,至元初为御史中丞、大司农卿,但不知是否即曲家孛罗。《太平乐府》载有其〔一枝花〕《辞官》套数1篇。

阿鲁威　字叔重,号东泉,蒙古人。至治间曾为南剑太守,泰定间为翰林侍读学士。《阳春白雪》载有其小令19首,朱权评其曲"如鹤唳青霄"。

薛昂夫(1275左右—1350以后)又名薛超吾、马昂夫、马九皋,西域回鹘人,曾官三衢路达鲁花赤。昂夫才华卓荦,诗词曲兼善,《阳春白雪》、《太平乐府》载其曲甚多,计有小令65首,套数3篇,其作逸丽豪放、志趣高远,属豪放一派中重要作家之一。

童　童　蒙古人,泰定、至顺间先后官河南、江浙行省平章政事。《全元散曲》收其套数2篇。

兰楚芳　西域人,元末与刘庭信同在曲坛活动,《录鬼簿续编》有传云:"江西元帅,功绩多著,丰神秀英,才思敏捷。"《全元散曲》收其小令9首,套数3篇,内容多恋情相思,曲风属豪放一派。

其余如全子仁(维吾尔人)、阿里耀卿(西域人)、孟昉(西域人)、蒲察善长(女真人)、大食惟寅(未详)、琐非复初(西域人)等等,其散曲亦甚有名,但或因其生平事迹不详,或未有曲作存世,就不一一介绍了。

二、少数民族作家的创作风貌

就《全元散曲》所辑录的少数民族曲家现存之作品来说,其总数不过二百多篇,但其题材内容却相当广泛,有元一代散曲作家常写到的叹世归隐、自然山水、恋情相思、怀古咏史等等,少数民族曲家们都写到了,这就充分说明,他们和汉族知识分子一样,共同感受着时代的脉搏,一起唱着不幸的时代悲歌。然而,因为族别及文化习俗不同,他们的创作也自有其不同风貌。

首先,在元代的少数民族作家,不属蒙古人便属色目人,其社会地位远比汉人和南人高,这种民族优越感自然会在各方面有所表现。正由于此,他们在叹世归隐一类题材中对于黑暗社会的抨击和对于封建帝王淫威的揭露就比汉族文人大胆得多了。如不忽木的〔点绛唇〕《辞朝》这样写道:"宁可身卧糟丘,赛强如命悬君手";"既把世情疏,感谢君恩厚。臣怕饮的是黄封御酒,竹杖芒鞋任意留"。对君王淫威的揭露是那样直截了当,而不愿与皇帝老子合作的态度又是那样的鲜明强烈!又如写官场的险恶和争权夺利的残酷,贯云石说:"昨日玉堂臣,今日遭残祸。"(〔清江引〕)李罗说:"尽燕雀喧檐聒耳,任豺狼当道磨牙。"(〔一枝花〕《辞官》)如此之类的大胆泼辣、肆无忌惮,在汉族知识分子的同类题材中是极少见的。

如不忽木、贯云石、李罗等,都曾是有较高地位的达官贵人,在他们眼中的政治尚然如此险恶,社会尚然如此黑暗,那么,就难怪马致远、陈英、张养浩等汉民族官吏作家的笔下会连篇累牍地出现那么多叹世归隐的题材内容了。相比之下,不过未有如前引作品的尖刻犀利就是了。在少数民族曲家所写的叹世归隐一类作品中,影响最大的是阿里西瑛的〔殿前欢〕《懒云窝》三首:

第六章 元散曲的作家构成与群体风貌

懒云窝,醒时诗酒醉时歌。瑶琴不理抛书卧,无梦南柯。得清闲尽快活,日月似撺梭过,富贵比花开落。青春去也,不乐如何?

懒云窝,醒时诗酒醉时歌。瑶琴不理抛书卧,尽自磨陀。想人生待则么,富贵比花开落,日月似撺梭过。呵呵笑我,我笑呵呵!

懒云窝,客至待如何。懒云窝里和衣卧,尽自婆娑。想人生待则么,贵比我高些个,富比我恁些个。呵呵笑我,我笑呵呵!

这三首自叙性的散曲写出了有元一代文人鄙弃世俗的富贵功名而及时行乐的人生志趣,那种怀慕出世的思想情绪在字里行间得到了鲜明形象的表现,由此而引起强烈的社会反响,一时名士不分民族、不分士庶,皆起而和之,其作品保存至今者尚有贯云石、乔吉、卫立中、吴西逸等。几首叹世归隐之作在当时竟产生如此重大的影响,这在元散曲中还是罕有其匹的。

其次,便是作为元散曲叹世归隐主旋律之变奏的怀古咏史之作,如贯云石、阿鲁威、薛昂夫等作家的作品亦有一定特色,其中,尤以薛昂夫最为突出。他一共写了近30首怀古咏史之作,就其涉及的历史人物和事件来说,充分表现出作者对汉文古籍的高深造诣。在这些作品里,作者所发议论,往往能独出新见,言人所未言。他的一首〔朝天子〕这样写到:

> 沛公，大风，也得文章用。却教猛士叹良弓，多了游云梦。驾驭英雄，能擒能纵，无人出彀中。后宫，外宗，险把炎刘并。

此曲先对刘邦的文才礼赞一笔，然后对他以游云梦为名而擒韩信的作法提出了个人看法，以为那是令猛士寒心的多余之举。接着，看似以褒扬之笔盛赞刘邦"驾驭英雄、能擒能纵"的杰出才能，然而，最后三句却说吕后及其吕氏家族险些吞并了刘氏江山，这样，刘邦自毁长城的恶果便在不言之中了。全曲写得极潇洒，但寄意却极遥深。

昂夫另一首咏叹卞和献璞的〔朝天曲〕，对于卞和献璞的忠君行为，他也不以为然，认为卞和根本就不应去献璞，"只合荆山坐"，献璞不过使自己"两足先遭祸"，而且"传国争符，伤身行贷"，因此他极愤慨地说："谁教献与他！切磋、琢磨，何似偷敲破！"

又如对于作为封建社会孝道典型之一的"老莱戏采"，他在〔朝天曲〕中发议论说："东倒西歪，佯啼颠拜，虽然称孝哉，上阶、下阶，跌杀休相赖！"对于老莱子年纪已七、八十岁还佯装婴孩的矫情表示了极大的反感。凡此种种，均可见出薛昂夫在审视历史人物时不囿于传统之见的独特眼光，作为一位少数民族曲家，的确是难能可贵的。

最后，尤其值得说到的是少数民族作家因为受"男女大防"一类传统伦理纲常的影响不深，因此，在表现男女爱情的时候，往往就显出异乎寻常的热烈和率真，如贯云石的〔红绣鞋〕小令：

> 挨着靠着云窗同坐，偎着抱着月枕双歌，听着数着愁着

第六章 元散曲的作家构成与群体风貌

怕着早四更过。四更过情未足,情未足夜如梭。天哪,更闰一更儿妨什么。

又如兰楚芳的〔四块玉〕《风情》:

我事事村,他般般丑,丑则丑村则村意相投。则为他丑心儿真博得我村情儿厚。似这般丑眷属、村配偶,只除天上有。

在此类作品中,没有羞羞答答的缠绵,也没有郎才女貌的雅丽,而只有对于热烈而纯真的爱情的讴歌。作者所表现出的独特的审美意识,不仅仅是对于才子佳人金玉良缘的传统婚姻观的对抗,而且更是对于温柔敦厚诗教原则的背弃。

从艺术贡献上说,作为西北少数民族作家,禀河朔贞刚之气,因而,当他们进入曲坛以后,也就很自然地带进了本民族的粗犷豪迈之风,这应是少数民族作家曲风豪辣、多属豪放一派的根本原因。如阿鲁威的〔蟾宫曲〕:

烂羊头谁羡封侯!斗酒篇诗,也自风流!过隙光阴,尘埃野马,不障闲鸥。离汗漫飘蓬有九,向壶山小隐三秋。归赋登楼,白发萧萧,老我南州!

其雄豪之气不独俯视若干元曲家,而且可上逼词中苏、辛。即使如贯云石写恋情相思的作品,也往往直贯豪情:

若还与他相见时,道个真传示:不是不修书,不是无才思,绕清江买不得天样纸!

——〔清江引〕《惜别》

这种豪放直率风格的介入曲坛,对汉民族曲家的影响,应当是巨大的。从这个意义上说,元散曲以豪放本色为其主流的体式风格的建立,少数民族的曲家更是做出了特有的贡献。

此外,对于把少数民族的语言和某些民族音乐调式用之于创作中,从而丰富了曲的文学语言和音乐曲调,少数民族作家们在这些方面的特殊贡献,也自在情理之中,不过现存资料有限,就不作详论了。

元代少数民族曲家们之所以能在曲坛上有自己的独特建树,能为中国文学的发展写下光辉的一页,这与当时民族大融合的历史背景是分不开的。伴随着蒙古族金戈铁马的南征北战,东讨西伐,最终使海内混一,各地区、各民族在经济文化方面出现了盛况空前的大交流,传统儒家思想和在中原盛行的佛道教义被及四夷,吐蕃佛教、伊斯兰教亦移行于内地,中原盛行西夏、回回之乐,西域士子亦争相读汉儒之书,番腔南播,丝竹北上,从宗教思想到文化艺术,都处于一种全开放的势态,各自遵循着一定原则和规律相互影响,最终是在一个更高层次上受华夏文明的同化。一批西域士子,或成为名儒,或工于诗文,其卓著的成就和巨大的影响,并不逊于汉人。如维吾尔人廉希宪,人称"廉孟子",为元代理学名臣;西夏人高智耀的儒术曾受忽必烈格外器重;不忽木的儿子巎巎"善真行草书,识者谓得晋人笔意,单牍片纸,人争宝之,不翅金玉"(《元史·巙巙传》);其余如萨都剌、偰哲笃、偰玉立等,都是有名的文学家,也正是在这个各民族文化融合的大背景中,产生了如贯云石、薛昂夫等数十位散曲作家,他们以自己天才的贡献,和众多汉民族曲家一道,成功地创建了一代诗歌的新型体式,在中国文学发展史上写下了民族团结的光辉篇章。

第四节 歌女作家

封建时代的歌女伶工,沦落于所谓"下九流"地位,其人其业均受贱视,处高堂华屋之尊的文坛,自然容不得她们的侧身插足,而为士流所轻的曲苑,却正好成为她们一抒才情的天地。然而,由于传统的偏见,她们的创作并不受重视,作品很少流传,甚而连许多人的姓名也早已湮没无闻,就连有强烈叛逆思想的钟嗣成,在其《录鬼簿》中著录曲家150余人,也竟没有一位女作家。因此,散见于《青楼集》等书中的有关元曲女作家的资料便弥足珍贵。这些歌妓作家,有的幸然留下了一、二曲作,有的仅有残曲存世,有的却未留存只言片语,然而,她们毕竟是元散曲作家构成的一个部分,她们对于元散曲的繁荣发展,也曾经做出过不容忽视的贡献。

据《全元散曲》《元曲纪事》等书辑录,现有作品传世的元散曲歌妓作家共9人,她们是张怡云、珠帘秀、刘燕歌、真氏、王氏、一分儿、张玉莲、刘婆惜、张氏等。其中张怡云和张玉莲仅有残曲存世。据《青楼记》载:

张怡云 "能诗词,善谈笑,艺绝流辈,名重京师",一时士大夫如赵松雪、商正叔、高房山、姚牧庵、阎静轩等皆与之善,并有唱酬赠答之作。一次席宴间,怡云歌〔小妇孩儿〕才三句,便为贵人所止,遂成残曲。

张玉莲 《青楼集》传云:"人多呼为张四妈。旧曲其音不传者,皆能寻腔依韵唱之。丝竹咸精,蒲博尽解。笑谈娓娓,文雅彬彬。南北令词,即席成赋,审音知律,时无比焉。"玉莲与(班)彦功相好,班秩满北上,玉莲曾作〔折桂令〕赠之,现仅存末句云:"朝夕思君,泪点成斑。"

其余如珠帘秀等7人,皆有一二完整作品传世。

珠帘秀 《青楼集》传云:"姓朱氏,行第四,杂剧为当今独步;架头、花旦、软末泥等悉造其妙。"胡紫山、关汉卿、卢挚、冯海粟等皆有曲相赠。李修生先生有《元代杂剧演员朱帘秀》一文(载《戏曲研究》第五辑)考叙甚详。她约生于1270年左右,早年活动于大都,后南移扬州,晚年流落杭州。珠帘秀的散曲作品,《太平乐府》载有〔寿阳曲〕《答卢疏斋》小令1首,《词林白雪》载有〔醉西施〕南曲套数1篇。

刘燕歌 元初人,《青楼集》谓"善歌舞,齐参议还山东,刘赋〔太常引〕以饯";王文才先生《元曲纪事》云:"此阕为《北词广正谱》〔仙吕宫〕所收,则刘燕歌离筵赋曲,正属时调。自经《词品》《词统》《词综》等选评,因调与词同,乃视为长短句。"大概就因为这一原因,《全元散曲》未收此曲。

真　氏 据《辍耕录》等书所记,知其为建宁人,其父真西山官朔方时侵贷公帑,无力偿还,遂卖真氏于倡家。姚燧官翰林学士承旨时,设宴玉堂,真氏歌曲,微操闽音,姚公寻问得实,遣使诣丞相三宝奴,请为落籍,并自备妆奁嫁之。《顾曲麈谈》载此事时,录有真氏所歌〔解三酲〕小令1首。

王　氏　大都歌妓,生平未详。《太平乐府》载有王氏〔粉蝶儿〕《寄情人》套数1篇。

一分儿　元末艺妓。《青楼集》云:"姓王氏,京师角妓也。歌舞绝伦,聪慧无比。"一日,于席宴间续作成〔沉醉东风〕小令一首,其敏切才思,一座叹赏。

刘婆惜　《青楼集》云:"乐人李四之妻也,江右与杨春秀同时,颇通文墨,滑稽歌舞,迥出其流,时贵多重之。"因于宾朋满座之宴席上续作〔清江引〕令曲一首,获全子仁称赏,被纳为侧室。

张　氏　元妓,生平未详。《盛世新声》《词林摘艳》等均载有其〔青衲袄〕《偷期》南北合套1篇。

在歌妓作家中,未有作品存世者,有梁园秀、解语花、小娥秀、般般丑、西夏秀等5人,其中尤以梁园秀最为突出,《青楼集》卷首第一个记载的便是她,称其"姓刘氏,行第四,歌舞谈谑,为当代称首。喜亲文墨,作字楷媚。间吟小诗,亦佳。所制乐府,如〔小梁州〕、〔青歌儿〕、〔红衫儿〕、〔拶砖儿〕、〔塞儿令〕等,世所共唱之。又善隐语。"其余4人,《青楼集》亦有简略记载。

就上述十多位歌女作家的情况来看,她们大多文思敏捷,才华横溢,往往谈笑之间,便可顷刻成咏。如一分儿在丁指挥江乡园席上侑觞,时有小姬歌《菊花会》南吕曲云:"红叶落火龙褪甲,青松枯怪蟒张牙。"丁曰:"此〔沉醉东风〕首句也,王氏可足成之。"王即应声曰:

> 红叶落火龙褪甲,青松枯怪蟒张牙。可咏题,堪描画。喜觥筹,席上交杂。答刺苏,频斟入,礼厮麻。不醉呵休扶上马。(《青楼集》)

王氏此曲,将他人歌出的两句景语与席上情景巧妙钩连起来,自然浑成,由是大获称赏。又如刘婆惜在全子仁席间,全口占〔清江引〕曲云:"青青子儿枝上结",令宾朋续之,众未有对者,刘征得许可,应声续曰:

> 青青子儿枝上结,引着人攀折。其中全子仁,就里滋味别,只为你酸留意儿难弃舍。

刘氏不仅即席成曲,而且借咏物以寄意,非常巧妙地表达了对全子仁的一怀爱慕之情,不仅受到当筵名士的赞赏,而且由此赢得了全子仁的爱情。另如张怡云、张玉莲等,也都有即席成咏的才情,并受到《青楼集》作者夏庭芝的赞扬。这些红颜歌女对客作曲的机敏才情,远胜过许多闭门觅句的须眉才子。

自古红颜多薄命,这些沦落行院之中的倡优女子,就更是如此了。就连走红半世,名震当时剧坛而不知令多少才智之士倾心销魂的珠帘秀,最后竟归一道士,度过了凄凉的晚年。另如真西山之女云娘,因其父挪用公款无力偿还,竟将她卖于倡家,她那种"对人前乔作娇模样,背地里泪千行"的辛酸生活,可以说是封建时代千千万万风尘女子不幸命运的缩影,是非常令人同情的。因为这些才高而命薄的一个个红颜佳人并没有真正的自由人的地

第六章 元散曲的作家构成与群体风貌

位与尊严,所以,她们也根本没有创作的自由,她们的才情大多被贱视和扼杀,偶有一、二曲作,则大多是应命作歌,须看达官贵人的眼色行事。在《青楼集》中,这类记载甚多,比如一分儿的〔沉醉东风〕,是受主子之命续作而成;刘婆惜的〔清江引〕,是先征得了主子同意,然后才续作成之。此二者,算是不幸中之幸者。其最为不幸者,如张怡云,据《青楼集》载,她有一次在王公贵人席上侑酒,姚燧、阎复二人在座,姚偶言"暮秋时"三字,阎复命怡云续而歌之,怡云应声作〔小妇孩儿〕,且歌且续曰:"暮秋时,菊残犹有傲霜枝,西风了却黄花事。"贵人曰:"且止。"遂不成章。这可以说是歌妓作家被剥夺创作权利和自由的最典型一例!由此,可见那些沦落风尘的才女们,不仅人身自由、人格尊严受到了践踏,就连她们的创作才情,也往往遭受巨大的压抑和残酷的扼杀。

歌妓作家处于这种悲惨凄凉的境地,因此,她们的作品,无论是自叹身世,还是感伤离别,都饱含着她们的情和泪、悲与愁。其自叹身世者,如真氏的〔解三酲〕:

奴本是明珠擎掌,怎生的流落平康。对人前乔做娇模样,背地里泪千行。三春南国怜飘荡,一事东风没主张。添悲怆,那里有珍珠十斛,来赎云娘。

此曲不单是真氏血泪生活的控诉,而且是广大歌女们苦难生活的真实写照,它不仅暴露了倡伎制度的罪恶,而且真实地反映了歌女们渴望人身自由的强烈心声。

其感伤离别者,如珠帘秀的〔寿阳曲〕《答卢疏斋》:

山无数,烟万缕,憔悴煞玉堂人物。倚蓬窗一身儿活受苦,恨不得随大江东去。

卢挚原作是:

才欢悦,早间别,痛煞煞好难割舍。画船儿载将春去也,空留下半江明月。

由这两首唱和之作,可见其深挚恋情,遗憾的是,这种相恋是悲剧性的,恋情愈深,创痛愈烈,"一身儿活受苦"是不可避免的悲剧性结局。

在歌妓作家中,这种自叹身世和感伤离别的作品,是她们的散曲创作中最有价值的部分。受难者自叙心曲,比起文人才子男作女腔的代人写心,就更为生动、更为真切,因此也就更具有艺术感染力。

在歌妓作家们描写其苦难命运的作品中,《太平乐府》所载王氏的〔粉蝶儿〕《寄情人》套数是最值得注意的。这篇套数看起来叙述的是宋元时代流传的双渐、苏卿的爱情故事,其题材并不新奇,但是,王氏却巧妙地借他人之酒杯,浇自己胸中块磊,向读者倾吐了一腔缠绵悱恻的相思之情,形象而又生动地展现了一位风尘女子的悲惨遭遇。作者在〔斗鹌鹑〕、〔上小楼〕两支曲子中描写了她的不幸命运和相思苦情:

〔斗鹌鹑〕愁多似山市晴岚,泣多似潇湘夜雨。少一个心

第六章　元散曲的作家构成与群体风貌

上才郎,多一个脚头丈夫。每天价茶不茶饭不饭百无是处,教我那里告诉?最高的离恨天堂,最低的相思地狱。

……

〔**上小楼**〕怕不待开些肺腑,都向诗中分付。我这里行想行思,行写行读。雨泪如珠。都是些道不出、写不出,忧愁思虑。了不罢声啼哭。

这种啼泪愁容的情态,如泣如诉的哀愁,是非常动人的。若非其亲有所感,则很难有如此不假雕饰的至情文字。作者不仅用较大篇幅表现了自己的相思愁情和苦难命运,而且还对狠毒的鸨母进行了愤怒的诅咒:

〔**三煞**〕娘呵你好下得好下得,忒狠毒忒狠毒,全没些子母情肠肚。则好教三千场失火遭天震,一万处疔疮生背疽,怎不教我心中怒!你在钱堆受用,撇我在水面上遭徒!

作者用激烈的言辞,表露了自己对以鸨母为代表的恶势力的切齿怨愤,这不仅仅是王氏一己的情怀,而且也代表了广大风尘女子反抗的心声。这篇套曲善于用通俗的口语直抒愁情,风格质朴真率,曲中虽嵌入了"平沙落雁"、"江天暮雪"、"远浦帆归"、"渔村落照"、"烟寺晚钟"、"洞庭秋月"、"山市晴岚"、"潇湘夜雨"八景名目,但都自然巧妙、妥帖浑化,毫无矫揉造作之痕,如此文字功夫,即使才子文豪,或亦当刮目相看。

227

通观元代妓女曲作,虽然题材内容有限,但却小令、套数以及南北合套,诸体齐备,显示了这些风尘女子对于散曲艺术形式的熟练掌握和运用。如果她们的才情要不是遭受压抑和埋没,其作家作品当会更多,其成就当然也就会更高了。

第七章 元散曲的演化阶段

对于元散曲发展阶段的划分,最为流行的是两分法,即一般以元成宗大德年间(1297—1307)为界分前后两期(如郑振铎、刘大杰、游国恩以及原科学院文研所等学者和单位所编的文学史、海外罗锦堂《中国散曲史》等),也有以元仁宗延祐(1314—1320)为界(邓绍基《元代文学史》)或以延祐与英宗至治(1321—1323)为界(李昌集《中国古代散曲史》)分为前后两期的。采取两分法者,主要着眼于元灭南宋、统一南北之后,散曲创作中心逐渐南移杭州,并以为散曲创作亦随之出现了由豪放本色趋向清丽雅致的风格变化;且程度不同地推尊前期,认为前盛而后衰。

而隋树森先生的《元人散曲概论》(载《中华文史论丛》1982 年 2 辑)则采用王国维对元杂剧的分期法来对元散曲进行划段分期,即分初、中、末三期(即"蒙古时代"为初期,时间是 1234—1279;"一统时代"为中期,时间是 1279—1340;"至正时代"为末期,时间是 1341—1368),主要依据是《录鬼簿》对元曲作家所作的"前辈已死""方今已亡""方今"的活动时代的区分。在论其发展状况时,隋先生以为初期、中期浑朴本色,末期则趋于柔靡小巧。实际上,许多学者都已注意到《录鬼簿》的"前辈""方今"并非严格按照作家辈分来区别,而是按去世先后作一大致排列,比如贯云石生于 1286 年,张可久生于 1279 年,本来贯云石要比张可久小 7 岁,应属同辈人,但是,在《录鬼簿》成书时(1330 年),贯云石已去世 6 年,故被列入"前辈",而张可久还在世，故被列入"方今"，钟嗣成并没有错，可是后来的曲评家却把贯云石和张可久当作前后两个不同时代的作家。类似的情况不止一二。故而仅按照《录鬼簿》的"前辈""方今"等区别来判定作家的创作活动时代和划分元散曲的发展阶段是容易出问题的。

如果就元散曲发展的实际情形而言，它的鼎盛是在元贞、大德以后到元文宗天历、至顺一段时期内，而且豪放、清丽两种风格流派基本上是一贯始终，因此，上述两种划段分期，并未能准确地揭示出元散曲的阶段性变化。其根本原因，在于对一些重要作家的创作活动时代不明。笔者在考察了元散曲重要作家 50 余人创作活动大致年代的基础上，再结合对元代社会方面情况的考察，拟将元散曲的发展演变分为四期，即演化期（1234—1260）、始盛期（1260—1294）、大盛期（1295—1333）、衰落期（1333—1368），自本章起将分别就每阶段的总体情况和重要作家进行论述。

第一节　演化期内的曲坛状况和散曲创作特点

散曲由词、大曲、唱赚等多种文艺形式演化而出，其演化应是从宋、金时候开始的，其具体时限虽难以确指，但肯定是在 1234 年以前却毫无问题。不过，因为自王国维以来，学术界一般把 1234 年（即元灭金之年）作为元曲发展的起点，笔者姑仍其旧，而并非以 1234 年作为其演化的起始时限，这是必须首先说明的。

第七章 元散曲的演化阶段

从 1234 年到 1260 年以前的这一阶段,曲坛状况如何？有种种迹象表明,元散曲在此期间仍处于由词到曲的演化阶段,不过已达到演化成熟的后期阶段罢了。

从歌场演唱的实际情形来看,在这一时期中,曲虽然已较为流行,但传统的词却仍在歌场舞榭中占有相当的位置。芝庵《唱论》云：

> 凡唱曲有地所,东平唱〔木兰花慢〕,大名唱〔摸鱼子〕,南京唱〔生查子〕,彰德唱〔木斛沙〕,陕西唱〔阳关三叠〕、〔黑漆弩〕。

其所记 6 调,皆唐宋词调名,内中仅〔木斛沙〕、〔阳关三叠〕、〔黑漆弩〕三调见于元曲,而这三调在当时究竟是作为词调传唱还是作为曲调传唱？还很成问题。如〔黑漆弩〕一调,宋大晟乐府制撰官田不伐曾填词,到大德七年(1303),卢挚尚能歌而和之(参见李修生《卢疏斋集辑存》第 87 页),芝庵所记早在这以前,故其为词调之可能性极大。又如〔木斛沙〕,亦仅见于元南曲而北曲无之,然芝庵既云"彰德(今河南安阳)唱〔木斛沙〕",在当时恐非南曲而为词调。要之,芝庵《唱论》所录东平、大名等地所唱之 6 曲,在很大程度上为词调而非曲调。又,《唱论》还记"近世所谓大乐"云云,其所录苏小小〔蝶恋花〕等 10 调,皆宋、金人词。芝庵称"近世",当指中统前后一段时间,可见当时曲坛亦盛行词调。姚桐寿《乐郊私语》亦云：

> 大晟乐,国初东平严氏一承宋旧者也。

陶宗仪《辍耕录》卷二十七《杂剧曲名》条又记：

金季国初，乐府犹宋词之流。

综合以上文献所载，我们有理由认为，在蒙古灭金以后，元世祖中统以前的这一段时期内，传统的词还在歌场被大量传唱着。

  一方面是作为传统歌曲的词仍在传唱，另一方面是作为新兴流行歌曲的元曲又不断产生，如元好问有创调〔骤雨打新荷〕(一名〔小圣乐〕，参见《辍耕录》卷九《万柳堂》条)、〔三奠子〕(参见王文才《元曲纪事》第92页)，刘秉忠有自度曲〔干荷叶〕(见《词品》卷一)。元、刘二人非以曲名，更非以自度曲名，而所存散曲作品又极少，即使如此，尚可见其有自度曲在，那么，完全可以想见，元好问、刘秉忠在曲坛活动的金末元初，正是新兴的曲调(散曲)大量产生而特别让人感觉新奇的时代，风会所及，才使一代文学大师与显贵儒臣亦不禁染指其间。

  词与曲并行歌场，这一事实本身就说明曲之作为一代乐府文学的代表，还没有完全成熟，因而一时还不可能将词取而代之。不过，笔者以为，这种由词而曲的演化已进入后期而渐至成熟了。这一点，可从元好问、商道、杨果、杜仁杰、商挺、刘秉忠等早期曲作家所使用的曲牌上考而得之。上述6位作家共用40余调，其自唐宋词来者有〔人月圆〕、〔绿幺遍〕、〔后庭花〕、〔金盏儿〕、〔喜春来〕、〔一枝花〕、〔蝶恋花〕、〔豆叶黄〕、〔夜行船〕、〔风入松〕、〔小桃红〕、〔集贤宾〕、〔玉抱肚〕、〔哨遍〕等共14调，其中除〔人月圆〕、〔风入松〕之字数和平仄谱与词谱基本相同(另有几支残曲无从比较)而外，其余皆有一定变化，而中后期作家所用上述一些曲调，其字

第七章 元散曲的演化阶段

数、平仄、押韵等又基本与之相同,这说明这些由词演化而来的曲调到元好问等人手中已基本定型。按理,由词调而曲调应有一个渐变过程,不可能在元好问、商道等人手中一变即成为定格,那么,这个渐变的过程,无疑应当是在宋金时期就已开始,而到元好问等人手中才有可能基本定型,故笔者以为元好问等人在金亡后作曲的时期是散曲演化至基本成熟的后期。

此外,还可从现存作品之写作年代考察。据笔者目前所知,现存有确切年代可考的最早一篇套数是杨果的〔赏花时〕,其中〔幺〕篇有"客况凄凄又一春,十载区区已四旬,犹自在红尘"等语,作者明言此曲作于为官十年且年已四十的时候。杨果生于1195年,金哀宗正大元年(1224)登进士第,除偃师令。由是可知此套曲作于1234年。《阳春白雪》后集卷二共录杨果〔仙吕·赏花时〕套数4篇,每篇皆用两支曲子加〔煞尾〕组成,除"秋水粼粼"一套用"〔赏花时〕→〔胜葫芦〕→〔赚尾〕"组织成套而外,其余3套均用"〔赏花时〕→〔幺〕→〔煞尾〕"这样的组套形式,实际上是用了一支曲子(不过反复一遍)再加尾声,这种组套形式,与《刘知远诸宫调》《西厢记诸宫调》的一些曲式正相同,我们可以把它看作是由诸宫调演变而成的元散曲套数的早期形式。由此可见,至少在金亡前夕,正式的元散曲套数便已出现,下至中统年间尚有20余年,经过这20多年的发展,应该是较为成熟的了。例如商道的〔双调·新水令〕,就是比较成熟的套数,其组套形式为:

〔新水令〕→〔乔牌儿〕→〔雁儿落〕→〔挂玉钩〕→〔乱柳叶〕→〔太平令〕→〔豆叶黄〕→〔七弟兄〕→〔梅花酒〕→〔收江

235

南〕→〔尾〕

其后,关汉卿、马致远、刘时中、乔吉、刘庭信等人使用此套时虽有某些变化,但其主干结构仍可见其由商作而来。要之,我们说这一时期是词曲并行,且曲已演化至基本成熟的后期恐并非虚言妄语。

这一时期的散曲创作有何特点呢?

首先,从作家构成情况看,正因为这一阶段尚处在由词而曲的演化时期,所以作曲者基本上还是文人士大夫作家,如元好问、杜仁杰、杨果、商挺、刘秉忠等,而活动于市井勾栏之"书会才人"作家,或称"勾栏"作家似还未出现。

其次,从语言运用上看,因为上述作家均是以诗人词客染指散曲,所以尽管他们运用了曲的牌调,但基本上仍旧使用的是词的语言,比较雅洁,有的偶尔用一两句俗语,如元好问;有的既用比较典雅的词的语言,也用较通俗的曲的语言,但明显是雅俗相间,还不是相融,如杨果的套数。总之,在语言运用方面,那种由词而曲的变而未化的痕迹是极其明显的。

再次,从题材内容上看,元散曲叹世、归隐、恋情、怀古、写景等几类主要题材已在这一时期出现。如元好问、杜仁杰之写叹世归隐,商道、刘秉忠、商挺之写恋情,刘秉忠与商挺之写景,皆为后来散曲中同类题材之先导。不过,此时仅是初露端倪,还没有形成明显的题材倾向。

最后,从风格特征上看,散曲特有的幽默诙谐、活泼俏皮的独特风格已在杜仁杰、商道的套数和刘秉忠、商挺的小令中有成熟表现,但在这一时期内还未能形成一种带普遍性的曲体风格。

总之,无论从哪方面看,这一时期的散曲都还处在童年时代,稚嫩是必不可免,但比起早过盛年的词来,其前景当然不可同日而语。

本章及后三章将论述各阶段之重要作家的创作,凡第六章已有生平、仕历之简介者,即不再重复此项内容。

第二节　演化期内重要作家的创作

这一期内的重要作家,有元好问、杜仁杰、商道、杨果、商挺、刘秉忠等。他们或为隐居不仕的名流,或为出仕元朝的重臣,他们写惯了传统的诗、文、词、赋,散曲不过偶一为之,大多数作品还不具备曲的特有韵味,但是,曲由词之转化,由民间而登上文坛,成一代之文学,却有赖于他们的参与,他们是文人曲的创始者,是一代文学的奠基人,其先导之功,未可磨灭。

一、元好问

元好问是由金入元的一代文宗,其诗、文、词、曲兼善,著有《遗山集》。他的散曲作品虽仅存9首(其中4首见于《遗山乐府》,5首见于《太平乐府》),却代表了词曲演化时期的散曲创作的基本特征,其由词而曲的嬗变之迹甚明。遗山之曲,如〔人月圆〕2首,《全金元词》收之,《全元散曲》亦收之;〔三奠子〕1首,《全金元词》收之,王文才《元曲纪事》亦录之；此类作品，究竟为词为曲，实含糊难分，这似乎正表明由词过渡到曲时的特殊情形：即词曲一体。具体而言，即文词尚未离词体，而乐曲或已用新声，即当时盛行之北曲。沈雄《古今词话》卷八引《金源言行录》，谓元好问所作〔三奠子〕、〔小圣乐〕、〔松液凝空〕，皆自制曲也"，既在金、元时"自制"其曲，当用金、元时"新声"，恐无弃新声而用旧乐之理。又，陶宗仪《辍耕录》卷九亦云："〔小圣乐〕乃小石调曲，元遗山先生好问所制，而名姬多歌之。"既为当时名姬所歌，应为盛行歌场之北曲无疑。郝经在《遗山先生墓铭》中亦称其"用今题为乐府，揄扬新声者，又数十百篇，皆近古所未有也"（《陵川集》卷三十五）。

至于说遗山散曲之文辞尚未离词体，则是一望而可知的。如其〔骤雨打新荷〕一曲：

绿叶阴浓，遍池塘水阁，偏趁凉多。海榴初绽，妖艳喷香罗。老燕携雏弄语，有高柳鸣蝉相和。骤雨过，珍珠乱糁，打遍新荷。　　人生有几，念良辰美景，一梦初过。穷通前定，何用苦张罗。命友邀宾玩赏，对芳樽浅酌低歌。且酩酊，任他两轮日月，来往如梭。

此曲上片写景，咏海榴、新荷、高柳、鸣蝉，其选词与着色，与词体无异；上片写景、下片言情，以初夏宜人之景，衬恬淡闲放之情，其造境之法亦与词体相同；全篇从头至尾，隔句或三句一韵，更为词韵之常格。又如〔人月圆〕、〔喜春来〕等曲，或用典故以写情怀："谢公扶病，羊昙挥涕，一醉都休。今古几度，生存华屋，零落山丘。"或以精工整炼之笔写自然景物:"梅残玉靥香犹在,柳破金梢眼未开"、"梅擎残雪芳心奈,柳倚东风望眼开"等等,均似词体风格。

然而,遗山之开拓变化,亦灿然可见。就用调而言,遗山所用之〔后庭花破子〕、〔喜春来〕二曲,与词体之同名牌调相较,仅名同而格异,其变化之大,有如新创,或为改旧调而另翻新声;而如前述之〔骤雨打新荷〕、〔三奠子〕等则纯为创调。无论其翻改,抑或新制,都表现出了遗山对这一新兴歌曲形式的极大热情与关注,以他当时在文坛的地位和影响,其"揄扬新声"的行为必然为士林注目,这对于提高散曲这一俗文艺形式的地位,吸引更多文士参加散曲的创作,将起到巨大作用,他在由词而曲的演化阶段所处的这种开启者的地位,是应当在文学史上大书一笔的。

再就其选词用语观之,如上引之〔骤雨打新荷〕曲,间或用一些俗语,如"人生有几""穷通前定,何用苦张罗""任他两轮日月,来往如梭";又如〔后庭花破子〕:"去年花不老,今年月又圆。莫教偏,和花和月,大家长少年。"等等,虽然其俗语不多,尚不足从整体上构成曲的精神韵味,但毕竟已向曲的通俗跨出了重要的一步,此虽为由雅变俗的文学潮流使然,但亦为作家个人积极进步的文学思想所致。

再就题材内容观之,遗山所写避世归隐之作,亦堪注意,如〔人月圆〕二首:

重冈已隔红尘断,村落更年丰。移居要就,窗中远岫,舍后长松。　　十年种木,一年种谷,都付儿童。老夫唯有,醒来明月,醉后清风。

　　玄都观里桃千树,花落水空流。凭君莫问,清泾浊渭、去马来牛。　　谢公扶病,羊昙挥涕,一醉都休。古今几度,生存华屋,零落山丘。

从"古今几度,生存华屋,零落山丘"的悲凉音调中,我们可以清楚地感受到作者在王朝兴废中饱受创伤的苦难心灵,故而他对于"清泾浊渭,去马来牛"漠不关心,对"远岫""长松""明月""清风"却无比眷恋,这显然是为了逃避现实,让饱经伤乱的心灵得到抚慰。故其以表面闲适放达之语,写沉痛悲愤之情,实为元散曲叹世归隐主要内容之首开风气者。

总之,就词与乐的配合而言,就语言风格与题材内容而言,虽然遗山之曲尚处在"亦词亦曲"、含糊难分的演化阶段,尚不能以成熟的散曲目之,但他以雅从俗、"揄扬新声"的开启之功,却应得到充分肯定。

二、杜仁杰

杜仁杰亦是由金入元的名士,金正大中便与麻革、张澄等人隐居内乡山中,金亡后,更是"嘲风弄月,不屑仕进"。杜仁杰才宏学博,尤以"善谑"知名于世,这种"善谑"的诙谐之风,在他的散曲创作中有极突出的表现。他的散曲虽然只保存下来1首小令和4

第七章 元散曲的演化阶段

篇套数,但却篇篇都贯穿着这种谐趣精神,其最为突出者莫过于〔耍孩儿〕《庄家不识构阑》套数(原文见第四章第二节)。此曲通过描写一位乡下人进城看戏的经过,反映了当时杂剧的盛行和早期杂剧的结构形式,是研究元杂剧发展史的珍贵史料。全曲从头至尾纯以代言体叙事,极其生动,富于戏剧性。曲中主人公是一位孤陋寡闻的乡下人,他对于杂剧演出感到莫名其妙,不过是凑人多看了一回热闹而已。因此,一切从他的眼中见出便显得异乎寻常的滑稽可笑:招揽观众的演出广告,在他看来不过是一个"花碌碌纸榜";不断宣传演出内容的戏班侍从,仿佛是逗售生意的街头小贩;临时搭成的戏棚被看作是设有"木坡"的"钟楼";演员的脸谱化妆则被视为"满脸石灰更着些黑道儿抹";唱念对白,不过是"念了会诗共词,说了会赋与歌";尤其〔一煞〕一曲把剧中人物的斗殴表演看作真实的争斗:"太公心下实焦燥,把一个皮棒槌则一下打做两半个,我则道脑袋天灵破,则道兴词告状,划地大笑呵呵!"凡此种种,无不令人忍俊不禁。而尾声写乡民撒不住尿,极粗俗,极无赖,亦极谐趣,更令人捧腹喷饭。全曲以乡民之眼观物,以乡民之口叙事,纯用口语白话,将俗与趣发挥得淋漓尽致,形成了独特的谐趣之风。

杜仁杰的这种谐趣作风,不仅继承了套数之母体——缠令、缠达的"俗",而且也融汇了杂剧的"谐",且处于元散曲滑稽戏谑之"蒜酪"风味的首倡者地位,影响了一代曲风。如马致远的《借马》、刘时中的《代马诉冤》、姚守中的《牛诉冤》、曾瑞的《羊诉冤》、睢景臣的《高祖还乡》等,从语言运用到叙述方式,都显然受杜仁杰《庄家不识构阑》的影响。

241

杜仁杰的散曲,除了谐趣精神极堪注意,另如语言风格、题材内容方面的特征,亦当引起我们的重视。在题材内容方面,他的叹世归隐之曲极有特色。他有一套写归隐的〔蝶恋花〕套数,隋树森《全元散曲》最初以残曲收入,其后以罗本《阳春白雪》补全,载《续补遗》中,兹转引于后:

鸥鹭同盟曾自许,怕见山英,怪我来何暮。风度修然林下去,琴书共作烟霞侣。

〔**乔牌儿**〕去绝心上苦,参透静中趣。春潮尽日舟横渡,风波无赖阻。

〔**金娥神曲**〕世俗,看取,花样巧番机杼。乾坤腐儒,天地逆旅,自叹难合时务。

〔**二**〕仕途,文物,冠盖拥青云得路。恩诏宠金门平步,出入里雕轮绣毂,坐卧处银屏金屋。

〔**三**〕是非,荣辱,功名运前生天注。风云会一时相遇,雷霆震一朝天怒。荣华似风中秉烛,品秩似花梢滴露。

〔**四**〕至如,有些官禄,辨什么贤共愚。更那,有些金玉,识什么亲共疏。命福,有些乘除,问什么有共无。

〔**离亭宴带歇指煞**〕天公教富须还富,人心待足何时足。叮咛寄语玉堂臣,休作抱官囚。金谷民漫作贪财汉,铜山客枉教看钱虏。脱尘缘隐华山,远市朝归盘谷,云林杜曲。种青门数亩邵平瓜,酿白酒五斗刘伶醁。赏黄花三径渊明菊。诵漆园《秋水》篇,读屈原《离骚》赋,一任翻云覆雨。看乌兔走东西,听渔樵话今古。

拿此篇套数与元好问的归隐之作比，其出发点显然不同，元好问出于慰治心灵的创伤，而杜仁杰则出于对是非荣辱的冷漠；前者需要在"清风明月"的安闲中休息身心，后者需要在"云林杜曲"中追求新的人生意义；故后者便比前者带有更深沉的哲理意味，它在元散曲同类题材中的影响，无疑比前者为大，如果要寻它的同调，是可以车载斗量的。因而，对于元散曲叹世归隐主旋律的形成来说，他的首倡之功，或许比元好问更为显著。

在语言的运用上，杜仁杰多用白话口语，更喜用市语方言，如他的〔耍孩儿〕《喻情》套数中便用了一连串的歇后语，诸如"铁球儿漾在江心里，实指望团圆到底"、"王屠倒脏牵肠肚"、"腊月里桑采甚的"等等，几乎是一句一个，由此可见他对于民众口头语的特别留心，以及对于通俗口语的熟练运用。他所运用的语言，那么质朴自然，又那么圆熟生动，与同时代人或用雅语，或雅俗相间，是大不相同的。我以为他是以文人学士的修养而有意识投身于这种俗文学创作、且真正以曲作家面目出现的第一人，就此而言，他在同时代作家中亦是独拔众流的。

三、刘秉忠

刘秉忠是元初最得忽必烈赏识的大政治家，且兼善诗文词曲，他现存的散曲作品，有〔蟾宫曲〕小令4首，属联章体组曲，内容是写春、夏、秋、冬四时之景，且分别将"杜甫游春"、"右军观鹅"、"陶潜赏菊"、"浩然踏雪"等古人遗事糅合进去，又以"散诞逍遥"的末句显其志，颇觉新奇巧妙。如写冬景的一首：

朔风瑞雪飘飘,暖阁红炉,酒泛羊羔。如飞柳絮,似舞胡蝶,乱剪鹅毛。银砌就楼台殿阁,粉妆成野外荒郊。冬景寂寥,浩然踏雪,散诞逍遥。

这组小令工丽雅洁,显然还未脱词体。

奠定刘秉忠在曲坛地位的主要还是他的 8 首〔干荷叶〕小令。杨慎《词品》、蒋一葵《尧山堂外纪》皆云其为"自度之曲",或疑其"先有调而后命名",亦可备一说。这 8 首小令,可分为两类,一是"曲名〔干荷叶〕,即咏干荷叶",共 5 首,这 5 首小令,通首不离干荷叶的意象:

干荷叶,色苍苍,老柄风摇荡。减了清香,越添黄,都因昨夜一场霜,寂寞在秋江上。

干荷叶,映着枯蒲,折柄难擎露。藕丝无,倩风扶,待擎无力不乘珠,难宿滩头鹭。

根摧折,柄欹斜,翠减清香谢。恁时节,万丝绝,红鸳白鹭不能遮,憔悴损干荷叶。

干荷叶,色无多,不奈风霜剉。贴秋波,倒枝柯,宫娃齐唱采莲歌。梦里繁华过。

干荷叶,水上浮,渐渐浮将去。跟将你去,随将去,你问

第七章 元散曲的演化阶段

当家中有媳妇,问着不言语。

或谓元人习语以"干荷叶"喻男女失偶,则上5曲所咏,的确给人以此种联想,如其中"减了清香,越添黄","藕丝无,倩风扶","恁时节,万丝绝","干荷叶,色无多"等等描写,完全可以理解为薄命女子色貌年华的衰减和欢情淡薄的象征喻意,"寂寞"、"憔悴"的"干荷叶"意象,实为薄命女子形象的幻化,但因作者构思巧妙,喻体与本体幻化天成,融为一体,遂无迹可寻。中国古典诗歌中最古老的比兴手法,在新兴的散曲文学中依然表现出顽强的生命活力,这或许可以视为文人对善用比兴之法的民歌的学习和模仿。另如其中以"万丝"谐音"万思",亦是乐府民歌习用之常法。正因为在手法技巧上注意向民歌学习,故而语言风格上亦带有鲜明的民歌色彩,其"干荷叶,水上浮"一曲尤为突出。此曲以"干荷叶"起兴,其后则别咏他事,其民歌韵味较之其余各曲更为浓郁。刘秉忠〔干荷叶〕小令中的另一类是离开本题的"依调填辞",共3首,一首感慨南宋王朝的颓败,内中不无兴废无常的深沉感叹:

南高峰,北高峰,惨淡烟霞洞。宋高宗,一场空,吴山依旧酒旗风。两度江南梦。

另外两首,或写女性的妩媚风流:

脚儿尖,手儿纤,云髻梳儿露半边。脸儿甜,话儿粘,更宜烦恼更宜欢,直恁风流倩。

245

或写市井行乐的醉态：

> 夜来个,醉如酡,不记花前过。醒来呵,二更过,春衫惹定茨藜科,拌倒花抓破。

这种浓郁的市井气是当时民间俗曲的普遍风尚,秉忠拟之习之,可见其对这种新起的歌曲形式和风格的特殊兴趣。

总的来看,秉忠之8首〔干荷叶〕小令,既有浓郁的民歌风味,又有浓郁的市井气息,但其造语自然圆熟,又非纯民间之物可比。如果说他的〔蟾宫曲〕还带有由词而曲的演化痕迹,而他的〔干荷叶〕则可视为较成熟的曲作。他以朝廷重臣的身份而向民歌学习,从而创造出一种清新活泼、通俗自然的曲体风格,昭示着元代文人散曲创作的正确道路,刘秉忠对于元散曲发展的贡献,或许正在这里。

四、杨果

杨果与元好问是同一个时期的作家,《元史》本传称其"性聪敏,美风姿,工文章,尤长于乐府。外若沉默,内怀智用,善谐谑,闻者绝倒"。他的散曲,今存有小令11首,套数5篇。他的11首小令仅用了〔小桃红〕一个曲调,内容主要是写采莲女子的活动与情思,表现出一种富贵闲雅的风致。如：

> 碧湖湖上柳阴阴,人影澄波浸。常记年时对花饮,到如

今,西风吹断回文锦。羡他一对、鸳鸯飞去,残梦蓼花深。

朱权《太和正音谱》谓"杨西庵之词,如花柳芳妍",大概主要是就这类小令而言。此类作品,若论其表情写意之明白晓畅,似曲;若论其情韵之闲雅、词藻之华丽,则似词;倘以词目之,则少绸缪婉转之态;以曲目之,又乏尖新诙谐之趣。贯云石《阳春白雪序》谓"杨西庵平熟",或许正是指的这种特征。

这种"平熟"之风,是元初散曲作家"以词为曲"的特殊现象,在元好问、商道等人的小令作品中也同样存在,不过以杨果最具代表性就是了。

杨果的5篇套数,有两篇〔赏花时〕写"凄凉旅况",此类题材在早期作家中仅见于杨果的套数。引一曲于下:

水到湍头燕尾分,桥掯河梁龙背稳。流水绕孤村。残霞隐隐,天际褪残云。

〔幺〕客况凄凄又一春,十载区区已四旬,犹自在红尘。愁眉镇锁,白发又添新。

〔煞尾〕腹中愁,心间闷,九曲柔肠闷损。白日伤神犹自轻,到晚来更关情。唱道则听得玉漏声频,搭伏定鲛绡枕头儿盹。客窗夜永,有谁人存问,二三更睡不得被儿温。

本章第一节已考此曲作于金亡前夕,其国势风雨飘摇,此时宦游在外,流离漂泊,必然倍觉凄然。从〔幺〕篇的感叹之中,表现出了作者浓重的感伤情绪。开篇写"流水孤村""残霞""残云",是景

247

语,也是情语,映衬出一种荒凉与落寞;〔煞尾〕具体描写凄凉旅况,更具真情实感。杨果的另外3篇套曲(2套〔赏花时〕,1套〔翠裙腰〕)是写幽情闺怨的作品,其内容虽与他的小令作品相差不远,但人物形象却远比小令鲜明生动,生活气息也更加浓郁。

杨果的套数,其语言风格与小令已大不相同,相比之下,要浅俗自然得多,因此也就更要有曲味得多。但是,如果与杜仁杰的套数相比,他的某些作品还不那么圆熟,其由词而曲,变而未化的痕迹还相当明显。如他的〔翠裙腰〕套数:

莺穿细柳翻金翅,迁上最高枝。海棠零乱飘阶址,堕胭脂,共谁同唱送春词。

〔金盏儿〕减容姿,瘦腰肢,绣床尘满慵针指。眉懒画,粉羞施,憔悴死。无尽闲愁将甚比,恰如梅子雨丝丝。

〔绿窗愁〕有客持书至,还喜却嗟咨。未委归期约几时,先拆破鸳鸯字。原来则是卖弄他风流浪子,夸翰墨,显文词,枉用了身心空费了纸。

〔赚尾〕总虚脾,无实事,乔问候的言辞怎使。复别了花笺重作念,偏自家少负你相思。唱道再展放重读,读罢也无言暗切齿。沉吟了数次,骂你个负心贼堪恨,把一封寄来书都扯做纸条儿。

此套前两曲以雅语写景写人,富贵闲雅,正与其类词的小令作风相同;而后两曲叙事,明白而家常,且富诙谐之趣,已具成熟的曲味。一套中雅与俗并存,词体与曲体同在,这正是词曲并行、"以词为曲"的早期散曲的特征。

总的来看,杨果之曲令雅而套俗,这说明在早期曲家的曲体观念中,确实有人是把小令与词等同而视为高雅的"乐府",把套数则视为市井俗物,芝庵《唱论》所云"乐府不可似套数"的话,看来正是对于这种曲体观念的总结。

五、商道

商道(1194—1253后),字正叔(或作政叔)曹州济阴人。元好问《遗山集》卷三十九《曹南商氏千秋录》记其族系颇详,文中涉及政叔者,曰:"道字正叔,滑稽豪侠,有古人风。"又曰:"正叔以通家之故,请为《千秋录》作后记。"又曰:"正叔年甫六十,安闲乐易,福禄方来,他日羔雁成群,极人门盛事,当信仆言之不妄云。癸丑二月吉日。""癸丑"为1253年,商道之卒,必在此年后,由此上推60年,可知其生于1194年。遗山云其"年甫六十"、"福禄方来",可其见60岁之前犹未仕,元文但云"福禄方来",尚不知得何官职。《录鬼簿》署为"学士",亦不知其为泛称还是实指。

商道的散曲,《全元散曲》收小令4首,套数8篇,他是演化一期中存套数作品最多的作家。他的套数内容主要是写妓女的恋情生活,表现了封建时代倡优女子的不幸命运。其中〔月照庭〕《问花》一套曲子,以花拟人,用寓言体形式写风尘女子色貌衰减而遭遗弃的悲运,其手法新奇,饶有曲趣。其〔一枝花〕《叹秀英》套更生动真切地描写了倡优女子的苦难人生:

钗横金凤偏，鬟乱香云鬏，早是身是名染沉疴。自想前缘，结下何因果。今生遭折磨，流落在娼门，一旦把身躯点污。

〔**梁州第七**〕生把俺殃及做顶老，为妓路划地波波。忍耻包羞排场上坐，念诗执板，打和开呵。随高逐下，送故迎新，身心受尽摧挫。奈恶业姻缘好家风俏无些个，纣撅丁走踢飞拳，老妖精缚手缠脚，拣挣勤到下锹镬。甚娘，过活，每朝分外说不尽无廉耻，颠狂相爱左，应有私房贴了汉子，恣意淫讹。

〔**赚煞**〕禽唇撮口由闲可，殴面枭头甚罪过。圣长里屎搽抹，倒把人看舌头屎缴络。气杀人呵，唱道晓夜评薄：待嫁人时要财定囵囵课。惊心碎唬胆破。只为你没情肠五奴虔婆，毒害相扶持得残病了我。

全曲以娼女自怜自道的形式对"纣撅丁"、"五奴虔婆"等"走踢飞拳"的残酷迫害进行了愤怒的控诉与揭露，字里行间，寄寓着作者对娼女们"忍耻包羞排场上坐"、"送故迎新，身心受尽摧挫"等辛酸生活的无限悲悯与深切同情。另如〔新水令〕"彩云声断紫鸾箫"，〔夜行船〕"风里杨花水上萍"，或写弃妇，或写娼女，表现了她们对负心汉、薄情郎的怨恨。总的来看，商道的这些恋情套数是充满人道主义精神的。这不但在同时代作家中非常突出，即使在整个元散曲作家中也不可多得。

从语言风格上看，商道的套曲相当的质朴俚俗，前引《叹秀英》套已可见一斑。他所用的许多方言俗语，在金、元时期或许是极通俗明白的,但我们今天读来,已显得晦涩难懂,如《叹秀英》套中之〔赚煞〕一曲,如果不借助专书翻查,简直令人觉得如读天书。由此看来,周德清在《中原音韵》中提倡用"天下通语",还是很有道理的。

商道还有〔天净沙〕咏梅小令4首,高雅华丽,情韵绵长,兹引一首于下:

> 寒梅清秀谁知,霜禽翠羽同期。潇洒寒塘月淡,暗香幽意,一枝雪里偏宜。

此类小令,与其套数作风大异,而酷似晚唐五代之小令词。商道在创作中明确地区分小令和套数的不同风格,令为词体,套显曲风,这与杨果基本一致,表现了早期作家"令雅套俗"的曲体观念。

六、商挺

商挺乃商道之侄,元初为东平严氏座上宾,出仕元朝,作曲乃其余事,今存19首〔潘妃曲〕小令。其作分写景与言情两类,写景小令有4首,分咏春、夏、秋、冬四时景色,与刘秉忠〔蟾宫曲〕同,是为元散曲中联章体写景组曲之先导,其影响甚大,踵武者未可胜数。兹引其写春的一曲于下:

> 绿柳青青和风荡,桃李争先放。紫燕忙,队队衔泥戏雕梁。柳丝黄,堪画在帏屏上。

其词清雅,与唐宋小令词同,但缺少词体蕴藉婉曲的风韵;其意境明朗显豁,是元曲的作风,但却无曲的尖新谐趣,故其与杨果的"平熟"之作为同一类型,代表了散曲初入文人之手的一种普遍现象。

商挺的言情小令,其作风则与写景小令大异,最能代表商挺的创作成就。这些小令,或写少女的美貌娇羞:

> 小小鞋儿连根绣,缠得帮儿瘦。腰似柳,款撒金莲懒抬头。那孩儿见人羞,推把裙儿扣。

或写情人爽约的怅惘:

> 带月披星担惊怕,久立纱窗下。等候他,蓦听得门外地皮儿踏,则道是冤家,原来风动荼蘼架。

或写怀人念远的怨愁:

> 目断妆楼夕阳外,鬼病恹恹害。恨不该,止不过泪满旱莲腮。骂你个不良才,莫不少下你相思债。

或写男女幽会的情景:

> 只恐怕窗间人瞧见,短命休寒贱。直恁地肐膝软,禁不过敲才厮熬煎。你且觑门前,等的无人呵旋转。

这类作品,其题材内容虽为诗词中常见,但商挺以曲的形式写来,即平添无限生趣。从造语上看,上述各曲无一典语,不避俚俗,明白而家常,属地道的"本色"作风。从写作手法上说,作者善于作叙事性的白描,善于捕捉主人公外部行动和心理活动的典型细节,富于动作性与戏剧性。从审美特征上说,便是以俚俗生动之语写情场悲欢而构成的诙谐之趣。这些无不表明商挺的言情小令是元代早期文人小令的成熟之作,商挺写情小令的成熟,其意义是重大的,它表明一些作家对"令雅套俗"之曲体观的突破,表明文人的散曲创作也正在离开"乐府"的雅而靠近"街市小令"的俗,正是这一"离"一"靠",预示着雅、俗两大文学潮流的融合,而这正是元散曲走向繁荣发展的关键。

第八章 元散曲的始盛阶段

以关汉卿中统年间活动于曲坛为标志,元散曲的发展便进入始盛时期,时间大约是中统年间到元世祖末(1260—1294),即整个忽必烈统治时期。相对说来,这一阶段的社会状况较之前一阶段安定得多,忽必烈在接受一批儒生如张德辉、元好问、郝经等人的建议之后,坚定不移地推行汉法,以儒治国,取得了显著成效,经济繁荣,礼乐文化逐渐修备。在此基础之上,散曲得到了长足发展,并由此产生了关汉卿等专业曲家。《辍耕录》卷二十三《嗓》条记云:"大名王和卿,滑稽佻侻,传播四方。中统初,燕市有一蝴蝶,其大异常。王赋〔醉中天〕小令云云,由是其名益著。时有关汉卿者,亦高才风流人也。王常以讥谑加之,关虽极意还答,终不能胜。"以下记王逝关吊之滑稽事,文繁不录;关汉卿吊丧之事是否可信,学术界有不同看法,此亦置而不论。但其所记王和卿、关汉卿等人中统初在大都的曲坛活动,一般都以为是较为可信的。与关汉卿、王和卿大致同时而活动在中统、至元曲坛上的重要作家,还有胡祗遹(1227—1293)、白朴(1226—1291以后)、王恽(1226—1304)、奥敦周卿(大略与白朴同时)、徐琰(1230左右—1301)、庾天锡(与关汉卿大致同时)、姚燧(1238—1313)、卢挚(1242—1315?)等。通过对这些作家及创作的考察,并对比着在此之前和之后的曲坛状况进行研究,便可知元散曲的发展已由早期的初步成熟且与词并行歌场,而达到完全成熟并基本取代词的演唱而占领了歌场的繁荣时期，出现了兴盛局面，但与其后之元贞、大德以迄延祐、至治一段相比，却又还未达于鼎盛，故笔者称这一时期为元散曲的始盛期，或称初盛期。

第一节　始盛期内的散曲创作概貌

对于本期内散曲创作的始盛状况，大致可从以下几方面见出：

从作家构成情况看，这一时期的作家可分官宦作家、隐士作家和勾阑作家三类，虽然仍以官宦作家居多，但他们已不同于元好问、商道、杨果等人的用曲之牌调串连词之雅语，而一般都较熟练地掌握了曲的语言技巧，已呈现出较鲜明的曲体风格。同前一期相比，这一时期有两种作家的出现特别值得重视。首先，是以关汉卿为代表的勾栏作家的出现，他与柳永的出现于词坛有相似之处。柳永向来被作为北宋第一个著名的专业词人，而关汉卿则可以说是元代第一个著名的专业曲家。关汉卿在这时产生，至少可以说明两点：第一、曲这门文艺形式已相当成熟；第二、曲作为一种消费性的文艺形式已具有了较大的社会需要量并已开始商业化。正是在这种情况下，关汉卿才能作为专业的曲家进行活动，并进而成为"驱梨园领袖，总编修帅首，捻杂剧班头"的领导曲坛风气的作家。因此，可以说，一种消费性的文艺开始有专业作家出现，是其真正成熟并步入繁荣发展阶段的重要标志。其次，是以伯颜、不忽木、奥敦周卿等为代表的少数民族作家的出现，他

第八章 元散曲的始盛阶段

们带着其特有的气质走进这一新的艺术园地,必然带来一种新的气象,一种豪爽超迈之风,它标志着西域文化与中原文化在新的历史条件下的融合,这也可以作为元散曲进入始盛时期的标志之一。

再从散曲创作的题材内容上看,比起前一个时期有广泛开拓,举凡离愁别恨、男欢女爱、写景咏物、怀古咏史、唱酬赠答、宦海之惊险、人世之浊恶、田园山林之闲适等词能写的内容,曲差不多都写到了。其题材内容如此之广泛,如果不是元散曲已经步入始盛期,是绝无可能的。除了题材内容的广泛开拓,这时还出现了专擅某一类题材的作家,如王和卿之咏物、卢挚之咏史、关汉卿之写男女恋情,皆前有所承而又有较大发展,形成了明显的题材倾向。另如关汉卿、卢挚、白朴等作家更兼善多种题材,且能驱遣自如、悉造其妙。凡此种种,亦非由词而曲的演化期、即元散曲发展早期阶段的情形,而只能是在有一定程度的繁荣发展之后,这是毫无疑义的。尤其需要指出的是,尽管这一阶段的作家有官宦作家、隐士作家和勾栏作家之分,但在题材内容上却有一极明显的共同点,即或高或低、或轻或重地一同唱着隐逸的调子。笔者一直认为,叹世归隐是元散曲的主旋律,这个主旋律在陈草庵、马致远、贯云石等人的时代达到高潮,白朴、关汉卿等人的合唱,可以说是紧接元好问、杜仁杰起音定调之序曲后的呈示部,它虽不如陈草庵、马致远等已进入展开部那样雄放恣肆,那样痛快淋漓,但它对这一主旋律达于展开部之高潮的巨大作用却是不可低估的。如果我们把叹世归隐看作是元散曲贯穿始终的主旋律,那么,这一时期歌吟的作家是明显的较前一期普遍,且基调清晰鲜明，但却又远不及后一期之强烈和放肆，因此，单从这一点上说，也应把它同前后区别开来而另作一个阶段了。

又从语言运用上看，这阶段的作家们非常明显地表现出一种自然潇洒的风致，已由前一个时期的比较典雅或雅俗相交，变而为比较质朴或雅俗交融，周德清所谓"文而不文、俗而不俗"的曲体语言，就是在这一时期被大量运用并基本定型下来的。这，无疑也应看作是元散曲发展至始盛时期的一个重要标志。如果要从时代风格上论，尽管许多作家，如卢挚、王恽、白朴、关汉卿等都具有多种风格，而关、白还有不少文采风流之作，但从总体特征上看，这一时期的创作基本上还是以质朴本色为基调的。作为散曲特有的幽默诙谐、活泼俏皮的体式风格，已由早期杜仁杰、商挺的初露端倪而达于此时的正式形成并有充分的表现，且尤以关汉卿、王和卿等最为突出。

就这一时期作家的创作成就看，当以关汉卿、卢挚、白朴较高，王和卿、姚燧、徐琰、王恽、庾天锡等次之。关、卢、白三人于后之豪放、清丽两派作家均有影响；而王和卿、姚燧二人于豪放派之影响，徐琰、王恽二人于清丽派之影响，亦当引起注意。

这一时期的散曲创作能走向繁荣，除开社会方面的原因而外，以关汉卿为代表的一批勾栏曲家的贡献是不可低估的，虽然有许多人我们已不知姓名，其作品也大多失传，保存下来的也大半归之"无名氏"之下了，但是，要没有他们大胆的以俗事俗语入曲，没有他们的为了生计去适应普通市民的审美心态而把曲引向俗的一路，并转而影响了士大夫作家，如果要照这之前的元好问、商道、杨果等人的路子走，散曲尖新豪泼、幽默诙谐的曲体风格是

第八章 元散曲的始盛阶段

难以建立的。与勾栏作家紧密联系而活动于这一时期的一批歌女伶工，如张怡云、曹娥秀、珠帘秀、刘燕歌、杜妙隆、聂檀香、王金带、周喜歌等，也通过她们的演唱而扩大了散曲的社会影响，这对元散曲的繁荣，也起了很大的促进作用。

第二节　始盛期内之三大家

在始盛期内，成就最高的是关汉卿、白朴和卢挚三人，倘与这一期内的其他各家相比，无论就思想内容而言，还是就艺术风格而言，他们足以够得上大家的地位，故卓以前列，首先论述。

一、关汉卿

关汉卿历来被推为元代最伟大的戏剧作家，他的散曲创作，亦取得了卓越成就。他现存的约70篇散曲作品，倘就题材内容而言，最多的是写儿女之情，其次是写闲放之意。其最有文学价值的是写儿女之情的作品。在这部分作品中，最值得我们注意的是那一个个鲜明生动的女性形象，其中有春情难禁、暗送秋波的楼头佳丽（〔白鹤子〕），有独居无聊、盼待约会的空闺女子（同前调），有供人驱使、身世凄凉的弹筝艺妓（〔醉扶归〕），有惯于撒娇、嘴硬心软的可意情人（〔一半儿〕），有极富情思风韵、举止闲雅的从嫁媵婢（〔朝天子〕），有高荡秋千、春妆为乱的天真少女（〔碧玉箫〕），有游春后园、拈花闲游的豪门闺秀（同前调），有生动活泼、技法高超的蹴

261

鞠艺妓(〔斗鹌鹑〕套曲),有离情难忍、别泪盈盈的离人(〔沉醉东风〕),有一心守约而怨恨男子负心的情痴(〔碧玉箫〕),有幽会将终、深情话别而再约佳期的恋人(〔新水令〕套曲),有悔恨交加、悲愤至极的弃妇(〔古调石榴花〕套曲),尤其那许多"独入罗帏"、"盼断归期"的思妇,更是俯拾即是。在杂剧作品中,关汉卿已塑造了诸如窦娥、赵盼儿、宋引章、杜蕊娘、谢天香、谭记儿、瑞莲、燕燕等诸多性格特征与形象内涵各异的女性形象,而散曲作品中的女性形象更与杂剧中的一样丰富多彩。不仅如此,关汉卿还将戏剧艺术手法也运用于散曲创作之中,因而把一个个女性形象表现得非常鲜明生动,且各具个性特征,比如,像〔一半儿〕的注重动作和心理描绘:

> 碧纱窗外静无人,跪在床前忙要亲,骂了个负心回转身。虽是我话儿嗔,一半儿推辞一半儿肯。

内心应允了对方爱的表示,但就在要亲热的瞬间,她突然"骂了个负心回转身",其娇嗔、爽辣的性格特征跃然纸上。像〔碧玉箫〕的代言式独白:

> 你性随邪,迷恋不来也;我心痴呆,等到月儿斜。你欢娱受用别,我凄凉为甚迭。休谎说,不索寻吴越。咱,负心的教天灭。

情人幽会来迟,她又气又恼,狠狠数落,最后竟赌咒发誓起来,这又是一个何等泼辣刚烈的女子!像〔醉扶归〕的调侃戏谑:

第八章　元散曲的始盛阶段

> 十指如枯笋,和袖棒金樽。挡杀银筝字不真,揉痒天生钝。纵有相思泪痕,索把拳头揾。

作者虽夸张地凸显了她的生理缺陷,但细味之,却不能不令人为其凄凉的身世一掬同情之泪!以上诸作,都是作者把戏剧艺术手法运用于散曲创作的绝好例证。

在宋以前的文人作品中,其女性形象一般只具有类型化的特征,而缺少个性化的意蕴和生气,其女性形象或者是善与恶的虚幻道德观念的象征,或者是文人自我表现的情感载体。在诗经和汉乐府以后,女性作为社会生活中的人应当具有的人性,是长期失落了。而关汉卿以文人学士的修养,继承了民间文学作为人学的精神,用被推为一代文学之代表体式的元曲写出了各阶层妇女的生死歌哭,使在文人作品中长期失落的女性形象的个性得到了复活,由此,也使文人作家文学摆脱了社会伦理政治的附庸地位而成了真正的人学的文学。关汉卿写儿女之情的散曲作品,其不朽的价值和永恒的意义正在这里(参见拙作《从关汉卿笔下女性形象的描写重新审视其在中国文学史上的地位》,载《北京师范大学学报》1991年增刊之"访问学者专辑",又见拙著《斜出斋曲论前集》)。

关汉卿写闲放之情的作品虽然为数不多,但却带有鲜明的时代特征,那便是充满世俗之气的玩世情调和强烈的反传统的叛逆精神。其代表作有〔四块玉〕《闲适》小令4首,〔一枝花〕《不伏老》和〔乔牌儿〕"世情推物理"两篇套曲。在〔四块玉〕小令中,作者表现了对于"世态人情"的冷漠和对于"红尘风波"的厌弃,转而追求一种随遇而安、随缘自适的闲放生活:

> 适意行,安心坐,渴时饮饥时餐醉时歌,困来时就向莎茵卧。日月长,天地阔,闲快活。
>
> 旧酒投,新醅泼,老瓦盆边笑呵呵。共山僧野叟闲吟和。他出一对鸡,我出一个鹅,闲快活。

渴饮饥餐、旧酒新醅、瓦盆莎茵、山僧野叟等等,远非文人士大夫明月松影、瑶琴幽竹等高雅的隐逸闲情可比,而是一种与传统的高人韵士不食人间烟火相对的世俗情调,充满着野气、俗气,由此可见,在隐逸避世的情趣追求上,关汉卿也走着一条一反传统之高雅的叛逆道路,这在元代文人中是颇具代表性的。关汉卿身为勾栏艺人,长期的戏剧编演生涯逐渐地铸就了他的人格典型,那就是让高度"自由"的生命意义和世俗化的玩世享乐结合起来,把避世的闲放情绪转化为玩世的放浪不羁,这在〔一枝花〕《不伏老》套曲中有非常夸张的表现,如最后之〔黄钟尾〕曲:

> 我是个蒸不烂、煮不熟、捶不匾、炒不爆、响珰珰一粒铜豌豆,恁子弟每谁教你钻入他锄不断、斫不下、解不开、顿不脱、慢腾腾千层锦套头。我玩的是梁园月,饮的是东京酒,赏的是洛阳花,攀的是章台柳。我也会围棋、会蹴鞠、会打围、会插科、会歌舞、会吹弹、会咽作、会吟诗、会双陆。你便是落了我牙、歪了我嘴、瘸了我腿、折了我手,天赐与我这几般儿歹症候,尚兀自不肯休。则除是阎王亲自唤,神鬼自来勾,三魂归地府,七魄丧冥幽,天哪,那其间才不向烟花路儿上走。

第八章　元散曲的始盛阶段

对于此篇套数中所表现的一位勾栏艺人的放浪不羁,或以为是关汉卿颓放生活的自白,或以为是其不屈不挠的战斗精神的表现;现在,愈来愈多的人认为,套数中虽然有作者自我形象的影子,但它主要在于通过对"浪子"生涯的集中而夸张的描写,塑造出一种下层文人的人格典型。这种人格典型,是文人士大夫"穷"、"达"二极中"穷"的一极,但他并不像传统的"穷"者那样在士流生活的道德规范中"独善其身",而是叛逆这种"规范",故意在为士流所不齿的"烟花"路上昂首前行,甚至无视于周围的一切存在,从而让生命获得高度的"自由"。无疑,它是作者绝望于现实以后对传统士流风尚的一种大胆叛逆,是以玩世而求避世的人生哲学的最极端的表现。这种玩世的浪子作风不仅影响了有元一代下层文人,甚至还影响到不少仕途失意的上层文士。如果说〔一枝花〕套是对其玩世不恭的人生哲学的形象表现,〔乔牌儿〕套则是其面对现实世界而对于人生意义的一种理性思索和感悟:

世情推物理,人生贵适意。想人间造物搬兴废,吉藏凶凶暗吉。

〔**夜行船**〕富贵那能长富贵,日盈昃月满亏蚀。地下东南,天高西北,天地尚无完体。

〔**庆宣和**〕算到天明走到黑,赤紧的是衣食。兔短鹤长不能齐,且休题,谁是非。

〔**锦上花**〕展放愁眉,休争闲气。今日容颜,老如昨日。古往今来,怎须尽知,贤的愚的,贫的和富的。

〔**幺**〕到头这一身,难逃那一日。受用了一朝,一朝便宜。

百岁光阴,七十者稀。急急流年,滔滔逝水。

〔**清江引**〕落花满院春又归,晚景成何济。车尘马足中,蚁穴蜂衙内,寻取个稳便处闲坐地。

〔**碧玉箫**〕乌兔相催,日月走东西。人生别离,白发故人稀。不停闲岁月疾,光阴似驹过隙。君莫痴,休争名利。幸有几杯,且不如花前醉。

〔**歇拍煞**〕恁则待闲熬煎闲烦恼闲萦系,闲追欢闲落魄闲游戏。金鸡触祸机。得时间早弃迷途,繁华重念箫韶歇,急流勇退寻归计。采蕨薇洗是非,夷齐等巢由辈。这两个谁人似得,松菊晋陶潜,江湖越范蠡。

在作者看来,客观世界变化不定,不可把握,人世间兴废无常、吉凶互化、是非莫辨。既然如此,就应当"急流勇退"、"休争名利",就应"寻取个稳便处闲坐地","受用了一朝,一朝便宜",一切以"适意"为旨归。其世界观和人生哲学显然是远受老庄道义的影响,近受全真教思想的熏染,这在仕途受阻的下层文人中同样是带有普遍性的。由此篇套数可以见出,元代文人的避世玩世,并非仅仅出于对贤愚颠倒、是非莫辨的黑暗社会的一时愤激,而是经过了对整个宇宙人生的深刻的哲理思索之后的理智的选择,它所反映的深沉的文化背景,则是处在文化转型时期的知识分子对于传统儒家思想的含着眼泪的叛逆,是他们为求得心理的平衡而对道家人生哲学的极端的崇尚,这或许是处在由士官文化向市民文化转型过渡时的知识分子的不可避免的时代悲剧!

关汉卿还有〔一枝花〕《杭州景》套写城市风光,《赠朱帘秀》套

第八章 元散曲的始盛阶段

以咏物赞人,〔斗鹌鹑〕《女校尉》二套写蹴鞠技艺的出色表演,亦很有特色,即使在整个元散曲中,亦为不可多得的佳篇。

从艺术风格上看,关汉卿比同时代人更为丰富和多样,其中,有豪放爽辣如《不伏老》者,也有工丽典雅如《赠朱帘秀》者,还有清丽蕴藉如〔四块玉〕《别情》者:

> 自送别,心难舍,一点相思几时绝?凭栏袖拂杨花雪,溪又斜,山又遮,人去也!

但作为关氏散曲的主导风格,还是那种文而不文、俗而不俗、或亦文亦俗的本色自然,如〔沉醉东风〕的写情人离别:

> 咫尺的天南地北,霎时间月缺花飞!手执着饯行杯,眼阁着别离泪。刚道得声保重将息,痛煞煞叫人舍不得!好去者望前程万里。

此曲将生离死别的万千思绪表现得淋漓尽致,它与柳永的〔雨霖铃〕词可媲美,都仅仅是对离别场面的素描,却都能以自然质朴之语写缠绵之情,但因词曲体式有别,关曲更能于直白中见深情。另如〔一半儿〕《题情》诸作、〔碧玉箫〕"你性随邪"、"盼断归期"等等,又将诙谐之趣融汇其中,更能显其"蒜酪"之味,这些,都是其本色自然的代表作。不大为人注意的"盼断归期"一首,拟思妇之神情口吻,真可谓惟妙惟肖:

盼断归期,划损短金篦。一搦腰围,宽褪素罗衣。知他是甚病疾,好教人没理会。拣口儿食,陡恁的无滋味。医,越恁的难调理。

此曲直白如话,使人忘其为曲。

通观关氏散曲,无论是写儿女之情,还是写闲放之意,大都肆意畅情,唯真趣是求。最突者如《不伏老》套之写放诞人生、〔新水令〕"楚台云雨"之写偷情幽媾,往往都任情任性,肆无忌惮,一至于淋漓酣畅而后止。朱权评其作"如琼筵醉客",或就其肆意畅情而言。

作为专业曲家,关汉卿将全身心投入了戏剧与散曲的创作,将全部才情一发于曲,正由于此,他才取得了独拔众流的高度成就,从而超越了散曲发展的时代进程,他不仅在同时代散曲作家中卓然独立,其后,恐怕也只有马致远可以与其把臂共肩的了。

二、白朴

白朴与关汉卿、王实甫(或云郑光祖)、马致远一起号称"元曲四大家",他自幼经历金亡的伤乱,终生忧郁,闲居不仕。其文学创作之传世作品,词有《天籁集》,剧有《梧桐雨》《墙头马上》《流红叶》与《箭射双雕》仅有残折,《东墙记》虽题白朴作,或以为明人赝品,散曲有套数4篇、小令37首。

白朴之曲,多种题材与多种风格并存,其成就虽不能与关汉卿相比,但仍表现出一种大家风度。倘就题材内容而言,他有叹

第八章 元散曲的始盛阶段

世归隐之作,有写景咏物之篇,有男女风情之咏,三者之中,又以写景咏物为多,从侧面反映了白朴优游闲雅的名士生活。就创作风格而言,则随题材内容之不同而有所变化,一般来说,其叹世归隐与男女恋情之篇有通俗自然、质朴本色之风,而写景咏物之作偏于文采,有清丽雅洁之美。

散曲发展至始盛时期,叹世归隐之作渐增,白朴本来即闲居不仕,故于此种题材自不能不染指。其代表作有〔阳春曲〕4首,〔沉醉东风〕《渔夫》、〔庆东原〕"忘忧草"等。而〔寄生草〕《饮》,《尧山堂外纪》属白朴,《白宫词纪》属范康,尚有争议。

其〔阳春曲〕4首题为《知几》,是作者看透现实以后的人生自白:

> 知荣知辱牢缄口,谁是谁非暗点头。诗书丛里且淹留,闲袖手,贫煞也风流。

> 今朝有酒今朝醉,且尽生前有限杯。回头沧海又尘飞,日月疾,白发故人稀。

> 不因酒困因诗困,常被吟魂恼醉魂。四时风月一闲身,无用人,诗酒乐天真。

> 张良辞汉全身计,范蠡归湖远害机,乐山乐水总相宜。君细推,今古几人知。

269

作者从"张良辞汉""范蠡归湖"等历史往事中感悟到宦途的险恶,也从贤愚颠倒的社会现实中认清了"谁是谁非",更从"白发故人稀"的悲剧人生中痛感生命的短促,于是,他采取了"牢缄口""暗点头"的处世态度,选择了"诗书丛里且淹留""今朝有酒今朝醉"的佯狂避世道路。但是,白朴毕竟是士大夫文化圈内之人,他的避世带有传统的士流风尚,即"乐山乐水"、乐酒乐诗、乐"四时风月",总之,绝不失传统高人逸士的闲雅风韵。如与关汉卿相比,确有明显的"避""玩"之分,更有显著的雅、俗之别。

白朴的男女恋情之作,有〔阳春曲〕《题情》6首,除"鬓云懒理""慵拈粉扇"两首较典雅华丽而外,其余几首都写得质朴自然,且具诙谐之趣。例如:

从来好事天生俭,自古瓜儿苦后甜。奶娘催逼紧拘钳,甚是严,越间阻越情忺!

笑将红袖遮银烛,不放才郎夜看书,相偎相抱取欢娱。止不过迭应举,及第待何如!

百忙里铰什鞋儿样,寂寞罗帏冷篆香,向前搂定可憎娘。止不过赶嫁妆,误了又何妨!

这些讴歌自由相爱的恋情之曲,具有反封建礼教的进步思想,与《墙头马上》描写的男女自由相恋一致,一同表现了作者积极进步的爱情观,在这方面,他是王实甫等人的同调。这些曲子,比他的

第八章　元散曲的始盛阶段

叹世归隐之曲更显得生动活泼,而且更带有一种民歌所特有的清新爽脆。白朴的叹世归隐和男女恋情之作,从题材内容到语言风格,都影响了马致远、贯云石等豪放一派,这一点是显而易见的。

白朴的写景咏物之曲,常与抒情遣怀结合一起,总体上是他在"四时风月"中"乐山乐水"以及诗酒相寻的优游生活的写照。他这类作品,常以联章体重头小令的形式出现,如以春、夏、秋、冬为题的便有三组共12首,另有以吹、弹、歌、舞为题的一组4首。这些作品与其归隐、恋情之作的自然质朴之风迥异,而呈现出清丽雅洁的风格。兹引〔驻马听〕《舞》一曲,以见一斑:

凤髻蟠空,袅娜腰肢温更柔。轻衫莲步,汉宫飞燕旧风流。谩催鼍鼓品《梁州》,鹧鸪飞起春罗袖。锦缠头,刘郎错认风前柳。

此曲歌咏舞姬的绰约风姿,刻意形容,从清丽典雅的风格中可见其上流名士的闲情逸趣。

白朴还有一些静观默察,以物观物的纯写景之作,如〔天净沙〕春、夏、秋、冬四首,这些作品,犹如一幅幅精美的风景画,有一种氛围之美,仿佛唐宋小令词的精整和工丽。如其写秋一首:

孤村落日残霞,轻烟老树寒鸦。一点飞鸿影下。青山绿水,白草红叶黄花。

白朴虽然终生优游闲居,但国破家亡的重创在他的心灵上留

271

下了不可磨灭的伤痕,其禾黍之悲,多于词中写之,散曲之中,亦时有隐隐约约的表现,如〔得胜乐〕《秋》:

玉露冷,蛩吟砌,听落叶西风渭水,寒雁儿长空嘹唳。陶元亮醉在东篱。

其"西风渭水"、"落叶长安"的寥落凄景,再配上"蛩吟"、"雁唳"的凄声,映衬着"醉在东篱"之隐者的凄情,与其说是在咏写陶潜,倒不如说是作者郁郁寡欢的心境的艺术表现。

如果说白朴的隐逸、恋情之作影响了豪放本色一派,那么,他的写景咏物之作,典雅华丽,显然是张可久、乔吉等清丽一派的先导。朱权评白朴之作"如鹏搏九霄",如果从其题材内容和曲作风格对豪放、清丽两派的巨大影响方面来理解,那倒是饶有意味的。

总的来看,白朴的散曲不仅内容丰富、多格并存,且语言圆熟,亦雅亦俗,各得其宜。其雅者雅而不晦,丽而不靡;其俗者俗而不鄙,质而不野;是将雅化的诗词之语以曲趣陶冶而获得成功的范例。

三、卢挚

在散曲始盛期作家中,卢挚的政治地位和文学地位都是很高的。在政治上,他入则为翰林学士,出则为一方大僚;在文学上,他的文与姚燧齐名,时人并称"姚卢";诗与刘因等肩,论者谓元初古今体诗当"以挚与刘因为首"。惜其诗文大多散佚,修生师辑有

《卢疏斋集辑存》,并编有《卢挚年谱》,为研究卢挚提供了方便。在这一时期的作家中,卢挚现存之散曲作品不仅数量最多(共120多首),而且题材亦最广,举凡怀古咏史、写景咏物、隐居乐闲、唱酬赠答等等,他都写到了。他的怀古咏史之作,又大致可分为两类。一类是随其宦游足迹所至的凭吊名胜古迹的作品,或感慨兴亡,或抚事伤时,大多厚重悲凉,感慨深沉,如〔蟾宫曲〕《咸阳怀古》:

> 对关河今古苍茫,甚一笑骊山,一炬阿房。竹帛烟消,风云日月,梦寐隋唐。快寻趁王家醉乡,见终南捷径休忙。茅宇松窗,尽可栖迟,大好徜徉。

作者虽位居要职,但从对历史往事的反思中感悟到兴废无常、功名虚幻、宦游无聊,其乐道归隐之情,不禁油然而生。此类作品大都表现出作者发思古之幽情的悲凉心境。

卢挚怀古咏史之作的另一类是悼咏古代许多红颜薄命的女子,如丽华、萧娥、杨妃、西施、绿珠、小卿、巫娥、商女等等。或借佳丽的悲运感慨帝王的荒淫误国,或借红颜薄命怅叹"乐事难终",其厚重悲凉,与前一类相同。如〔蟾宫曲〕《萧娥》:

> 梵王宫深锁娇娥,一曲离笳,百二山河。炀帝荒淫,乐淘淘凤舞鸾歌。琼花绽春生画舸,锦帆飞兵动干戈。社稷消磨,汴水东流,千丈洪波。

作者借梁明帝的女儿,即隋炀帝皇后萧氏的悲运以谴责炀帝的荒淫,结尾以"汴水东流"映衬千古悲恨,有无限遥情。总的来看,卢挚的咏史之曲通过发思古之幽情,集中表现了历史兴废无常、人生虚幻无定的思想情绪,当是元散曲叹世归隐主题的又一种表现形式。

卢挚的写景咏物之曲,清新明丽,富有诗情画意,有较高的艺术鉴赏价值,如〔沉醉东风〕《秋景》:

挂绝壁枯松倒倚,落残霞孤鹜齐飞。四围不尽山,一望无穷水,散西风满天秋意。夜静云帆月影低,载我在潇湘画里。

此曲融李白之诗、王勃之文的句意,以自然轻松之笔描绘了秋日潇湘的明丽,表现了一怀陶然忘机的情趣。这类作品还有〔湘妃怨〕《西湖》,作者化用东坡诗意,分别用"妒色的西施""好客的西施""百巧的西施""淡净的西施"拟写西湖的春、夏、秋、冬,清新秀丽、美不胜收。如第四首:

梅梢雪霁月芽儿,点破湖烟雪落时。朝来亭树琼瑶似。笑渔蓑学鹭丝,照歌台玉镜冰姿。谁僝僽鸱夷子,也新添两鬓丝。是个淡净的西施。

贯云石谓"疏斋媚妩,如仙女寻春",当就此类写景作品而言。他的这些作品与白朴的写景咏物之曲较接近,一同影响了清丽一派的曲风。

卢挚写隐居乐闲之作,或感叹人生短促、浮生若梦,或向往田园山林的恬静闲适,表现出仕官中文人常有的倦怠情绪,是"儒道互补"的士流人格典型中淡泊无为之道家思想的自然流露,与大盛期内历经坎坷的张养浩、马致远等人的叹世归隐之作相比,要少一些由社会环境之逼压而生的力度。他的这些作品,有的写得豪放,如〔沉醉东风〕《叹世》:

> 拂尘土麻绦布袍,助江山酒圣诗豪。乾坤水上萍,日月笼中鸟,叹浮生几回年少。破屋春深雪未消,白发催人易老。

有的写得简淡,如〔前调〕《闲居》:

> 雨过分畦种瓜,旱时引水浇麻。共几个田舍翁,说几句庄家话。瓦盆边浊酒生涯,醉里乾坤大,任他高柳清风睡煞。

有的写得古拙,如〔蟾宫曲〕:

> 想人生七十犹稀,百岁光阴,先过了三十。七十年间,十岁顽童,十载尪羸。五十岁除分昼黑,刚分得一半儿白日。风雨相催,兔走乌飞,子细沉吟,都不如快活了便宜。

但总的说来,这些作品语言自然质朴,与关汉卿的某些作品相同,都属于最地道的本色,这对马致远、贯云石等人是有影响的。

卢挚的唱酬赠答之作,绝大部分是写给那些歌妓的,如《赠伶妇杨氏娇娇》《赠歌者江云》《赠乐府珠帘秀》《别珠帘秀》《赠歌者刘氏》等等,大都写得典雅华丽,也有的写得朴实自然。他完全以礼赞之笔盛赞对方的才情技艺,绝无玩弄亵渎之意,表现了对这些风尘女子人格的尊重。其中写得最情深意挚的是《别珠帘秀》：

> 才欢悦，早间别，痛煞煞好难割舍。画船儿载将春去也，空留下半江明月。

此曲直抒离情，朴实自然。篇末以景结情：明月朗照，江水空流；万千离恨，如冷月清辉，茫茫无际；似一江寒水，长流不绝。由此，可见卢挚同她们之间的深情。朱氏和有《答卢疏斋》，亦情恨绵绵（见第六章第四节）。

卢挚散曲的艺术风格虽较为多样，但明显是以清丽疏朗为主，且运诗词之法于曲，以诗词之端谨句法，掺以曲的直白浅近之味，故其大多数作品论语言色彩似词，论韵味则似曲。这与白朴的写景咏物之曲相近，但比之白朴，却更端谨有余而曲趣不足。倘从主要倾向上分别流派，关汉卿应归于豪放一派，白朴与卢挚则应归为清丽一流。

第三节 始盛期内其他重要作家的创作

一、王和卿

据《辍耕录》之记载，王和卿与关汉卿中统初曾一同在大都的曲坛活动，孟称舜本《录鬼簿》称"王和卿散人"，而曹楝亭本则称

第八章　元散曲的始盛阶段

"王和卿学士",结合《辍耕录》"滑稽佻侻、传播四方"的记载和其任情放诞的曲作来看,当以"散人"为是。他与关氏一样,都是名震一时的勾栏作家。

他的二十多篇散曲,从题材内容到艺术风格,都具有一种滑稽诙谐之风。他所选择的题材,有相当一部分是较为粗俗而为人所耻的,如《胖妻夫》《胖妓》《偷情为获》《王大姐浴房内吃打》《咏秃》等等。而且又写得非常刻露,其作意,无非求其滑稽可笑而已。如果从审美学的角度说,可以说是一种"审丑"现象的表面化和极端化,严格地说,没有太多审美价值可言。

他有一部分咏物的作品,如《长毛小狗》《绿毛龟》《大鱼》《咏大胡蝶》等等,也是一般人极少留意的内容,如果以严肃的文学观视之,不过为一种文字游戏而已。但它们确能给人以滑稽戏谑之趣,给读者一种轻松愉快的审美愉悦。如以下两首:

弹破庄周梦,两翅架东风,三百座名园一采一个空!难道风流种?唬杀寻芳的蜜蜂,轻轻的飞动,把卖花人扇过桥东!

——〔醉中天〕《咏大胡蝶》

胜神鳌,夯风涛,脊梁上轻负着蓬莱岛。万里夕阳锦背高,翻身犹恨东洋小。太公怎钓?

——〔拨不断〕《大鱼》

此二曲之奇特想象和大胆夸张,真可谓惊世骇俗!我们在惊叹作者夸张艺术的同时,随即感受到它的滑稽诙谐之趣,从而获得极大的审美快感,如果要说这些作品的意义,或许正在这里。至于说"大胡蝶"是讽刺作恶当时的"权豪势要"和"花花太岁";"大鱼"是抱负不凡之人的象征,则是以中国古典诗歌传统的比兴寄托、象征寓意之法解读的结果。然而,王和卿的散曲从题材选择之尚粗俗丑陋、奇异怪僻,到艺术表现之尚滑稽调侃、直白浅露,显然都走着一条反传统的道路,因此,我认为对他的散曲不应以传统的阅读方式去作比兴寄托的解释,否则,难免穿凿附会。

王和卿散曲的滑稽调侃之风,继杜仁杰之后又有所发展,比如题材的更为驳杂,滑稽戏谑效果更为增强,由在套曲中调侃转而在小令中调侃等等。在始盛期内,只有关汉卿可以视为他的同调,甚而可以说,即使在整个元散曲发展史上,他的这种滑稽戏谑也可谓首屈一指。

王和卿还有一些言情散曲,情调活泼健康而又不乏"蒜酪"之味,如〔一半儿〕《题情》:

> 鸦翎般水鬓以刀裁,小颗颗芙蓉花额儿窄。待不梳妆怕娘左猜。不免插金钗,一半儿蓬松一半儿歪。

此组小令共4首,其所写少女情窦初开的种种情状,真可谓栩栩如生。作者着意于人物特定动作和心理的描绘,既简练明朗,又生动活泼,其口语的运用、句式的反复,也增添了作品的诙谐之趣。这四首作品与关汉卿的〔一半儿〕《题情》4首,其作风酷似,恰可作为二人滑稽戏谑同调的实证。

王和卿还有一首《百字知秋令》:

第八章 元散曲的始盛阶段

　　绛蜡残半明不灭寒灰看时看节落,沉烟烬细里末里微分间即里渐里消,碧纱窗外风弄雨昔留昔零打芭蕉。恼碎芳心近砌下啾啾唧唧寒蛩闹,惊回幽梦丁丁当当檐间铁马敲。半敧单枕乞留乞良挨彻今宵,只被这一弄儿凄凉断送的愁人登时间病了。

此曲写思妇秋夜怀人念远的凄凉,作者以凄景写凄情,用了许多口头语中的形状词和象声词作衬字,口语化色彩很鲜明,但作者却把它排对得极精工,在通俗中见精整之美,显见得又是一种逞才斗巧的游戏态度。这对元末刘庭信等人于散中求整、于俗中求巧的作风有很大影响。

二、庾天锡

　　庾天锡与关汉卿、王和卿大致同时,一同活动于至元前后的曲坛。他是以下层官吏染指曲词的。贯云石《阳春白雪序》所评6人,庾氏即在焉,贯评虽对其略有微词,却仍赞其"造语妖娇";元末曲评家杨维桢在《周月湖今乐府序》中又把他与关汉卿相提并论,谓"奇巧莫如关汉卿、庾吉甫";天一阁本《录鬼簿》所载元末明初贾仲名为马致远补写的挽词,称其"共庾、白、关老齐肩",又是将庾天锡与白朴、关汉卿、马致远等人相提并论的。凡此,均可见其当时在曲坛的显赫地位。惜其所作杂剧15种已佚,而散曲仅存小令7首、套数4篇,难窥其全貌。

　　他的7首小令,其中〔蟾宫曲〕2首分别隐括王勃的《滕王阁

279

诗》和欧阳修的《醉翁亭记》,颇见其概括提炼、裁剪缀联之妙。

> 环滁秀列诸峰,山有名泉,泻出其中。泉上危亭,僧仙好事,缔构成功。四景朝暮不同,宴酣之乐无穷。酒饮千钟,能醉能文,太守欧翁。

此曲将欧文所记醉翁亭之处所、由来、四时之美景、朝暮之变化、宴酣之游乐等主要内容,都裁炼于曲,且曲中各句,亦就欧文语句稍加变化而用之,宛然是一篇缩微的《醉翁亭记》。此等作品以"奇巧"誉之,则恰如其分。隐括一法,苏东坡、黄山谷、辛稼轩等人已多于词中用之,而用之于曲,殆自庾吉甫始,其后乔吉、孙季昌等人亦有继作,可见词曲作家对此的爱好。

庾天锡的5首〔雁儿落过得胜令〕则为联章体组曲,作者把怀古咏史和隐居乐闲的内容结合起来,在表现一种兴废无常、是非成败转头空的历史虚无感的同时,也表现了对于功名富贵的鄙弃和对青山白云的向往:

> 春风桃李繁,夏浦荷莲间,秋霜黄菊残,冬雪白梅绽。四季手轻翻,百岁指空弹。谩说周秦汉,徒夸孔孟颜。人间,几度黄粱饭;狼山,金怀休放闲。

> 韩侯一将坛,诸葛三分汉。功名纸半张,富贵十年限。行路古来难,古道近长安。紧把心猿系,牢将意马拴。尘寰,倒大无忧患;狼山,白云相伴闲。

第八章　元散曲的始盛阶段

　　从他绿鬓斑，欹枕白石烂。回头红日晚，满目青山矸。翠立数峰寒，碧锁暮云间。媚景春前赏，晴岚雨后看。开颜，玉盏金波满；狠山，人生相会难。

像"谩说周、秦、汉，徒夸孔孟颜"这样大胆地对历史作全盘否定，在庾吉甫之前似未曾出现过，这一点与关汉卿所表现出的任情放诞精神，以及王和卿在题材上的摄丑入曲倾向，其在作家深沉的文化心理结构上是相同的，与元人叛逆的时代思潮也是一致的，那就是处于社会下层的曲家们对以儒家文化为中心的历史传统的大否定。至于其不同的表现，不过是处于文化转型时期之反传统者对于传统文化的不同破坏方式而已。其对于中后期曲家的影响是很大的。从艺术风格上看，这些小令作品既精工雅丽，又通俗流畅，处处表现出作者"奇巧"的匠心，但又绝无雕镂浮华、晦涩板滞之弊。如每曲开头四句均用连璧对，既流丽又工稳；且首曲开头四句分别嵌以时令字"春""夏""秋""冬"，第二曲嵌以数目字"一""三""半""十"，第三曲嵌以颜色字"绿""白""红""青"，既奇巧又自然。贯云石谓其"造语妖娇"，甚为中肯。

　　庾吉甫的4篇套曲，怀古者2篇，其基本主题和语言风格与小令同；其写别情者两篇，则较其怀古之曲"俗"而且"趣"，如〔定风波〕《思情》套〔尾声〕：

　　本待要弃舍了你个冤家，别寻一个玉人儿成配偶。你道是强似你那模样儿的呵说道我也不能够，我道来胜似你心肠儿的呵到处里有。

就题材内容看,庾吉甫与卢挚都是始盛期中写怀古咏史较多的作家,但庾吉甫没有卢挚那么多悲恨怅惋之情,而显得更为潇洒和超脱,其原因显然在于二者地位之悬殊决定了他们的人生哲学和处世态度的不同。就其否定传统的叛逆思想而言,他又与关汉卿、王和卿等勾栏作家在一个行列之中。就艺术风格看,他又与白朴、王恽、徐琰等同属清丽一派。因此,他在元代曲坛上的影响,无疑是多方面的,他之得元明曲评家的赞评,也是理所当然的。

三、徐琰

徐琰在元初是有较高声名的朝廷重臣,严实领东平行台,招诸生肄进士业,迎元好问试校其文,预选者4人,阎复为首,徐琰、李谦、孟祺次之,世名"四杰"。后以文学重望,尝与侯克中、姚燧、王恽等游,东南人士翕然归之。其散曲虽仅存10余首,并无什么思想意义可言,但他在当时的曲坛上,却属于有较大影响的曲家之列,贯云石《阳春白雪序》共评6人,其首评者即为徐琰,谓其作"滑雅"。今读其曲,觉其有词之雅炼,掺以曲之圆熟,融炼得恰到好处。如〔蟾宫曲〕《青楼十咏》之《言盟》一曲:

> 结同心尽了今生,琴瑟和谐,鸾凤和鸣。同枕同衾,同生同死,同坐同行。休似那短恩情没下梢王魁桂英,要比那好姻缘有前程双渐苏卿。你既留心,俺索真诚,负德辜恩,上有神明。

第八章 元散曲的始盛阶段

此曲写两情交好,比之"琴瑟",譬以"鸾凤",写共盟前程,又喻以"王魁桂英"、"双渐苏卿",略具诗词之典雅风致;而中间两个长句,增以衬字,本极通俗、极洒脱,却安排为工巧的对句,又于俗中见巧,显现出在曲风熏染下文人好奇的匠心;其中散句、排句、对句交错运用,叠字、对句镶嵌其间,声韵铿锵,自然流走,又具有曲的圆熟。这类作品是徐琰典型的"滑雅"之作。"滑"者,即圆滑、圆熟之谓,"雅"者,即典雅、雅丽之谓。更能代表其"滑雅"之风的作品,要算他的〔一枝花〕《间阻》套数:

风吹散楚岫云,水淹断蓝桥路。死分开莺燕友,生拆散凤鸾雏。想起当初,指望待常相聚。谁承望好姻缘遭间阻。月初圆忽被阴云,花正发频遭骤雨。

〔梁州〕他为我画阁中倦拈针指,我因他绿窗前懒看诗书。这些时不由我心忧虑,这些时琴闲了雁足,歌歇骊珠。则我这身心恍惚,鬼病揶揄。望夕阳对景嗟吁,倚危楼朝夜踌躇。我我我觑不的小池中一来一往交颈鸳鸯,听不的疏林外一递一声啼红杜宇,看不的画檐间一上一下斗巧蜘蛛。景物,态度,蜘蛛丝一丝丝又被风吹去,杜宇声一声声唤不住,鸳鸯对一对对分飞不趁逐。感起我一弄儿嗟吁。

〔尾声〕再几时能够那柔条儿再接上连枝树,再几时能够那暖水儿重温活比目鱼。那的是着人断肠处,窗儿外夜雨,枕边厢泪珠,和我这一点芳心做不的主。

全曲之语言格调是"熟"而不"俗",作者把当时的口头语提炼得非

283

常精纯,把一些寻常语安排得十分巧妙,时而对偶,时而排比,于自然流利中见工巧、朴实生动中见华茂,字里行间,时时表现着曲所特有的诙谐潇洒之趣。单就语言风格来说,在同时代作家中,关汉卿的《不伏老》套或可谓与此套之风格相近,不过关曲更具淋漓酣畅的豪气,此又二者之显著差异。

总的来看,徐琰与白朴同属于始盛期中清丽一流,为后来乔、张之先导。他的《青楼十咏》中有不甚高雅的东西,但又并非不堪入目。值得注意的是他的曲作风格的成熟,雅与俗融炼得恰到好处,如就其圆熟雅炼的曲风而言,他在同时代作家中是独树一帜的。

四、姚燧

姚燧是元初的重臣、名儒和古文大家,《元史》本传称其"为文闳肆该洽,豪而不宕,刚而不厉,春容盛大,有西汉风,宋末弊习,为之一变。盖自延祐以前,文章大匠,莫能先之";又谓"当时孝子顺孙,欲发挥其先德,必得燧文,始可传信;其不得者,每为愧耻。故三十年间,国朝名臣世勋、显行盛德,皆燧所书"。由此可见姚燧在当时文坛的显赫地位和巨大影响。著有《牧庵集》存世。散曲存30余篇,内容大致有言志抒怀、写景记游和男女恋情三类。

姚燧的言志抒怀之作,几乎反映了作者由少至老各个人生阶段的不同情怀。如〔阳春曲〕表现了青年时期的志满气得:

墨磨北海乌龙角,笔蘸南山紫兔毫,花笺铺展砚台高。

第八章 元散曲的始盛阶段

诗气豪,凭换紫罗袍。

另一首〔阳春曲〕表现了壮年时的官场体验:

笔头风月时时过,眼底儿曹渐渐多。有人问我事如何?人海阔,无日不风波。

〔满庭芳〕表现了中年时留恋功名又向往隐逸的二重心理:

天风海涛,昔人曾此,酒圣诗豪。我到此闲登眺,日远天高。山接水茫茫渺渺,水连天隐隐迢迢。供吟笑,功名事了,不待老僧招。

〔醉高歌〕《感怀》则表现了暮年宦情的淡泊:

十年燕月歌声,几点吴霜鬓影。西风吹起鲈鱼兴,已在桑榆暮景。

这些作品,或豪放健举,或清爽雅洁,风格是多样的。

姚燧的男女恋情之作,可以其一组〔凭阑人〕小令为代表,其中,有的写才子佳人郎才女貌的情投意合,但用情肤浅,纯属游戏笔墨,例如:

博带峨冠年少郎,高髻云鬟窈窕娘。我文章你艳妆,你一斤咱十六两。

但也有的写得深情婉曲,颇得乐府民歌的淳厚和隽永,例如《寄征衣》:

欲寄君衣君不还,不寄君衣君又寒。寄与不寄间,妾身千万难。

还有的本色自然,更有诙谐的曲趣,如:

寄与多情王子高,今夜佳期休误了。等夫人熟睡着,悄声儿窗外敲。

就写作态度与艺术风格而言,亦多种多样而不拘一格。

姚燧的写景纪游之曲,有的清丽工稳,纯为心闲意静的平淡之作。但也有的交织着宦游的情怀和离情别绪,且将词之雅与曲之俗并用一曲,如〔普天乐〕:

浙江秋,吴山夜,愁随潮去,恨与山叠。寒雁来,芙蓉谢,冷雨青灯读书舍。待离别怎忍离别,今宵醉也,明朝去也,宁奈些些。

姚燧以古文大家的才学修养而弄笔于散曲,或雅或俗,或豪放或婉曲,均显得挥洒自如而游刃有余,于多格并存中又以雅健为其主导。其曲有雄健豪放之风而无粗俗草率之病,有清丽雅洁之美而无刻意雕镂之痕。这对豪放、清丽两派作家均有影响,而尤以对豪放一派之影响为大。

五、王恽

王恽为元初达官贵人,《元史》本传称其"操履端方,好学善属文,与东鲁王博文、渤海王旭齐名",所著有《秋涧先生大全集》。其现存小令41首,或咏史、或纪游、或赠答,就思想性而言,没有什么可取;艺术上亦极平庸,略无曲趣,是上层文士中仍以传统诗词为曲的典型作家。其咏史者,如《乐府合欢曲》:

雨霖铃,却归秦,犹是张徽一曲新。长记上皇和泪听,月明南内更无人。

其纪游者,如〔平湖乐〕《乙亥三月七日宴湖上赋》:

春风吹水涨平湖,翠拥秋千柱。两叶兰桡斗来去,万人呼,红衣出没波深处。鳌头游赏,浣花风物,好个暮春初。

其赠人者,如〔平湖乐〕《寿李夫人》:

眼明欣见太平人,环佩婴香润。洞里瑶华自高韵,八千春,袅烟已报长生信。一怀更买,麻姑苍海,安坐看扬尘。

这些作品大都疏朗雅致,其造语属词,谋篇写意,皆与词同,只有其直白浅近之味,与词的蕴藉含蓄不类,由此而略显曲风。此种风格,与卢挚的一些写景咏物之曲较为接近,显然是上层文人以词绳曲,企图将曲纳入雅言"乐府"之传统轨道的一种实践。可以说,他走着一条与关汉卿、王和卿等人完全相反的创作道路。他曾在《游金山寺》小令序文中这样说:

> 今之乐府,用力多而难为工,纵使有成,未免笔墨劝淫为侠耳。渠辈年少气锐,渊源正学,不致费日力于此也。

很显然,他对于"今之乐府"是鄙弃的,视其为"笔墨劝淫",并劝人不要"费日力于此",当然,他自己也就更不会用心于此道了。他这种雅化的曲学观和创作实践,无疑开启乔、张一派的先路。

在王恽的写景纪游之作中,也有一、二写得劲健豪举的作品,如〔黑漆弩〕《游金山寺》:

> 苍波万顷孤岑矗,是一片水面上天竺。金鳌头满咽三杯,吸尽江山浓绿。蛟龙虑恐下燃犀,风起浪翻如屋。任夕阳归棹纵横,待偿我平生不足。

此曲表现了作者在金山寺登临游览的逸怀豪兴,其想象奇幻,意境壮阔,气魄豪迈,是王恽散曲中别具一格的佳作,惜其为数不多,未能形成一种风格倾向。

就文学发展之历史进程而言,散曲兴起,传统诗词在歌坛已告式微,雅、俗两大文学潮流的融合已成为不可抗拒的历史趋势,而这个趋势决定了以文人作家为中心的雅文学必然向以市民为中心的俗文学靠拢,王恽的曲学观与创作道路,显然不合时代潮流,是失败的。他才华卓荦,而成就不高,其根本原因即在此。元明以来的曲评家如贯云石、钟嗣成、朱权等,于王恽之曲未置一词,绝不是没有道理的。

第九章 元散曲的鼎盛阶段

从元成宗元贞元年到元文宗至顺三年(1295—1332)这近四十年时间,是元散曲发展的鼎盛时期,此一时期的社会,各种矛盾是复杂尖锐的,但又基本上是稳定繁荣的。1294年,忽必烈死,其嫡孙铁穆耳即位,是为成宗。他借助世祖旧臣伯颜和玉昔贴木儿的威望,很顺利地巩固了统治,并得以继续推行忽必烈的一系列汉化政策,且先后南罢安南之役,东结日本之好,西北与海都、笃哇等部言欢,结束了长达40多年的战争。一时四海宴然、社会安定,故史称其"垂拱而治,可谓善于守成者矣"(《元史·成宗纪》)。其后武宗、仁宗、英宗、泰定帝、文宗等先后即位,虽然围绕帝位争夺出现过不少激烈、残酷的斗争,但除了天历年间明、文之争曾酿成内乱而外,其余一般仅限于皇室内部和统治集团上层,基本上没有造成大范围内的社会政治动荡。比较安定的社会环境,保持了经济的继续繁荣,四通八达的交通,活跃了内外商业贸易,城市经济继元初以后又获得较大发展。虽然一系列社会矛盾已在急剧酝酿,但整个社会局面还保持着一种升平气象,并屡见文人吟咏,如马致远〔粉蝶儿〕套数云:"至治华夷,正堂堂大元朝世……五谷丰登,万民乐业,四方宁治。"至于歌咏"元贞、大德秀华夷,至大、皇庆锦社稷"的则更多了。而此一时期曲家活动的江浙地区,更是当时经济文化最发达的省份。即如杭州,南宋时早就富甲天下,元时更是"城宽地阔,人烟稠集",其安定、承平的社会环境对属于消费性艺术的曲的繁荣发展,是极为有利的。如曾瑞、乔吉等长期在杭州闲居不仕,靠"江淮之达者岁时馈送不绝,遂得以徜徉足岁"(《录鬼簿》),从而优游曲坛。一大批北方作家如马致远、贯云石、乔吉、曾瑞等,或"喜江浙人才之多",或"羡钱塘景物之盛",都先后云集西湖歌舞之地,和江南本土作家如张可久、徐再思、睢景臣等,共同在奢靡的城市生活中创造出了元散曲繁荣发展的鼎盛时代。

第一节 鼎盛期内的散曲创作概貌与流派风格

一、鼎盛期内的散曲创作概貌

从前的学者们,常以为元散曲自大德以后渐趋衰落,其实乃大谬不然。出现这一重大失误的最根本原因,是把一些重要散曲作家如马致远、贯云石、张养浩等有显著成就的作家都放到大德以前去论述去了。经过笔者的考察,可以初步确定,其主要创作活动是在这一时期的重要作家有:陈草庵(1247—1330?)、马致远(1250?—1321?)、冯子振(1257—1337以后)、曾瑞(1260?—1330前)、张养浩(1269—1329)、"古洪刘时中"(1270?—1329以后)、周德清(1277—1365)、钟嗣成(1275?—1345以后)、薛昂夫(1275?—1350以后)、张可久(1278?—1354?)、乔吉(1280?—1345)、杨朝英(1280?—1351?)、睢景臣(1285?—1335?)、贯云石(1286—1324)、徐再思

(1285？—1345以后)、任昱(1285？—1348?)、周文质(1285？—1334)等。

其中需要加以说明的是陈草庵和马致远。单就生卒时间来看,他们好像是跨阶段的作家,然而,就二人现存之作品考察,却应归入大盛期。陈草庵现存小令〔山坡羊〕26首,内容几乎全为人世风波与宦海沉浮的复杂感慨,应当作于有一定官场经历和人生体验的中年以后;且其中"红尘千丈"一首,有"恰余杭,又敦煌,云南蜀海黄茅瘴"等语,参以张养浩《归田类稿》中《甘肃省创建来远楼记》《析津陈氏先茔碑铭》等文对草庵仕历的记载,可知此曲作于1306年以后,由此可以推知其他各首亦当作于这前后不久。至于马致远,在其现存的130首作品中,可以肯定其作于后期的有50余首,且向来被曲学家推为其代表作的〔夜行船〕"百岁光阴"、〔庆东原〕《叹世》、〔哨遍〕"半世逢场作戏"、〔四块玉〕《恬退》、《叹世》、〔蟾宫曲〕《叹世》、〔清江引〕《野兴》等等,都作于后期。而他还有许多不能确指其究竟作于前期还是后期的写叹世归隐的作品,如果要就其思想倾向和人生感慨而言,恐怕也都以作于后期的居多。可以说,如果就数量言,马致远现存作品有一大半作于后期,如果就质量言,能代表其思想和艺术成就的作品几乎全作于后期(元贞、大德以后),因此,把他置于元贞、大德以前而与关、白等一起作为同一个时代的作家去论述,是不妥的。

通过对散曲作家主要创作活动时代的确定,紧接着,我们就可以通过对这一批作家的研究,来描述这一时期的散曲创作是怎样的达到它的鼎盛了。

最容易看到的是作家增多、作品增多、名家辈出。先从作家看,在《全元散曲》所录200余名作家中,现存作品20首以上者共

38人,其创作活动年代大致可考的34人中,这一时期便占了23人。创作成就最高、被推为散曲冠冕作家的豪放派代表马致远在这一时期,现存作品数量最多、被推为清丽派代表作家的张可久在这一时期,另一豪放派大家贯云石和另一清丽派大家乔吉在这一时期,还有以散曲写严肃的社会内容的张养浩以及作品数量虽不足20首、但其影响极大的"古洪刘时中"和睢景臣亦在这一时期,再加上如陈草庵、冯子振、徐再思、薛昂夫等卓有建树并产生较大影响的许多名家所组成的这一个元散曲作家队伍的阵容,确实是颇为壮观而空前绝后的。再从作品数量看,《全元散曲》共收有所归属的作家散曲约3 780篇,其创作活动时代大致可考而现存作品数在20首以上的34人,其作品总数约3 200篇,而活动在这一阶段的23人便约有2 600篇,若以此比例求之,这一时期的散曲作品数量大约要占整个元散曲的80%左右,若考虑到张可久、乔吉、杨朝英、钟嗣成等作家在元顺帝元统、至元间还有一定数量的作品被统计到这一期内而理应减去,那么,说这一时期的作品数量要占整个元散曲的70%左右,是不成问题的。这是作家作品的情况。

另外,还比较容易看到的是题材内容的开拓比始盛期更为深广。首先,表现最为突出的是张养浩、刘时中等曲家所写的反映现实、揭露阶级矛盾、同情和关心人民疾苦的作品出现了,为散曲这一新的诗歌体式增添了崭新的内容。对于这一点,以前未能引起足够重视,也未能从更高的视觉点上进行观照,所以其评价是有局限的。如果从散曲发展史的角度说,这种新的题材内容的出现,实际上正表明元散曲发展的一个里程碑,它标志着元散曲由

第九章 元散曲的鼎盛阶段

写情场悲欢、田园山水和牢骚愤懑,开始转向更广阔的社会生活,转向有关国计民生的严肃而重大的题材内容。如果对照着词的发展进程来看,曲发展到张养浩手中,正如词发展到苏轼手中一样,是应该出现一个大转折的时期了,不过,因为元代曲家不像宋代词人那样普遍关心社会政治而恰恰是抱着与之决裂的态度,所以元散曲的发展虽然在张养浩手中出现了这种转机,但可惜的是未能引起较大反响而形成时代潮流,这是张养浩的不幸,也是作为元代文学代表体式的元散曲的大不幸。虽然如此,但这种转机的出现作为一种新的标志,却是我们应当看到的。

其次,作为元散曲主旋律的叹世归隐题材,在这个时期的陈草庵、马致远、张养浩、贯云石等作家的手中发展到了登峰造极的地步。这几位作家都是出入官场,历经宦海风波的人,他们以知情者的切身感受,道出了官场的险恶和人世间争名夺利的无聊:

晨鸡初叫,昏鸦争噪,哪个不去红尘闹。路遥遥,水迢迢,功名尽在长安道。今日少年明日老。山,依旧好;人,憔悴了。

——陈草庵〔中吕·山坡羊〕

蛩吟罢一觉才宁贴,鸡鸣时万事无休歇,何年是彻!看密匝匝蚁排兵,乱纷纷蜂酿蜜,急攘攘蝇争血!

——马致远〔双调·夜行船〕

黄金带缠着忧患,紫罗襕裹着祸端,怎如俺藜杖藤冠。

——张养浩〔双调·水仙子〕

竞功名有如车下坡,惊险谁参破。昨日玉堂臣,今日遭残祸。争如我避风波走在安乐窝。

——贯云石〔双调·清江引〕

说得这样痛快淋漓、放言无惮,实在是较为少见的。他们并非欲进官场不得便转而以一种所谓"酸葡萄心理"对其肆意丑诋,而是进去了以后真真切切地感受到了才说出来的。因为看得真、悟得深,所以也就比一般泛言者说得准、道得透。而一旦他们悟透了其中的真谛而决定往回走的时候,也就比一般人的步子迈得更大、更坚决。当他们用自己在现实中得来的真感受去反观历史的时候,常常极普遍地感受到历史的虚无;当他们绝望现实社会而投身于大自然的怀抱之中时,便比一般人更能感受到绿水青山、红叶黄花的温馨可爱,甚而物我两忘,与之融合为一。总之,他们对现实的慨叹、对历史的思索、对自然美的感受,都比任何一个时期要强烈得多,也要深刻得多。这与这一时期的社会政治、宗教思想的影响有密切联系,与马致远后期的神仙道化剧在精神实质上是合拍的,二者以不同方式表现出了一种共同的文化思潮,即处于文化转型时期的知识分子对于儒家思想的叛逆和在全真教思想浸染下对于道家哲学的崇拜。

在这一时期中,还形成了具有不同风格特色的两大创作流派。豪放派的代表作家,无疑为马致远和贯云石,其重要作家,尚有陈草庵、张养浩、冯子振、刘时中、睢景臣、薛昂夫等人;清丽派以张可久、乔吉为代表,其重要作家有徐再思、周文质、任昱等。两大风格流派在几乎是同一个时期内双峰并峙、各呈异彩。无论对哪一种文体来说,这都只有达到了它的大盛阶段才是有可能出现的。

再就是不同民族、不同地域文化的融汇交流,在这一时期的散曲创作中获得了空前巨大的成功。这主要表现在两方面,首先是散曲艺术的大大提高,这一时期的作家,无论是豪放派还是清丽派,其作品都不同程度地既具有一种河朔贞刚之气,又具有江南水乡的秀丽之风。这种雄放的气势和秀美的风韵是这一时期最显著的特色,这种时代特征的出现,是南北统一后数十年间各民族文化大融合的结果。其次,这种融合的成功,还表现在此时的少数民族作家的创作取得了相当高的成就,以至可以与汉族作家一争高下,如贯云石、薛昂夫等。而贯云石在延祐、至治时期还成了领导曲坛风气的重要人物,若论当时在曲坛的地位和影响,是马致远所不能相比的。这一点以前未引起注意,实际上很值得研究。如果从民族关系的改变而使文学创作发生巨大变化这一点上说,这就不仅在元散曲史上,即使在整个中国文学史上,也是应当大书一笔的。

最后,应当提及的是著名的散曲总集《阳春白雪》、曲学专著《中原音韵》《录鬼簿》等都产生于这一时期,这亦可以说跟元散曲发展到大盛时期是密切相关的。

二、豪放、清丽两派之风格特征

最早划分元散曲体式派别的为朱权《太和正音谱》,其所列"乐府一十五家"有"丹丘体""宗匠体""黄冠体""承安体""盛元体""江东体""西江体""东吴体""淮南体""玉堂体""草堂体""楚江体""香奁体""骚人体""俳优体"等,朱权还一一加以简单释说,如谓丹丘体"豪放不羁",谓江东体"端谨严密",谓东吴体"清丽华巧,浮而且艳"等等。到本世纪初,任二北先生在《散曲概论》中专列《派别》一目,针对《正音谱》的繁而寡要作了适当的归并,提出了"豪放""清丽""端谨"三派,且又认为"元曲之中,虽连端谨共有三派,而实惟豪放、清丽两派乃永久对峙耳"。论到豪放与清丽两派的特征,任氏说,"豪放"不仅表现为"意境超逸",而且还表现为修辞的特殊、不羁与表现手法的多用白描、不重妆点;对于"清丽"来说,则无论其"以俗为丽"(奇丽),还是"以雅为丽"(雅丽),"机趣要不能板,而腠理要不能滞"。任氏还认为,对豪放与清丽的分别是相对的,不能太拘泥,太绝对,"豪放"作家不乏清丽之作,"清丽"作家也有豪放之篇。这些论述,都在曲学界产生了深远影响。

需要注意的是,元散曲中的豪放,与诗词中的豪放是迥然有别的,它是元代文人以极端的"豪"与"放"来释放因遭受环境重压而产生的牢骚和愤懑,诚如李昌集在《中国古代散曲史》第二卷下编第二章中所言,"它不作'壮志'的咏叹高歌,而恰恰是以'自弃'为形式的'豪',是嘲弄讥笑传统'豪情'的'放'"。

至于元散曲中的"清丽",则是针对情感激越豪宕、痛快淋漓的"豪放"之风而言的温和雅丽、精工凝练的另一流散曲风格,在意境上已基本与传统诗词融为一体。就题材内容而言,豪放之曲多叹世归隐之作,清丽之曲多写景咏物之篇;就曲作境界而言,豪放之曲往往超逸隽爽,清丽之曲则雅丽和婉;就语言修辞而言,豪放之曲多用口语,少用典实,注重本色自然,而清丽之曲则多炼字炼句,喜用故实,讲究蕴藉工巧。

"豪放"与"清丽"虽然只是在鼎盛阶段有两个明显的作家阵容,但是,作为两种对比鲜明的体式风格,却是在整个元散曲发展历程中一以贯之的。比如,在演化阶段中,杜仁杰之曲"豪放",元好问之曲"清丽";在始盛阶段中,关汉卿、王和卿之曲"豪放",白朴、卢挚之曲偏于"清丽";在衰落阶段中,汪元亨、刘庭信之曲"豪放",鲜于必仁偏于清丽等等。虽然用"豪放"和"清丽"两种风格来划分元散曲的流派有一定局限,不能囊括其他风格的作品,但"豪放"和"清丽"两种风格的特征对比鲜明,这种划分也就显得有较强的概括力,故为论曲者乐于采用。

第二节 鼎盛期内豪放派代表作家的创作

一、马致远

马致远一生沉沦下僚,仕途极不得意,他将全部才情投入了杂剧和散曲创作,取得了很高成就,被列为"元曲四大家"之一。其杂剧存目 15 种,现存 7 种。散曲存 130 余首,超过了其余三大家关、王、白的总和,历来被视为散曲的冠冕作家和豪放一派的主将。贾仲明挽词称"战文场曲壮元,姓名香贯满梨园"(天一阁本《录鬼簿》);朱权评其"岂可与凡鸟共语哉,宜列群英之上"(《太和正音谱》)。

从前，人们习惯于把马致远放到元贞、大德以前去与关汉卿、白朴等作为同一个时代的作家去论述，但实际上他要比关、白晚一辈人，他的〔粉蝶儿〕套开首云："至治华夷，正堂堂大元朝世"，证明他活到了至治(1321—1323)年间，在元贞、大德之后有近30年的创作活动；再就现存130余首散曲作品考察，其绝大部分作于元贞、大德、至大、延祐、至治年间，而代表其艺术成就、被称为"万中无一"的压卷之作的《秋思》套数，以及经常为论家们举到的一系列代表作品也都产生在这一时期(参见拙著《斜出斋曲论前集》所载《马致远、张可久等散曲创作活动年代论考》)。因此，就散曲创作而论，他应属于大盛期内的作家。他的散曲题材面很广，叹世归隐、怀古咏史、写景咏物、言志抒怀、羁旅行役、男女恋情等等，他都有所染指。他是以严肃的态度来对待散曲创作的，他用曲记录了他的人生感慨，发泄了对社会的不平和牢骚，与他的《荐福碑》等杂剧一道，代表了元代失意文人的哀吟和悲歌，是带着鲜明时代烙印的人生怅叹曲。

作者在曲中描写了他栖迟京华、追求仕进的情形："九重天，二十年，龙楼凤阁都曾见"(〔拨不断〕)，"且念鲰生自年幼，写诗曾献上龙楼"(〔女冠子〕套数)；也描写了他为求取功名而天涯奔走的凄凉状况：

带月行，披星走，孤馆寒食故乡秋。妻儿胖了咱消瘦。枕上忧，马上愁，死后休。

——〔四块玉〕

枯藤老树昏鸦，小桥流水人家，古道西风瘦马。夕阳西

第九章　元散曲的鼎盛阶段

下,断肠人在天涯。

——〔天净沙〕《秋思》

这些都是他"二十年漂泊生涯"(〔青杏子〕《悟迷》)的真实记录。前曲以寻常语写羁旅情,自然而又深挚,颇带点含泪的幽默;后曲以9组画面叠映,创造出冷落苍凉的意境,映衬出天涯游子茫然无归的孤独与彷徨。周德清赞其为"秋思之祖"(《中原音韵》),王国维称其"纯是天籁,仿佛唐人绝句"(《宋元戏曲考》),其深得历代读者喜爱,一至于此!尽管他孜孜不倦地追逐功名,仍毫无结果,但他却像李白一样地自信"天生我材必有用",压抑着悲愤,耐心地等待着:

子房鞋,买臣柴,屠沽乞食为僚宰,版筑躬耕有将才。古人尚自把天时待,只不如且酩子里胡捱。

——〔拨不断〕

遗憾的是,他并未"捱"到他理想的"天时"的到来,他终于失望了:

夜来西风里,九天雕鹗飞,困煞中原一布衣。悲,故人知未知?登楼意,恨无上天梯!

——〔金字经〕

他对"上天梯"的执着追求,与《荐福碑》中百折不挠地求取功名的张镐何其相似!甚而可以说张镐就是马致远的化身!此曲自然

303

朴实地道来,但英雄失路之悲、壮志未酬之叹,都充溢于字里行间!那冲天而飞的"雕鹗",显然是作者凌云壮志的象征;那"困煞中原一布衣"与"恨无上天梯"的悲叹,正是其绝望的哀鸣!面对蒙古统治者对汉族知识分子的压抑,他似乎终于认清了现实,于是决定从仕进之路上退步抽身:

> 叹寒儒,谩读书,读书须索题桥柱,题柱虽乘驷马车,乘车谁买《长门赋》,且看了长安回去。
>
> ——〔拨不断〕

《长门赋》无人能买,就连做文学弄臣的机会也都没有了,这才不得不一步三回头地离开了"长安道"、回到了"安乐窝"。由上所述可知,他的退隐完全是被迫的。所以,他的牢骚和愤懑,便异常强烈,不时地形诸笔端:"本是个懒散人,又无什经济才,归去来!"(〔四块玉〕《恬退》)"空岩外,老了栋梁材!"(〔金字经〕)"令作山中相,不管人间事,争什么半张名利纸"(〔清江引〕)。

牢骚归牢骚,在人生的道路上,他确实是失败了,人生的幻灭感、历史的虚无感也都自然地产生了。在他看来,成功和失败仿佛都了无意义,一切如过眼云烟,历史英雄的所作所为徒劳无益:

> 拔山力,举鼎威,喑呜叱咤千人废。阴陵道北,乌江岸西,休了衣锦东归。不如醉还醒,醒而醉。
>
> ——〔庆东原〕《叹世》

第九章　元散曲的鼎盛阶段

此组联章体小令对项羽、虞姬、孔明、司马懿、曹操、石崇等人一一评说咏叹,但结论都只有一个:"不如醉还醒,醒而醉!"只此一句,便将其全部抹倒。更有甚者,连屈原的"清死",在马致远看来,也毫不可取:

　　酒杯深,故人心,相逢且莫推辞饮,君若歌时我慢斟。屈原清死由他恁,醉和醒争甚。

　　　　　　　　　　　　——〔拨不断〕

这种历史的虚无感、人生的幻灭感,实质上是其牢骚愤懑之情的另一种发泄方式而已,前述之〔庆东原〕联章体小令本为咏史,但却题为《叹世》,便是最有力的证明。对历史和现实绝望以后,马致远和大多数曲作家一样,走上了避世之路,尽量给世俗生活涂上一层恬静安乐的色彩:

　　绿水边,青山侧,二顷良田一区宅。闲身跳出红尘外,紫蟹肥,黄菊开,归去来。

　　　　　　　　　　　　——〔四块玉〕《恬退》

　　东篱本是风月主,晚节园林趣。一枕葫芦架,几行垂杨树,是搭儿快活闲住处。

　　　　　　　　　　　　——〔清江引〕

这些闲适的境界,显然是他为自己受创的心灵所创造的理想避难所。同关汉卿的避之于市井勾栏相比,关曲将面子彻底放倒,要多一些野气和俗气,表现出异于传统文士的新的人格精神;而马致远的隐之于田园山林,虽也有一些野气、俗气,但总不失传统士流的闲雅,此乃关、马所不同处。如果拿他们的代表作品作一比较,将更加清楚。

如马致远的〔夜行船〕《秋思》套(原文见第五章第一节),它与关汉卿的〔乔牌儿〕套数(原文见第七章第二节)一样,所表现的不外是历史虚无、现实污浊、人生短暂,不如归隐醉乡。作者襟怀洒脱,才气纵横,忽尔百岁人生,忽尔秦宫汉阙,忽尔三国魏晋,忽尔陶令裴公,忽尔世相人情……古往今来,社会人情,人生世相,尽揽于笔底,可谓集元人叹世、咏史、恬退作品之大成,把看破红尘、彻悟古今的退隐思想表现得淋漓尽致。与关氏〔乔牌儿〕套比,其愤世嫉俗的思想感情和超然绝世的人生态度是相同的,但关汉卿的退避是"寻取个稳便处闲坐地","受用一朝,一朝便宜",表现出一种世俗化的玩世享乐;而马致远是"和露摘黄花,带霜烹紫蟹,煮酒烧红叶",正是裴公、陶令等传统高人韵士的闲雅风致;其雅、俗之别是很显然的。就艺术风格来说,关曲极自然本色,而马曲则稍事藻绘,于爽朗中求雅健,其不同的个性特征亦极鲜明。两位大作家的代表作品的风格差异,正是前后两个不同阶段之时代特征的差异。周德清评《秋思》一套云:"此方是乐府,不重韵,无衬字,韵险,语俊,谚云'百中无一',余曰'万中无一'。"(《中原音韵》)王世贞《艺苑卮言》称其"放逸宏丽而不离本色"。此篇套数之高标于曲史,可以想见。

到了晚年,马致远似乎真的悟透了历史与现实,也悟透了社会与人生,于是在全真教义的熏染下归真返朴,行乐诗酒,怡养

第九章　元散曲的鼎盛阶段

"东篱",遂得以发现大自然的无限真趣:

> 花村外,草店西,晚霞明雨收天霁。四围山一竿残照里,锦屏风又添铺翠。
>
> ——〔寿阳曲〕《山市晴岚》
>
> 夕阳下,酒斾闲,两三航未曾着岸。落花水香茅舍晚,断桥头卖鱼人散。
>
> ——〔寿阳曲〕《远浦帆归》

前曲写雨过天晴、晚霞映照的山岚秀色;后曲写黄昏夕照、帆归人散的渔村晚景;两曲以清新明丽之语写出了一种简淡闲放的意境,表现出作者与自然冥和而深悟玄机的淡泊宁静心态。

马致远还有不少言情小令描绘相思女子的形象。她们的失恋,与下层文人的仕途失意,都是人生的不幸,最容易产生情感共鸣。因此,作者不是去写她们的啼泪愁容,而是着笔于她们内心的怨恨。例如下面的两首〔寿阳曲〕:

> 云笼月,风弄铁,两般儿助人凄切。剔银灯欲将心事写,长吁气一声欲灭。
>
> 从别后,音信绝,薄情种害煞人也。逢一个见一个因话说,不信你耳轮儿不热。

此两曲写思妇内心活动,以通俗之语言写典型细节,极为传神,且颇得曲趣,耐人玩味。

307

总的来说，马致远的人生是悲剧性的，他的悲剧在于"读书——做官——致君泽民"之理想被现实所粉碎，却仍不懈追求，直至彻底绝望，最后，由热恋功名转为热恋山水，避世陶情，逍遥放诞。他的悲剧性人生，是元代不幸文人最典型的代表。正因为如此，所以尽管作为元散曲之主旋律的叹世归隐题材已有不少人染指，但却谁也没有写得像他那样淋漓恣肆，那样放逸宏丽，那样带有强烈的主观感情色彩和鲜明的时代烙印。就其艺术成就而言，他的作品，俗固然是曲，雅亦不失为曲；俗不失之粗，雅不失其趣，真可谓"文而不文，俗而不俗"。纵笔所之，无不得体；随心所欲，无不如意。故就其思想内容与艺术成就两方面而言，他被推为豪放一派之魁首，是当之无愧的。

二、贯云石

贯云石是散曲创作成就最高的少数民族作家，豪放派代表之一。元欧阳玄《贯公神道碑》述其生平颇详。他生于至元二十三年(1286)，卒于泰定元年(1324)，仅活了39岁。他是一位文武双兼的奇才，"年十二、三，膂力绝人，善骑射，工马槊"，袭父官为两淮万户府达鲁花赤，后让官于弟，北从姚燧学。燧见其古文峭厉有法及歌行、古乐府慷慨激烈，大奇之。仁宗继位，拜翰林学士、中奉大夫等职，忽称疾辞官，归隐钱塘。《元史》本传称其"晚年为文日邃，诗亦冲淡。草隶等书，稍取古人之所长，变化自成一家。所至士大夫从之若云，得其片言尺牍，如获拱璧。其视生死若昼夜，绝不入念虑，翛翛若欲遗世而独立"。一位30多岁的维吾尔族青年,有如此艺术成就,如此思想修养,如此人生态度,实令人惊叹!

他现存的80多篇散曲作品,绝大多数是写恋情与隐逸,其次为写景与咏史。他写恋情的作品,善于吸取民歌直率、警拔的长处,用最通俗、最朴实的语言写出一种出人意表的痴情,如以下三曲:

挨着靠着云窗同坐,偎着抱着月枕双歌,听着数着愁着怕着早四更过。四更过情未足,情未足夜如梭。天哪,更闰一更儿妨什么?

——〔红绣鞋〕

若还与他想见时,道个真传示:不是不修书,不是无才思。绕清江买不得天样纸!

——〔清江引〕《惜别》

相偎相抱正情浓,争忍西东,相逢争似不相逢。愁添重,我则怕画楼空。〔幺〕垂杨渡口人相送,拜深深暗祝东风:他去的高挂起帆,则愿休吹动。刚留一宿,天意肯相容。

——〔小梁州〕

此三曲均于"曲终奏雅",奇思妙想,非同凡俗。第一、三两曲分别用"更闰一更"的无理要求和"暗祝东风"的痴举,写出了恋人之间绸缪难分的痴情;第二曲用大胆夸张,末尾只说"绕清江买不得天样纸",那未说出的话便是:因此也就写不下满怀的相思情!语虽止而情无限。三曲均以痴人痴语,写痴情至情,是元散曲中难得

309

的珍品。尤其一、三两曲正面写男女欢爱的情景,其大胆而热烈,又非一般人所敢望其项背。

贯云石的恋情之作,还有的表现了对一些风尘女子命运和前途的关注。例如:

> 觑着你十分艳姿,千年心事。若不就着青春,择个良姻,更待何时。等个悭佃,寻个挣四,成就了这翰林学士。
>
> ——〔上小楼〕《赠伶妇》
>
> 薰风吹醒横塘,一派波光,掩映红妆。娇态盈盈,香风冉冉,翠盖昂昂。一任游人竞赏,尽数鸥鹭埋藏。世态炎凉,只恐秋凉,冷落空房。
>
> ————〔蟾宫曲〕《赠曹绣莲》

这些作品具有积极进步的人道主义精神,同那些只有猥亵玩弄而没有同情和关注的庸俗之作相比,显然不可同日而语。贯云石身为少数民族青年,礼教观念相对淡薄,且又生就狂放不羁的性格,舞榭歌场、秦楼楚馆之出入,自属寻常;况且辞官归隐,那也是消磨壮志的去处。故而情场悲欢、幽欢佳会、相思离别,成为他的恋情曲所描写的主要内容。其如上引各曲,写得热烈真率、清新爽脆,有浓郁的"蒜酪蛤蜊"之味,但也有的缠绵隽永,绝不在宋代婉约派词之下。如他的两首〔金字经〕:

> 金芽薰晓日,碧风度小溪。香暖金炉酒满杯。奇,夜来香透帏。人初睡,玉堂春梦回。

> 紫箫声初散,玉炉香正浓。凉月溶溶小院中。从,别来衾枕空。游仙梦,一帘梅雪风。

此等小令,其隽永绵长、含蓄蕴藉的笔致,与温庭筠、李煜、晏几道、秦观等人小词正有异曲同工之妙。或许是其生也晚,未能赶上词盛行的时代,好奇之心一起,要在新体式中来一番对旧体式的缅怀;或许是受南曲的影响,受水乡泽国柔丽之风的熏染;总之,这些作品是与乔、张清丽一派相近的风格。

贯云石的隐逸之曲,有的感慨仕途的险恶,有的歌咏退隐的悠闲,但很少有愤懑,也很少有牢骚,表现出一种经过深切理悟之后的和平宁静心态。如他的几首〔清江引〕小令:

> 竞功名有如车下坡,惊险谁参破。昨日玉堂臣,今日遭残祸。争如我避风波走在安乐窝。

> 避风波走入安乐窝,就里乾坤大。醒了醉还醒,卧了重还卧,似这般得清闲的谁似我。

> 弃微名去来心快哉,一笑白云外。知音三五人,痛饮何妨碍,醉袍袖舞嫌天地窄。

这些作品如此平和,如此轻松,尤其最后两曲,真好似闲云野鹤一般。但从那"醉袍袖舞"的形象展现之中,从那"有如车下坡"的酣畅淋漓的语言风格之中,仍旧显露出了这位贵胄公子的豪气。

由这种和平宁静的心态出发,他热爱恬静的自然美景,向往淳朴的农家生活,欣赏孤高的雪里梅花。他这样描写西湖的美景:

问胸中谁有西湖?算诗酒东坡,清淡林逋。月枕冰痕,露凝荷泪,梦断云裾。桂子冷香仍月古,是嫦娥厌倦妆梳。春景扶疏,秋色模糊,若比西施,西子何如。

——〔蟾宫曲〕

他请到了早已作古的高人韵士,邀来月里嫦娥与古代美女,通过美丽的遐想,展现了西湖的明静与秀美。他又这样描绘田家的乐趣:

田翁无梦到长安,婢织奴耕尽我闲。蚕收稻熟今秋办,可无饥不受寒。乐丰年畅饮开颜。唤稚子笃新酿,靠篷窗对客弹,直吃的老瓦盆干。

——〔水仙子〕《田家》

这里的田父,无疑是自我形象的幻化,田家的无忧无虑,不过是借以表现澹泊自在的隐逸闲情。他还这样赞咏梅花的高洁:

南枝夜来先破蕊,泄漏春消息。偏宜雪月交,不惹蜂蝶戏,有时节暗香来梦里。

——〔清江引〕《咏梅》

"偏宜雪月交"的腊梅,或许正是其不俗人格的象征。西湖的秀丽、田家的闲适、雪梅的圣洁,都成为其隐逸闲情的陪衬,反映出作者虽退隐市井,但仍不失高雅不俗的怀抱。

当然,他也并非浑身的静穆,"百年浑是醉,三万六千场"(〔小梁州〕),"将屠龙剑,钓鳌钩,遇知音都去做酒"(〔红绣鞋〕),以酒徒混世界,把壮志付醉乡,难言之隐,还是有一些的。但比起马致远来,他毕竟没有那种仕进无门的悲凉,也没有那种壮志难酬的愤懑,更没有那种欲进不能、欲罢不忍的矛盾痛苦,故他的叹世归隐、咏志抒怀之作,便不像马曲那样深于感叹,不像那样沉郁悲凉,不像那样潜气内转。故虽然同是豪放派代表作家,但一如闲云野鹤,一如壮士悲歌,其差异还是相当明显的。

贯云石的散曲创作成就,是元代各民族文化交流融合所结出的硕果,他不仅是维吾尔族人民的骄傲,也是时代的骄傲。他为元人杨朝英编选的重要散曲选本《阳春白雪》作过序,并评论了当时的一些代表作家,此为第一篇元散曲作家风格论的专文;他还为张可久的散曲集《今乐府》作过序,评其所作"文丽而醇、音和而平",是对张可久"清丽"风格的最早定评;这些曲评文字对后世产生了极为重要的影响。由此可见贯云石在延祐、至治的曲坛上,其地位是远远高于马致远的,他在当时的曲坛上,大约才是真正领时代风骚的"曲状元"。

前人评贯曲,或云其"清新俊逸"(《至正直记》),或云其"如天马脱羁"(《太和正音谱》),或云其"清高拔俗"(《顾曲麈谈》),皆就其某一部分言之,曲评家们的各执一隅,实际上反映了贯曲多格并存的大家风范。

第三节　鼎盛期内豪放派其他重要作家的创作

在本期内,豪放派仍然是曲坛的主流,除马致远、贯云石两位代表作家而外,在曲坛享有盛誉的尚有十余人,兹按时代顺序,择要论述如下。

一、陈英

陈英(号草庵)是与马致远大致同时的一位作家,作过较长时间的地方官,张养浩《归田类稿》中《析津陈氏先茔碑铭》曾引陈英自述仕履云:

> 不佞起寒微,叨仕中外,职风纪者九:内焉,监察御史;外焉,佥按察司事河东,副廉访史山东、陕西、河北,使行中书左丞则云南、山南、浙西,行台侍御史则江南。职民者六:在沅为判官,在泉为治中,刺雄、孟州二,两尹平阳、潭州。职簿领,则入省为都事右司,大都路为知事,兵马都指挥司为都目。奉使宣抚则江右、闽中,恭行省政则甘肃、河南。

由此可见他是由幕僚、州府属官而逐渐上升为地方大僚的。由于为官中外,遍历州郡,转官频繁,这就使他对从中央到地方的官场

第九章　元散曲的鼎盛阶段

情况有直接而深刻的了解。因此,他现存的 26 首〔山坡羊〕小令几乎全是仕宦人生的各种感慨,诸如历史虚无、富贵无常、功名虚幻等等,总之,集中表现了一种仕宦无聊的倦怠情绪。其中最有代表性的一首云:

> 晨鸡初叫,昏鸦争噪,那个不去红尘闹。路遥遥,水迢迢,功名尽在长安道。今日少年明日老,山,依旧好;人,憔悴了。

起二句既是时间的泛写,同时又是闹攘攘"红尘"的一种象征。在"长安道"上争名夺利,不过是空耗一生年华,由"长安道"的意象延伸,历史之思、现实之感,自然融汇为一,由此加重了感叹的力度。这种人生易老、功名虚幻的主题,它的产生,固然与这一时期内全真教思想的盛行有关,但更主要的还在于社会黑暗,是非不分;官场腐朽,贤愚莫辨。陈草庵曾这样慨叹道:

> 渊明图醉,陈抟贪睡,此时人不解当时意。志相违,事难随,不由他醉了齁睡。今日世途非向日。贤,谁问你;愚,谁问你。

一位身为二品的地方大僚尚有如此感叹,其"混愚贤,哀哉可怜"的社会是怎样的污浊,就不难想见了。面对这种状况,贤明廉正者不得不重新思考他们碌碌官场的意义,不得不重新求索他们的人生价值,结果当然令他们失望和寒心。

315

> 红尘千丈,风波一样,利名人一似风魔障。恰余杭,又燉煌,云南蜀海黄茅瘴,暮宿晓行一世妆。钱,金数两;名,纸半张。

此曲并非泛写,而是作者深有感触的自叹。参以《析津陈氏先茔碑铭》中述其"行中书左丞则云南、山南、浙西"、"恭行省政则甘肃、河南"以及《归田类稿·甘肃省创建来远楼记》中"大德丙午秋仲,改浙西道肃政帝访使陈公彦卿参兹省(甘肃省)政"的记载,便可知曲中"恰余杭,又燉煌,云南蜀海黄茅瘴"等叙写,正是他自己的仕宦经历。他反思大半生官场生活的结果,到头来不过赢得"钱,金数两;名,纸半张"而已。穷,尚可"独善其身";然而,"达",却并不能"兼济天下"。那么,他们宦游的人生,还有什么意义和价值可言呢?思索慨叹之余,无疑倍增其失意无聊,历史的虚无感、人生的幻灭感自会油然而生,只有在这种时候,他们才最容易投入全真教避世求隐思想的怀抱。

叹世,必然歌咏归隐;愤世疾俗的牢骚,往往转化为怀慕出世的情绪。陈草庵也不例外,例如他的"尘心撇下"一曲说:

> 尘心撇下,虚名不挂。种园桑枣团茅厦。笑喧哗,醉麻查,闷来闲访渔樵话。高卧绿阴清味雅。栽,三径花;看,一段瓜。

此类写田园闲适之乐的作品,在草庵之曲中可谓俯拾即是。他终身未离开官场,但却在自己的心灵空间建构起理想化的农家,身在官场,而心游田园。这便是最典型的以仕为隐的人生态度,这也可谓是"大隐隐朝市"的方式之一。选择了这样的人生态度,于是乎"淈其泥而扬其波""铺其糟而饮其醨",于是乎"功名戏我、我戏功名",一切随缘自适,随遇而安,无可而无不可。屈原以死作最后抗争是他所不取的:

> 三闾当日,一身辞世,此心倒大无萦系。淈其泥,啜其醨,何须自苦风波际。泉下子房和范蠡,清,也笑你;醒,也笑你。

对不同的人格典型,作者否定了屈原,而选择了子房和范蠡,这不是他一人的选择,而几乎是一代人的选择,一代人对社会现实绝望后而又要生存下去的必然选择。

拿陈英的叹世归隐之作与马致远相比,陈之出发点在于"达"而不能"兼济天下",于是失意于官场;马之出发点在于仕进无门,于是绝望于官场;同归而殊途,故陈曲无马曲那样的悲凉沉郁。相比之下,他倒是接近于贯云石的和平宁静,是豪而且"放"的,尤其"放"的"旷达"一面更为突出。陈英散曲的语言又是极朴实无华、极潇洒自然的,是极地道的"本色"作风,故其总的风格特点,或可以疏放自然概之。

二、冯子振

冯子振是鼎盛期内豪放派中的一员大将,《元史·陈孚传》附载其事,谓"其豪俊与孚略同,孚极敬畏之,自以为不可及。子振于天下之书无所不记,当其为文也,酒酣耳热,命侍吏二、三人润笔以俟,子振据案疾书,随纸数多寡,顷刻辄尽"。其所作散曲存40余首,其中〔鹦鹉曲〕(又名〔黑漆弩〕)42首,有36首载《太平乐府》卷首,有序云:"余壬寅岁留上京,有北京伶妇御园秀之属相从风雪中,恨此曲(即白无咎〔鹦鹉曲〕)无续之者……诸公举酒,索余和之。以汴、吴、上都、天京风景试续之。"由此可知他的〔鹦鹉曲〕作于大德六年(1302),其时46岁,正当壮年。但他此前已有过仕途坎坷(据《元史·世祖本纪十四》载:至元二十九年五月丁未,中书省臣言:"妄人冯子振尝为诗誉桑哥,且涉大言;及桑哥败,即告词臣撰碑引喻失当,国史院编修官陈孚发其奸状,乞免所坐,遣还家。"),宦海风波的危险,他是有所感触的,因此,他很自然地也加入了元散曲叹世归隐的大合唱。其中题为《感事》《故园归计》《市朝归兴》的几首小令,抒写了他的宦途感慨。题为《感事》的两首,一借古以感今,一借人以写己:

黄金难买朱颜住,驷马客羡跨牛父。石将军百斛明珠,几日欢云娱雨。〔幺〕趁春归一瞬流莺,万事夕阳西去。旧婵娟落在谁家,个里是高人省处。

江湖难比山林住,种果父胜刺船父。看春花又看秋花,不管颠风狂雨。〔幺〕尽人间白浪滔天,我自醉歌眠去。到中流手脚忙时,则靠着柴扉深处。

前曲以司马相如的风流才智和石崇的富贵荣华难以永存,感慨功名如烟、富贵如云。后曲以种果父与刺船父的不同生活对比,暗喻人世险恶与隐居悠闲。其"颠风狂雨"、"白浪滔天"的自然景象,实际上是人世风波的象征,"到中流手忙脚乱"的舟子,显然是官场中人的画像;而"自歌醉眠"的果农,则是作者心目中高人逸士形象的幻化。作者借古人、他人,其所感之"事",无非是人生虚幻、世道险恶。如果说这两曲还较"平"、较"泛"的话,那么,《市朝归兴》一首则更能见其个性特征:

  山林朝市都曾住,忠孝两字报君父。利名场反覆如云,又要商量阴雨。〔幺〕便天公有眼难开,袖手不如家去。更蛾眉强学时妆,是老子平生懒处。

曲中对名利场中明争暗斗的厌恶,对瞎眼"天公"的埋怨,对谄媚求进的痛恨,都溢于言表。"老子平生懒处",是其刚直以立世的人生态度;"袖手不如家去",则是其仕不如隐的人生选择;这一切又都集中于对"忠孝"二字的暗暗否定。由此,乡情深切的归思,退隐林下的向往,都一发于曲:

  重来京国多时住,恰做了白发伧父。十年枕上家山,负我湘烟潇雨。〔幺〕断回肠一首阳关,早晚马头南去。对吴山结个茅庵,画不尽西湖巧处。

——《故园归计》

碌碌官场,作者只能在梦里回到潇湘;对"吴山结个茅庵",也不过是"枕上"梦寐而已。归计难成,作者便在他的理想中描绘了许多足不到市的闲人形象,如樵父、耕父、农父、田父、渔父、园父等等,借他们的恬淡闲适,抒写了自己志在田园山林的怀抱。例如:

> 嵯峨峰顶移家住,是个不唧嚠樵父。烂柯时树老无花,叶叶枝枝风雨。〔幺〕故人曾唤我归来,却道不如休去,指门前万叠云山,是不费青蚨买处。
>
> ——《山亭逸兴》
>
> 沙鸥滩鹭缟依住,镇日坐钓叟纶父。趁斜阳晒网收竿,又是南风吹雨。〔幺〕绿杨堤忘系孤桩,白浪打将船去。想明朝月落潮平,在掩映芦花浅处。
>
> ——《渔父》
>
> 柴门鸡犬山前住,笑语听伛背园父,辘轳边抱瓮浇畦,点点阳春膏雨。〔幺〕菜花间蝶也飞来,又趁暖风双去。杏梢红韭嫩泉香,是老瓦盆边饮处。
>
> ——《园父》

"云山"顶上的高洁、"芦花"丛中的安闲、"老瓦盆边"的豪放,这不仅是他一人的向往,也是整个时代的一种思想潮流,是仕与不仕、达与不达的人所共同崇拜的一种士流风尚。冯子振不过是众多崇拜者中较突出的一位而已。

除为数众多的叹世归隐之作而外,他还有《农夫渴雨》描写真实的田园生活和农夫渴雨的急切心情:"年年牛背扶犁住,近日最懊恼杀农父。稻苗肥恰待抽花,渴煞青天雷雨";《燕南百五》描写少女游春的情景:"绣弯弯湿透罗鞋,绮陌踏青回去。约明朝后日重来,靠浅紫深红暖处。"凡此,都具有一定生活气息。另外,他还写有一些怀古、咏史、题画、纪游、写景、叙别的作品,由此表现出他创作题材范围较广,虽然所用曲牌单一,但内容并不单薄。

他所使用的〔鹦鹉曲〕牌调,又次别人韵脚,据序文可知其极难作:"如第一个'父'字,便难下语;又'甚也有安排我处','甚'字必须去声字,'我'字必须上声字,音律始谐,不然不可歌,此一节又难下语。"一般人是望而却步的,白贲因填此曲成功而名声大噪,他人和作以逞才斗巧,亦不过一、二首,而冯子振和之,竟有42首,其才气豪情,确实非同凡响。陈孚"任侠不羁"之士,而敬畏之;贯云石,一代奇才,而盛赞之;冯子振在士流的声望,于此可以想见。贯云石在《阳春白雪序》中评"冯海粟豪辣灏烂,不断古今,心事又与疏翁不可同舌共谈",所谓"豪辣",即豪放爽朗,此就气势和语言风格而言;所谓"灏烂",即壮阔斑斓,此就意境和形象而言。至于邓子晋在《太平乐府序》中评其"字按四声,字字不苟;辞壮而丽,不淫不伤",则又以谐律合谱绳之,亦给以高度评赞;其称"辞壮而丽",与贯评"豪辣灏烂",内涵大体一致。这些评价,都是很中肯的。今读冯曲,实觉其造语简练娴熟,节奏感鲜明强烈,有豪放潇洒的大家风范。

三、曾瑞

曾瑞是大盛期内创作内容驳杂,存曲数量较多(令曲95,套曲17)的一位布衣曲家。他从北到南,在西子湖边度过了大半生。他

早年在京城中有过一段与关汉卿类似的诗酒风月的生活,这在他晚年作的〔哨遍〕《思乡》套中有如下回忆:

> 辇毂下人生有幸,乐太平歌舞同欢庆。金绮陌玉娉婷,间笙簧歌转流莺。斗驰骋,粉浓兰麝,肌莹琼酥,花解语娇相并。旦暮花魔酒病,诗酬酢好句,词赓和新声。樱唇月下品玉箫,春笋花前按银筝。正宴乐皇都,忽忆吴山,顿思越景。

他的散曲中有许多描写风情闺思的作品,这与他早年的生活经历有密切关系。他的离家南行,虽然用他的话说是"忆吴山""思越景""贪幽静",是"懒趋权势、不就功名",是"自愿瞰东南形胜";但在他的内心深处,却并非没有求取功名的企盼。他有一套《羊诉冤》的曲子云:"从黑河边赶我到东吴内,我也则望前程万里,想道是物离乡贵有些峥嵘。"这显然是借羊的自白身世,道出了离乡南来、欲有所作为的真实思想。然而因其为人"志不屈物",极清高孤傲,自知与仕途无缘,所以就干脆唱起了隐逸的高调。实际上,他与马致远一样有求仕未得的苦闷和牢骚,有才高而位卑的愤郁不平,有对于不幸命运的强烈感叹。他在许多作品中都抒发了不为世用的愁苦,并明确表现了是因为壮志难酬才"跳出红尘"的真实怀抱。如他的〔四块玉〕《述怀》小令:

> 冠世才,安邦策,无用空怀土中埋!有人跳出红尘外,七里滩,五柳宅,名万载!

第九章 元散曲的鼎盛阶段

　　　　白酒笃,黄柑扭,樽俎临溪枕清流。醉时歌罢黄花嗅。香已残,蝶也愁,饮甚酒!

前曲与其说是赞咏严子陵、陶渊明的隐逸高行,倒不如说是抒写其"冠世才、安邦策"之"无用空怀"的愤懑;后曲前半写醉酒放歌的闲情,后半则借香残、蝶愁写老而无用、大势已去的悲凉,在"饮什酒"的强烈感叹中,分明饱含着壮志空怀的沉痛感慨!尤其是他的〔端正好〕《自序》套曲,更全面地表现了因功名未遂而遁世、玩世的思想历程。他列举了诸葛亮、伊尹、管仲、傅说等一系列英雄豪杰之士,认为他们不过是"各有天时地利人和"得"君臣每会合"而已,这显然又与马致远、贯云石、陈英等人从历史虚无、人生虚幻的角度否定历史英雄有显著区别。他要表现的思想是:英雄并没有什么了不起,他们与凡人的差别只不过在"遇"与"不遇","遇"则英雄,"不遇"则凡夫俗子。

　　而"遇"与"不遇",又"皆前定并无差错"。既然一切乃命中注定,拼命去追求高官厚禄,不是徒劳无益吗?既然是徒劳无益,就不如"学刘伶般酒里酕,仿坡仙般诗里魔","得磨跎处且磨跎"了。用套曲中〔小梁州〕幺曲里的话说,便是"既功名不入凌烟阁,放疏狂落落陀陀",这就是《自序》的主旨,也是包括曾瑞在内的一代沦落文士真实的人生态度。这与《述怀》表现的人生态度是完全一致的:既然不能轰轰烈烈地用世,于是就痛痛快快地玩世!与贯云石、陈英等人相比,一是在彻悟人生以后的完全解脱,一是在宿命论思想支配下无可奈何地放弃名利,二者虽然都殊途同归地走向了隐逸玩世,都是悲剧性的人生,但其心态大不一样。前者已完全绝望于现实,有一种彻底解脱的轻松愉快,而后者仍带有某种希望,有不甘心命运的愤郁不平。所以,尽管曾瑞的散曲内容驳杂,或咏物,或抒怀,或咏史,或叹世,或言情,但却总免不了有"英雄失路"之悲的情感融贯其中,即如《羊诉冤》《秋扇》《古镜》等套曲作品,也都或隐或显地表现了"时不我遇"的悲愤情绪。因而,像他的〔四块玉〕《述怀》:

衣紫袍,居黄阁,九鼎沉如许由瓢。调羹无味教人笑。弃了官,辞了朝,归去好。

这就真是吃不着葡萄而说葡萄酸了。嘴里说着"弃了官,辞了朝,归去好",然而,他的功名之念直到"两鬓斑",也并未消失。请看下面两曲:

功名希望何时就,书剑飘零什日休。算来著甚可消愁,除是酒,醉倚仲宣楼。

——〔喜春来〕《未遂》

南山空灿,白石空烂,星移物换愁无限。隔重关,困尘寰,几番肩锁空长叹。百事不成羞又赧。闲,一梦残;干,两鬓斑。

——〔山坡羊〕《自叹》

前曲直言功名未遂。"书剑飘零"不过是干禄之举,哪里是什么

第九章 元散曲的鼎盛阶段

"自愿瞰东南形胜"！看似疏狂于醉乡，原来也不过是为了"消愁"。后曲更直言南下游山水不过是想走终南捷径，但事与愿违，"南山空灿、白石空烂"的怨叹，实际上是终南捷径未曾走通的叹息，其"隔重关、困尘寰"的悲叹，与马致远未能彻悟以前的"困煞中原一布衣"的悲叹，其内涵是完全一致的。曾瑞的这部分叹世抒怀之曲，有的全用口语，极显"本色"；有的雅俗交融，极圆熟自然。

曾瑞写得最多的是风情、闺情两类作品。其写"风情"者，如《嘲妓家》《村夫走院》《风情》《妓怨》《老风情》《劝娼》《赠老妓》等作品，都是现实生活中娼妓生活的真实描写，他揭露了妓院老板的奸猾狠毒，也揭露了某些妓女认钱不认贤的虚情假意。所以他笔下的风尘女子，并非全如诗词中娼妓形象的柔情蜜意，她们有令人同情的一面："被娘间阻郎心趄，离恨满怀何处说"；也有令人鄙恨的一面："敬富嫌贫，贤愚不辨。"作者大约曾一度以玩世不恭的态度出入于青楼柳巷，作品中曾有许多遭妓家坑骗的悔恨，有对无情娼妇的埋怨，有对她们色貌的赏玩，在驳杂的内容中表现出浓厚的市井气息和市民情调，有相当一部分是不可取的。从写作态度上说，这部分作品也显得极散漫随意，有的甚而极粗俗，作者写作的目的也不过是以戏谑的态度以博一笑而已。如〔迎仙客〕《风情》：

> 我共你，莫相离，肉铁索更粘如胶共漆。系着眉毛，结着鬏髻，硬顶着头皮，熬一个心先退。

此类滑稽调笑作风，与前两期中之杜仁杰、王和卿一脉相承，往后，则由刘庭信最后继响。在今天看来，其题材内容与游戏态度并不可取,但在当时的曲坛上,他们能博得市民的开心,并影响到其他作家对曲趣的重视,其意义不可低估。

曾瑞题为"闺情"的一类作品,则显然又别具一格,即不仅内容和情调较为雅致,写作态度也比较严肃,与在"风情"类作品中所表现的庸俗的市民情调相比,"闺情"类作品则表现了比较高雅的士大夫情趣。若就风格言之,则雅辞丽藻、情景交融、含思婉转,酷似婉约词的风致。例如:

孤雁悲,寒蛩泣,恰待团圆梦惊回。凄凉物感愁心碎。翠黛颦,珠泪滴,衫袖湿。

——〔四块玉〕《闺情》

蜂蝶困歇梨花梦,莺燕飞迎柳絮风,强移莲步出帘栊。心绪冗,羞见落花红。

——〔喜春来〕《春闺思》

此类作品又显然与张可久等清丽一派的风格为近。由此可见,曾瑞的散曲,不仅题材内容极驳杂,其风格也甚为多样,豪放与清丽多格并存,但主体风格仍是豪放诙谐,故应属豪放一派。若与马致远、冯子振诸人相比,其劲健沉雄之气显有不及,而滑稽诙谐之趣,则又过之。

四、张养浩

张养浩是元代中期一位刚强、正直、政绩卓著的清官。据《元

第九章 元散曲的鼎盛阶段

史》本传记载,他幼有行义,勤而好学,由焦遂荐为东平学正,受知于不忽木平章,被辟作礼部令史,后以丞相椽选授堂邑县尹,惩强去暴,深得民心,"去官十年,犹为立碑颂德"。39岁时拜监察御史,在官两年,因直言敢谏,当国者恨之,复构罪罢免,养浩恐及祸,遂变姓名遁去。旋被起用,任翰林直学士、礼部侍郎、参议中书省事等职。英宋即位,因谏勿于元夕大张灯火,以免起奢侈之端,由此触怒英宗。因深感官场险恶,遂以父老终养为由,中年辞官,在故乡云庄过了八、九年优游林泉的闲散生活。他的160多首散曲,绝大部分即作于这一时期,因题名《云庄休居自适小乐府》,文集《归田类稿》亦于此时编写成集。在此期间,朝廷曾多次征召,"山中八九年,七见征书下日边"(〔西番金〕),但他坚辞不赴。直到天历二年(1329),关中大旱,特拜陕西行台中丞前往救灾,既闻命,便登车就道。到任4月,未尝家居,止宿公署。终因积劳成疾,卒于任所。关中之人,哀之如失父母。

张养浩的散曲主要有两大类,一类是他写于云庄的隐逸叹世、田园山水之作,另一类是他写于陕西救灾时的怀古咏史和忧国忧民之篇。

他的叹世隐逸之曲,占了他所作散曲的绝大部分,他反复咏叹的是官场的险恶,反复思索的是功名的虚幻,反复歌咏的是闲居的乐趣。他有几十年官场经历,有宦海沉浮的切身感受,所以他写出的也总是他的真感情。他的〔水仙子〕说:

中年才过便休官,合共神仙一样看。出门来山水相留恋,到大来耳根清眼界宽。细寻思这的是真欢。黄金带缠着

327

忧患,紫罗襕裹着祸端,怎如俺藜杖藤冠。

他对自己三十多年官场经历和"中年休官"是有许多感触的,仿佛会不由自主地想起这些事情:"海来阔风波内,山般高尘土中,整做了三个十年梦"(〔庆东原〕);"三十年一梦惊,才与气消磨尽,把当年花月心,都变做了今日山林兴"(〔雁儿落兼得胜令〕);"玩水游山,身无拘系,这的是三十年落的"(〔朝天曲〕);"过中年便退官,再不想长安道"(〔雁儿落兼清江引〕);"会寻思,过中年便赋去来词"(〔殿前欢〕《村居》)。三十年官场经验,他总结为"黄金带缠着忧患,紫罗襕裹着祸端"!这不仅是他的切身感受,也是他思索历史的结论。他的〔沽美酒兼太平令〕这样写道:

在官时只说闲,得闲也又思官,直到教人做样看。从前的试观,那一个不遇灾难?楚大夫行吟泽畔,伍将军血污衣冠,乌江岸消磨了好汉,咸阳市干休了丞相,这几个百般,要安,不安,怎如俺五柳庄消遥散诞。

此类慨叹历史人物不幸的作品尚多,在作者的眼里,一个个满腹经纶的人物,不管怎样的位高权重,不管怎样的功勋显赫,结果都免不了身遭祸患,因此,他再不愿"腆着胸登要路,睁着眼履危机"(〔朱履曲〕),而是激流勇退,回到了历城的故乡。在明媚的山水景物之中,他感到了一种"久在樊笼里,复得返自然"的由衷快慰,并不断把在朝与在野的两种生活情景进行对比:

第九章 元散曲的鼎盛阶段

> 往常时为功名惹是非,如今对山水忘名利。往常时趁鸡声赴早朝,如今近晌午犹然睡。往常时秉笏立丹墀,如今把菊向东篱,往常时俯仰承权贵,如今逍遥谒故知。往常时狂痴,险犯着笞杖徒流罪;如今便宜,课会风花雪月题。
>
> ——〔雁儿落兼得胜令〕

正因为他是在对历史和现实的大彻大悟之中,是在对做官与居闲的对比之中非常理智地选择了归隐的道路,因此,他没有马致远、曾瑞曲中的悲凉与愤郁,而有的只是与贯云石等人相近的宁静与和平:

> 春来时绰然亭香雪梨花会,夏来时绰然亭云锦荷花会,秋来时绰然亭霜露黄花会,冬来时绰然亭风月梅花会。春夏与秋冬,四季皆佳会。主人此意谁能会。

张养浩在退隐的八九年中,家乡的"绰然亭"一直是他的身心休憩之地,他曾一而再,再而三地描绘其绰然亭的闲适,此曲是其中最有代表性的一首,以重韵体形式描写了一年四季在绰然亭中的闲放乐趣,舒心惬意之情,洋溢于字里行间。他的绝大部分作品,无论是对"三十年"官场生活的反思,还是对归隐云庄的闲放之情的抒写,都是如话家常般道来,那么自然朴实,所以他在豪放一派中,是属于疏放自然的一类,是与陈英特别相近的一种风格。

在隐居云庄期间,他的确是消除了是非心,忘却了功名念,因而能以最澄静之心对白云,以最闲暇之眼观飞鸟,由此写出了许多主客交融的优美境界。如:

元散曲通论

  鹤立花边玉,莺啼树杪弦,喜沙鸥也解相留恋。一个冲开锦川,一个啼残翠烟,一个飞上青天。诗句欲成时,满地云撩乱。

        ——〔庆东原〕

  云来山更佳,云去山如画,山因云晦明,云共山高下。倚杖立云沙,回首见山家。野鹿眠山草,山猿戏野花。云霞,我爱山无价。看时行踏,云山也爱咱。

        ——〔雁儿落兼得胜令〕

  野水明于月,沙鸥闲似云,喜村深地偏人静。带烟霞半山斜照影,都变做满川诗兴。

        ——〔落梅引〕

这些作品,都是"此中有真意,欲辨已忘言"的上乘之作,那么清新,那么明媚,那么纯洁,的确是元散曲中写自然山水的精品。朱权谓养浩之曲"如玉树临风",当就此类作品而言。如果说贯云石辞官归隐以后有相当长一段时间是在儿女情长中消磨壮志,张养浩则是在山水风月中"独善"人生,他真切而执著的恋山恋水之情,在元散曲作家中是非常突出的。除了上述作品,再读一下他的4首〔西番经〕小令,我们的感受也许会更加深刻。其曲云:

  天上皇华使,来回三四番,便是巢由请下山。取索檀,略别华鹊山,无多惭,此心非为官。

  屈指归来后,山中八九年,七见征书下日边。私自怜,又

第九章　元散曲的鼎盛阶段

为尘事缠。鹤休怨,行当还绰然。

累次征书至,教人去住难。岂是无心作大官?君试看,萧萧双鬓斑。休嗟叹,只不如山水间。

说着功名事,满怀都是愁。何似青山归去休。休,从今身自由。谁能够,一蓑烟雨秋。

这是他天历二年离家往陕西救灾时写的惜别之曲,但惜别的对象不是情人,而是自然风光,他在曲中所表现的对自然山水的依依惜别之情,绝不亚于某些人对于意中情人的眷恋。尽管他是如此贪恋山水,如此厌恶功名,但想到此行是救民于水火,便放弃了自己舒适而宁静的生活,去担起了重大的社会责任。

这不仅是他人生的一次大转折,也是他散曲创作的一次大转变,即由抒写个人的隐逸闲情,转向了广阔的社会人生,并抒发了忧国忧民的怀抱。就同他对历史英雄的命运有过思索一样,他对劳动人民的命运也同样有过极深刻的思索,他的〔山坡羊〕《潼关怀古》这样写道:

峰峦如聚,波涛如怒,山河表里潼关路。望西都,意踌躇,伤心秦汉经行处,宫阙万间都做了土。兴,百姓苦!亡,百姓苦!

曲的末尾,是何等惊世骇俗的真知灼见!又是何等深切的哀民忧民之心！如果不是有极可贵的民本思想，何以有这一针见血的高论！诗人从朝代兴亡中看到了老百姓的悲惨命运，因而总是对他们寄以无限同情和悲悯，如他的〔喜春来〕小令：

亲登华岳悲哀雨，自舍资财拯救民。满城都道好官人，还自哂，比颜御史费精神。

路逢饿殍须亲问，道遇流民必细询。满城都道好官人，还自哂，只落得白发满头新。

乡村良善全生命，廛市凶顽破胆心。满城都道好官人，还自哂，未戮乱朝臣。

他那种胸中装着国家和人民的大公无私精神，那种以天下人民为己任而鞠躬尽瘁的崇高品格，是值得颂扬的。他善良的为国为民之心在〔一枝花〕《咏喜雨》套中表现得更为突出：

用尽我为民为国心，祈下些值玉值金雨。数年间空盼望，一旦遂沾濡。唤省焦枯，喜万象春如故。恨流民尚在途，留不住都弃业抛家，当不的也离乡背土。

〔**梁州**〕恨不的把野草翻腾做菽粟，澄河沙都变化做金珠，直使千门万户家豪富。我也不枉了受天禄。眼觑着灾伤教我没是处。只落的雪满头颅。

〔**尾声**〕青天多谢相扶助，赤子从今罢叹吁。只愿的三日

第九章　元散曲的鼎盛阶段

霖霪不停住,便下当街上似五湖,都淹了九衢,犹自洗不尽从前受过的苦!

就像他在云庄执着地投身于自然的怀抱一样,他在陕西又将整个生命融汇于人民的命运和救灾的事业,直到生命的终止!

在张养浩以前,元散曲的题材范围始终未能走出作家个人生活的圈子,是他,第一次将同情民生疾苦的内容引进了散曲创作的题材领域,他的贡献是不朽的。

五、薛昂夫

在鼎盛期内,西域人薛昂夫的散曲创作也取得了令人瞩目的成就。就实绩而言,他与贯云石或可谓旗鼓相当。但因政治地位不及贯云石高,影响也不及贯大,再加之明人治元曲,胸中又横亘着一个夷、夏之别的正统观念,薛昂夫便很少为人提及,就连明初大曲论家朱权在《太和正音谱》中也将他一人的三个名字误为不同的三个作家,一曰"马九皋之词如松阴鸣鹤",二曰"薛昂夫之词如雪窗翠竹",三曰"马昂夫之词如秋兰独茂"。这样,薛昂夫其人就更鲜为人知了。直到近世,陈垣先生《元西域人华化考》、孙楷第先生《元曲家考略》才先后将其生平、仕历考明。

薛昂夫现存的60多首散曲,内容以叹世抒怀、怀古咏史为主,另有一些写景纪游之作。他的怀古咏史之曲最有特色,他对历史人物的审视,很少囿于传统看法,往往能独出新见,言人所未言,如他的22首联章体[朝天曲]小令,一连列举了20位古人,上至帝王将相,下至代表一定人格风范的布衣素民,如刘邦、吕尚、老莱子、卞和等等,他都有所咏叹,而且对所有历史人物所蕴含的人格意义几乎都持一种批判的态度,诸如杜甫的苦吟、伯牙的琴技、董永的痴情等等,都在他的否定之列。他以为杜甫"假如,便俗,也胜穷酸处";认为伯牙既难觅知音,就应把琴"㸑下,煮了仙鹤罢";认为董永与织女并无夫妻缘分,不应太执着:"书生休认真。"尤其对卞和、老莱子等人的尽忠尽孝,给以了辛辣嘲讽(参见本书第五章第三节)。凡此,都具有明显的、强烈的反传统意识,这既与其作为少数民族的出身有关,尤与当时叛逆的时代思潮有紧密联系。

经过对历史人物的思索慨叹,他最终得出了"世情嚼蜡烂如泥,不见真滋味"的感受,由此,他便选择了一条避世享乐的人生之路:"买两个丫环,自拈牙板,一个歌一个弹,醒时节过眼,醉时节破颜,能到此是英雄汉。"他的写景纪游之作,也总是贯穿着他的隐逸情怀,如〔山坡羊〕《西湖杂咏·春》:

山光如淀,湖光如练,一步一个生绡面。扣逋仙,访坡仙,拣西施好处都游遍,管甚月明归路远。船,休放转;杯,休放浅。

他就是这样,在湖光山色中享受人生,在醉乡中追求"真"趣。因此,他的纵情山水、留连诗酒的作品甚多,由此也就表现出他与众不同的高雅情怀。他是以追求传统的士大夫隐逸情调的高雅和自由来超脱人世中的庸俗与物累,他是非常理智地超脱,执着地追求着人的真实的生命意义,优游人生但又似乎不染丝毫的尘俗,在这一点上,他可以说是张养浩、贯云石等人的同调。但比起曾作高官显宦的张养浩、贯云石来,他不过才做到一个路总管的中层官员,他还未能到更上层去领略那"黄金带缠着忧患、紫罗襕裹着祸端"的官场险恶,所以他对于功名的超脱,自然没有张养浩、贯云石那样彻底。他的〔山坡羊〕一曲,或许正是他未能彻底摆脱功名之累的矛盾痛苦心情的反映:

> 大江东去,长安西去,为功名走遍天涯路。厌舟车,喜琴书,早星星鬓影瓜田暮。心待足时名便足。高,高处苦;低,低处苦。

他题为《自笑》的一首〔庆东原〕小令,表现得更为明确:

> 邵圃无荒地,严陵有顺流,向终南捷径争驰骤。老来自羞,学人种柳,笑杀沙鸥。从此便休官,已落渊明后。

原来,他在中年时的纵情山水,醉倒酒垆,也还有"向终南捷径争骤"的用心!从这晚年的人生自白中,也还可以看出他为人的真爽,真可谓文如其人,这正是其人其文的可爱之处。

薛昂夫的散曲,最显著的一个特点是笔挟讽刺,他不仅嘲讽了许多历史人物,还嘲笑一些荒诞无稽的神话传说,如〔蟾宫曲〕《题烂柯石桥》,其"斧柄儿虽云烂却,裤腰儿难保坚牢"的戏谑,真令人捧腹喷饭!他还嘲笑刘伶未能真正"放浪形骸":"笑杀刘伶,

荷锸埋尸,犹未忘形"(〔蟾宫曲〕《叹世》)。他对那些假隐士、伪学士的嘲讽,尤为尖刻:

功名万里忙如燕,斯文一脉微如线,光阴寸隙流如电,风霜两鬓白如练。尽道便休官,林下何曾见,至今寂寞彭泽县。

——〔正宫〕《塞鸿秋》

醉归来,袖春风下马笑盈腮。笙歌接到朱帘外,夜宴重开。十年前一秀才,黄齑菜,打熬到文章伯,施展出江湖气概,抖擞出风月情怀。

——〔殿前欢〕

冷嘲热讽、嬉笑怒骂,皆不失为曲味浓郁的佳作。此外,他还有一些借伤春以寓情怀的作品,雅丽缠绵,又是一格:

屈指数春来,弹指惊春去。蛛丝网落花,也要留春住。几日喜春晴,几夜愁春雨。六曲小山屏,题满伤春句。春若有情应解语,问着无凭据。江东日暮云,渭北春天树,不知那答儿是春住处。

——〔楚天遥过清江引〕

此类作品融唐宋人诗词意境入曲,浑化天成,脍炙人口,其婉转缠绵之思,颇耐人寻味。杨维桢《周月湖今乐府序》谓其"蕴藉",或就此类作品言之。

总的来看,昂夫散曲于放逸宏丽中寓雄健之气,于嘲讽戏谑中见诙谐之趣；豪放而不失之粗，诙谐而不失之俗；不饰铅华而自具丽质，不求韵度而自有高格。朱权喻之以"松阴鸣鹤""秋兰独茂""雪窗翠竹"，如以其格调之高洁嘹亮言之，三合为一，则昂夫当之无愧矣！

六、刘时中　钟嗣成　睢景臣

除上述各大家而外，在鼎盛期内的豪放一派中，刘时中、钟嗣成、睢景臣等，也一直是为众人瞩目的著名曲家。

刘时中，古洪（今南昌）人，其生平失考，从现存散曲作品观之，可能为一失意潦倒的下层官吏。他的作品，以《阳春白雪》所收〔端正好〕《上高监司》两篇套数最负盛名，因为此书还收有山西刘致（字时中号逋斋）的作品，或以为此两人即一人。其实，《阳春白雪》编者已有明确区分，在前集卷二收刘致作品，署"刘时中"，并注云："时中号逋斋，翰林学士。"在后集卷三收刘时中作品，则特意署"古洪刘时中"以示区别，可见作套曲之"古洪刘时中"与作小令之山西宁乡刘致字时中者实为二人。

刘时中的《上高监司》两套，前套以15支曲子描写天历二年（1329）江西遭受特大旱灾而民不聊生的种种惨状；后套以34支曲子的特长篇幅揭露元代钞法的种种流弊，并提出了整顿钞法的具体建议。在元散曲普遍以叹世归隐和风情闺怨为题材的时代背景之中，刘时中的这两篇套曲与张养浩的悯农之作差不多同时出现于曲坛，它们在题材内容方面所展示的新的意义和价值，我以为不啻于百鸟啼喧中的凤鸣，是值得大书特书的。兹引前套中前

半部分于下：

〔端正好〕众生灵遭磨障，正值着时岁饥荒。谢恩光拯济皆无恙，编做本词儿唱。

〔滚绣球〕去年时正插秧，天反常，那里取若时雨降？旱魃生四野灾伤。谷不登，麦不长，因此万民失望，一日日物价高涨。十分料钞加三倒，一斗粗粮折四量，煞是凄凉。

〔倘秀才〕殷实户欺心不良，停塌户瞒天不当。吞象心肠歹伎俩，谷中添秕屑，米内插粗糠，怎指望他儿孙久长。

〔滚绣球〕甑生尘老弱饥，米如珠少壮荒。有金银那里每典当？尽枵腹高卧斜阳。剥榆树餐，挑野菜尝。吃黄不老胜如熊掌，蕨根粉以代糇粮。鹅肠苦菜连根煮，荻笋芦莴带叶咥，则留下杞柳株樟。

〔倘秀才〕或是捶麻柘稠调豆浆，或是煮麦麸稀和细糠，他每早合掌擎拳谢上苍。一个个黄如经纸，一个个瘦似豺狼，填街卧巷。

〔滚绣球〕偷宰了些阔角牛，盗斫了些大叶桑。遭时疫无棺活葬，贱卖了些家业田庄。嫡亲儿共女，等闲参与商。痛分离是何情况！乳哺儿没人要撇入长江。那里取厨中剩饭杯中酒，看了些河里孩儿岸上娘，不由我不哽咽悲伤！

〔倘秀才〕私牙子船湾外港，行过河中宵月朗。则发迹了些无徒米麦行。牙钱加倍解，卖面处两般装，昏钞早先除了四两。

〔滚绣球〕江乡相，有义仓，积年系税户掌。借贷数补搭得十分停当，都侵用过将官府行唐。那近日劝粜到江乡，按户口给月粮。富户都用钱买放,无实惠尽是虚桩。充饥画饼诚堪笑,印信凭由却是谎,快活了些社长知房。

〔伴读书〕磨灭尽诸豪壮,断送了些闲浮浪。抱子携男扶筇杖,尩羸伛偻如虾样,一丝游气沿途创,阁泪汪汪。

〔货郎〕见饿莩成行街上,乞丐拦门斗抢。便财主每也怀金鹄立待其亡。感谢这监司主张,似汲黯开仓。披星带月热中肠,济与粜亲临发放。见孤孀疾病无皈向,差医煮粥分厢巷。更把赃输钱分例米多般儿区处的最优长。众饥民共仰,似枯木逢春,萌芽再长。

〔叨叨令〕有钱的贩米谷置田庄添生放,无钱的少过活分骨肉无承望;有钱的纳宠妾买人口偏兴旺,无钱的受饥馁填沟壑遭灾障。小民好苦也么哥,小民好苦也么哥,便秋收鬻妻卖子家私丧。

人民惨遭灾难,骨肉抛残,饥民相食,死者枕籍,一幅幅摧人肝肠的画面,令人目不忍睹!作者不仅以蘸着血泪的笔墨写出了人民的种种苦难,而且还揭露了官吏与富豪勾结,狼狈为奸,趁火打劫的伤天害理的恶劣行径!

刘时中还有一套〔新水令〕《代马诉冤》的套数,以寓言体形式将马拟人化,借马的诉冤,痛快淋漓地抒发了英才人杰或沉沦下僚,或遭人陷害的不平之慨,在幽默诙谐之中满寓悲愤情怀。其措意谋篇,与曾瑞《羊诉冤》、姚守中《牛诉冤》同一机杼。

钟嗣成的散曲,以其吊怀元曲作家的19首〔凌波仙〕最为可取,作者与他们大多谊兼师友,故写来深情贯注,颇多感慨沉郁之思。

他又曾以联章体组曲写《四时佳兴》《四景》《四情》《四别》等等，或典雅、或通俗，不拘一格，然缺乏真情新意，显系游戏笔墨。倒是题为《自序丑斋》的〔一枝花〕套数以自嘲的形式发泄其对世道不公的牢骚，颇具幽默诙谐之趣，但这幽默是饱含沦落潦倒之悲泪的：

〔梁州〕子为外貌儿不中抬举，因此内才儿不得便宜。半生未得文章力，空自胸藏锦绣，口唾珠玑。争奈灰容土貌，缺齿重颏，更兼着细眼单眉，人中短髭鬓稀稀。那里取陈平般冠玉精神，何晏般风流面皮，那里取潘安般俊俏容仪。自知，就里，清晨倦把青鸾对。恨杀爷娘不争气，有一日黄榜招收丑陋的，准拟夺魁。

钟嗣成也是在散曲中高唱隐逸避世调子的作家，但他否定"占清高总是虚名"的高雅隐逸，在极俗的生活中玩世，在极俗的题材中求"蛤蜊之味"，以游戏之笔自娱。

睢景臣是以孤篇横绝曲坛的，他的〔哨遍〕《高祖还乡》套数，成功地塑造了一个憨厚无知的村民形象，作者借他的孤陋寡闻和少见多怪，把刘邦"衣锦还乡"的场面描写得光怪陆离、滑稽可笑，以浪漫式的笔法剥去了帝王的神圣外衣，还他以流氓无赖的本来面目，其辛辣的讽刺意义和滑稽诙谐的喜剧性效果在元散曲中是首屈一指的。兹录此曲于后：

社长排门告示：但有的差使无推故。这差使不寻俗，一

第九章　元散曲的鼎盛阶段

壁厢纳草也根,一边又要差夫,索应付。又言是车驾,都说是銮舆,今日还乡故。王乡老执定瓦台盘,赵忙郎抱着酒胡芦,新刷来的头巾,恰糨来的绸衫,畅好是妆么大户。

〔耍孩儿〕瞎王留引定火乔男女,胡踢蹬吹笛擂鼓,见一彪人马到庄门,匹头里几面旗舒。一面旗白胡阑套住个迎霜兔,一面旗红曲连打着个毕月乌,一面旗鸡学舞,一面旗狗生双翅,一面旗蛇缠胡芦。

〔五煞〕红漆了叉,银铮了斧,甜瓜苦瓜黄金镀,明晃晃马鞭枪尖上挑,白雪雪鹅毛扇上铺。这几个乔人物,拿着些不曾见的器仗,穿着些大作怪衣服。

〔四〕辕条上都是马,套顶上不见驴,黄罗伞柄天生曲。车前八个天曹判,车后若干递送夫,更几个多娇女,一般穿着,一样妆梳。

〔三〕那大汉下的车,众人施礼数,那大汉觑得人如无物。众乡老展脚舒腰拜,那大汉那身着手扶。猛可里抬头觑,觑多时认得,险气破我胸脯。

〔二〕你须身姓刘,你妻须姓吕,把你两家儿根脚从头数,你本身做亭长耽几盏酒,你丈人教村学读几卷书,曾在俺庄东住,也曾与我喂牛切草,拽坝扶锄。

〔一〕春采了桑,冬借了俺粟,零支了米麦无重数。换田契强秤了麻三称,还酒债偷量了豆几斛。有甚胡突处,明标着册历,见放着文书。

〔尾〕少我的钱差发内旋拨还,欠我的粟税粮中私准除。只道刘三谁肯把你揪捽住,白什么改了姓更了名唤做汉高祖!

341

通观以上三家的套数，可见其与马致远、曾瑞等人的部分套数一样，可谓极地道的本色，明显地有一种以文入曲、将曲散文化的倾向，或曰俗化倾向，与张可久、乔吉等人的词化倾向，或曰雅化倾向，确为两个不同的发展方向。

第四节　鼎盛期内清丽派代表作家的创作

张可久和乔吉历来被推为元散曲中清丽一派的代表作家，或并称乔、张，或并称张、乔。在曲学界，人们一直把他们二人作为后期的代表作家，认为他们的散曲风格代表了元散曲由前期之本色豪放转向后期之清丽典雅的风格变化，然而，事实却并非如此，以马致远、贯云石为代表的豪放派和以张可久、乔吉为代表的清丽派一同在元贞、大德以迄延祐、至治的曲坛上活动了近三十年，他们是同一个时期并峙的双峰，并非一前一后的两座峰峦。而且元贞、大德以后依然是豪放一派占了曲坛的主流。正是因为豪放、清丽两派作家在这一时期的双峰并峙，因而创造了元散曲空前绝后的鼎盛局面。

一、张可久

张可久终身屈在簿书，年七十余尚为昆山幕僚，仕途非常不顺，但他的散曲创作却取得了令人瞩目的成就。他曾有 4 种散曲

第九章 元散曲的鼎盛阶段

集流传于世,即《今乐府》《苏堤渔唱》《吴盐》《新乐府》,现存曲八百余首,是元散曲作家中数量最多的一个,相当于全元散曲的五分之一。其创作成就历来亦受到较高评价,贯云石《今乐府序》称其"抽青配白,奴苏隶黄;文丽而醇,音和而平,治世之音也";朱权《太和正音谱》称其"清而且丽,华而不艳","词林之宗匠也";刘熙载《艺概》称"元张小山、乔梦符为曲家翘楚","两家固同一骚雅,不落俳语,惟张尤翛然独远耳"。

小山之曲,其题材内容主要为写景抒怀、男女恋情、叹世归隐,以及各种场合的唱酬赠答等等。从总的方面看,他的散曲反映了在贤愚颠倒的不合理社会中一位失意潦倒的下层官吏的愁苦与不平,也表现了官场中许多送往迎来生活的空虚和无聊。作为一名才高而位卑的知识分子,他与马致远、乔吉等都有共同的人生感喟,那就是有志难展的郁闷和才高位卑的悲愁:

> 十年落魄江滨客,几度雷轰荐福碑,男儿未遇暗伤怀。忆淮阴年少,灭楚为帅,气昂昂汉坛三拜。
> ——〔卖花声〕《客况》

> 剑空弹月下高歌,说到知音,自古无多。白发萧疏,青灯寂寞,老子婆娑。故纸上前贤坎坷,醉乡中壮士磨跎。富贵由他,谩想廉颇,谁效常何。
> ——〔折桂令〕《读史有感》

前曲借张镐的沦落自叹,并以羡慕韩信的登坛拜将,表现了渴望用世的急切心情;后曲借冯谖、廉颇等英雄被弃的悲运,哀叹自己被埋没的感伤,并对现实中没有像常何那样大公无私推荐属下的人而深致怅恨。张可久在悲叹自己命运不幸的同时,也悲叹社会道德沦丧、贤愚颠倒的黑暗。如〔醉太平〕《无题》:

> 人皆嫌命窘,谁不见钱亲。水晶环入面糊盆,才沾粘便滚。文章糊了盛钱囤,门庭改做迷魂阵,清廉贬入睡馄饨。胡芦提倒稳。

高才被弃,清廉受贬,糊涂痴呆者稳操大权,这就是现实!有时候,他还把历史人物的悲运,老百姓的痛苦和自己的愤郁融为一体,使这种感叹更为沉痛,如〔卖花声〕《怀古》:

> 美人自刎乌江岸,战火曾烧赤壁山,将军空老玉门关。伤心秦汉,生民涂炭,读书人一声长叹!

除叹世抒怀之作而外,他的男女恋情之作中偶而还有以叙事为主,写得生动活泼、充满诙谐之趣的作品,由此表明他对曲趣的注意和追求。例如〔朝天子〕《闺情》:

> 与谁,画眉?猜破风流谜。铜驼巷里玉骢嘶,夜半归来醉。小意收拾,怪胆禁持,不识羞谁似你。自知,理亏,灯下和衣睡。

此曲写一年青女子面对游狎归来的丈夫,仍忍气吞声、小心伺候

第九章 元散曲的鼎盛阶段

的情景,反映了夫妻关系的极不平等。

上述作品在张可久的散曲中虽然为数不多,但意义却非常重要,首先,它表明张可久并没有超然于时代,而是同马致远等人一样地揭露和批判社会,在为"读书人"鸣不平,在发泄元代知识分子共有的牢骚,在揭露当时夫妻不平等的一些社会现象,因而,他的作品是具有现实意义的。其次,他这些作品或豪放遒劲,有幽咽沉雄之气;或生动活泼,有谐趣之美;这表明他的作品风格并非一味地"清丽",并非一味地"不食人间烟火",而是具有丰富性和多样性的。唯其如此,这才使他不失为曲坛大家的风范,不失为一派主将的气度。

最能表现出张可久散曲创作个性的是他大量的写景纪游和男女恋情的作品,他的这些作品,有的写得清新明丽:

> 金华洞冷,铁笛风生,寻真何处寄闲情,小桃源暮景。数枝黄菊勾诗兴,一川红叶迷仙径,四山白月共秋声。诗翁醉醒。
> ——〔醉太平〕《金华山中》

有的写得华美壮阔:

> 蕊珠宫,蓬莱洞。青松影里,红藕香中。千机云锦重,一片银河冻。缥缈佳人双飞凤,紫箫寒月满长空。阑干晚风,菱歌上下,渔火西东。
> ——〔普天乐〕《西湖即事》

有的写得缠绵悠远：

> 惜花人何处，落红春又残。倚遍危楼十二栏。弹，泪痕罗袖斑。江南岸，夕阳山外山。
>
> ——〔金字经〕《春晚》

有的写得蕴藉空灵：

> 灯下愁春愁未醒，枕上吟诗吟未成。杏花残月明，竹根流水声。
>
> ——〔凭栏人〕《春夜》

有的写得声情摇曳：

> 江水澄澄江月明，江上何人挡玉筝。隔江和泪听，满江长叹声。
>
> ——〔凭栏人〕《江夜》

有的写得婉转含蓄：

> 西风信来家万里，问我归期未。雁啼红叶天，人醉黄花地。芭蕉雨声秋梦里。
>
> ——〔清江引〕《秋怀》

以上这些作品，无不珠圆玉润，剔透玲珑，那么醇净，那么精美，久读久玩,自觉余香满口,韵味悠然。它们情景交融、凝练雅洁,无俚语方言,无浮词废句,虽用典而无艰深晦涩之弊,虽用对偶而无故意弄巧之痕,虽注重色彩运用而无妖艳浮华之病。它们有诗的凝练庄雅,有词的婉丽蕴藉,最符合以诗词为鉴赏对象的传统审美习惯,故明清人往往对其赞不绝口。然而,今人却又以其乏尖新豪泼之态、少幽默诙谐之趣而加以指责。其实,粗服乱发,绣衣严妆,牡丹芍药,寒梅秋菊,各具风韵,各有特色,都不失其为美。在以婉约为正宗的词体之中,有苏、辛豪放一派,豪放不失为一体;同理,在以豪放为正宗的曲体之中,有张、乔清丽一派,清丽亦不失为一格。贵此贱彼,偏于一隅,非鉴赏家所宜有的态度。

当然,张可久因终身为吏,屈在簿书,经常交往的是上层官僚和文人学士,各种交际应酬使他写了不少的劝酒助兴和唱酬赠答之作,其中有一部分浮华空洞,并无实际意义,实乃空耗才情的无聊之作。

二、乔吉

乔吉是与张可久同时而齐名的"清丽派"代表作家。他编有11种杂剧,现存《扬州梦》《两世姻缘》和《金钱记》3种。他的小令,明代曾以《文湖州集词》《乔梦符小令》等专集流传(详见本书第十二章)。乔吉是由太原南下的,他与曾瑞等人一样,大概最初是想南下求仕,有所作为,最后理想落空,于是放浪江湖。他的〔绿幺遍〕《自述》大致叙述了他的人生经历和处世态度:

> 不占龙头选，不入名贤传。时时酒圣，处处诗禅。烟霞状元，江湖醉仙，笑谈便是编修院。留连，批风抹月四十年。

由此可知他是以风流浪子自居的。其所交往，大凡两类人，一类是官僚士夫，如"绍兴于侯""张谦斋左辖""州判文从周""雅斋元帅""维扬贾侯"等等；另一类是风尘名妓，如李楚仪、刘牙儿、郭莲儿、朱阿娇、刘梦鸾、张天香、罗真真、江云等等。这样的交游范围，也就大致决定了他散曲创作的主要内容；与公卿名士们一起宴饮游乐和与妓女的欢会离别。他现存的二百多首散曲，这类题材内容要占去绝大部分。其中相当数量的应酬之作，词藻秾丽华美，但内容空洞，情感浮泛。此类作品，要论女性形象的鲜明生动，就远不及关汉卿的散曲；要论其情韵绵长，又远不及张可久的作品。

在乔吉的散曲之中，最有特色的是大量的遣兴抒怀和写景纪游之作。他的遣兴抒怀之作，大多是歌咏其作为一位"烟霞状元"和"江湖醉仙"的放诞逍遥，如〔玉交枝〕《闲适》：

> 山间林下，有草舍蓬窗幽雅。苍松翠竹堪图画，近烟村三四家。飘飘好梦随落花，纷纷世味如嚼蜡。一任他苍头皓发，莫徒劳心猿意马。自种瓜、自采茶，炉内炼丹砂。看一卷《道德经》，讲一会渔樵话。闭上槿树篱，醉卧在葫芦架，尽清闲自在煞。

"山间林下"的"草舍蓬窗"便是他向往的环境；"自种瓜、自采茶，炉内炼丹砂"便是他理想的生活；"闭上槿树篱、醉卧在葫芦架"便

第九章 元散曲的鼎盛阶段

是他采取的人生态度。他的这类作品,最有代表性的是他的〔满庭芳〕《渔父词》20首,作者从不同地域、不同方面、不同角度描写了渔父悠闲自得的美好生活,借以抒发了他自己向往田园山林的闲情逸趣。此举一首于后:

> 江声撼枕,一川残月,满目遥岑。白云流水无人禁,胜似山林。钓晚霞寒波濯锦,看秋潮夜海熔金。村醪窨,何人共饮,鸥鹭是知心。

绮丽华美的意境和闲适的情调,构成一派文人风致,与前引〔玉交枝〕相比,又另是一格。

乔吉的遣兴抒怀之作,有时也流露出对现实生活的不满情绪和愤世疾俗的强烈感情,如他的〔卖花声〕《悟世》一曲:

> 肝肠百炼炉间铁,富贵三更枕上蝶,功名两字酒中蛇。尖风薄雪,残杯冷炙,掩清灯竹篱茅舍。

开头一鼎足对,看似否定功名富贵,但字里行间却饱含牢骚不平之气;最后三句感叹生活的穷困潦倒,寓无限酸楚之情;"尖风薄雪"的煎逼,"残杯冷炙"的辛酸,"清灯茅舍"的冷落,或许正是他们穷愁生活的真实写照。在〔山坡羊〕《冬日写怀》中还有"世情别,故交绝,床头金尽谁行借。今日又逢冬至节,酒,何处赊;梅,何处折";"钓鳌舟,缆汀洲,绿蓑不耐风霜透。投至有鱼来上钩。风,吹破头;霜,皴破手"等等啼饥号寒的哀吟,这与"钓晚霞寒波濯锦,看秋潮夜海熔金"的闲适形成鲜明对比,一为现实中的自我,一为理想中的渔父。像乔吉这样真实地道出知识分子生活上的贫困与穷愁,在元散曲中是不多见的,这正是他这部分作品的价值所在。

在乔吉的作品中,其艺术审美价值最高的是他的一些写景纪游之作,它们往往能再现大自然的雄浑壮丽之美,如〔水仙子〕《重观瀑布》:

天机织罢月梭闲,石壁高垂雪练寒,冰丝带雨悬霄汉。几千年晒未干。露华凉人怯衣单。似白虹饮涧,玉龙下山,晴雪飞滩。

作者驰骋天上人间的奇思妙想,以大胆的夸张、奇谲的比喻、瑰丽的语言描绘了瀑布的壮美。与此为近的还有〔水仙子〕《吴江垂虹桥》:

飞来千丈玉蜈蚣,横架三天白螮蝀,凿开万窍黄云洞。看星低落镜中,月华明秋影玲珑。翩翻金环重,狻猊石柱雄,铁锁囚龙。

这种雄奇壮丽之作出人意表,令人神情振动,耳目一新。朱权《太和正音谱》评乔吉之作"如神鳌鼓浪。若天吴跨神鳌,嚾沫于大洋,波涛汹涌,截断众流之势";李开先《乔梦符小令序》以李白拟之,大致即就此类作品而言。

乔吉的写景纪游之作,也有的在幽深冷峭中别寓怀抱,如〔折桂令]《荆溪即事》：

> 问荆溪溪上人家，为甚人家，不种梅花？老树支门，荒蒲绕岸，苦竹圈笆。寺无僧狐狸样瓦，官无事乌鼠当衙。白水黄沙，倚遍阑干，数尽啼鸦。

起三句突发奇问，逗起下文对丑陋人间的展示，"老树""荒蒲""苦竹"是毫无生气之物；"狐狸样（通漾）瓦""乌鼠当衙"是荒凉破败之境，这就是现实人间的景象！而作为高雅洁美象征的"梅"，又怎能出现于这样的环境氛围之中呢？末尾以景物描写和行动展示回应开头，表现了对现实中"美"的失落的无限惆怅之情。

乔吉与张可久同为"清丽"一派的代表作家，两人的作品与词为近，同有骚雅蕴藉之风，但又有不同的特色。略而言之，张曲"华而不艳"，乔曲华而且艳；张曲雅洁温润，乔曲雅俗交融；张曲于流丽中见工巧，乔曲于雄奇中见气势；张曲之委曲婉转，情韵绵长，乔有所不及；而乔曲之时发奇想，思落天外，张亦有所不逮。总而言之，张可久在以词为曲的路子上要比乔吉走得更远，乔吉却比张可久更多地保留了曲的某些特质。

第五节 鼎盛期内清丽派其他重要作家的创作

在清丽一派之中，除了处于巅峰的两位代表作家张、乔外，其余各家的成就相形之下便相去甚远了，无论从人数上还是从各别成就上，他们都无法与豪放一派中的重要作家抗衡，这样一来，明显可以看出清丽一派的阵容远不如豪放一派强大。然而，其中如徐再思、任昱等作家，也还有自己的特色，下面择要论述。

一、徐再思

徐再思是清丽一派中重要作家之一，《录鬼簿》称其"与小山同时"，当时人把他与贯云石并称，徐号甜斋，贯号酸斋，人们便称他们二人所作散曲为"酸甜乐府"(《尧山堂外纪》)，其实他们的风格迥然不同，一为豪放逸丽，一为清丽雅健。不过，"酸"与"甜"也倒是对比鲜明而迥然不同的两种味道，或许正因为他们作品风格的较大差异，人们才将其与他们的号联系起来而相提并论的吧。

徐再思是嘉兴人，青壮年时期大约有一次北上求仕的经历。他的〔蟾宫曲〕《西湖》云："十年不到湖山，齐楚秦燕，皓首苍颜"；〔水仙子〕《夜雨》云："叹新丰(在陕西)逆旅淹留。枕上十年事，江南二老忧，都到心头"；这些都是他曾北上宦游的明证。不过，他的主要活动范围还是江浙，他现存的103首小令，有相当一部分是写江浙范围内的湖山美景和名胜古迹，如《甘露怀古》《兰亭》《西湖》《吴江八景》《登太和楼》《姑苏台》《惠山泉》等等，而他写得最多也最惹人注目的大多还是题为《春情》《春思》《春怨》的闺情相思之作。总而言之，即写景与言情两大类，其余如遣兴抒怀，羁旅行役，咏史怀古等略有一些，但不及前两类之更能代表其题材倾向和艺术风格。

第九章　元散曲的鼎盛阶段

他的恋情之作,尤受人称道。此类作品一般较严肃高雅,且不失曲趣,但又绝无调笑戏谑的青楼习气和放浪不羁的浪子作风。如〔沉醉东风〕《春情》:

一自多才间阔,几时盼得成合。今日个猛见他、门前过,待唤着怕人瞧科。我这里高唱当时水调歌,要识得声音是我。

又如〔清江引〕《相思》:

相思有如少债的,每日相催逼。常挑着一担愁,准不了三分利,这本钱见他时才算得。

前曲以白描手法写一女子既爱又怕的心理活动,细腻传神,饶有曲趣,其健康活泼、清新爽脆,颇似优秀的民歌。后曲全以俗语写深情,比喻新奇,更具质朴自然而又尖新诙谐之趣。徐再思为南籍作家,有如此本色之作,可见其所受北地作家的影响。他还有一些恋情曲注意炼俗为雅,即在通俗自然的口语中巧妙地运用叠韵、重复、对仗、博喻等多种修辞手法,于俗中求雅,于巧中求趣,例如:

平生不会相思,才会相思,便害相思。身似浮云,心如飞絮,气若游丝。空一缕余香在此,盼千金游子何之。证候来时,正是何时,灯半昏时,月半明时。

——〔蟾宫曲〕《春情》

九分恩爱九分忧,两处相思两处愁,十年迤逗十年受。几遍成几遍休,半点事半点渐差。三秋恨三秋感旧,三春怨三春病酒,一世害一世风流。

　　　　　　　　　——〔水仙子〕《春情》

第一曲分别叠用"思"字和"时"字韵脚,重复"相思"一词,中间以鼎足对形式运以博喻,再接用一对偶,全曲造成一种往复回环且又一气流转的艺术效果,把难以描摹的相思情写得如闻如见。第二曲前用鼎足对,后用连璧对,每句都嵌上两个数目字,曲折反复,写尽了十年相思,两地离愁。虽然不无弄巧之痕,但又不失天籁之趣,而且正是凭其字句上的巧妙修饰增加了它特有的风趣,这是将雅与俗、拙与巧融汇综合的成功范例。这种于俗中求雅的作风在同时期作家如马致远、曾瑞、乔吉、张可久等人的笔下都有表现,但尤以徐再思最为突出,也最为成功。此亦为一种时代风气,作家们的目的,是既要逞露文人的才情,又要尽量地保持曲趣。这种风气的染指者主要是沉沦下僚的胥吏曲家和潦倒漂泊的市民作手,从精神实质上说,它仍是元曲特有的市井习气在形式方面的流衍。

　　如果说以上写闺情相思的作品还较多地保留了曲的某些特质,而他的写景纪游和羁旅行役之作就更为清丽雅健,与词为近,突出地表现着他作为清丽派曲家的本来面目。例如以下诸曲:

　　一榻白云竹径,半窗明月松声,红尘无处是蓬瀛。青猿藏火枣,黑虎听黄庭,山人参内景。

　　　　　　　　　——〔红绣鞋〕《道院》

玉华寒,冰壶冻,云间玉兔,水面苍龙。酒一樽,琴三弄,唤起凌波仙人梦。倚阑干满面天风,楼台远近,乾坤表里,江汉西东。

——〔普天乐〕《垂虹夜月》

白云中涌出蓬莱,俯视西湖,图画天开。暮雨珠帘,朝云画栋,夜月瑶台。书籍会三千剑客,管弦声十二金钗。对酒兴怀,拊髀怜才,寄语玲珑,王粲曾来。

——〔蟾宫曲〕《登太和楼》

第一曲对仗精工,色调分明,以景衬情,写出了远离红尘的闲适。第二曲想象出奇,境界开阔纯净,启人无限遐思。第三曲华辞丽藻,意境绮丽,华美中融雅健之气。拿这些作品与小山之作相比,其清丽雅洁颇为相似,但小山之曲较多婉媚蕴藉之风,而甜斋之曲更具遒劲雅健之气。

徐再思还有一些咏物赠人之作,如《红指甲》《佳人钉履》《赠粉英》等等,虽然华辞丽藻,珠翠满眼,但用情不深,内容空虚无聊,不足取。

二、任昱

任昱亦是清丽一派中重要作家,杨维桢《西湖竹枝集》记其生平云:"任昱字则明,四明人,少年狎游平康,以小乐章流布裙钗。晚锐志读书,为七字诗甚工。"杨维桢此书有署为"至正八年(1348)秋七月"的自序,而书中称则明"晚锐志读书",可见此时至少六、七十岁,由此可知他大约是与张可久、徐再思等人同时的作家。从他〔朝天子〕《信笔》一曲中写到的"九霄,早朝,曾赴金门诏"等情况看,他似乎曾赴京晋见,有过仕宦经历;但从其〔沉醉东风〕《信笔》中写到的"依旧中原一布衣,再休想麒麟画里"看来,却又似乎求仕未得,仍以"布衣"身分闲游江湖。《西湖竹枝集》收有他的一首竹枝词云:"侬住湖边二十年,花开花落任春妍。门前有个垂杨树,不著游人系画船。""花开花落任春妍"的"湖边"闲居,或许是他晚年的生活情景。

任昱现存小令59首,套数1篇,以写湖山优游和相思怀人最多,此外,还有一些题咏赠答、宴饮作乐以及少量怀古咏史和隐逸闲居之作。他写湖山优游的作品,再现了大自然的明媚秀丽,具有一定审美价值,例如:

钱塘江上嵯峨,浓淡皆宜,态度偏多。泪雨溟濛,歌云缥缈,舞雪婆娑。胜楚岫高堆翠螺,似张郎巧画青蛾。消得吟哦,欲比西施,来问东坡。

——〔折桂令〕《吴山秀》

芳草岸能言鸭睡,荻花洲供馔鲈肥,天平山翠近金杯。水多寒气早,野阔暮空低,隔秋云渔唱起。

——〔红绣鞋〕《重到吴门》

前曲写杭州吴山的秀美,化用东坡咏西湖的诗境,又运以新意,分别以美女之"泪"、"歌"、"舞",拟写吴山之"雨"、"云"、"雪",写活了吴山"浓淡皆宜,态度偏多"的秀美风韵。后一首写吴门景色的清华,开篇以一鼎足对,展现出江南水乡的特色;中间"水多"、"野阔"一联开拓了意境;末尾以渔歌唱晚作结,更增添了水乡风情的韵味。此类作品讲究词语垂炼,但华而不靡;讲究对仗精工,又不失流利生动。作者还特别注重意境的构造和韵味的形成。从遣词造境看,全然以诗词之法作曲,是最与小山相近的一种作风。

任昱的相思怀人之曲,亦掺用清丽雅洁之语,写出一种隽永绵长之味,如〔金字经〕《书所见》:

胜概三吴地,美人一梦云。花落黄昏空闭门。因,青鸾宝鉴分;天涯近,思君不见君。

又如〔清江引〕《题情》:

桃源水流清似玉,长恨姻缘误。闲讴窈窕歌,总是相思句。怕随风化作春夜雨。

前曲起调高旷,接句迷离朦胧,寓无限感慨;"花落"句写环境,宕开一笔,以景衬情;"青鸾"句点出本事,照应全篇;篇末化用前人诗境,写出无限遥情。后曲首二句情、景、事三者备具,似幻似真,不可捉摸;后三句写心理感受,想象出奇,耐人百般玩味。任昱的相思怀人之曲比起他的写景之作来,要更加富于隽永之味。

任昱也有描写归隐的作品,但他不是像钟嗣成、周文质等人那样以享乐玩世面目出现,而是追求古代高人韵士的传统隐逸方式,如他的〔上小楼〕《隐居》:

>　　荆棘满途,蓬莱闲住。诸葛茅庐,陶令松菊,张翰莼鲈。不顺俗,不妄图,清高风度。任年年落花飞絮。

此曲末尾三句,明确道出了自己高雅不俗的情怀。但他的内心深处,却也并非没有矛盾和斗争,他在〔沉醉东风〕《隐居》中说:"叹朝暮青霄用舍,尽头颁白发添些";在〔小桃红〕小令中说:"山林钟鼎未谋身,不觉生秋鬓";这些都清楚地表明他在出处进退之中的犹豫徘徊。但他没有愤然的发泄,只有悲凉的叹息,这种悲凉的音调有时还贯注在他的怀古之作中,如他的〔清江引〕《钱塘怀古》:

>　　吴山越山山下水,总是凄凉意。江流今古愁,山雨兴亡泪。沙鸥笑人闲未得。

作者在对历史兴亡的感叹之中,无疑融进了自己人生失意的凄凉之感,正因为如此,所以全曲才显得那么沉痛,那么感伤。

综上所述,可知任昱的题材范围还是较广泛的,因题材内容之不同,他也表现出风格的多样,但清丽工巧、具有悠远的韵味,这始终是他的基本风格。任昱总的成就虽不及乔、张,但也不会在周文质之下。

三、周德清

周德清是以布衣终老的一位曲家,1978年,冀伏在江西高安

第九章　元散曲的鼎盛阶段

县古暇堂村发现周氏家谱,据谱载,德清:"宋端宗景炎丁丑十一月生","元至正乙巳卒,享年八十有九。"由此可知其生卒年为1277年—1365年。周德清是以曲学家、音韵学家著称的,他在其所著《中原音韵》一书中提出了一系列关于散曲创作的理论,其总的倾向是崇雅卑俗,但他又在一定程度上注意了曲的特质,所以在曲的语言风格方面,他主张"文而不文,俗而不俗",他的散曲创作,是基本上实践了他这一主张的。

周德清的散曲虽不过30多首,但却涉及写景、抒怀、闺情、赠别、怀古诸多方面,其总体倾向偏向清丽一流,这是与他崇雅卑俗的曲学观相联系的。但与其他清丽派作家不同的是,他并不在韵味的深婉缠绵上花气力,而是在语言的谐律可歌上下功夫,所谓"篇篇句句灵芝,字字与人作样子"(《中原音韵》琐非复初序)。他的大部分作品是既有词味,但又依旧保持了曲所特有的直白、通俗的特点,如他的写情之作:

千山落叶岩岩瘦,百结柔肠寸寸愁,有人独倚晚妆楼。楼外柳,眉暗不禁秋。

——〔阳春曲〕《秋思》

此曲开篇即为一精工的对偶句,词味浓郁,但通俗易解。第三句照应前两句,写出了一种孤独落寞的情绪,有境界有情韵,但语言仍是叙事性的直白语;最后二句既写柳,又写人,仍语巧而意明。全曲有词的清丽雅洁,但又不失曲的明白朗畅。又如他的遣兴抒怀之作〔蟾宫曲〕:

> 宰金头黑脚天鹅,客有钟期,座有韩娥。吟既能吟,听还能听,歌也能歌。和《白雪》新来较可,放行云飞去如何。醉睹银河,灿灿蟾孤,点点星多。

此曲虽用了钟子期善听、韩娥善歌等典故,但均为熟典,是人皆悉知的,故就表意来说,全曲无一句不直白朗畅,令人一听便晓;但就语言词汇及句法看,全曲却又无一句不清丽雅洁,无一处不妥帖精工。显而易见,此曲更是将词之雅丽与曲之直白完美结合的成功范例。

以上二例,可以说是周氏对其"文而不文,俗而不俗"语言风格理论的最好实践,是颇能表现其散曲创作的主导风格的。

四、周文质

周文质与钟嗣成是至交,钟氏在《录鬼簿》中为他写的小传贯注着沉挚的悼怀之情。传中称"其先建德人,后居杭州,因而家焉。体貌清癯,学问该博,资性工巧,文笔新奇。家世儒业,俯就路吏。善丹青,能歌舞,明曲调,谐音律。性尚豪侠,好事敬客。余与之交二十年,未尝跬步离也"。由此可知他与张可久、徐再思等人一样,都是"屈在簿书"的失意文人,因而也就很自然地产生了世事若梦的虚无思想,并以玩世享乐的态度对待人生。他的〔叨叨令〕《自叹》小令说:

> 筑墙的曾入高宗梦,钓鱼的也应飞熊梦,受贫的是个凄

第九章　元散曲的鼎盛阶段

凉梦,做官的是个荣华梦,笑煞人也末哥,笑煞人也末哥,梦中又说人间梦。

全曲在世事虚无、人生虚幻的思想前提下把历史英雄和现实的荣华富贵一笔抹倒,既然古人今人,贤愚贵贱都不过人间一梦,又何必为进退出处、贫富贵贱而忧心呢?绝大多数曲家都是这样寻求解脱和求得心理平衡的,周文质亦是如此。其思想根源仍在老庄的齐物我、等是非、一生死。

周文质大约是一位现实主义者,他超脱尘世以后不是向往田园山林的高雅不俗,而恰恰是面对世俗的人生享乐,像元曲作家们常常写到的渔父、农夫的闲适,周文质却没有写,他写的是如何在醉乡中尽情地游玩人生:

人活百岁七十稀,百岁光阴能几日。光阴积渐催,穿了吃了是便宜。唱着,舞着,终日沉醉,不饮是呆痴,不饮是呆痴。

——〔时新乐〕

春寻芳竹坞花溪边醉,夏乘舟柳岸莲塘上醉,秋登高菊径枫林下醉,冬藏钩暖阁红炉前醉。快活也末哥,快活也末哥,四时风月皆宜醉。

——〔叨叨令〕《四景》

一位"家世儒业"的士子像这样打发人生,显然情非所愿,但令人奇怪的是在他现存曲作中却找不到他的不满和牢骚,也找不到他

人生失意的悲愁,这不能不使人把目光转移到他写得最多的闺怨题材中去。如他的〔寨儿令〕二首:

> 鸾枕孤,凤衾余,愁心碎时窗外雨。漏断铜壶,香冷金炉,宝帐暗流苏。情不已心在天隅,魂欲离梦不华胥。西风征雁远,湘水锦鳞无。吁,谁寄断肠书。

> 蟾影边,凤台前,箫声为谁天外远。欹枕情牵,倚槛无言,血泪洒寒烟。自薄情别后经年,想嫦娥不念孤眠。葡萄架梧叶井,杨柳院海棠轩。天,陡恁月儿圆。

"西风征雁远,湘水锦鳞无"的哀叹,"倚槛无言,血泪洒寒烟"的悲泣,如此哀感顽艳,是否有人生不遇之悲愁的寄寓?如果有,但又如此不着痕迹,那无疑是最为深沉、最为蕴藉的一种寄寓方式了。像这样的闺怨小令,词藻华丽,讲究对仗,并注意环境气氛的酝酿,且以景融情,词化现象非常突出,这才是周文质散曲的主要倾向,这也是人们将其视为清丽派作家的根据。拿他的小令与张可久相比,他显然缺乏一种更为深长绵远的韵味;如果与徐再思相比,他又缺乏一种遒劲雅健的气势。他的成就不仅无法与张、乔相比,即使与徐再思相比,也还略逊一筹,故隋树森先生在《全元散曲》中称其"应为大家",是值得商榷的。

第十章 元散曲的衰落阶段

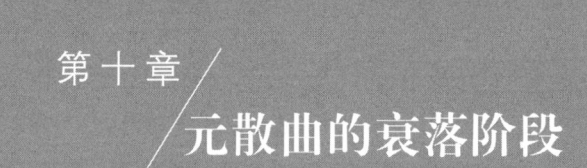

从元顺帝元统元年(1333)至元朝亡国(1368),即整个元顺帝统治时期,是元散曲的衰落期,它的衰落,是与这一时期社会政治形势的急剧变化密切相关的。

元散曲与元杂剧都属于消费性的文艺,社会安定、经济繁荣,是其赖以生存发展的基础条件,而顺帝统治时期,几乎已无这种条件了。从在此之前的天历年间起,全国范围内灾荒便连年不断,尤以天历二年最著,这在《元史》和一些地方志中都有明确记载,在刘时中、张养浩等人的曲作中也有形象的反映。与天灾并行的是人祸,顺帝即位之前,有明宗、文宗两系的帝位之争;顺帝即位之后,又有权臣与权臣之间、权臣与皇帝之间、皇帝与后族之间的明争暗斗;再加上贪官污吏的胡作非为,整个社会状况便可以想见。韩儒林等《元朝史》在叙述到这一段历史时说:"从元顺帝妥欢贴睦尔即位(1333年),到元末全国农民战争爆发(1351年),前后十八年,在这十八年内,权臣擅权,吏治败坏,贪污成风,贿赂公行,宫廷挥霍浪费,赏赐之滥惊人,加上土地兼并,赋役不均,灾荒频仍,造成广大劳动人民卖儿鬻女,父子相食的悲惨情景屡屡发生,元代社会的各种矛盾交织在一起,逐步趋于激化。'山雨欲来风满楼'。元代社会正处于农民大起义的前夜。"1315年后,以"开河变钞"为导火线的红巾大起义爆发,其后直至元亡,作为元曲在始盛期以后兴盛的江南数省,前后受十多年兵荒马乱的骚扰，人民自然是苦不堪言。在这样的社会条件下，作为消费性特强的戏剧和散曲等文艺形式要不衰落下来，那才怪呢！

第一节　衰落期内的散曲创作概貌

本期内散曲创作的衰落情形，是非常明显的。首先是作家作品数量大减。在这一时期内，虽然还有出生在元灭南宋前后（即1275年至1285年间）的一批作家还有10多年的生活经历，如薛昂夫、乔吉、张可久、钟嗣成等，但其年龄一般都已达六、七十岁，早已过了他们创作的盛年，且又遭际上述的社会现实，因此，是不大可能出现老枝新花的奇景了。在现存作品有20首以上的30余人中，其创作活动主要在这一时期的仅有杨维桢（1296—1370）、鲜于必仁（1298？—1360？）、王举之（约1300—1370前后在世）、刘庭信（1300？—1370？）、汪元亨（1300？—1360前后）等5人，其作品总数不过200多首，这一时期作家作品之寥寥，可以想见。

其次是作品的题材范围不但较前一时期无新的开拓，反而大大缩小了。本期内的作家，仅仅局限于前人早已写厌了的叹世、归隐、咏史、恋情、写景、咏物等，就这些题材来说，也无法与前一期相提并论。比如汪元亨一下写了100篇叹世归隐之作，看起来好像是对元散曲作家所写这方面题材内容的集大成，前人所有的对现实的感叹、对历史的反思、对田园山林的向慕，以及由此而产生的兴废荣辱虚浮无常、功名富贵如过眼云烟、官场肮脏险恶，还有归返林下之闲情逸趣等等思想和感慨，汪元亨的曲子里都有；

第十章 元散曲的衰落阶段

前人在写叹世归隐时曾经使用过的意象,他的曲子里也几乎都出现了;前人曾经使用过的意象组合方式,他也用到了。当然,其中也不乏他自己的一些创造,但从总体上说,叹世归隐作为元散曲的最主要题材内容,前此的名家高手如林,成功之作太多,积淀太厚,所以,尽管他用了很大的力气,耗费了许多的才情,却无法给人以新鲜之感,引逗不起人们的阅读兴趣。看起来像是集大成,实际上不过因袭雷同而已。另如写男女恋情,此时最突出的作家是刘庭信,他现存小令39首,套数7篇,除了有3首小令写隐居之闲适而外,其余皆写男女欢爱、偷情幽媾、离恨别苦,以及狎妓的危害等等。虽然在表现技巧上、语言运用上有其特色,但题材本身不但未超出前人范围,而且还缺乏对真情的讴歌和对风尘女子的起码的同情。在写自然风景方面,鲜于必仁是这一时期内最有成就的作家,尤其是壮观而开阔的画面展现,有时直令人神往,然而,像前期作家那样与山水话心曲、同花鸟共忧乐的主客交融、物我两忘的境界却不大看得见了。王举之虽仅存二十余首小令,但却涉及写景、咏物、纪游、咏史、赠答等诸多方面,反而比汪元亨、刘庭信等人的题材面要广,不过仍未出前人范围。总体来说,如果拿题材内容同前一时期相比,这一时期不但范围狭小了,而且同类题材的深度也浅了,其衰落景况是显而易见的。

如果从风格流派上看,上述五位作家中,杨维桢、刘庭信、汪元亨算是继承了前一时期豪放派质朴本色的作风,尤其是刘庭信,把那种"文而不文,俗而不俗"的乐府语锻炼得无比精纯,又无比圆熟,取得了相当高的成就。杨维桢《东维子集·沈生乐府序》

367

云："我朝乐府,辞益简,调益严,而句益流媚不陋。自疏斋、酸斋以后,小山局于方,黑刘纵于圆。局于方,拘才之过也;纵于圆,恣情之过也。二者胥失之。"如果铁崖的批评也包括语言使用的话,那他对刘庭信"纵于圆"的指责,则是我们不能同意的。鲜于必仁和王举之二人,则又继续乔、张清丽派的路子,而尤其受乔吉影响更大。说是"清丽",不过因袭旧说划属流派的方便,真正就他们二人的风格来说,非但不"清丽",反而近乎秾丽,与乔吉是很相近的了。而鲜于必仁的曲子中又还有一种劲健的气势和开阔的气象,此又非"清丽派"所能范围而明显是受了马致远、贯云石等豪放派作家的影响。至于后期这些作家在字句上的锤炼、格律上的讲究,过去一直受到批评,其实,只要有好意思、好内容,形式上精益求精,这没什么不好,故单就这一点而言,本无可厚非,真正的问题是在他们有些曲子内容单薄、思想贫乏而又雕镂满眼,流于形式主义,这才应该批评。

总起来说,虽然这一时期的刘庭信、鲜于必仁等作家也取得了一定成绩,有自己的特色,但就总的情况看,确实没有出现可以与前一阶段把臂比肩的作家作品,其衰落气象是明显的。

第二节 衰落期内重要作家的创作

一、杨维桢

杨维桢(1296—1370),字廉夫,号铁崖,又号铁笛道人,绍兴会

第十章 元散曲的衰落阶段

稽人。泰定四年进士,署天台县尹,改钱清盐场司令,狷直忤物,十年不调。其后转任江浙行省四务提举和建德路推官等职,再调江西等处儒学提举,因兵乱未往,而浪迹浙西山水间。张士诚据吴,召之,不赴。晚年居松江,放荡不羁,尤嗜声色。他是元末"文章巨公",诗歌、散文、辞赋、书法、音乐皆所擅长,著有《东维子集》《铁崖古乐府》《复古诗集》《铁崖文集》等。

杨维桢又是元末的曲评家和散曲作家,《全元散曲》仅辑有他的小令1首,套数1篇。其后,吾友黄仁生兄又从明万历刻本《杨铁崖先生文集》中发现〔清江引〕24首,从清初印溪堂抄本《东维子集十六卷》中发现〔清江引〕和〔天香引〕各1首,又从明末刻本《杨铁崖文集五卷》中发现〔回波引〕(此调仅见铁崖用之)2首,凡28首。其时在1992年春,吾与仁生兄在北京师大访学,同拜李修生教授门下,仁生兄治元末明初文学,告以新发现铁崖散曲事,余不胜之喜,且喜且贺:是元末曲坛又添一大家矣!

当然,此所谓"大家",乃局限于"元末"而言,倘就现存近30首作品的成绩与整个元散曲中的名家、大家相比,他恐怕连二流作家也够不上。不过,他因为精通音律,其作品差不多都是自吟自歌,此又为许多作家所不及处。此外,他的24首〔清江引〕重头小令叙写自己的人生经历与感慨,故编校其文者称"是老铁一生年谱"。这种自传体重头小令的体制形式,在元散曲中可谓绝无仅有。这组小令或描绘其进士及第时的得意忘形:

> 铁笛一声天上响,名在黄金榜。金钗十二行,豪气三千丈,先生醉眠七宝床。

> 铁笛一声秋满天,归自金銮殿。曾脱力士靴,也捧杨妃砚。先生醉书龙凤笺。

或表现其自矜史才的踌躇满志:

> 铁笛一声天作纸,笔削春秋旨。千年鬼董狐,五代欧阳子,这的是斩妖雄杨铁史。

或抒写其弃职浪游的豪放情怀:

> 铁笛一声江月上,濯足银河浪。山公白接䍦,太乙青藜杖,先生醉骑金凤凰。

更多的则是描写其寄情于诗酒声色中的放荡不羁:

> 铁笛一声吹落霞,酒醉频频把。玉山不用推,翠黛重新画。不记得小凌波扶上马。

> 铁笛一声星散彩,夜宴重新摆,金莲款款挨,玉盏深深拜。消受的小姣姣红绣鞋。

从全部内容分析,此组小令当作于晚年,是作者对自己一生中重要人生经历的回顾和艺术表现,"铁笛一声"的意象反复出现在每首小令的开头,并随内容的不同而有抑扬起伏的变化,恰似作者

第十章　元散曲的衰落阶段

的人生进行曲,它自然有序而又丰富多彩地展示出作者的心灵律动。从那"穿云裂石"的铁笛声中,读者可以清楚地看到作者从出仕到归隐的整个人生历程,也可以感受到他横放杰出的豪侠气概和放荡不羁的人格精神。不过,他之所以能在元末的曲坛上引人注目,主要还在于其别具一格的艺术风格。

铁崖之曲,想象奇特,境界阔大,气势雄豪,上引诸曲,已能见此特点,而〔清江引〕组曲之前二首与最后一首尤为突出:

> 铁笛一声吹破秋,海底鱼龙斗。月涌大江流,河泻清天溜,先生醉眠看北斗。

> 铁笛一声云气飘,人在三山表。濯足洞庭波,翻身蓬莱岛,先生眼空天地小。

> 铁笛一声翻海涛,海上麻姑到。龙公送酒船,山鬼烧丹灶,先生不知天地老。

这三首小令以高度的夸张之笔表现了"铁笛"惊天动地、翻江倒海的巨大威力,并驰骋天上人间的奇思妙想而展示出一个个神奇壮阔的境界,贯注着一种充塞天地、役使鬼神的豪情,从而展现了一位超越时空的抒情主人公形象。从其阔大的境界、豪放的情怀方面着眼,我们明显可以看到他受王和卿、贯云石等人的一些影响;但从其词语的修炼、句式的精整、对仗的工巧等方面看,他又显然借鉴了乔吉、张可久等清丽派作家的优长。他的散曲作品是既有豪放一派的豪辣遒劲之风，又有清丽一派的雅洁修整之美。如果与同时代的鲜于必仁相比，二者同有一种雄浑之气象、壮阔之境界，但杨维桢散曲的语言偏于质朴，而鲜于必仁则尽力藻绘；杨维桢重在抒情，因情构境，充满了强烈的主观感情色彩；而鲜于必仁则重在绘景，着力于客观物景之美的表现；故杨维桢是雄浑而豪放，鲜于必仁是绮丽而壮美；因此，杨维桢应属豪放一派，而鲜于必仁当归清丽一流。

此外，杨维桢的两首〔回波引〕写恋情相思，曲短而情长，意远而境阔，颇有北朝乐府民歌的风味：

小江秋，大江秋，美人不来生远愁，吹笛海西流。

东飞乌，西飞乌，美人手弄双明珠，九见乌生雏。

杨维桢还有一篇〔夜行船〕《吊古》的南曲套数，由荒凉的吴宫遗迹而生感慨，对春秋时吴、越兴亡的历史往事深致怅叹，全曲充满了怀古伤今的沉痛感情，尤其套曲后半凭吊吴宫遗迹，更具黍离之悲：

〔斗蛤蟆〕听启，槜李亭荒，更夫椒树老，浣花波废。问铜沟明月，美人何处？春去，杨柳水殿欹，芙蓉池馆摧。动情的，只见绿树黄鹂，寂寂怨谁无语。

〔锦衣香〕馆娃宫，荆榛蔽，响屧廊，莓苔翳。可惜剩水残山，断崖高寺。百花深处一僧归，空遗旧迹。走狗斗鸡，想当年僭祭。望郊台凄凉云树,香水鸳鸯去。酒城倾坠,茫茫练渎,无边秋水。

〔浆水令〕采莲泾红芳尽死,越来溪吴歌惨凄。宫中鹿走草萋萋。黍离故墟,过客伤悲。离宫废,谁避暑,琼姬墓冷苍烟蔽。空原滴,空原滴,梧桐秋雨;台城上,台城上,夜乌啼。

〔尾声〕越王百计吞吴地,归去层台高起,只今亦是鹧鸪飞处。

此篇套数颇受明人欣赏,王骥德在《曲律》中虽从格律方面批评其"用韵杂出"、"对偶不整"等等,但仍肯定其"犹脍炙人口"、"颇具作意";梁辰鱼作《浣纱记》传奇,将〔锦衣香〕和〔浆水令〕二曲一字不改地引入最后《泛湖》一出作为西施的唱词;凡此,均可见其在明代曲坛的巨大影响。

二、刘庭信

据《青楼记》《录鬼簿续编》等书记载,可知其为南台御史刘廷干之族弟,赖其家资而闲游市井、混迹青楼。夏庭芝《青楼集》记其为人云:"落魄不羁,工于笑谈,天性聪慧。至于词章,信口成句。而街市俚近之谈,变用新奇,能道人所不能道者。"就其生活与为人而论,属柳永、关汉卿一类人物。出入青楼柳巷,买笑追欢,作曲应歌,或许便是他最主要的生活内容。正由于此,他现存的散曲几乎全为男女风情之咏。青楼调笑的浪子作风,逞才斗巧的游戏笔墨,是非常突出的。

从内容方面看,他有一些作品真实地描写了当时妓院生活的一些情况,如他的〔寨儿令〕10首,或揭露鸨儿、龟奴的狠毒,或描写妓女假意儿缠绵的虚伪,或揭露妓院诈骗钱财的阴谋诡计,或反映妓院中争欢夺爱的情形,如此等等,非久经青楼生活者不能道。曲中有不少市语方言,诸如"屎蛇螂推车"、"饿老鸱拿蛇"、"壁虱俫"、"颓斯殢"等,还有一些粗俗鄙陋之语,如"屁则声乐器刁决"、"精屁眼打响铁"等等。此类作品,不过为研究元代社会习俗和语言留下了一些资料,如果要从文学艺术的角度说,是毫无审美价值可言的。他还有〔折桂令〕《忆别》小令10余首,几乎每首均以"想人生最苦离别"开头,从不同角度,以不同方式,多方面描写了别离愁苦。其语言白俗、曲意显豁,保持了前期同类题材的诙谐之趣,其"蒜酪蛤蜊"之味,甚为突出。不同的是,他虽然用语极"俗",但却极注意句法形式的修整,力求在俚俗中求雅炼、求尖新、求奇巧,少自然纯真之美,多刻意弄巧之趣,此举一曲为例:

> 想人生最苦离别。愁一会愁得来昏迷,哭一会哭得来痴呆。喜蛛儿休挂帘栊,灯花儿不必再结,灵鹊儿空自干噎。茶一时饭一时喉咙里千般哽咽,风半窗月半窗梦魂儿千里跋涉,交之厚念之频旧恨重叠,感之重染之深鬼病些些,海之角天之涯盼得他来,膏之上肓之下害杀人也。

全曲语俗、意显、情露,流利朗畅,一气呵成,但稍一留意,便可见其刻意弄巧的匠心。"愁一会"二句用合璧对,接下来"喜蛛儿"三句用鼎足对,"茶一时饭一时"二句再换用合璧对,"交之厚念之

第十章 元散曲的衰落阶段

频"四句又用连璧对；句句用对，又不断变化，一句之中，又有词组结构形式的巧妙重复；这就在通俗的语言中增添了许多尖新奇巧之趣。此种于极俗中弄奇巧的作风，在曾瑞、钟嗣成等人的散曲中已有较突出的表现，而到刘庭信手中可谓达于极致，但他有时走火入魔，堕入恶趣，遂成纯粹的文字游戏，如〔水仙子〕小令：

> 恨重叠重叠恨恨绵绵恨满晚妆楼，愁积聚积聚愁愁切切愁斟碧玉瓯，懒梳妆梳妆懒懒设设懒蒸黄金兽，泪珠弹弹珠泪泪汪汪汪不住流，病身躯身躯病病恹恹病在我心头，月对咱咱对月月更害羞，与天说说与天天也还愁。

此类作品，作者用心在辞而不在意，这是刘庭信散曲创作的一大特点。其题材内容、语言运用极其俚俗，而多种修辞手法的运用又增形式方面的尖巧，二者结合，可以说把市井气发挥到极致，在风格上表现出一种豪辣奇诡的特点，朱权《太和正音谱》以"摩云老鹘"评之，甚为中肯。

在刘庭信的散曲中，偶尔也可以见到不逞才、不斗巧，只以白描取胜的作品，如〔朝天子〕《赴约》：

> 夜深深静悄，明朗朗月高，小书院无人到。书生今夜且休睡着，有句话低低道：半扇儿窗棂，不须轻敲。我来时将花树儿摇，你可便记着，便休要忘了：影儿动咱来到。

此曲以自然质朴之语写人物语言、动作、神情，构成鲜明的场景，

375

活泼的人物形象跃然纸上,其生动传神之美,是可以与关汉卿、白朴的一些小令比美的。

总的来看,刘庭信的散曲较多地保持了曲的特有风味,在艺术创作中善于在俗中求奇求趣,有自己的特色,但其题材狭窄,情趣低下,总的成就不高。

三、汪元亨

汪元亨生平不详,《录鬼簿续编》为他写的小传也极简略,仅云:"汪元亨,饶州人,浙江省掾,后徙居常熟。至正间,与余交于吴门,有《归田录》一百篇行于世,见重于人。"他的〔醉太平〕小令有云:"憎苍蝇竞血,恶黑蚁争穴,急流中勇退是豪杰。不因循苟且。叹乌衣一旦非王谢,怕青山两岸分吴越,厌红尘万丈混龙蛇。老先生去也。"此曲述说归隐原由,是因为厌恶各种肮脏的争斗,担心江山易主、国家再度分裂,所以退隐下来,由此看来,他是在元末义军蜂起、社会急剧动荡、元王朝大势已去的时候"急流勇退"的。而此时自称"老先生",大约应在60岁左右;他的〔折桂令〕曲自叹生涯,首云"二十年尘土征衫",其后云"黑似漆前程黯黯,白如霜衰鬓斑斑";〔朝天子〕曲云:"风俗变甚讹,人情较太薄,世事处真微末,收拾琴剑入山河……惊头颅半皤,怕干惹萧墙祸。"这些小令当作于退隐之时,既云"白如霜衰鬓斑斑"、"惊头颅半皤"云云,想来也应在60岁上下,与前曲之称"老先生"亦相吻合。假设其退隐之年是在至正中后期,即1360年前后,那么,其生年当在大德初年,即1300年前后,他的散曲创作活动,当主要

第十章　元散曲的衰落阶段

在至正时期。

汪元亨之散曲,现存之小令恰好100首,故隋树森先生疑其为《归田录》百篇,以其内容全为归隐情怀之抒写来看,隋先生的推测是有道理的。他的这100首小令,可以说集前辈曲家所有叹世归隐作品之大成,诸如慨叹历史虚无、功名虚幻、人生短促、官场危险、社会肮脏、争斗无聊等等,他都写到了;向慕陶渊明、严子陵、孟浩然等人的清高,向往田园山林、竹篱茅舍的恬静闲适,歌咏"粗衣淡饭"、躬耕自种的快乐人生等等,他也写到了。从这个角度说,我们可以称他为作归隐之曲的大师,写叹世之篇的能手。然而,前辈作家们在这方面的佳篇妙作实在太多,积淀也太厚,因而,尽管汪元亨不断地变换角度,不断地转换时地,但无论如何,却始终难出前人窠臼。题材内容上既无突破,艺术上也未见创新,路子越走越窄,仅在其豪放风格特征上,在元散曲叹世归隐之主要内容的反复表现上,还能够对正走向式微的一代文学来一个回光返照。所以,无论怎么说,他的成就实在是很有限的。

如果单就汪元亨本人的创作来说,他的豪放之气是较突出的,如下列作品:

想英雄四海为家,楚尾吴头,海角天涯。叹釜里游鱼,羡林中归鸟,厌井底鸣蛙。荣与辱翻腾不暇,废和兴更变多差。尘事如麻,吾岂匏瓜。辞去张良,谏退蚍蜉。

——〔折桂令〕

二十载江湖落魄,三千程途路奔波。虎狼丛辨是非,风波海分人我。到如今做哑妆矬,着意来寻安乐窝。摆脱了名缰利锁。

——〔沉醉东风〕

　　结诗仙酒豪，伴柳怪花妖。白云边盖座草团瓢，是平生事了。曾闭门不受征贤诏，自休官懒上长安道，但探梅常过灞陵桥。老先生俊倒。

——〔醉太平〕

这些作品，其抒情遣怀的直率朗畅，字里行间所贯注的气势豪情，绝不在前辈作家之下。仔细玩味，也不难发现其没有前辈作家们从人生哲学的高度理悟后彻底超脱的"平和"与"闲逸"，他的雄豪之气中似乎融汇着一种愤慨与不平，甚而可以说它就是其愤慨不平之情的转化，这种情况，与社会的动荡与混乱是分不开的。

末期的曲家们在形式美方面都比较讲究，汪元亨也不例外，即如上引各曲，就特别讲究句式的整饬，即使是明言直叙的散文句法，也要尽可能构成对仗，在流利朗畅中求精工整炼之美，显现出作者于俗中求巧的匠心。在汪元亨手中，中国古典诗词的传统技巧和元散曲自然通俗的时代特征被很好地结合了起来，这，或许可以看做他的成绩和贡献。

总的来看，汪元亨的豪放，刘庭信的"佻佻"，一以言志抒情，一以放荡消遣，题材内容和创作倾向虽有不同，但就风格而论都是前一期中豪放一派的流衍，略而言之，汪元亨受马致远的影响较大，刘庭信则更是曾瑞的嫡传。他们都注重形式美，于俗中求巧，运用传统的诗词创作技巧，又注意保持曲体的直白通俗，这便是后期豪放一流作家的共同特点。

第十章 元散曲的衰落阶段

四、鲜于必仁

鲜于必仁(1298?—1360以后)字去矜,号苦斋,渔阳郡人,太常寺典簿鲜于枢之子。曲学界往往因其生平不详而将其视为前期作家,其实,他连中期作家都够不上,而是元末作家。元末明初唐桂芳《白云集》卷3有《怀鲜于必仁》诗4首,其一有"犹忆儿童岁,攀花醉管弦"语,可知唐桂芳与必仁为总角交;据《国朝献征录》卷一百所载钟启晦撰《唐公行状》,言唐氏"辛亥夏五月患腹疽卒","年七十有三",则唐氏之生在大德二、三年(1298—1299)间,故必仁之生,当在1298年左右。唐氏组诗其三自叹身世,有"六十摧颓甚,相逢少故人"句,可知唐氏作此诗时年60岁,而此时必仁尚在,只是已隐居(由组诗之一可知),故必仁之卒年,当在元末明初。此引唐氏组诗之一于下:

簪缨旧卿相,翰墨小神仙。足迹半天下,心怀太古前。仲连将蹈海,元亮未归田。犹忆儿童岁,攀花醉管弦。

此诗首言必仁之门第与才情,唐氏以"翰墨小神仙"呼之,可见其良好的文学修养与潇洒的个性气质;颈联言其游历之广泛与心志之高古,联系"小神仙"及后文"鲁仲连"等拟称看,鲜于必仁当属于李白一类豪放逍遥之士,这种个性气质在他的散曲中是有一定表现的。据姚桐寿《乐郊私语》记载,鲜于必仁和贯云石曾与海盐杨氏交好,故杨氏家僮尽善南北歌调,且影响一州,据估计,他们

379

对海盐腔的形成曾有一定贡献。

鲜于必仁现存散曲有小令29首,内容主要为写景与怀古两类,如果就语言之雅洁、词句之工丽、意境之华美而言,他便是典型的清丽派作家;但就其壮阔的境界与雄浑的气象而言,显然又有豪放派的一些特点。他的写景小令,有〔普天乐〕《潇湘八景》与〔折桂令〕《燕山八景》,分别描绘了北京地区与潇湘一带的绮丽风光,恰如一幅幅美丽的山水画卷,给读者以美的享受。如《潇湘八景》中之《洞庭秋月》写月夜洞庭的明媚浩瀚:

> 水无痕,秋无际,光涵贔屃,影浸玻璃。龙嘶贝阙珠,兔走蟾宫桂。万顷沧波浮天地,烂银盘寒褪云衣。洞箫漫吹,篷窗静倚,良夜何其。

又比如《燕山八景》中《芦沟晓月》写芦沟桥的宏伟壮观:

> 出都门鞭影摇红,山色空濛,林景玲珑。桥俯危波,车通远塞,栏倚长空。起宿霭千寻卧龙,掣流云万丈垂虹。路杳疏钟,似蚁行人,如步蟾宫。

前曲扣住湖水与月光用笔,但又以月为中心,以湖为背景,将空中之月与湖中之月借神话传说写出,又融汇前人诗境以展示洞庭湖"乾坤日夜浮"的浩渺无限,奇思幻彩,瑰丽多姿。后曲先扣住"晓月",以"空濛"之"山色"和"玲珑"之"林景"作环境映衬,以增朦胧之美;接着以一鼎足对写芦沟桥,又具雄伟壮观之美;

第十章　元散曲的衰落阶段

而"起宿霭"二句忽发奇想,以夸张之笔将雄伟壮观之美推向极致,最后三句更打通天上人间的界限,既照应晓月,又写出一种人间仙境的独特感受。由此可见必仁写景小令的特色,即以华美的词藻、绮丽的意境和雄浑的气象取胜。以词藻之华美、意境之绮丽而言,则远过于小山,比乔吉也有过之而无不及;就雄浑的气象言,乔、张只有极少数作品可与之相仿佛,看来唐桂芳呼其为"小神仙"并非戏称。他这种以雄浑的气象征服读者的特点,在《燕山八景》中表现最为突出,如写琼岛春阴:"驾东风龙驭天来,百仞烟霄,十二楼台";写居庸叠翠:"耸颠涯万仞秋容,气共云分,势与天雄";写蓟门飞雨:"阿香车推下晴云,早海卷江悬,电掣雷奔";写西山晴雪:"玉嵯峨高耸神京,峭壁排银,叠石飞琼";凡此,无不具有一种磅礴的气势和雄浑壮丽的气象。

与其写景作品的雄浑壮丽相联系,他的咏史怀古之作亦贯注着一股雄豪之气,显示出雄浑豪放的风格特征。如他的〔折桂令〕《李翰林》写李白的风流才情和豪放不羁的性格:

> 醉吟诗误入平康,百代风流,一饷徜徉。玉雪丰姿,珠玑咳唾,锦绣心肠。五花马三春帝乡,千金裘万丈文光。才压班扬,草诏归来,两袖天香。

又如《苏学士》写东坡豪放旷达的心胸和流芳千古的才气:

> 叹坡仙奎宿煌煌,俊赏苏杭,谈笑琼黄。月冷乌台,风清

381

赤壁,荣辱俱忘。侍玉皇金莲夜光,醉朝云翠袖春香。半世疏狂,一笔龙蛇,千古文章。

在这些作品中,作者流露出了对前贤的景仰和向慕之情,这与前辈作家们对前贤一概持否定态度的怀古咏史之作有很大区别,这一点在《诸葛武侯》一首中表现尤为突出:

草庐当日楼桑,任虎战中原,龙卧南阳。八阵图成,三分国峙,万古鹰扬。出师表谋谟庙堂,梁甫吟感叹岩廊。成败难量,五丈秋风,落日苍茫。

在前辈们的笔下,诸葛亮、周瑜、曹操,甚至包括周文王、孔子、孟子等等,都在他们的嘲笑讽刺之列,如马致远的〔庆东原〕《叹世》云:"笑当时诸葛成何计? 出师未回,长星坠地,蜀国空悲";张鸣善〔水仙子〕《讥时》说:"说英雄谁是英雄? 五眼鸡岐山鸣凤,两头蛇南阳卧龙,三脚猫渭水非熊";宋方壶的〔梧叶儿〕《怀古》说:"周公谨、曹孟德,果何为? 都打入渔樵话里。"庚天锡的〔雁儿落过得胜令〕说:"漫说周秦汉,徒夸孔孟颜。"否定历史英雄,成为一种时代潮流。然而,鲜于必仁却对诸葛亮"功盖三分国、名成八阵图"的卓识与才干以"万古鹰扬"一句作了由衷赞美,并在篇末以"成败难量,五丈秋风、落日苍茫"三句写出一种悲壮苍凉的意境,对诸葛亮"出师未捷身先死"的不幸深致叹惋。然而,为什么鲜于必仁能置身于否定历史英雄的时代潮流之外呢? 应该说,这与元代后期社会方面的某些变化是相关的,尤其是科举制的实施重新催燃起汉族知识分子胸中已经熄灭了的建功立业的希望之火,使他们被扭曲的心理逐渐复位,慢慢恢复了儒家"正、修、齐、治、平"的传统人格模式,只有在这种情况下,历史英雄才能引起他们的景仰,成为他们理想的人格典型。

鲜于必仁小令虽仅有29首,但是,却可以说是首首珠玑,字字美玉。他以藻绘胜,但华而不靡,艳而不妖;又以气象胜,雄浑豪放,有太白遗风。论其语言和意境的华美,他应属清丽一派,但其雄浑之气象,却又显然受马致远、贯云石一派作家之影响而非清丽一流所能范围。朱权评其作"如奎壁腾辉"(《太和正音谱》),即着眼于华丽而雄浑的气象,是颇有眼光的。

五、王举之

王举之生平里居不详。其散曲作品中有〔折桂令〕《赠胡存善》小令1首,孙楷第先生又从钱惟善《江月松风集》卷九中发现《送王举之入京就束樵谷》一诗,胡存善、钱惟善皆元末人,王举之或与之同时,为元末之散曲作家。

王举之的散曲作品,《全元散曲》辑有小令23首,数量虽不多,但却涉及写景、咏物、抒怀、题咏、赠答、闺情、怀古、纪游等多方面,是末期作家中题材范围最广的一个。他的写景之作,有清丽疏朗之美,如〔红绣鞋〕《秋日湖上》:

红叶荒林酒兴,黄花老圃诗情。柳塘新雁两三声。湖光扶不定,山色画难成,六桥风露冷。

全曲一句一景，但并不着力喧染藻绘，只选择"红叶""黄花""新雁""湖光""山色"等景致稍加勾勒点缀，即成一幅精美而疏朗有致的西湖秋色画卷，而作者之笔意又落在"兴""情""声""光""色""露"上面，又有一种空灵动荡之美。此曲用对极工巧，语言亦极雅洁，但却又极流丽自然，有清丽派的形式技巧之美，但又不失曲的直白显豁之味，真所谓"文而不文，俗而不俗"。此类作品还有〔折桂令〕《怀钱塘》等，但毕竟为数不多，未能成为王举之散曲创作的主导风格。

从现存作品看，王举之的主导风格是华丽婉媚。例如：

> 藕丝纤腻织春愁，粉线轻盈惹暮秋，银叶拭残香脸羞。玉温柔，一半儿啼痕一半儿酒。
> ——〔一半儿〕《手帕》

> 山色涂青黛，波光漾画舸，小小仙鬟金缕歌。他，宝钗轻翠娥。花阴过，暖香吹绮罗。
> ——〔金字经〕《春日湖上》

前曲咏物，后曲记游写人，秾词丽藻，华艳媚妩，与乔吉的某些作品相近，显然受其影响不小。单就语言之典雅、形式之工巧而言，他与同时代的鲜于必仁可以相提并论，然而，要论起豪放的气势和雄浑的气象，王举之便差之甚远了。

总的来看，王举之所涉及的题材范围虽广，但因作品太少，未能形成倾向。其华丽婉媚之风虽可在末期作家中自成一格，但却未能出前一时期张、乔之范围，故总的成就是不高的。

第十一章 元人的曲论

任何理论,总是从实践中来的,元人之曲论亦复如是。金末元初,曲已流行,曲论之作,相继产生。最早出现者为芝庵《唱论》,其时大约在元灭南宋之际。《唱论》全文不过才千余字,但它却是一篇系统地论述曲唱的专文,内容十分丰富。大约半个世纪后,才有周德清的《中原音韵》、钟嗣成的《录鬼簿》、夏庭芝的《青楼集》等著作相继出现。《中原音韵》"一书而兼有曲韵、曲论、曲谱、曲选四种作用"(任二北《作词十法疏证》序言),其中《作词十法》一部分即为"曲论",主要从词章角度论述曲之作法。至于《录鬼簿》与《青楼集》,或记作家,或记演员,严格地说,并非曲论,然观其记人叙事,亦时有作者曲学观念之表现,故应作为研究考察的对象。

除此而外,还有一些重要的曲籍序跋,如贯云石的《阳春白雪序》《今乐府序》,罗宗信、虞集等人的《中原音韵序》,邓子晋的《太平乐府序》,杨维桢的《周月湖今乐府序》《沈氏今乐府序》《沈生乐府序》,刘时中的《小山乐府跋》等。

综而观之,元人之曲论虽未有如明代王骥德《曲律》等书之系统谨严、蔚为大观,然以当时人论当时事,虽只言片语,往往亦具真知灼见,于后世影响甚大,值得系统的整理与研究。

元散曲通论

第一节 论 唱 曲

在元人曲论著作中,专论曲之唱法者虽仅有《唱论》一文,但却较之其他方面的曲论著作显得更为凝练集中,也更具有系统性。从全文所涉及内容看,作者芝庵大约是金末元初一位精于曲唱艺术的歌唱家,《唱论》一文可能是他对自己毕生唱曲实践经验的总结,其内容主要包括以下几方面:

第一、对当时歌坛情况的某些记载。如谓"三教所唱,各有所尚,道家唱情,僧家唱性,儒家唱理"。朱权《太和正音谱》解释说:"道家所唱者,飞驭天表,游览太虚,俯视八纮,志在冲漠之上,寄傲宇宙之间,慨古感今,有乐道徜徉之情,故曰'道情';儒家所唱者性理,衡门乐道,隐居以旷其志,泉石之兴;僧家所唱者,自梁方有'丧门'之歌,初谓之'颂偈','急急修来急急修'之语是也,不过乞食抄化之语,以天堂地狱之说,愚化世俗故也。至宋末,亦唱乐府之曲,笛内皆用之。元初,赞佛亦用之。"朱权又曾把元散曲分为"十五体",其中"黄冠体"和"草堂体"即分别为道家和儒家所唱的内容。由芝庵的记载和朱权的阐释,我们可以了解和研究儒、佛、道三教对于散曲思想内容的影响,尤其是对于散曲中明标"道情"、"叹世"、"警世"、"知几"、"悟迷"等作品的深入理解与把握,是很有帮助的。

芝庵还记载了当时曲坛流行的歌曲,其所记"近世所谓大乐"10调,皆宋金人词;又记东平、大名等地流行之曲调,如〔木兰花慢〕、〔摸鱼子〕、〔生查子〕、〔木斛沙〕、〔阳关三叠〕、〔黑漆弩〕等,亦皆唐宋人词调,由此可见元初的歌坛上唐宋词乐继续流行的情形,这对研究词曲演变的历史是有重要参考价值的。

另外,在属于记载性的文字中,尚有"成文章曰'乐府',有尾声名'套数',时行小令唤'叶儿'。套数当有乐府气味,乐府不可似套数"一段话,这可以说是有关元散曲体制区分的最早记载,有助于我们研究散曲称名的演变历史。

总之,《唱论》中属于记载性的文字虽然不多,但却具有极高的曲学史料价值,经常为一些曲学史专著所引用。

第二、对唱曲技巧的种种论述。这方面涉及面很宽,或论"歌之格调"、或论"歌之节奏"、或论歌之腔调、或论歌之声情、或论歌之声病等等,殆为芝庵平生唱曲经验之结晶,是研究古代声乐的宝贵资料。

第三、对唱曲形式内容方面的论述。如述及"歌声变件",谓有"慢、滚、序、引、三台、破子、遍子、撷落、实催",结合王灼《碧鸡漫志》和沈括《梦溪笔谈》等书对唐宋大曲结构形式的记载来看,《唱论》所谓"歌声变件",正是大曲的结构部件,这说明大曲在金末元初仍在歌场流行,同时也说明《唱论》所论述的种种内容,并非仅仅局限于曲,而且还包括了芝庵对于唐宋词以及唐宋大曲的歌唱体验。

又如其论述"歌曲所唱题目",谓"有曲情、铁骑、故事、采莲、击壤、叩角、结席、添寿;有宫词、禾词、花词、汤词、酒词、灯词;有江景、雪景、夏景、冬景、秋景、春景;有凯歌、棹歌、渔歌、挽歌、楚歌、杵歌"。由这段简论,一方面可见唱曲内容之广泛博杂,另一方面亦可见唱曲与社会生活的广泛联系,元曲这株艺术之花,正是因为植根于社会生活的沃土,才得以灿烂开放的。

第四、对歌唱效果方面的论述。如其论"歌之地所",所列有"桃花扇、竹叶樽、柳枝词、桃叶怨;尧民鼓腹、壮士击节、牛僮马仆、闾阎女子、天涯游客、洞里仙人、闺中怨女、江边商妇、场上少年、阛阓优伶、华屋兰堂、衣冠文会、小楼狭阁、月馆风亭、雨窗雪屋、柳外花前"。此处所列,主要是唱曲者面对的听众和唱曲时所面临的环境氛围,因为这些都直接影响到演唱者的情绪和由此产生的演唱效果。若非有较长时间的歌场经验,是难以作出这种总结概括的。王骥德《曲律》受此启发,因专列《论曲亨屯》一节,不仅详列了适宜于唱曲的40种良好的环境氛围,即所谓曲之"亨";而且还列出了不适宜于唱曲的40种环境氛围,即所谓曲之"屯"。王氏所列,更为详尽,且正反相形,有所拓展,但其著论渊源,却无疑自《唱论》而来。

此外,芝庵还论到了北曲17宫调的声情特点,即"仙吕调唱清新绵邈,南吕宫唱感叹伤悲"等种种论述,至于其是否准确,是否符合实际,学术界尚有疑问,但它至少反映了包括芝庵在内的一部分艺术家对不同宫调声情特点的审美体验与把握,而且对后世产生了很大影响。《阳春白雪》《中原音韵》《辍耕录》《太和正音谱》《元曲选》《曲律》等书都曾先后转引,可见芝庵此论是得到了不少著名曲论家的认同的。

《唱论》文字过于简约,某些地方难免晦涩难懂,而且又使用了不少专门语汇和宋元方言,要彻底弄懂它,委实不易。周贻白先生曾著有《戏曲演唱论著辑释》一书(中国戏剧出版社,1962年出版），对《唱论》作了详注，可资参考。

第二节 论 作 曲

元人论作曲的著述，主要是周德清《中原音韵》中《作词十法》一部分。任二北《作词十法疏证·提要》云："此书名曰《作词十法》，实乃作曲十法，因古人词以言文，曲以言声，词即曲之词，曲即词之曲，二者分别，不如后世之专，故元人周德清于《中原音韵》后论作曲之十法即名曰《作词十法》也。"其说甚是。周氏所言"十法"即：1. 知韵，2. 造语，3. 用字，4. 用事，5. 入声作平声，6. 阴阳，7. 务头，8. 对偶，9. 末句，10. 定格。末尾"定格"一法，为周氏所选40首样板，实际具有一种格律谱的作用，可以说它是最早的北曲谱。在"十法"之中，它具有综合其余"九法"的作用。此外，其余"九法"主要涉及声韵特点、语言风格和辞章技巧三方面。

其涉及声韵者，主要有"知韵"、"入声作平声"、"阴阳"、"末句"四法。

北曲要合乐歌唱，自然有声韵方面的讲究，所以"十法"之中，开端即列"知韵"一法。周氏注云："无入声，止有平、上、去三声"；又谓"平声有阴、有阳"；简而言之，即所谓"入派三声、平分阴阳"。这一点是周德清对北曲用韵实际进行广泛考查之后所作的结论。周氏生当北曲南下之际，南方人作北曲，不谙北方语音系统，难免有声韵方面的舛讹，如杨朝英的〔水仙子〕小令，被周氏讥其"开合同押、用了三韵"。由此可见南人作北曲，最大障碍便是南北语音的差异,周氏作《中原音韵》,其目的即在找出这种差异,使南人了解和把握北方语言的声韵特点,以便作出符合规范的北曲。在韵的方面,是韵部的重新分合归并;在声的方面,周氏总结为"入派三声、平分阴阳"。周氏的总结,是符合实际的,所以他在《中原音韵》自序中称此为"作词之膏肓,用字之骨髓";但他也是付出了艰辛劳动的,因而他非常自负地说,此"皆不传之妙,独予知之,屡尝揣其声病于桃花扇影而得之也"。至于"十法"中"入声用平声"一法和"阴阳"一法,则是结合创作实际对于"入派三声"和"平分阴阳"的更为具体的说明。

"末句"一法虽亦关乎声韵,但又与单纯之声韵问题有别。周氏于此法后加注云:"诗头曲尾是也,如得好句,其句意尽,可为末句。前辈已有'某调末句是平煞、某调末句是上煞、某调末句是去煞'。"然后,周氏还列出了 20 多种末句的平仄格式。由此可见,"末句"一法既关乎声韵,又涉及章法。曲调最末一句,往往是文情、声情双双结穴之处,有"豹尾"之称,故最为要紧,平仄要求也就更严,几不可更易,故"十法"中将其单独列出,且论述极详。

《十法》中涉及语言风格者主要是"造语"一法。按周氏观点,曲之语言应当做到"造语必俊,用字必熟,太文则迂,不文则俗;文而不文,俗而不俗;要耸观,又耸听,格调高,音律好,衬字无,平仄稳",其中,核心是"文而不文,俗而不俗"。怎样才能做到这一点呢?周氏认为"可作乐府语、经史语、天下通语",而"不可作俗语、蛮语、谑语、嗑语、市语、方语、书生语、讥诮语、全句语、拘肆语、张打油语、双声叠韵语、六字三韵语"。然而,周氏认为可作之语与不可作之语,同他"文而不文、俗而不俗"的主张是有矛盾的。比如在三种可作之语中,其"乐府语",周氏在《中原音韵》中便常以之与"俚歌"对举,如谓"有文章者谓之乐府,如无文饰者谓之俚歌,不可与乐府共论也",可见"乐府语"实即文雅之语;而"经史语"实即古典之语,王骥德在《曲律》中列"曲禁"40条,便有"经史语"一条,如王氏所举《西厢记》中"靡不有初,鲜克有终"之类,歌儿场上唱出,一般人是难晓其意的。在周氏所列三种可作之语中,真正够得上"文而不文、俗而不俗"之标准的便只有"天下通语"一种了。又比如其所列13种"不可作语",也是与元曲创作实际大相径庭的,如"俗语""谑语""市语""方语""讥诮语"等等,在元曲豪放本色一派的作品中,可以说俯拾即是,就连周氏本人的作品,也未可避免。而且正是由于这些方言俗语的作用,遂形成北曲俏皮尖新的特殊风格。由此可见,虽然周氏在北曲语言风格方面提出了"文而不文、俗而不俗"的主张,但他实际上还是偏向于"文而不俗"的。

在《中原音韵》成书的泰定时期,豪放本色一派的关汉卿、马致远等,已相继去世,北曲也由大都、平阳南移江浙,曲坛上正是乔、张清丽一派纵横驰骋的时期,因而清丽派的崇雅卑俗,自然也就成了当时的曲坛时尚,正是在这样的时代环境中产生了周氏的曲论。因此,可以说周氏的曲学语言观代表了乔、张清丽一派以词绳曲而崇雅卑俗的倾向。

周氏"文而不文、俗而不俗"的理论主张虽然同他的具体要求存在矛盾,但这一主张本身的确不失为对于以关汉卿、马致远等人的创作为主流的北曲语言风格的准确概括。对用于歌场上的散曲、剧曲语言来说,只有做到了"文而不文、俗而不俗",才能既

"耸观,又耸听";既受案头读者的欢迎,又得场上听众的喝彩。否则,"太文则迂",见赏于案头读者,却见弃于场上听众;相反,"不文则俗",见赏于场上听众,却见讥于案头读者。偏于一隅,均非佳制。故周氏"文而不文、俗而不俗"一说,实乃古今一切用于歌唱文字应当具备的基本特点。

周氏此论一出,影响甚为深远,如徐渭在《南词叙录》中云:"填词(即按曲谱填作歌词)如作唐诗,文既不可,俗又不可,自有一种妙处,要在人领解妙悟,未可言传。"王骥德在《曲律》中《论家数》一节亦云:"大抵纯用本色,易觉寂寥;纯用文调,复伤雕镂……至本色之弊,易流俚腐;文词之病,每苦太文。雅俗浅深之辨,介在微茫,又在善用才者酌之而已。"这些论述,都明显来自周氏"文而不文、俗而不俗"的理论主张。

"十法"中涉及辞章技巧者,主要有"用事""用字""务头"和"对偶"四法。

对于"用事"一法,周氏说:"明事隐使,隐事明使。""明事隐使",意在有蕴含、有韵味;而"隐事明使",意在其表意明白晓畅,使见之者易晓,听之者易懂,这与"文而不文、俗而不俗"的语言风格论是相通的。王骥德《曲律》中《论用事》一节有云:"曲之佳处,不在用事,亦不在不用事。好用事,失之堆积;无事可用,失之枯寂。要在多读书,多识故实,引得的确,用得恰好,明事暗使,隐事显使,务使唱去人人都晓,不须解说。又有一等事,用在句中,令人不觉,如禅家所谓撮盐水中,饮水乃知盐味,方是妙手。"《曲律》这段话,显然源自周氏,而论之更详,恰可作为周论的注脚。

对于"用字"一法,周氏谓"切不可用生硬字、太文字、太俗字、衬垫字",这亦与"造语"一法中"文而不文、俗而不俗"的主张是相关的。

对于"务头"一法,前已有专论,不赘。

对于"对偶"一法,周氏列举了"扇面对"、"重叠对"和"救尾对"3种,这些对偶形式皆具有特殊韵味,诗词中极少用之而北曲却甚为流行。后来朱权《太和正音谱》中列"对式"7种,皆本于周论而又有所发挥。在曲中讲究种种对偶之法,显系北曲文人化的表现之一。周氏关于辞章技巧的"四法",都与"文而不文、俗而不俗"的曲语风格主张相关,而且亦不同程度地表现出周氏"文而不俗"的倾向。

第三节　论　源　流

元人对于北曲之渊源,大约比较清楚,所以未曾专门论及,只是在论述其他问题时偶有涉及而已,远不如论唱曲和作曲那样有成系统的专著,而是散见各处,真有如吉光片羽了。

最早涉及北曲之渊源者,殆为贯云石的《阳春白雪序》,其开首即云:"盖士尝云:东坡之后便到稼轩,兹评甚矣。"接着便是对徐琰、杨果、卢挚、冯子振、关汉卿、庾吉甫等散曲风格的论述。乍看来,此序中"东坡之后便到稼轩"一语似显突兀,但结合序文主体内容来理解,便可看出这开首一句旨在点出元散曲与宋代苏、辛豪放词的渊源关系,虽然语焉不详,但用意甚明。与贯云石同时的虞集,在《中原音韵序》中也有类似的论述,且更具体明确:

> 宋代作者，如苏子瞻变化不测之才，犹不免"制词如诗"之诮；若周邦彦、姜尧章辈，自制谱曲，稍称通律，而词气又不无卑弱之憾；辛幼安自北而南，元裕之在金末、国初，虽词多慷慨，而音节则为中州之正，学者取之。我朝混一以来，朔南暨声教，士大夫歌咏，必求正声，凡所制作，皆足以鸣国家气化之盛，自是北乐府出，一洗东南习俗之陋。

虞集把辛弃疾、元好问等人的词视为中州"正声"，而且认为它即是元朝北乐府的源头。贯云石、虞集等人的曲源于词的看法有没有一定道理呢？我以为是有的。首先，苏、辛等人豪放词直率洒脱的风格，的确对于元散曲文学风貌的形成有较大影响，尤其是辛弃疾等人的俗词，其直用方言俚语和寻常口语的作风，就更为许多豪放本色的曲家所效法。其次，曲所用的音乐曲调，有相当一部分就直接来源于宋金词调。因此，我认为贯云石等人曲源于词的论述是有一定根据的。不过，他们的论述又是很有局限的，即把北曲复杂的形成过程看得比较单一；但是，他们毕竟已开始了这方面的探索，对后人有所启示，因而还是值得肯定的。

当然，这里还必须指出，贯云石、虞集等人的流变论，恐怕在很大程度上不是为了探源，而是为了尊体。曲之初兴，其卑下更甚于词，董解元写了那么好的一部《西厢》故事，结果连名字都不愿留下，这便是明证。不过，到后来文人染指渐多，而且内容也并不全是嘲风弄月，以至于"足以鸣国家气化之盛"，这就有尊体的需要了。罗宗信在《中原音韵序》中称"唐诗、宋词、大元乐府"，直接把元散曲与唐诗、宋词相提并论；欧阳玄、周德清、琐非复初、钟嗣成、夏庭芝等也在各自的著作中以"乐府"名散曲;虞集在《中原音韵序》中述元曲渊源,开篇即自汉乐府叙起;如此等等,大致都有尊体的用意。从尊体的角度出发,曲论家们以元曲上接宋词,再上接唐诗,再上而汉魏乐府,而《楚辞》《诗经》,这样一来,元曲也就成了诗、骚之苗裔了,何卑下之有?由此,我们可以这样认为:曲论家们对于北曲的探源不过是一种手段,而尊体才是目的。当然,这种探源也并非无根之谈,而是如前所述,是有一定根据的。

贯云石、虞集等人曲源于宋词的观点,对明清人是有影响的。王世贞在《艺苑卮言》中说"曲者,词之变";《四库全书总目提要》说"词变而曲",都显然受其影响,不过比贯云石、虞集等人讲得更直截了当就是了。

第四节　论　风　格

元人对于散曲风格的论述,主要集中于作家风格。曲论家们对各家曲作风格的论述,反映了他们对曲家所作的审美品评,从中既可见出曲论家们的美学理想,也可见出当时的曲学风尚,故其虽只言片语,且又散见各处,也应给以足够的重视。

《青楼集》一书,论演员多,而论作家少,基本不涉及作家风格;《录鬼簿》以记载作家创作和生平为主,记叙中时有评论,或谓之曰"新奇",或谓之曰"工巧",可见时尚之共性,而未见作家之个性。而可见作家个性之风格论者,仍以一些有价值的序跋文字为

主,其首开风气者为贯云石《阳春白雪序》。此序自徐琰以下,共评6人,其文曰:

> 北来徐子芳滑雅,杨西庵平熟,已有知者。近代疏斋媚妩,如仙女寻春,自然笑傲;冯海粟豪辣灏烂,不断古今,心事又与疏翁不可同舌共谈;关汉卿、庾吉甫造语妖娇,适如少美临杯,使人不忍对殢。

其所谓"滑雅""平熟""媚妩","豪辣灏烂""妖娇"诸评,便是贯云石对徐琰等人创作风格的审美把握。这些品评,有的当然只是着眼于曲家某一类作品而言,并非针对其全部创作,如评疏斋"媚妩",显然是就其部分写景咏物作品而言,如〔湘妃怨〕《西湖》、〔殿前欢〕咏梅一类作品,确是"媚妩"之作,但疏斋散曲题材极广,举凡咏史、怀古、抒情,几乎无所不写;风格也甚为多样,诸如古拙、清丽、豪爽,亦多格并存。又如评关汉卿、庾吉甫"造语妖娇",庾吉甫现存作品甚少,不论;如以"妖娇"评关汉卿,亦显然是就其写恋情的部分作品而言,至于关汉卿写饮酒乐闲、写疏狂人生之类的作品,就不是"妖娇"二字所能范围的了。明白了这一点,对于贯云石以及其他论者的作家风格之评,我们便会有一个正确的理解而不至于以偏概全了。

贯云石泰定元年辞世,此序当作于这以前的延祐、至治时期,其时正当元散曲繁荣发展的黄金时代,正是名家腾涌、佳篇叠出的时期,前面已有论述,这里不再赘言。正是在这样一个散曲发展的黄金时代里,才有各种不同的风格竞相争奇斗艳的局面。

第十一章　元人的曲论

《阳春白雪》一书的编选,贯云石对诸家风格的评述,便是在这样的局面中产生的。

到元朝末年,杨维桢在《周月湖今乐府序》(见《东维子集》卷十一)中评"士大夫以今乐府鸣者,奇巧莫如关汉卿、庾吉甫、杨淡斋、卢疏斋,豪爽则有如冯海粟、滕玉霄;蕴藉则有如贯酸斋、马昂父",显然是受贯云石《阳春白雪序》一文中作家风格论的影响。

贯云石在论作家风格时,能以生动形象的比喻来说明抽象的风格特征。如论疏斋的"媚妩",喻其"如仙女寻春,自然笑傲";论关汉卿、庾吉甫的"造语妖娇",喻其"如少美临杯,使人不忍对殢"。这种以形象的比喻来论述作家风格的方式,可以说是我国古代文论中的传统方式之一,钟嵘在《诗品》中已大量使用,唐宋时皎然论诗、张耒、陈师道等人评词亦复如是。将这种传统方式用于评曲,可以说是贯云石首开风气,明初朱权《太和正音谱·群英乐府格式》评元明诸家散曲风格,亦采用此种方式,如评马致远,谓其"如朝阳鸣凤";评张可久,谓其如"瑶天笙鹤";评白朴,谓其"如鹏抟九霄";评乔吉,谓其"如神鳌鼓浪";评关汉卿,谓其"如琼筵醉客";评贯云石,谓其"如天马脱羁";评徐再思,谓其"如桂林秋月";评杨朝英,谓其"如碧海珊瑚"等等,种种譬喻,琳琅满目,妙绝人口。这种将文艺批评艺术化的方式,传达给读者的不是抽象的概念,而是直观动人的形象,可以让读者在感悟作家艺术风格的同时又得到美的享受。

从现存文献来看,被元代曲评家作过单独评论的散曲作家仅有张可久。对他的散曲创作风格作专门论述的,一是贯云石的《今乐府序》,二是刘时中的《小山乐府跋》。

在《今乐府序》中，贯云石是这样评价张可久的散曲艺术风格的：

> 择矢弩于断枪朽戟之中，拣奇璧于破物乱石之场；抽青配白，奴苏隶黄。文丽而醇，音和而平，治世之音也。

在《小山乐府跋》中，刘时中又是如此评述的：

> 小山《今乐府》行于世久矣，《吴盐》稿最后出，漉沙构白，熬波出素，演化神奇，雪飞花舞，真擅场之工也。

虽然贯、刘二人着眼的曲集不同，一着眼于先出的《今乐府》，一着眼于后出的《吴盐》，但两人的评价却有一些共同之处。首先，都用形象的比喻说明了张可久善于化俗为雅的融炼之功；其次，对于可久散曲之艺术风格，一曰"文丽而醇"，一曰"雪飞花舞"，虽有抽象概括与形象描述之别，但都道出了张可久散曲"清丽"的艺术风格，张可久这种"清丽"的曲风一直受到赞赏，表明了延祐、至治以后文人化的"今乐府"散曲观的确立，同时，也就从创作实践和理论批评的方面表明了散曲经过雅化提高后又向词复归的趋势。这种立足于赞同雅化倾向而对张可久所作的赞赏性评价，几乎影响了明清两代。明李开先以诗家李、杜拟散曲家之乔、张（见《乔梦符小令》序），清人编《四库全书》独为《小山乐府》存目，小山得此殊遇，既因明清曲坛的风尚，也与同时代人的推崇不无关系。

贯云石的《今乐府序》作于延祐己未（1319），文中云小山"四十犹未遇",论者因得考小山生年约略在1279年左右,若其20岁左右开始创作,则正当大德初年,他与马致远、贯云石等一同在曲坛活动了20多年;而且贯云石称其散曲风格曰:"文丽而醇,音和而平",这表明他以"清丽"为主的风格特征已经确立,由此,可以见出元散曲中清丽、豪放两种流派风格在同一时期的并行曲坛,并非如某些论者所云,是由前期之豪放转向了后期之清丽。这一点非常重要,因为它有助于弄清元散曲发展的历史,其珍贵的史料价值或许至今未引起人们足够的重视。

综上所述,元人曲论中最早出现的是论唱,比较成系统的是论唱和论作,论风格的较零散,论源流仅偶有涉及而已。但是,它们对于明清曲论却都有开渠布道的作用,始创之功,未可没也。

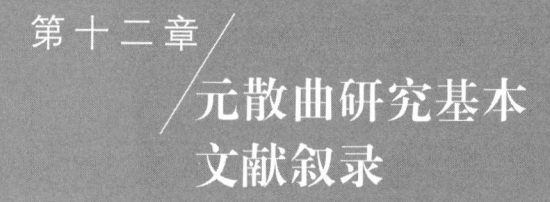

第十二章 元散曲研究基本文献叙录

元散曲的研究,同其他门类的古籍研究一样,总是以本门类的基本文献作基础的,然而不幸的是,由于曲学文献历来极受轻视,故流传非常有限。我们看看《四库全书总目提要·词曲类》的总论,便会知道在封建时代的一些正统文人的眼里,曲学文献是受着怎样的歧视。其文云:

　　　　词、曲二体,在文章技艺之间,厥品颇卑,作者弗贵,特才华之士以绮语相高耳。然三百篇变而古诗,古诗变而近体,近体变而词,词变而曲,层累而降,莫知其然。究厥渊源,实亦乐府之余音,风人之末派,其于文苑,同属附庸,亦未可全斥为俳优也。今酌取往例,附之篇终。……曲则惟录品题论断之词及《中原音韵》,而曲文则不录焉。……

偌大一部《四库全书》,竟无一代文献的立足之地!

　　轻视归轻视,流传归流传,或许一代才人的心血,终使有共同遭遇的后代文士别有会心,故仍有不少元代散曲文献,历经沧桑,辗转相传于今。兹据笔者所见及有关记载,分曲文、曲论、曲谱(含曲韵)三类列举于后。

405

第一节 曲　　文

此所谓曲文者,指元代散曲原文,包括元人散曲总集、别集以及明人的重要选集等。

一、总集

元代人所编散曲总集究竟有多少？这恐怕永远都是一个未知数了,但凭邓子晋《太平乐府序》中称该书所选作品"皆当代朝野名笔而不复出诸编之所载者"一语,便可知当时与《阳春白雪》《太平乐府》等书一同流行于世之"诸编",原是数量众多的。然而,岁月流逝,曲籍湮没,仅据《录鬼簿》一书的记载,便有《曲海丛珠》(见吴弘道传)、《江湖清思集》(见钱霖传)、《升平乐府》(见朱凯传)等流行当时的散曲总集为我们看不到了；列于钱大昕所补《元史艺文志》中的《仙音妙选》《中州元气》《百一选曲》《天机余锦》《天机碎锦》《片玉珠玑》,以及李开先在《张小山小令后序》里提到的《诗酒余音》《乐府群珠》(按：此非现存之《乐府群珠》,现存之《乐府群珠》收张可久小令200余首,而李开先提到的《乐府群珠》再加上《诗酒余音》所收张可久小令,总共"仅有数十曲")等等,也都亡佚了,现在能为我们所看到的元散曲总集,不过数种,故弥足珍贵。现叙述于下：

1.《乐府新编阳春白雪》

元杨朝英编。或称《阳春白雪》《乐府阳春白雪》。现存各本卷数不一，或为九卷，或为十卷。卷首有贯云石所作序。书分前集、后集。前集卷第一载燕南芝庵《唱论》及《大乐》10篇（实即苏轼、邓千江等宋金人词）。自前集卷第二起至后集卷一为小令；自后集卷二起至全书末，俱为套数。全书按宫调曲牌为序编排。据九卷本统计，该书共收入50余人的小令约500首、套数约60篇。收曲10首以上者共有15人，见下表：

作家姓名	所收曲数 小令	所收曲数 套数	作家姓名	所收曲数 小令	所收曲数 套数
张可久	83		阿鲁威	18	
马致远	52	2	刘时中	17	
薛昂夫	35		吕止庵	14	1
贯云石	33	1	姚 燧	15	
关汉卿	25	8	杨朝英	13	
白 朴	23		刘秉忠	12	
卢 挚	20		杨 果	8	2
吴弘道	15	3			

为此书作序的贯云石卒于1324年，故此书最后编定刊行，当在这一年前后不久，故入选之作家，必在此之前已活动于曲坛，因此，这对考证一些生平事迹不详的作家，确定其大致的创作活动时代，有极重要的参考价值。

此书传世之元刊本有二：（1）元刊残二卷本，存南京图书馆。此本所残存的两卷相当于元刊十卷本的前集五卷，然选曲较十卷本前集五卷多出110首小令。（2）元刊十卷本。存南京图书馆。此书原为柳如是惠香阁物，嘉庆间曾经何梦华、黄丕烈等人手，后归钱塘丁氏八千卷楼,书末附黄丕烈跋文3段。隋树森先生曾在南京钵山精舍见之,后归南京图书馆。1905年,徐乃昌曾据以影刻,收入《随庵丛书》。1931年,任讷《散曲丛刊》(中华书局版)所收本则据徐本排印。1937年,上海商务印书馆又据徐刻影印,收入《国学基本丛书》。1987年,上海古籍出版社又据商务影印本重印。

此外,尚有明清抄本,其重要者有二:(1)明抄六卷本,存辽宁图书馆。此本原为罗振玉藏,最晚公诸于世。此书小令三卷,套数三卷。套数三卷中有19套曲子不见于他书。1985年辽沈书社曾予以影印出版,书后附有陈加的《校勘记》。(2)清抄九卷本,4册,存北京图书馆善本部。1957年,隋树森先生曾以此为底本,并参校别本,由中华书局排印出版,称《新校九卷本阳春白雪》,此书当为《阳春白雪》一书的精校本。

关于《阳春白雪》一书各版本之优劣,隋树森先生《新校九卷本阳春白雪》一书之《校订后记》已言之,不赘。这里值得注意的是,此书或曰"新编",这自然相对于"旧编"而言,然而,"新编"者为谁?又,此书各本收曲之多寡,差异甚大,遂有"简本"、"繁本"之说,果有繁、简之别乎?只要拿十卷本、残二卷本和九卷本细加比勘,便可发现,所谓"新编"云者,不过书商射利,删削原书并分裂卷数而借以炫人眼目罢了。故所谓"简"者,实乃书商省事,苟简原书而已!(参见拙作《元刊十卷本〈阳春白雪〉残缺真相探微及相关曲学史问题考论》,载《文学评论》2021年第1期)

2.《朝野新声太平乐府》

元杨朝英编。简称《太平乐府》,九卷。卷首有巴西邓子晋至

第十二章 元散曲研究基本文献叙录

正辛卯(1351)所作序,并载有燕山卓从之《中州乐府音韵类编》,列有《太平乐府姓氏》。邓序称此书"分宫类调,皆当代朝野名笔,而不复出诸编之所载者"。所谓"分宫类调",是就此书按宫调曲牌分类的编辑体例而言;"皆当代朝野名笔"云云,则就入选作品之质量而言。全书共收80余位散曲作家的小令约1 070首,套数约140篇,入选者大多为中后期作家,亦有少数前期作家。其所收作品数在10首以上者有30人。见下表:

作家姓名	所收曲数 小令	所收曲数 套数	作家姓名	所收曲数 小令	所收曲数 套数
张可久	303	1	钟嗣成	20	1
徐再思	99		王和卿	20	
乔　吉	47	11	关汉卿	13	5
吴西逸	47		张养浩	17	1
冯海粟	37		马谦斋	17	
贯云石	30	5	宋方壶	13	3
马致远	24	10	吕止庵	16	
朱庭玉	4	25	王爱山	14	
卢　挚	29		姚　遂	13	
周德清	25	3	白　朴	10	2
薛昂夫	28		吴弘道	8	2
曾　瑞	10	16	顾德润	8	2
赵显宏	21	2	杨朝英	10	
孙周卿	23		刘时中	10	
查德卿	22		李德载	10	

此书传世之元刻本尚存两部,北京图书馆所藏缺卷九,上海图书馆所藏为汲古阁抄配,均非完璧。明清之刻本、抄本甚多,此叙其二:(1)明刻本,3册,有孙胤伽、何煌校并跋,书前载卓从之《中州乐府音韵类编》,为他本所无。此书藏北京图书馆善本部。(2)明刻本,3册,有黄丕烈跋。1919年,上海商务印书馆《四部丛刊》本则据此本影印。隋树森先生曾以此为底本,并校以别本,又移孙、何所校明刻本前所载之《中州乐府音韵类编》于卷首,于1958年由中华书局排印出版,此为《太平乐府》一书较为完善的本子。

3.《梨园按试乐府新声》

元无名氏编。简称《梨园乐府》或《乐府新声》。此书分上、中、下三卷,上卷收套数,计32篇,一律标明宫调,有20篇标出作者姓名。中、下卷俱收小令,约510首,只标曲牌,不标宫调;只偶尔标出一、二作家姓名。此书上卷未见其编辑体例,中、下卷则基本上按曲牌辑曲。

此书有元刊本及明清抄本。元刊本1册,原为瞿镛铁琴铜剑楼藏,现归北京图书馆善本部。1935年,上海商务印书馆《四部丛刊三编》曾据以影印,附有卢前校记。隋树森先生曾以此为底本,并校以多种曲谱、曲集,于1958年由中华书局排印出版。

4.《类聚名贤乐府群玉》

元无名氏编。简称《乐府群玉》,共五卷。或因曹氏楝亭本《录鬼簿·胡正臣传》赞正臣子存善编辑诸家乐府时,曾提到"群玉丛珠",遂以为此"群玉"二字,即指《乐府群玉》,因此,便以为此书是由胡存善所编辑的,隋树森先生以为不可靠。

此书专收小令,一律按作家编排,与《阳春白雪》《太平乐府》等按宫调编排不同。但每一作家名下,则又按曲牌辑曲,曲牌前概不标宫调。现存此书非足本,入选之作家共有24人(含任二北据《乐府群珠》辑补者3人),所收之小令共715首(含任氏据《群珠》辑补者87首)。此书所收多为中晚期作家的作品,其中约有一半不见于其他曲书,故其保存元散曲的资料价值,极为重要。现将此书所收24人作品数表列于下:

作家姓名	作品数	作家姓名	作品数	作家姓名	作品数
张可久	163	王仲元	21	吴弘道	7
乔吉	137	王举之	21	徐再思	6
任则明	59	钟嗣成	20	钱霖	4
卢挚	52	曹德	18	高克礼	4
刘时中	51	王晔	16	贯云石	3
周文质	43	鲜于必仁	13	郑光祖	2
赵善庆	29	陈德和	10	马致远	1
李致远	26	丘士元	8	张子坚	1

从表中可以看出,其所收作品以张可久、乔吉为最多,而马致远仅1首,贯云石仅3首,明显地表现出编选者重清丽一派散曲的倾向。

411

此书传世者有明天一阁抄本，存上海图书馆。罗振玉心井庵抄本则据此过录，卷首有罗振玉题辞。任二北《散曲丛刊》本亦用天一阁抄本为底本，卷端有任氏提要，言此书编辑体例；其后附有《诸家传略》（限《群玉》所收作家）、《录余琐志》（言此书编纂优劣及参考价值等）、《群玉补正》（据明人《乐府群珠》补《群玉》之缺）。1982年，隋树森又以心井庵本为底本，并校以别本，由上海古籍出版社排印出版。

现存元人编辑的散曲总集，仅此4种，绝大多数元散曲作家的作品，是借此才得以流传的。所以这4种集子对于元散曲研究的重要文献价值，足可想见。除此而外，则是出于明清人之手的曲总集，据笔者看来，除一部《乐府群珠》在资料价值方面还可与前述4种稍稍相匹而外，其余则难以相提并论。当然，这只是立足元散曲的研究而言，若是把戏曲和明清散曲的研究也考虑进去，那又另当别论了。虽然如此，限于元散曲研究资料的奇缺，故仍需重视。这里视其对元散曲研究的参考价值，择要叙述几种。

5.《乐府群珠》

明无名氏辑。共四卷。此书专收小令，按宫调曲牌编排，一般只标曲牌，不标宫调名。此书在28个曲牌下共辑有80多位元明散曲家的小令约1800多首。其中明人作品极少，绝大部分为元人所作。

此书未见有刻本传世，存者为抄本。卢前曾据两抄本校勘整理，于1955年由上海商务印书馆排印出版。在此书序中，卢前曾言及得书经过。云："庚午八月，前入蜀，途中于冷摊上得《群珠》

抄本二册。字迹漫漶,不可卒读。每首题端,注有出处,二北尝据以补苴《群玉》之缺。未几,闻海盐朱氏获《群珠》四卷本,与此略同,于是北国故人录副见示。参合校勘,厘定四卷。"

6.《盛世新声》

明臧贤编辑。共十二卷。以宫调曲牌为序辑曲,但又时有自乱体例之处,尤其小令部分,几无体例可言。此书前十卷收套曲,计300余套,以北曲套数为主,收少量南曲套曲;后二卷收南北小令,计400余首,仍以北小令为多。此书所录之曲,一般不注撰者姓名,故此书所收之曲,有多少属元人作品,难以考定。故对此书的某些佚名之曲,《全元散曲》有时亦只能以"元明"之曲而模糊辑之。不过,就其收南曲较少一点看,此书绝大部分当为元人所作。此书辑者为明正德间教坊司人。在此书《引》中曾言:"予尝留意词曲,间有文鄙句俗、甚伤风雅,使人厌观而恶听,予于暇日逐一检阅,删繁去冗,存其脍炙人口者。"刘楫《词林摘艳序》中言及此书时亦说:"顷年梨园中搜辑自元以及我朝凡辞人骚客所作,长篇短章,并传奇中奇特者,宫分调析,萃为一书,名曰《盛世新声》。"这说明此书入选之曲,有可能全为教坊演唱之曲,故此书对于研究某些元曲作品的歌场流传情况,有较重要的参考价值。

此书传世者有明正德十二年刻本及明万历间刻本。1955年,文学古籍刊行社曾据明正德十二年刊本影印出版。

7.《词林摘艳》

明张禄辑。共十卷。此书辑者在序言中说《盛世新声》"其贪收广者或不能择其精粗,欲成之速者或不暇考其讹舛,见之者往往病焉。余不揣陋鄙,于暇日正其鱼鲁,增以新调,不减于前谓之'林',少加于后谓之'艳',更名曰《词林摘艳》"。由此可知,此书实际上是《盛世新声》的修订改编本。此书优于《盛世新声》的地方,在于标出了不少作品的作者姓名。弥补了《盛世新声》一书的缺陷。但它的不足之处,正如文学古籍刊行社在影刊此书的《出版说明》中所言:"辑者于词调衬字,既多所剪裁,又往往把南北曲混淆不分。"这样一来,如果要利用此书作校勘之用,它的可信程度便大大地打了折扣。此书卷一为南北小令,收南小令约110首,北小令约215首。卷三收南套曲50余套,卷三至卷十收北套曲270余套。在辑者所标出的元明作家中有元散曲作家40余人。此书编辑体例同《盛世新声》,即按宫调曲牌辑曲。其略异之处,是此书小令在前,套曲在后。

此书传世明刻本有嘉靖四年及嘉靖三十年刻本,卷首有辑者自序及刘楫序。1955年,文学古籍刊行社曾据北京图书馆藏嘉靖四年刻本影印出版。

8.《雍熙乐府》

明郭勋辑。共二十卷。此书杂收元明戏曲、散曲、诸宫调曲,按宫调曲牌分类编排,所收之曲,有许多未标明作者,故使用极为不便。惟其收曲最富,据隋树森先生的统计,此书共收套曲(包括南北剧套、散套及诸宫调套曲)1 121套,共收南、北曲小令1 897首,这在元明曲选中可算是首屈一指,故成为历代编集、辑佚的资料宝库。关于此书的资料来源,赵景深先生曾撰《雍熙乐府探源》(见

《小说戏剧新考》)一文考证,说《词林摘艳》北曲套数 375 套被《雍熙乐府》收了 331 套,此外,其来源还有元明杂剧、《太平乐府》、《阳春白雪》、《天宝遗事诸宫调》等。

此书版本源流,王国维《雍熙乐府跋》曾言之,云:"此书明代凡三刻,第一次刊于嘉靖辛卯,即此刻之祖本,《提要》所谓旧本题'海西广氏编'者也;第二次刻于嘉靖庚子,有楚憨王显榕序;第三次则嘉靖丙寅本,有安肃春山序,钱塘丁氏《善本书室藏书志》著录者是也。"1934 年,上海商务印书馆据嘉靖丙寅刊本影印,收入《四部丛刊续编》内。1985 年,书目文献出版社出版有隋树森《雍熙乐府曲文作者考》一书,作者利用多种曲书,考出了此书大量作品的作者。

9.《新镌古今大雅北宫词纪》

明陈所闻编。共六卷。简称《北宫词纪》,此书卷端又题《北九宫谱》。该书专收元明作家北曲套数,按题材分宴赏、祝贺、栖逸、送别、旅怀、咏物、美丽、闺情等八类编排,每一类之下再按宫调辑曲。辑者在《凡例》中说"《中原音韵》,元高安道周德卿氏为北曲设也……胜国作者毫不假借,今人或以诗韵为曲韵,或以其声之相近者任意为韵,故出入甚多,合作者十不得一……此《纪》尽厘前弊,虽有佳词,弗韵弗选。"又说:"予所选,大都事与情谐,神随景会,质不俚,文不支,阙虽短而咏周,章若断而意属,真可以陶熔心性,鼓吹词场者,一弗娴此,虽世所脍炙,绝不滥收。"这就是说,既要守韵合律,又要文采可观,总之,其择曲较严。此书收有元代五十余位散曲家的套数,但总计仅 70 套。收曲 3 套以上者,仅朱庭玉、乔吉、关汉卿、马致远、张可久、曾瑞等。

此书现存有明万历刻本,书前有万历三十二年龙洞山农《题辞》、朱之蕃《北宫词纪小引》、《刻北宫词纪凡例》及《古今品词大旨》(盖节录元明以来曲论著作而成)。陈所闻另编有《南宫词纪》六卷(收元人曲极少),1959年,赵景深先生曾校订此二书,合为《南北宫词纪》,由中华书局上海编辑所排印出版,1961年,吴晓铃先生又有《南北宫词纪校补》一书(补赵景深校订本之不足)在该社出版。

10.《新镌出像词林白雪》

明窦彦斌编。简称《词林白雪》。共八卷。此书辑者在序言中称:"词不限古今、调不拘南北,均之按节而奏,合拍而赏,编为一册。"其前六卷分闺情、美丽、咏物、宴赏、栖逸五类收散套,七、八两卷题作"集录",收剧套。前六卷共收元明散套近百篇,其中有元散曲家20人,作品26套,只有关汉卿、马致远、张小山、高文秀、康进之、朱庭玉等6位作家每人收了两套,余者皆只收一套。

此书有明万历三十四年所刻本,未见。笔者所见为一精抄本,藏北京图书馆北海分馆。

11.《彩笔情辞》

明张栩辑。共十二卷。卷端有天鬻主人《题辞》云:"是集皆两朝文人之作,故云'彩笔',又皆为青楼诸姬之曲也,故云'情辞'。合南与北大套与小令,搜罗既广,选核益严。"此书按题材内容分赠美、合欢、调合、叙赠、题赠、携春、耽恋、间阻、嘱劝、离别、送饯、感怀、访遇、相思、寄酬、伤悼等16类编排。全书共选元明两朝套数二百余篇,小令三百多首,入选之元代散曲作家近30人。作品约一百篇。此书《凡例》云:"是集所选,皆文人散辞,诸传奇、杂剧内者并不混入。"由此,可知其为元明散曲专集。又云:"辞人姓氏,近刻混淆,不可胜数,今悉为改正;原无名氏者,但酌其刻本及抄本之先后,而概书元、明等辞以少别之,并不敢伪填。"看来,编辑者对作品主名的考订,还下过一番功夫,而且其态度也还是较审慎的,这在明人的曲选中确属难能可贵。

二、别集

现在知其姓名的元代散曲作家一共有二百多人,其中不少人在当时是有散曲别集流传的。单从《录鬼簿》的记载中,便可知以下一些人都曾有散曲集流传于世:

>吴仁卿《金缕新声》
>张可久《吴盐》《苏堤渔唱》《小山乐府》
>吴本世《本道斋乐府小稿》
>钱霖《醉边余兴》
>曾瑞《诗酒余音》
>张鸣善《英华集》
>顾德润《九山乐府》

然而,这些集子除张可久的保存下来而外,其余的就都见不到了,至于那些没有被记载下来而悄然亡佚者,不知凡几! 在二百余位元散曲作家中,仅有张养浩、张可久、乔吉等3人有别集流传下来,其余的人便都依靠着几种总集保存了一些作品,而总集不可避免地有编辑者按一定标准所作的取舍,它可以反映出某一时期的文学时尚,但却无法借以考察个别作家的"全人"。因此,众多元散曲别集的散失,对于一代文学的研究来说,其损失是不可估量的。

下面将保存下来的元散曲的3种别集作一简述:

1.《新刊张小山北曲联乐府》(外二种)

张可久的散曲集,共有3种不同的本子,即《北曲联乐府》《张小山小令》和《张小山乐府》,3种本子各自独立,互不相同。

《北曲联乐府》一种,现存汲古阁影元抄本,共四卷,藏北京图书馆善本部。《铁琴铜剑楼藏书目录》、《善本书室藏书志》均载有此书名,俱言据元刊本抄写,而此"元刊本"似未见诸记载。此书有题识云:"本堂今求到时贤张小山乐府,前集《今乐府》、后集《苏堤渔唱》、续集《吴盐》、别集《新乐府》,元分四集,今类一编,与众本不同。伺有所作,随类增添梓行之。知音之士,幸垂眼目。外集近间所作。谨白。"从此题识看,此书当刻于张可久生前,而号为"词山曲海"的李开先在广为搜集诸种曲籍编辑《张小山小令》时,却竟未见此书,也竟未提及此书,此甚为可疑。此书已将《今乐府》等4集全部拆散,而依牌调把4集中同一曲牌的曲辑到一起,故云:"今类一编。"任讷编《散曲丛刊》时,则又将其分开还原,依原书题识编为《今乐府》《苏堤渔唱》《吴盐》《新乐府》等4集,《外集》仍依原书,任氏又据李开先辑《张小山小令》及诸曲选辑

《补集》一卷,总名为《小山乐府》(六卷)。

《张小山小令》,此为明李开先所辑者,有明嘉靖间刻本,书凡二卷。前有李开先序文,云"小山词既为仙,迄今殆死而不鬼矣。世虽慕之,未有见其全词者。予为之编选成帙,亦有一二删去者,存者皆如《录鬼》及《太和》二书所称许。以其生平鲜套词,因名之曰《小山小令》云"。书后有李开先《张小山小令后序》。此书除明嘉靖刊本外,还有雍正年间刊《乐府小令》(8种)本及卢前《饮虹簃所刻曲》本。

《张小山乐府》,此为明抄本,原为天一阁范氏藏书,现归北京图书馆善本部。此书有大食惟寅《燕引雏》题辞,有贯云石为《今乐府》作的序,有刘时中和张可久本人的《跋》文。此书前一部分有张小山的词四十余首,其后为张可久的散曲,据隋树森先生称,此书有116首小令不见于他书。

2.《云庄张文忠公休居自适小乐府》

元张养浩撰。或称《云庄休居自适小乐府》,或称《云庄乐府》。现知流传下来的最早刻本为明成化间刻本,此书前有艾俊所撰《引》,落款书成化庚子(1480),后有金润跋,落款书成化癸卯(1483)。艾序中称:"是编也,历下虽尝绣梓,惜字小漫灭,观之甚费目力,今求得的本,手录成帙。"金跋中亦称:"应天府治中边公靖之,乃文忠公之乡人,而有好贤乐善之诚,慨古本字画磨灭,遂捐俸资,鼎新刊印。"今观二人所言,知成化本之前尚有一小字刻本,其究为元刊抑或明刊,则尚不可知。

此书除明成化刊本外,1930年,卢前曾以成化本为底本翻刻,并附有补遗和校记,收入《饮虹簃所刻曲》中;同年,孔德图书馆亦据一明刊本(按疑即成化本)影印,收为孔德图书馆校印丛书第一种。1988年,山东齐鲁书社出版有王佩增的笺注本,名《云庄休居自适小乐府笺》。

3.《梦符散曲》(外三种)

乔吉的散曲集,有《惺惺道人乐府》《文湖州集词》《乔梦符小令》《梦符散曲》等。其中《惺惺道人乐府》,当为最早流行之集。任二北先生在《散曲丛刊·概况》中说:"乔氏集,在元代名《惺惺道人乐府》,《乐府群玉》即据以选录,明代失传。"《文湖州集词》一卷,为明代无名氏所辑,钱塘丁氏《善本书室藏书志》载有此书,注为何梦华藏精抄本,谓此书后有厉鹗记,引其《记》文云:"此卷系元太原乔梦符小令,章丘李开先曾有刊本,今作文湖州,不知何故。"历代学者,对此书名颇疑惑不解,笔者亦无暇详考,暂存疑。

《乔梦符小令》二卷,此为明李开先辑,有明隆庆刊本,前有李开先序,后有李开先后序。雍正年间无名氏所辑刻《乐府小令》(8种)本,卢前《饮虹簃所刻曲》即用李辑本。1988年,山西人民出版社所出李修生、李真瑜、侯光复《乔吉集》点校本,其散曲部分亦用李开先辑编本,而见于别本者,则另辑为《集外曲》。此书后面附有《乔吉行踪考略》《乔吉戏曲辑评》《乔吉研究论文索引》等研究资料。

《梦符散曲》,此为任讷《散曲丛刊》本,共三卷。卷一为《惺惺道人乐府》,由天一阁藏《乐府群玉》所载转录;卷二为《文湖州集词》,据钱塘丁氏所藏《文湖州集词》抄本转录。两种内复见之作17首,任氏为存其旧,未加删并。卷三为《摭遗》,此乃任氏据李辑本及诸选本所辑前两种之未备之曲。

此外,近现代人据元明诸曲书所辑元人散曲别集数种,吾于拙著《20世纪元散曲研究综论》(上海古籍出版社2002年)附录中列目,而不复备述于此。

三、散曲丛书

由于元代散曲别集的大量失传,故单纯的散曲丛刻书籍极少,而纯粹的元散曲丛刊几乎没有。兹将几种综合元明清历代散曲别集的丛刊简述于后。

1.《乐府小令》

清无名氏辑,雍正年间刊。其书为元、清两代作家散曲别集丛刊,共8种,原无总名,《乐府小令》之总名为近人所加。此书收元人散曲别集2种,即:《张小山小令》二卷、《乔梦符小令》一卷。

2.《散曲丛刊》

任讷辑,1931年中华书局排印。此书为元、明、清三代散曲别集及元散曲总集丛书,共17种,并附有任氏曲论著作3种。

其中有元散曲总集2种,即:《乐府新编阳春白雪》(附有任氏《补遗》《校记》各一卷)、《类聚名贤乐府群玉》(附有任氏《附录》一卷)。有元散曲别集4种,即:《东篱乐府》(马致远撰。此为任氏辑诸家曲选及笔记而成)、《梦符散曲》(附任氏《摭遗》一卷)、《小山乐府》(附任氏《补集》一卷)、《酸甜乐府》(贯云石、徐再思撰。此亦为任氏所辑)。

3.《饮虹簃所刻曲》

卢前辑，1936年金陵卢氏刊，1979年，广陵古籍刊行社据原刊重印。此书分正、续集，各30集，除第一种，即卓从之《中州乐府音韵类编》为韵书而外，其余59种俱为元、明、清三代散曲别集。

其中，正集有元代散曲别集3种，即《云庄休居自适小乐府》（附有卢氏《补遗》《校记》各一卷）、《乔梦符小令》、《张小山小令》。续集有元代散曲别集11种，其中《天籁集摭遗》为任讷所辑，其余10种，皆为卢氏辑编而成。卢氏所辑10种为：曾瑞《诗酒余音》、钱霖《醉边余兴》、顾德润《九山乐府》、吴仁卿《金缕新声》、王恽《秋涧乐府》、汪元亨《小隐余音》、马九皋《马九皋词》、卢挚《疏斋小令》、倪瓒《云林乐府》、睢景臣《睢景臣词》。其中数种别集虽仍旧题以《录鬼簿》所载原名，而书已非旧貌，览者不可不察。

4.《散曲聚珍》

上海古籍出版社1989年编辑出版，此书为点校本，属普及读物。共选入元、明两代散曲集20种。元代8种，细目如下：《东篱乐府》(邓长风点校)、《关汉卿白朴郑光祖散曲》(贺圣遂、林致大点校)、《刘时中薛昂夫散曲》(周锡山点校)、《梦符散曲》(申孟点校)、《酸甜乐府》(陈稼禾点校)、《小山乐府》(王维堤点校)、《卢挚姚燧冯子振王恽散曲》(陈长明点校)、《云庄乐府》(冯裳点校)。

四、《全元散曲》

隋树森辑编。隋先生以数十年心力，艰辛备尝，方辑此一代文献，实为元散曲研究之元勋。其书沾溉学林，嘉惠后学甚多，故于此处单独列出，并作一简述。

此书于1964年由中华书局初版印行，以后又陆续重印数次。此书共辑录元代二百多位散曲家的小令3 800多首，套数450余篇，引用书目117种。全书按作家时代先后排列，于每位曲家名下，先载其小传，再列其曲。所列之曲，先小令后套数，除有别集流传的几位作家其作品编次一仍其旧而外，余皆依宫调曲牌辑编。凡所辑之曲，皆注明出处，并附有校勘记，对于研究者查对原文，辨析异同。极为方便。

此书末尾附有《作家姓名别号索引》及《作品曲牌索引》，这两个索引对于专门研究者有极广泛的用处。

第二节 曲 论

此所谓"曲论"，乃就广义而言，举凡记载、考证、论说、鉴赏、品题等，均包含在内。

元人之曲论，其专门著述，殆始于芝庵《唱论》，此外，亦不过《中原音韵》《录鬼簿》《青楼集》等数种而已。此外，其散见于诸书序跋者，亦有可观。综而论之，大半不过或时尚、风格的简明概括，或有关曲作、曲唱的感性记录，或有关作家、艺人的活动记载，其真正关乎"论"者，并不突出。然而，因出自元人手笔，以当时人道当时事，故较为真确可信，虽一、二琐事记载，有时足资考证；虽只言片语的论断，往往启人睿思。

明代的曲论,在前期一百多年的时间里,除了朱权的一部《太和正音谱》而外,似再无较为可观之论著,直到嘉靖、万历年间,论曲之风方盛行起来,名士如王世贞,学者如胡应麟,亦不禁染指其间。自此而后,曲论、曲律、曲谱之著,势若蜂起。然辗转因袭者多,而自成体系、堪称一家之言者少。如王骥德《曲律》之类有较高学术价值之书,实不多见。直至王国维、吴梅、任二北等人出世后,他们的有关论著,才令人眼界大开。不过对于专门研究元散曲的人来说,面对明清两代留传下来的近百种曲论著作,则又不能不读,但读过之后,对于相当部分的书,则又不禁令人大生"鸡肋"之叹。全面评价这些著作的优劣得失不是本书的任务,这里仅根据笔者个人的取舍,举数种对于元散曲的研究有较重要参考价值的论著于后。

1.《唱论》

元芝庵撰。此书最早附刊在杨朝英编的《阳春白雪》卷首,题"燕南芝庵先生撰"。关于芝庵的真实姓名及生平事迹已不可考,一般认为他是活动在金元之际的一位曲唱艺人。《唱论》一卷虽仅千把字,但内容较为丰富,牵涉面很广。它简略地列出了古代歌唱家和知音识律的帝王姓名,也列出了当时流行的所谓"大乐"10篇,其余绝大部分内容则是讲歌唱的格调、节奏、声韵、音律、腔调等方法技巧问题。此书对了解当时北曲的传唱情况,有一定参考价值,惜其过分简略,语焉不详。

此书从无单刻,除《阳春白雪》附刻外,另有陶宗仪《南村辍耕录》、臧懋循《元曲选》、任讷《新曲苑》、傅惜华《古典戏曲声乐论著丛编》等，都有收录。中国戏剧出版社 1959 年所出《中国古典戏曲论著集成》有校勘本。

2.《中原音韵》

元周德清撰。不分卷。此书原是为不熟悉北方语音的南方作家写作北曲而编撰的音韵之书，至于它从实际的语言现象出发研究汉字音韵，从而在音韵学史上开"今音韵学"一派的重要贡献，此置而不论，这里只说它对于元散曲研究的参考价值。从总体上看，此书分两大部分。第一部分是韵谱，详细地列出了众多汉字的平仄声韵。第二部分，即《正语作词起例》，这部分详辨古今字音，分宫调罗列北曲曲牌，从造语、用事、平仄、声韵、修辞等多方面论述作曲的技法，最后列举北曲 40 首作为范例进行品评。第二部分内容对研究元曲的形式特征，有重要参考价值。任二北先生曾著《作词十法疏证》一书加以诠释，此书收在《散曲丛刊》之内。在此书的序言中，任先生对《中原音韵》一书作了这样的概评：

> 周氏原书体裁，本为曲韵，而卷末附此十法，则以曲韵而兼曲论矣。十法之末，又俱定格，定格云者，乃谱式也。……又以曲论而兼曲谱。……其所列四十首定格，多声文并美者，不同后人之谱，仅顾韵律，不顾文律也。则周氏兹作，盖以一书而兼有曲韵、曲论、曲谱、曲选四种作用，览者更未可浅量之矣。

从《中原音韵》一书的有关记载中，可知此书最初是以写本流传，然后才有刻本。现存最早的版本有元刻本，比较容易见到的有《啸余谱》本、《古今图书集成》本、《四库全书》本及《中国古典戏曲论著集成》校勘本等。

3.《录鬼簿》

元钟嗣成撰。共上、下两卷。此书记载了一百五十多位元曲作家，四百多个元杂剧剧目和一些散曲作品及书目，是研究元杂剧和元散曲的宝贵资料。该书按"前辈名公才人"、"方今已死名公才人"、"方今才人"等对所记的曲家作了生活时代上的大致区分（自然不尽可靠），再加上一些简略的记载，于是为考证元散曲作家的生平和创作活动时代提供了极为有用的线索。如果没有这本《录鬼簿》，对绝大部分元曲作家的生平和创作情况，我们将是一片模糊，许多方面的研究都将难以进行，由此，可以想见此书的重要参考价值。明初人著有《录鬼簿续编》一书，性质、内容大致与此书相同，其所记70余人主要是元末明初的戏曲和散曲作家，因此，对于研究元末明初的杂剧和散曲作家及创作来说，此书与《录鬼簿》具有相同的参考价值。

《录鬼簿》最初完成于1330年，此后十余年间，作者又作过一些修订，故此书流传的版本比较复杂，相差较大的是明人无名氏辑录的《说集》所收本、清曹寅校辑《楝亭藏书十二种》本、明人贾仲明增补本。这三种本子，基本代表着三个不同的版本系统。《说集》本比较接近初编的面目，楝亭本则有可能是作者的修订本。近代学者王国维、马廉都整理过此书。现在容易找到的是上海古典文学出版社的《录鬼簿(外四种)》和《中国古典戏曲论著集成》所收校勘本。后者附校勘记一千三百多条,并对此书的版本系统言之甚详,方便读者甚多。近有王钢先生新校注本。

4.《青楼集》

元夏庭芝著。此书仅一卷,但记载了元代一百多名倡优艺妓的生活和艺术活动片断。她们大多是活动在大都、金陵、维扬等大都市的戏剧或歌唱演员及其他艺人,包括院本、杂剧、嘌唱、诸宫调、说话等门类。从作者所记这些人的生活片断中,可以了解到当时戏曲编演和人们文艺生活的某些情况,这对研究戏曲史极有参考价值。又,作者在记录这些倡优艺妓的同时,也牵涉到了不少散曲作家,如赵孟頫、姚燧、商挺、卢挚、刘时中、刘庭信等数十人的活动,书中都有或多或少的涉及,因此,在研究元散曲作家的生平方面,此书与《录鬼簿》一样具有极重要的参考价值。

此书传世之版本较多,如陶宗仪《说郛》本、陆楫《古今说海》本、无名氏《说集》本、吴永《续百川学海》本等等,其易得者为1957年上海古典文学出版社所出的《教坊记(外二种)》本及1959年中国戏剧出版社所出之《中国古典戏曲论著集成》本。1991年,中国戏剧出版社又出版了孙崇涛、徐宏图的《青楼集笺注》。

5.《辍耕曲录》

元陶宗仪撰,近人任二北辑录。陶宗仪原有笔记杂著《辍耕录》上、下两卷,其中有数十条关系到元散曲家如关汉卿、王和卿等生平以及一些散曲作品创作本事的重要资料,并分类记载了

200多个北曲曲牌,还记载了数以百计的院本名目以及众多的勾栏杂艺剧目,这对于研究元散曲作家作品和金元戏剧发展史,提供了重要的史料。故任二北先生将这些资料辑至一处,名曰《辍耕曲录》,并收入《新曲苑》曲论丛书之内。

6.《太和正音谱》

明朱权著。此书共上、下两卷。朱权别号涵虚子、丹邱先生,故有的著述引用此书时题作《涵虚子论曲》;任二北《新曲苑》删去其曲谱部分,题作《丹邱先生曲论》,从整体上看,此书包括曲论和曲谱两部分内容。在曲论部分中,作者对北曲的题材分类、修辞方式、作家风格、演唱技巧、杂剧脚色、曲牌宫调等,都有一定的论述或记载。其中有不少内容是截取《唱论》《中原音韵》《录鬼簿》等书而成,但是,朱权也补充了许多材料,比如对元杂剧剧目的记载,《录鬼簿》列了四百多种,朱权增加到六百多种;又如曲中的对式,《中原音韵·作词十法》举了3种,朱权却增补为7种。尤其是内中《古今群英乐府格式》一章,对元代82位曲作家的风格作了生动形象的审美概括,这对后来的作家风格研究产生了极为深远的影响。当然,其中不可避免地有不太确切或牵强附会之处,但从总体上看,对于元散曲的研究,其参考价值还是较大的。另外,书中《新定乐府体式一十五家及对式名目》,对元曲题材类别的区分及对其特殊修辞方式的总结,亦有助于元散曲研究的参考。此书曲谱部分,则是将《中原音韵》所列335个北曲曲牌逐一列举作品,并详细地标明正字、衬字,再注明平仄,它应当算是最早的、比较正规的北曲曲谱。它为后来《北词广正谱》《钦定曲谱》

和《九宫大成南北词宫谱》中北曲谱的编定,奠定了良好的基础。

此书最早的版本有洪武刻本,现有影写洪武本传世。此外,尚有程明善《啸余谱》本。其易得者有《录鬼簿(外四种)》本(上海古典文学出版社1957年出版)和《中国古典戏曲论著集成》本(中国戏剧出版社1959年出版)。

7.《尧山堂曲纪》

明蒋一葵著,任二北辑。蒋一葵原有《尧山堂外纪》笔记杂著一百卷,其中有不少关于元明曲家生平和创作的资料,其涉及元散曲作家者,有王和卿、关汉卿、王实甫、马致远、白朴、伯颜、卢挚、姚燧、鲜于必仁、冯子振、胡祗遹、贯云石、阿里西瑛、徐再思、乔吉、张可久、周德清等数十余人。作者以曲话形式,或记载其生平,或记载其交游和创作,或品题其作品,观其内容,主要是从元明人的有关笔记杂著和曲论著作中抄录下来的,只不过有相当多的地方未著录所抄原书的名目罢了。但是,由于蒋氏所抄原书有许多已不可见,因此,他的抄录便也为我们保存了许多重要资料。

此书收入《新曲苑》中,书名为任氏所加。

8.《词谑》

明李开先撰。此书包括《词谑》《词套》《词乐》《词尾》四部分内容。《词谑》部分三十余条,记录了一些滑稽戏谑的曲子和与这些曲子有关的创作故事;《词套》部分选录了元明曲家的四十余篇套曲(包括剧曲和散曲),或确定其作者,或评论其优劣得失,故这两部分内容,尤其是《词套》部分,对于元散曲的研究,有一定参考价值。《词乐》部分记载一些器乐演奏艺人;《词尾》部分按"诗头曲尾"之说选录了作者认为较好的一些套曲的尾声。

此书传世有明嘉靖刻本。1936年,文学古籍刊行社影印有陆贻典抄本,1959年,中国戏剧出版社出版有《中国古典戏剧论著集成》校勘本。

9.《曲律》

明王骥德撰。共四卷。具体内容如下:一卷,论曲源、总论南北曲、论调名。二卷,论宫调、论平仄、论阴阳、论韵、论闭口字、论务头、论腔调、论板眼、论须识字、论须读书、论家数、论声调、论章法、论句法、论字法、论衬字、论对偶。三卷,论用事、论过搭、论曲禁、论散套、论小令、论咏物、论俳谐、论险韵、论巧体、论戏剧、论引子、论过曲、论尾声、论宾白、论科诨、论落诗、论部色、论讹字、杂论。四卷,杂论、论曲亨屯。总之,从曲的起源,南北曲的特征到曲的创作和演唱,差不多都有所论述,不少地方表现出作者独到的见解。如果就它的条理分明、论述广泛和识见深刻诸方面综合来看,在元明曲论家中,是罕有其匹的。冯梦龙在此书的序言中讲了这样一段话:"伯良《曲律》一书,近镌于毛允遂氏,法尤密,论尤奇,厘韵则德清蒙讥,评辞则东嘉领罚。字栉句比,则盈床无全作;敲今击古,则积世少全才。虽有奇颖宿学之士,三复斯编,亦将咋舌而不敢轻谈,韬笔而不敢漫试。洵矣攻词之针砭,几于按曲之申、韩。然自此律设,而天下始知度曲之难;天下知度曲之难,而后之芜词可以勿制,前之哇奏可以勿传。"由此,可见此书在当时的影响。此书尽管是从创作和演唱的角度来论述问题的,但是，就研究元散曲来说，它有助于我们对曲的体式特征作更全面的了解。

此书现存有明刻本，其易得者，有董康《读曲丛刊》本、陈乃乾《重订曲苑》本、中国戏剧出版社《中国古典戏曲论著集成》校勘本。

10.《宋元戏曲考》

近人王国维著。此书是作者研究宋元戏曲的总结性著作，作者上及于先秦，下迄于宋元，博涉群书，搜集了大量的戏曲资料，并对其作了精深的考订。以此为基础，作者再运用科学、系统的方法，对宋元戏曲的若干问题进行了纵横阐论，做了大量的拓荒性工作。就其研究方法而言，就其开启了许多新的研究领域而言，就其所取得的多方面成就而言，此书一直被推为中国戏曲史的开山之作。郭沫若曾拿鲁迅的《中国小说史略》与之并称为"中国文艺研究史上的双璧"，以为其"不仅是拓荒的工作，前无古人；而且是权威的成就，一直领导着百万的后学"(《历史人物·鲁迅与王国维》)。由于此书不是单纯论戏剧，而是"戏"与"曲"兼而论之，因此，它对于我们了解元曲体制的渊源和形成，是有极重要的参考价值的，它所汇集的大曲，唱赚等诸多曲艺史料，一直为众戏曲研究者不断地引用。此外王氏还有《唐宋大曲考》《戏曲考原》等论著，也颇有参考价值。

此书于 1915 年由上海商务印书馆以《宋元戏曲史》书名出版，1934 年又予以重印。1940 年，上海商务印书馆出版《王静安先生遗书》，仍以《宋元戏曲考》收入。中国戏剧出版社所出《王国维戏曲论文集》(1957年初版,1984年再版)亦收有此书。

11.《顾曲麈谈》

近人吴梅著。书凡四章,第一章《原曲》,内容有论宫调、论音韵、论南曲作法、论北曲作法;第二章《制曲》,内容为论作剧法、论作清曲法;第三章《度曲》;第四章《谈曲》。其前三章皆为曲的创作理论及方法技巧论述,对于曲的体制特点的了解,有一定参考价值。其《谈曲》一章,综合前人诸多记载,结合具体作品,对数十位元明散曲重要作家进行了简要评述,故这部分内容对于元散曲作家作品的研究来说,颇具参考价值。惟其引用前人资料,大多不注明出处,故对其论述中何者为前人之言、何者为吴氏发明,须作辨别。另外,吴氏《中国戏曲概论》中《元人散曲》一章,以及《曲学通论》一书,亦有可资参考之处。

《顾曲麈谈》一书最早有上海商务印书馆1930年印本,1935年重印。1983年,中国戏剧出版社出版王卫民编辑的《吴梅戏曲论文集》已将其收入,吴氏《中国戏曲概论》《曲学通论》亦被收入该书内。

12.《散曲概论》

任二北著。此书当为第一部散曲专论,共二卷。第一卷包括《序说》《书录》《名称》《体段》《用调》《作家》等六部分;第二卷包括《作法》《内容》《派别》《余论》四部分。此书对散曲文献,作家作品,散曲的形式、内容、流派以及创作理论与方法等,都有许多精深的考订或论述,尤其《名称》与《体段》两节,对自元以来诸多文献中关于散曲的种种称谓,从其内涵到外延,都作了详细的疏理与考订,为这种文体的学术名称的统一,起了很大作用;又对散曲中小令、套数的种种体式及其特征一一举例加以阐明,颇能言人所未言。故这两部分,当为全书最精彩之章节。其次,《作法》与《内容》两节中,对词与散曲两种文体的内在的风格特点以及记事抒情的功能等所作的细致的分析比较,《派别》一节融会贯通各家而对散曲不同风格流派的勾勒,《余论》中言散曲在清代衰落的原因等,均有不少真知灼见。要之,此书当为元散曲研究者所必读之书。此书在任氏所编《散曲丛刊》(中华书局1931年)之内。

13.《曲谐》

任二北撰。此书共四卷,就书名与部分内容看,略仿李开先《词谑》,不过摘取散曲中奇妙之作加以欣赏品评,但确有相当部分内容并不局限于此,而对散曲文献、作家作品,以及诸多曲学史料等都有所考证和论述。全书引据广博,论述亦多独见,非一般曲话著作可比。

此书在《散曲丛刊》之内。

14.《曲海扬波》

任二北辑。此书共六卷,为资料汇萃之书。任氏从元明以来诸家笔记杂著中选录有关曲学资料,总为一集,并列有分类目录,共分古戏曲、元杂剧、明杂剧、明传奇、散曲、曲谱、曲韵、脚色、曲牌等20余类,每一类之下注明卷次页码,检索极为方便。其中有散曲、曲选、曲谱、曲韵、曲家、音乐、文字、方言考、曲牌考、杂考、

433

杂论等类,对于元散曲的研究,颇具参考价值。

此书在任氏所编《新曲苑》内。

15.《元曲家考略》

孙楷第撰。共四卷。孙先生广搜元明以来史、集之部及部分子书中有关元代曲家的资料,积数十年之功,对元代八十多位曲家的生平作了考订。其所考之作家,大多为前人疏于记载之人;其所据之资料,亦多为学者们见闻未及者。其所据材料之确凿、涉历之广泛、考订之精审,令人叹服。故在元曲家生平考证方面的贡献,孙先生实居首功,其书已成为元曲研究者知人论世之资的必备之书。

此书曾于1953年由上杂出版社出版,以后又陆续有所增补。1981年,上海古籍出版社出版了此书,当时印行一万多册。近年中华书局《孙楷第文集》已将其收入。

16.《元曲纪事》

王文才编著。此书仿《唐诗纪事》《宋词纪事》等书体例,将诸家笔记杂著中所论记之元代散曲汇为一编,并汇萃诸家记载、考证、论说之语于该作品之后,使诸多散珠碎玉,得以贯串连缀,于是璨然可观,省却读者许多披沙之劳,其便于学人多矣。在一些作品的资料汇萃之后,王先生时有"案"语,或考订辨析,或疏理资料源流,颇简要中肯,多所发明。书后附录有"古曲"和"南词旧曲"。此书成编于20世纪60年代初,1985年由人民文学出版社出版。

17. 几种曲论、曲话丛书

（1）《曲苑》

陈乃乾辑。共 14 种，除第一种《江东白苎》（明梁辰鱼撰）属创作外，其余 13 种皆为曲论、曲话之著（子目详《中国丛书综录》"总目"卷第 955 页）。此书有 1921 年海宁陈氏影印本。

（2）《重定曲苑》

陈乃乾辑。共 20 种，皆曲论、曲话、曲目之著，比起前编，去掉了《江东白苎》，而另增加了《中原音韵》《南词叙录》等 7 种（子目详《中国丛书综录》"总目"卷第 955 页至 956 页）。此书有 1925 年石印本。

（3）《增补曲苑》

古书流通处辑、正音学会增辑。全书分金、石、丝、竹、匏、土、革、木八集，共 26 种，此编与陈氏《重定曲苑》所收书目大部分相同，而增补了《碧鸡漫志》《羯鼓录》等唐宋人之著以及近人王国维《古剧脚色考》等数种。《增补曲苑》有 1922 年上海六艺书局排印本（子目详《中国丛书综录》"总目"卷第 956 页）。

（4）《新曲苑》

任二北辑。共 35 种，此编绝大部分为前三种《曲苑》所无。如《辍耕曲录》《尧山堂曲记》等多种则为任氏从卷帙浩繁的杂著中辑录而成。此书有 1940 年上海中华书局排印本（子目见《中国丛书综录》"总目"卷第 956 页）。

（5）《中国古典戏曲论著集成》

中国戏剧出版社辑，书凡 47 种，主要从前 4 种《曲苑》中精选而出，惟其每一种书籍所用之底本则尽量择善而从，每种书前均载有作者简介、内容提要,并详述其版本源流,书后附有详细的校勘记,于读者参考使用,最为方便。此书于1959年出版,以后又重印数次。其子目如下:

《教坊记》 唐崔令钦撰

《乐府杂录》 唐段安节撰

《碧鸡漫志》 宋王灼撰

《唱论》 元芝庵撰

《中原音韵》 元周德清撰

《青楼集》 元夏庭芝撰

《录鬼簿》 元钟嗣成撰

《录鬼簿续编》 明无名氏撰

《太和正音谱》 明朱权撰

《南词叙录》 明徐渭撰

《词谑》 明李开先撰

《曲论》 明何良俊撰

《曲藻》 明王世贞撰

《曲律》 明王骥德撰

《顾曲杂言》 明沈德符撰

《曲论》 明徐复祚撰

《谭曲杂札》 明凌濛初撰

《衡曲麈谭》 明张琦撰

《曲律》 明魏良辅撰

《弦索辨讹》 明沈宠绥撰

《度曲须知》 明沈宠绥撰

《远山堂曲品》 明祁彪佳撰
《远山堂剧品》 明祁彪佳撰
《曲品》 明吕天成撰
《新传奇品》 清高奕撰
《闲情偶寄》 清李渔撰
《制曲枝语》 清黄周星撰
《南曲入声客问》 清毛先舒撰
《看山阁集闲笔》 清黄图珌撰
《乐府传声》 清徐大椿撰
《传奇汇考标目》 清无名氏撰
《笠阁批评旧戏目》 清笠阁渔翁撰
《重订曲海总目》 清黄文旸撰
《也是园藏书古今杂剧目录》 清黄丕烈撰
《雨村曲话》 清李调元撰
《剧话》 清李调元撰
《剧说》 清焦循撰
《花部农谭》 清焦循撰
《曲话》 清梁廷枏撰
《梨园原》 清黄绰撰
《顾误录》 清王德晖　徐沅澄撰
《艺概》 清刘熙载撰
《曲目新编》 清支丰宜撰
《小栖霞说稗》 清平步青撰
《词余丛话》 清杨恩寿撰

《续词余丛话》　清杨恩寿撰
《今乐考证》　清姚燮撰

第三节　曲　　谱

　　唐人无诗律而诗盛,宋人无词谱而词兴,元人无曲谱而曲昌。诗之衰、词之微、曲之亡,虽然并非全由谱律之罪过,然而,此等著述,确有束缚思想、困煞才情的一面。在宋词、元曲昌盛之时,文人所作,大多应坊肆之歌唱需要而已,只要合乐可歌,歌者顺口、听者悦耳,便称佳作,无所谓合谱合律与否。因为那时词曲之歌法尚存,其法对于辞的约束,尚为"活法",作辞者万一减字,歌唱者即可"偷声",然后辞曲相合,仍旧天衣无缝。其后,词曲之歌法渐亡,好事者拟古,无所准的,于是择前人之作,加以排比研讨、综合折中,制成律谱,其法对于辞的约束,则为"死法",作者于字句平仄稍有变化,谙谱习律者必讥之。词律曲谱作者之初衷,原不过示人以有法可依,而结果,实乃作茧缚人,且亦自缚。若就词曲兴衰之历史观之,当其尚在歌场盛行之时,则绝无律谱之作;当其渐离歌场而歌法渐失之时,律谱之作于是出现。然早已作会了词曲歌辞的人,却大半依旧各行其是,并不去受它的约束。明人陈所闻在《北宫词纪凡例》中讲了一段颇有意思的话:"《中原音韵》,元高安道周德卿氏为北曲设也……胜国作者毫不假借,今人或以诗韵为曲韵,或以其声之相近者任意为韵,故出入甚多,合作者十不得一。"为什么"胜国作者毫不假借"?就因为那时歌法尚存,人

第十二章　元散曲研究基本文献叙录

们只作以应歌,非作以合谱;"以其声之相近者任意为韵",原本只是合歌者之"活法",而并非合律谱之"死法"。陈氏虽仅就用韵一端而言,其于字句平仄又何尝不是如此。总之,当词曲之歌法尚存之时,律谱之作,便大半仅仅是律谱作者的事,其后,其歌法愈失,律谱之作当愈精、愈繁,而名篇佳什,便愈加难得了。

现今欲弄笔词曲,若依愚见,径可取宋元人之名家名篇,略依其句逗、平仄、韵位,求其诵读婉顺和谐,便可以了。如果死守词律、曲谱,不敢越雷池一步,则定不免空耗才情。然而,词律曲谱之著,实为前人创作时用字用韵之规律总结,倘欲深研其平仄声韵规律,固然必须参考。

周德清《中原音韵》所附《作词十法》,其最后《定格》一法,取元曲名作40首一一品题,欲示人以矩度,虽未明标平仄声韵,但实为后来曲谱之滥觞。朱权《太和正音谱》就《中原音韵》所列北曲335个牌调,每一个牌调举一例曲,然后详注句格与平仄谱式,并分别正字、衬字,于是成为最早的、正规的北曲曲谱,为后来各家编纂曲谱提供了一个理想的蓝本。此书版本详《曲论》部分,此不赘。除此而外,这里再介绍几种有较大影响的曲谱著作。

1.《重定南九宫词谱》

明沈璟编,沈自晋定补。此书又名《南九宫曲谱》《九宫十三调曲谱》《南词新谱》等,书凡26卷。在沈编之前,蒋孝已编有《南九宫谱》,沈璟此编,用李鸿《南词全谱原序》的话说,便是"本毗陵蒋氏旧刻而益广之",其"新谱"云者,意即本此。数十年后,沈璟从子沈自晋又多所增益,故谓之"重定"。全书共列南曲曲牌八百余个,调式近九百体,每一调式均详注句格及平仄、韵逗,并分明正字、衬字。其曲例多取自明人传奇及散曲,亦间或取元南戏与宋人词,似未见有元人散曲。

此书有清顺治十二年沈氏不殊堂刊本,1936年北京大学出版组曾据此本影印;1985年北京市中国书店亦有此书影印本,称"据明嘉靖刻本影印",实即清顺治刻本。

2.《一笠庵北词广正谱》

清李玄玉撰。简称《北词广正谱》,凡17卷。共列出14宫调,四百多个曲牌,有些曲牌之下还列出多种调式,每一调式均分明正、衬,注明韵位,有的还标出板式。此书取材,吴伟业序中已言及,称其"采元人各种传奇(笔者按:此指北杂剧)散套及明初诸名人所著中之北词,依宫按调,汇为全书"。故对于元散曲研究来说,此书之参考价值,远远大于《南九宫曲谱》。

此书有清青莲书屋刻本,具体年代未详,1931年北京大学研究院文史部曾据此本影印。

3.《曲谱》

清王奕清等撰。又称《钦定曲谱》,凡12卷。此书卷一至卷四共列北曲12宫调335个曲牌(含各宫调之"尾");卷五至卷十二共列南曲11宫调五百多个曲牌。其所举各曲牌之例曲,皆详注平仄四声,并标明句逗、韵位,但不分正字、衬字。

此书有康熙内府刻本,1924年上海扫叶山房曾据此本影印;此外还有《四库全书》本。

4.《新定九宫大成南北词宫谱》

清周祥钰等撰,书凡八十一卷。此书当是对明清两代曲谱之书的集大成,共列南曲12宫调1 470多个曲牌(含各宫调之"集曲"),2 700多个调式;共列北曲12宫调580多个曲牌,1 600多个调式。每一调式之旁,皆标注韵位、句逗,并分明正、衬,且注明工尺、板式。元明清三代人于剧曲、散曲中所使用之各种调式,几大备于此,故曲学大师吴梅评此书云:"其间宫调分合,不局守旧律,搜采剧曲,不专主旧词,弦索箫管,朔南交利。自此书出而词山曲海,汇成大观,以视明代诸家,不啻爝火之与日月矣。"(见1923年上海古书流通处影印本卷端之吴梅序言)。

此书有清乾隆十一年武英殿刻本,1923年上海古书流通处据此本影印。

初 版 后 记

一九九〇年秋,我有幸去北京师范大学作李修生教授的访问学者,那时拟撰写《诗词曲鉴赏通论》一书,因在那以前的七八年间,我在授课之余陆陆续续地写了一些古典诗词的研究论文和一些鉴赏文字,想以此作一个系统的探索和总结。动笔之前,自己觉得在诗词方面的根基还算过得去,因为我的硕士导师郑临川教授在这方面造诣颇深,我从读大学本科起就一直受其熏陶;另如周虚白教授、傅平骧教授、已故的周子云教授和陈克农教授等,也都曾直接为我传道解惑,他们在文学、经学、小学方面也给了我很多教益;凡此,都令我终生难忘。然而,在曲学方面,我仅仅因为编写《四川历代曲选》一书(巴蜀书社1992年版《巴蜀艺文五种》之一)接触了一些曲学文献,自觉基础尚差,遂决定北上,从修生师问学。

进京以后,我按原计划搜集资料,随后拟出了《诗词曲鉴赏通论》一书的写作纲目;与此同时,修生师拟组织一个由他的研究生、进修生和访问学者参加的元代文学学术讨论会,他希望每个人都发言。我就因为准备那个"发言",又重读元散曲,并学习前人和时贤的研究成果,发现其中有许多问题应当深入探索,于是就在修生师的鼓励和指导下研究起来。我先从基本文献入手,考作家、考曲牌、考作品……就这样一步步地"陷"了下去,而且一"陷"就是三年,结果便是有了现在的这部小稿。至于原计划要写的《诗词曲鉴赏通论》呢,反而束之高阁了。

在整个研究和写作过程中,我自己觉得很投入,当然也就有累修生师太多。在访学期间,我几乎每写完一章,便及时送他审阅。在京写的几章,他都看得很仔细,而且还提了不少中肯的修改意见。修生师在百忙中对我的悉心指导,以及他孜孜不倦于祖国文化遗产之整理与研究的献身精神,都给了我莫大的鼓舞和鞭策,如果没有他的鼓励与指导,小稿是难以完成的。感荷厚恩,自当衷心藏之。此外,还有王利器、傅璇琮、吴庚舜、吕薇芬、洛地、羊春秋、谢伯阳、门岿等先生也先后从不同方面给了我许多的关怀和支持,雅义高情,亦当铭记。另如众多前辈学人和方今师友们的研究成果为我所参考;北师大图书馆、北京图书馆、北京大学图书馆、四川师院图书馆的同志们在资料借阅方面为我提供了许多方便;四川师院何希凡同志为小稿清誊了部分章节;四川大学祝尚书兄、舒大刚兄于百忙中为小稿校看清样,代为匡谬;尤其全国哲学社会科学基金会和四川师院科研处在研究经费方面给予了有效的资助;凡此,我谨借小稿问世表示自己最诚挚的谢意!

小稿仓促成书,缺点错误,在所难免,倘有幸获曲学同仁及读者朋友的批评指正,那将是我非常乐意并衷心希望的。

赵义山
1993年7月记于四川师院之斜出斋

修 订 后 记

　　拙稿1993年于巴蜀初版,迄今十年矣。十年之间,颇得同仁谬赞。几年前,北京大学、台湾中央研究院、香港城市大学等单位的文史专家联合向读者推荐20世纪优秀学术读物,在"元曲"这一专题中,被推荐者有王国维《宋元戏曲考》及修生师《元杂剧史稿》等大著,拙稿亦有幸忝列其中。既蒙学界不弃,而初版今已无处可觅,因修订再版,以奉学林同好。今所修订,凡五:

　　一、校订错误。如初稿引陶宗仪《辍耕录》,讹"金季国初"为"金际国初";叙蒋一葵《尧山堂外纪》,讹为《茺山堂外纪》等,今悉为改正。

　　二、斟酌题目。如初稿中称关汉卿、白朴等未仕于元者为"市民作家",同行友人熊笃教授当年撰文评论拙著时,以为欠妥;今斟酌再三,改为"才人作家",或较为允当。

　　三、增补遗缺。如初版未论及散曲与杂剧之关系,当年四川师范大学屈守元教授赐函谬赞拙著时,曾建议应就这一问题"说上几句",今承教补写了第五章,专论散曲剧曲之发展先后与二者之关系,惜先生作古,无以见教了。

四、去其重复。如初版附录有"近现代有关元散曲著述一览表",因考虑到拙著《20世纪元散曲研究综论》(上海古籍出版社2002年)对有关元散曲之论文论著已详为收录,此书没有必要重复,故略去。

五、调整结构。初版原为十章并有研究文献附录,现觉初版附录之"元散曲研究基本文献叙录",本属元散曲研究的延伸,故径直作为全书一章。

拙稿修订,虽力求完善,但疏漏或未能尽免,诚望博雅同仁、读者诸君不吝赐教。

拙稿初版以来,十年之间,亲朋鹤化,师友大别,又经多少沧桑。余亦巴蜀人而为岭南客矣!蜷曲一地方学校,独学求进,甚为艰难!六年之间,幸有拙著拙编如《斜出斋曲论前集》《中国分体文学史》《20世纪元散曲研究综论》等相继问世,今又置身明清散曲研究,光阴未尝虚度,惟此而聊可自慰也。

赵义山
癸未盛暑记于佛山大学之斜出斋

拙稿后记写毕未及月,忽得蜀中噩耗:郑公临川先生,吾之恩师,又于南充之西华师大去世矣!闻讯,余泣不成声,内子亦泣,顿觉天地易色,河山改容!余心犹垂铅,不知何日可解也!

恩师生于丙辰十月初十,卒于癸未八月初七,享米寿之高龄,积善成德之效也。恩师在日,耳提面命,宠爱有加,余荷厚恩,情

越父子。谨奉心香一瓣,以悼吾师:

恩师去矣,木铎弦歌声渐远。
德惠长之,春风化雨泽犹存。

癸未八月初八日(2003年9月4日)义山又记

重订后记

　　拙著自巴蜀书社1993年初版,迄今已30年;自2004年上海古籍出版社再版修订本,也已历20个年头;其间社会时事、文化学术之变迁,都令人不无沧桑之感。如就中国散曲研究与创作发展而言,这二三十年倒恰好处于一个高峰期。然而,很可惜的是,我和上海古籍出版社的朋友们,各忙各的新活,都难得顾及这册旧书,这使拙著在旧书网上的售价,长期徘徊在100元至300元不等,时不时因盗印平抑,价格会有所回落,但很快又会上浮。如此由上浮回落,再由回落上浮,其间究竟有过多少次盗印,也不得而知。

　　这次重订再印的契机,缘于2021年国家社科规划办"中华学术外译项目"对拙著外译的立项。承担此项外译课题的是西南大学的周睿博士,并得到他赴英访学的导师、国际著名汉学家牛津大学东方学院陈靝沅(Tian Yuan Tan)教授(曾任伦敦大学亚非学院中文系主任、欧洲汉学学会理事会秘书长)的支持。我从他们的项目申报书,以及与陈靝沅教授的通信中获悉,拙著在国际汉学界已有广泛的影响和好评。如陈靝沅教授在其所编"牛津中国

449

研究参考书系"(*Oxford Bibliographies in Chinese Studies*)之"元曲书目"中称本书是"元散曲研究最权威、最全面之作",北美东亚系主流教材蔡宗齐所编《如何阅读中国诗》(*How to Read Chinese Poetry: A Guided Anthology*)、国际著名汉学家奚如谷(Stephen H. West)教授和伊维德(Wilt L. Idema)教授的研究论文,以及多伦多大学郑裕彤东亚图书馆等,也对本书多有引用和推介,而周睿博士与陈靝沅教授等正在进行中的英译本,也已被荷兰博睿出版集团(Brill)列入"中国人文译丛"(BHCL)出版计划等等。从国际国内影响和读者需要两方面考虑,正好有机会对本书做重新修订,以精益求精。于是,笔者与上海古籍出版社同仁达成协议,在该社 2004 年所出修订本的基础上,对本书再重新进行一次修订出版。因此,遂将本次修订称之为"重订",以区别于 2004 年之首次修订。

本次重订,所作修改,主要有三:

其一、删去了本书第十二章"元散曲研究基本文献叙录"中的个别书目。原"叙录"中所叙之"曲论"类书目,原则上是在本书初版以前,已受到学术和历史检验的经典名著,对不符合这一原则的个别书目,则删去;对应录而未录的几种工具书(如《全元散曲典故辞典》《元曲释词》等)以及自二十世纪九十年代以来陆续出现而符合前述原则之书目,则有待他日后学补录。

其二、删去了书末原附之"斜出斋词曲小集"。原因是拙吟诗词曲赋等篇,已集为《斜出斋韵语》,并汇录诸家点评,由世界汉学书局于今年年初出版面世,故重订本便无必要再附录这些词曲作品了。

重订后记

其三、改正了原修订本中一些引文和正文中的笔误和排印错误。此类错误，主要涉及文字、标点，如仅由作者通读，很难悉数发现，好在本次重订，除周睿博士在外译过程中精心校对拙著中引文原书出处，发现一些问题之外，我的几位硕博生（如王阳、徐江、李滔、尹海娟、张叔英、肖巧林、赵妹书、谢莉）亦先后帮助核对书中所涉及到的100多种文献的全部引文，遂得以改正一些笔误、衍文、脱文等文字错误。

值此重订之机，谨向几十年来一直关注此书的国内外学界同行和读者朋友，向初版、再版、重版此书的巴蜀书社和上海古籍出版社同仁，外译项目主持人周睿博士与合作者陈颢沅教授，以及先后帮助核对引文的诸位友生，一并致以衷心谢忱！

赵义山
2023.06.01 记于四川师范大学巴蜀文化研究中心